Hans-Jörg Kühne

Totes Haus

Bibliografische Information der Deutschen Nationalbibliothek
Die Deutsche Nationalbibliothek verzeichnet diese Publikation in der Deutschen Nationalbibliografie; detaillierte bibliografische Daten sind im Internet abrufbar über http://dnb.ddb.de

www.niemeyer-buch.de

Druck und Bindung: AALEXX Buchproduktion GmbH, Großburgwedel
Printed in Germany
ISBN 978-3-8271-9565-4

Hans-Jörg Kühne

Totes Haus

CW Niemeyer

Der Roman spielt hauptsächlich in einer allseits bekannten Stadt Westfalens, doch bleiben die Geschehnisse reine Fiktion. Sämtliche Handlungen und Charaktere sind frei erfunden.

Über den Autor:

Hans-Jörg Kühne, Dr. phil., lebt, arbeitet und musiziert in Bielefeld. Nach dem Studium der Geschichtswissenschaft, Wirtschaftswissenschaften und Soziologie verfasste er nicht nur zahlreiche Publikationen zur Regionalgeschichte, sondern ist auch als Saxophonist in Deutschland und Europa unterwegs. Zu den neuesten Veröffentlichungen gehören sein Kriminalroman „Der Pfahlmörder" und Krimi-Storys in diversen Anthologien.

Für Gabi, Claudia und Peter Brötzmann

„This is my church, this is where I heal my hurts. For tonight, God is a DJ" – DAS Mantra. Faithless. Uralt. Aber genial. Nichts konnte wahrer, richtiger sein, nicht in dieser Nacht. Nichts konnte mehr Geltung und Wahrheit besitzen als diese Worte.

Er wusste nicht mehr, wann er den Laden betreten hatte. Heute, gestern, vorgestern? Egal. Vollkommen egal, scheißegal. Er tanzte. Lange. Stunde um Stunde. Er sang laut mit: „Smack my bitch up ..." Auch 'n geniales Stück, immer wieder gut. Zeitlos. Der DJ spielt irgend'ne extended Version. Oder hat sich selbst was zusammengebastelt. Gut, der Mann.

Jetzt hatte er die Bässe völlig rausgenommen, der Rhythmus war fast weg. Nur noch das schnelle, zischelnde Geräusch einer Hi-Hat. Der DJ ließ die Leute hängen, gnadenlos. Das waren seine Spielchen, die er heute Nacht trieb. Hatte irgend'n Filter reingedreht. Kam einem vor, als höre man die Musik unter Wasser. Als habe man Wasser im Ohr. In beiden Ohren. Als wäre man irgendwie krank. Hörsturz, oder so.

Die Leute wollten weitertanzen. Gierig. Schrien den DJ an. Der grinste nur. Die Musik wurde ganz leise, immer leiser. Die Leute wurden fast wahnsinnig. Alles hielt inne. Sie hofften, sie wussten, dass es gleich weitergehen würde.

„Gib mir den Bass", schrie er, „ich will den Bass zurück!"

Die Musik wurde wieder lauter, langsam, aber stetig, lauter, lauter, noch lauter. Grelle, schrille Höhen, blecherne Sounds, kaum auszuhalten, klingt wie Musik durch 'n Te-

lefonhörer. Schrecklich, macht mich irre ... Wo ist der Bass?

Es dauert. Die Leute tanzen weiter. Als hätten sie sich an eine Musik ohne Bass gewöhnt. Geht doch auch so. Aber sie sind voller Erwartung. Gleich, gleich, ja ... gleich ...

Er hält es nicht mehr aus. Und dann, plötzlich, schlagartig, sind die Bässe wieder da. Gewaltiger, lauter, als sie je ein Mensch auf dieser Erde gehört hat. Sie fegen ihn weg, nageln ihn an die gegenüberliegende Wand. „Wir brauchen Bass, Bass, wir brauchen Bass - was geht'n, Alter? Bass, Bass, wir brauchen Bass – seid ihr down? ... türlich, türlich, sicher Digga, türlich, türlich, alles klar!"

Die Tanzenden kreischen, jubeln dem DJ zu. Der kann's.

Er tanzt weiter, immer weiter.

„Wippe mit dem Beat und beweg deinen Arsch, wenn das Deichkind am Mike ist, Bon Voyage, bitte gib uns mehr von dem heißen Scheiß, denn wir kriegen nicht genug von diesem Deichkind-Style ..."

Im Bereich der Nieren hat er ein seltsames Gefühl. Hat fast etwas von den Gliederschmerzen bei Fieber, bei Grippe. Aber viel angenehmer. Das Gefühl treibt ihn an. Große Wärme durchströmt ihn. Eine perfekte Nacht, DIE perfekte Nacht. Sie soll nie aufhören ... wird nie aufhören.

Er schaut hoch. Die Stahlträger der Halle sind elastisch geworden, sie bewegen sich, verwandeln sich, werden zu riesigen Bestien, zu Drachen, schnappen nach ihm. Er muss kämpfen, greift zum Schwert. Sie spucken Feuer. Er weicht aus, geschickt, rasend schnell. Er ist ein Könner. Kämpft auf Leben und Tod mit den Viechern. Eines hat er erledigt, hat ihm den Kopf abgeschlagen. Es liegt blutend am Boden. Dann jedoch, ein unachtsamer Moment und der zweite Drache schnappt nach ihm, schlägt ihm die Zähne in den Leib, die feurigen Zähne. Es brennt mörderisch. Er verbrennt. Er ist tot.

Das Telefon klingelt. Hauptkommissar Thomas Kuss wacht auf, weiß für einen kurzen Moment nicht, wo oder was er ist. Dann kommt er zu sich und hat das Gefühl, er habe lediglich zehn Minuten geschlafen. Er macht Licht an, schaut auf seinen Wecker. Es ist sechs Uhr morgens. Durch die Ritzen des Rollos scheint die Sonne. Er hat geschlafen wie ein Stein, traumlos.

Auf dem Display des Handys, das auf seinem Nachttisch liegt, leuchtet die Rufnummer der Bereitschaft. Kuss meldet sich.

„Moin, Thomas", sagt sein Kollege Stephan Osterhaus, „ich weiß, es ist Samstagmorgen und eigentlich Wochenende. Die Toten nehmen mal wieder keine Rücksicht darauf. Lass dich mal im Sam's in der Mauerstraße sehen. Da gibts den nächsten Toten."

Kuss braucht noch einen Moment, um munter zu werden.

„Auch wieder einer der Gäste?", fragt er.

„So ist es, mein Lieber", sagt Osterhaus. „Der Dritte in zwei Wochen, den es beim Tanzen dahingerafft hat."

„Und dieses Mal im Sam's? Dem guten, alten Sam's?", fragt Kuss. „Das gibts noch? Da bin ich doch früher immer hingegangen."

„Du?", fragt Osterhaus. „Muss aber verdammt lang her sein."

„Nicht länger als bei dir, Herr Kollege", sagt Kuss. „Weißt du Näheres? Name, Alter?"

Stephan Osterhaus weiß nichts Näheres.

Kuss macht sich fertig, zieht sich an, wäscht sich, isst eine Kleinigkeit, putzt sich die Zähne und ruft ein Taxi. Dabei denkt er darüber nach, dass Mord, Totschlag, Suizid und andere Katastrophen immer zu den seltsamsten Tages- und Nachtzeiten stattfinden. Auch die Leichen werden in aller Regel außerhalb der

Bürokernzeiten von neun Uhr morgens bis drei Uhr nachmittags entdeckt. Die Täter und die Toten halten sich meist noch nicht einmal an die Gleitzeit von acht bis achtzehn Uhr. Wenn sie denn überhaupt geruhen, unter der Woche in Erscheinung zu treten. Kuss denkt zurück. Die von ihm aufgeklärten Morde haben meist an Wochenenden und an Feiertagen stattgefunden. Wenn man den Beruf bei der Kripo wählt, muss man wissen, dass er schlecht fürs Familienleben ist. Thomas Kuss kennt einige Kollegen, die das aber partout nicht wahrhaben wollen und Realitätsverweigerung betreiben. Sie kombinieren ihre Kurzurlaube weiterhin munter mit den sogenannten Brückentagen, bestehen eisern auf ihren Bürozeiten bei Tageslicht und sind bei Notfällen nur schwer erreichbar, weil sie irgendwo an der Nordsee rumhängen. Kuss hasst solche Leute. Es sind Menschen, die nicht für den Job brennen. Warum machen sie ihn dann bloß?

Vorm Sam's stehen zwei Streifenwagen. Eine Traube von Menschen ist zu sehen. Kuss lässt das Taxi halten, zahlt, steigt aus und wird von den Leuten angestarrt, als sei er der Heilsbringer, der nun alles richten würde. Bei den Leuten handelt es sich um die typischen Partypeople, die die ganze Nacht durchgehalten haben, bis jetzt. Einige Männer sind stark alkoholisiert, reden lautes und dummes Zeug. Das geht Kuss mächtig auf den Wecker. Am liebsten würde er solchen Typen eins auf die Fresse hauen, weil das, so glaubt Kuss, die einzige Sprache ist, die sie verstehen. Aber Kuss ist Polizeibeamter, der deeskalierend arbeiten und wirken soll. Was hat er sich als Streifenpolizist für Beleidigungen von Menschen, auf die er deeskalierend wirken sollte, anhören müssen! Na, zum Glück sind diese Zeiten vorbei. Kuss stellt fest, dass seine Laune nicht die allerbeste ist. Wie auch, nach nur vier Stunden Schlaf?

Er begrüßt die Kollegen der Streife. Von der Kripo ist, außer ihm, noch niemand da.

„Wo liegt denn der Kunde?", fragt Kuss.

„Kommen Sie bitte mit", sagt ein junger Streifenpolizist. „Ich führe Sie hinein."

Thomas Kuss betritt seit vielen Jahren zum ersten Mal wieder das Sam's. Der Laden ist ein Phänomen. Während alle anderen Clubs und Discotheken in den letzten Jahrzehnten ihre Türen für immer dicht machten und woanders ganz neue Tanztempel eröffneten, blieb das Sam's bis heute immer am selben Ort, ohne größere bauliche Veränderungen und unter demselben Namen. Im Innern steht die Theke noch dort, wo sie vor langer Zeit bei Kuss' letztem Besuch stand. Inzwischen hat man ihr eine andere Farbe verpasst, sie strahlt jetzt ganz in weiß, aber das ist auch schon alles. Sein letztes Bier im Sam's bestellte Kuss damals, wie alle anderen Biere zuvor, bei Jochen, dem selbst ernannten Star unter den hiesigen Zapfern. Jochen war ein echtes Original. Wenn er ‚im Dienst' war, trug er immer einen riesigen Zylinder, um dessen Schaft er, kurz über der Krempe, eine große, altmodische Motorrad-Schutzbrille gespannt hatte. Man ging an die Theke und rief: „Jochen, ein Bier!" Das riefen meist zehn Leute gleichzeitig. Jochen schaute dann hoch, zeigte mit dem Zeigefinger kurz auf jeden, um klarzumachen, dass er verstanden hatte, wer genau das Bier wollte, und zapfte in atemberaubendem Tempo weiter. Zwanzig Sekunden später stand die Bestellung vor einem, in einem rasend schnell und deshalb schlecht gespülten Glas. Die

Schaumkrone war labberig, wässrig, flüssig. Schlecht gezapft. Aber das war egal. Man war sowieso meist blau, wenn man gegen ein Uhr nachts im Sam's auftauchte.

Vor zwei Jahren stand es in der Zeitung: Jochen war viel zu früh gestorben. Die Insider wussten, dass er an einem mächtigen Leberschaden zugrunde gegangen war.

Das Sam's war auf Black Music spezialisiert. Thomas Kuss hat hier in den Achtzigern zahllose Nächte durchgetanzt. Kommt ihm vor, als sei es gestern gewesen. Um fünf oder sechs Uhr morgens gings dann noch ins Rolandseck, zu Muttis Bierstuben oder ins Kulmbacher am Kesselbrink zum Runterkommen. Heute heißt das „Chillen". Ist aber im Grunde dasselbe.

Der Tote liegt mitten auf der Tanzfläche. Er ist so modisch angezogen, dass Kuss den Eindruck hat, es handele sich um eine Schaufensterpuppe von Hennes & Mauritz. Er ist schlank, trägt Sneakers an den Füßen, eine enge braune Hose, weißes ausgeschnittenes T-Shirt, darüber ein blaues Hemd, offen und über dem Gürtel. Sein Alter schätzt Kuss auf etwa 25 Jahre. Wie das der meisten Gäste, die vor der Tür lärmen.

„Was hat sich zugetragen?", will Kuss wissen.

Ein junger Mann tritt zu Kuss und dem Streifenbeamten.

„Hallo, mein Name ist Dennis. Ich bin hier der Zapfer. Ich habe beobachtet, was sich hier abgespielt hat."

„Dennis?", fragt Kuss barsch. „Haben Sie auch einen Nachnamen oder heißen Sie nur Dennis?"

„Ach so, ja, ähem, der Hausname. Ja, also, ich heiße Dennis Schwarze. Aber alle nennen mich nur Dennis."

Kuss verdreht die Augen. „Sie sind der Zapfer? Haben Sie Jochen noch kennengelernt?"

„Jochen?", fragt Dennis Schwarze. „Nee, ich kenne keinen Jochen."

„Der hat hier auch mal gezapft ... Ach, ist ja auch egal", sagt Kuss. Dann fällt ihm ein, dass von den jungen Leuten heute keiner mehr Jochen heißt. Ein Name, der völlig aus der Mode gekommen ist. Die Jungs, die in den 50er-Jahren geboren wurden, hießen alle Jochen, Günther, Hermann, Herbert, Joachim, Uwe, Klaus, Volker, Manfred, Wolfgang, Michael, Dirk oder Gerd. Roland gabs auch.

„Also, Dennis, was haben Sie gesehen?", fragt Kuss.

„Ja", sagt Dennis, „das war vor etwa einer Stunde. So gegen halb sechs. Da haben wir hier immer Hochbetrieb. Dann kommen meist noch viele Gäste aus anderen Clubs zu uns rüber. Ich schaue kurz von meiner Arbeit hoch und sehe einen der Tänzer, also den jetzt Toten, wie er tierisch abgeht. Tanzt wie ein Verrückter. Das ist im Prinzip nichts völlig Ungewöhnliches in einem Laden, in dem man tanzen soll. Aber, was der da vollführte, das ging so nicht. Der schlug fast um sich, behinderte die übrigen Gäste. Einige beschwerten sich auch schon bei mir. Ich hab dann unserem Türsteher Bescheid gesagt. Das ist der Herr hinter Ihnen, Miefi."

Kuss dreht sich um. Hinter ihm steht ein typisches Produkt der zahlreichen Fitnessstudios in der Stadt. Miefi ist so breit wie hoch, ein Meter achtzig zum Quadrat, trägt Glatze, schwarze Klamotten und sieht hinterhältig aus. Das liegt daran, dass seine Augenlider auf Halbmast stehen. Er hat das, was der Volksmund früher einen „Schlafzimmerblick" nannte.

„Okay, Sie sind also Miefi“, sagt Kuss, „und weiter?“

„Gerry Miefke“, sagt das Quadrat weder freundlich noch unfreundlich.

„Also, Sie wurden von Dennis gerufen und haben dann was gemacht?“, will Kuss wissen.

„Ich hab den Vogel da rausgezogen und ihn darauf hingewiesen, dass er den anderen Gästen auf den Wecker geht. Und dass, wenn er nicht rausfliegen will, er sich 'n bisschen besser benehmen müsse.“

„Und?“

„Das hat er eingesehen. War 'n ganz umgänglicher Typ. Der suchte keinen Streit. Aber er hatte sich natürlich was eingepfiffen. Irgend'n Schnellmacher“, sagt Miefi. „Ich bin danach wieder nach vorn, zur Tür. Denn da war gerade richtig Sportfest.“

„Sportfest?“, fragt Kuss.

„Na ja, gab 'n bisschen Ärger mit ein paar Kollegen vom Hannoveraner Chapter an der Tür.“

„Was für 'n Chapter?“, will Kuss wissen, obwohl er ahnt, um was es sich handelt.

„Na, vom Luzifer's Mob“, sagt Miefi. „Ich bin da Mitglied – zum Glück! Sonst hätten die Kleinholz aus dem Laden hier gemacht. So war es nur ein bisschen Qualm. Die Jungs sind dann abgezogen. Ins Sam's soll ja keiner mit Kutte rein.“

„Warum nicht?“, fragt Kuss.

Dennis mischt sich ein: „Anweisung vom Chef. Der will nicht, dass das hier 'ne Bikerbude wird.“

„Okay, weiter im Text“, sagt Kuss und wendet sich an Dennis. „Was passierte dann?“

„Erst hielt der Gast sich an die Anweisungen von Miefi“, sagt Dennis. „Dann aber, ganz plötzlich, tanzte der nicht mehr, sondern vollführte ganz seltsame, ausladende Bewegungen. Schlug wild um sich, sprang hoch, drehte sich – vollkommen irre – um die eigene Achse und fiel dann hin, auf die Tanzfläche. Blieb regungslos liegen."

„Und, was haben Sie dann getan?", will Kuss wissen.

„Ich gab dem DJ ein Signal, dass er die Musik stoppen sollte. Dann lief ich zur Tanzfläche. Die Gäste waren sauer, weil ich das Licht angemacht hatte, und weil wir sie dann rausgeschmissen haben. Hab ich heute zum ersten Mal erlebt, sowas. Also, dass die auch noch weitergetanzt haben, obwohl ein Toter zu ihren Füßen lag."

„Na, dann haben Sie ja heute richtig was fürs Leben gelernt", sagt Kuss.

„Wie bitte?", fragt Dennis verwirrt.

„Na, ich meine, wie die Menschen so sind. Dass die sich manchmal 'n Dreck darum scheren, was um sie herum vorgeht. Hauptsache, sie haben ihren Spaß."

„Ach so, verstehe, ja, ja", sagt Dennis.

„Also, Sie sind zu dem Typen hin, der hier auf dem Boden liegt", sagt Kuss. „Wie weiter?"

„Ich hab versucht, Erste Hilfe zu leisten", sagt Dennis, „obwohl ich mich an die Maßnahmen aus dem Kurs für den Führerschein kaum noch erinnere. Miefi hat einen Rettungswagen gerufen. Die waren nach ein paar Minuten da. Der Notarzt hat nur noch den Tod festgestellt. Dann sind die wieder abgezogen. Tote dürften sie nicht transportieren, hieß es. Und dann traf die Polizei ein. Na, und jetzt Sie."

Kuss geht neben dem Toten auf die Knie, streift sich seine weißen Chirurgenhandschuhe über und durchsucht dessen Taschen. Er findet nur eine zerknautschte

Geldbörse mit etwa achtzig Euro darin. Dann noch einen Studentenausweis und eine EC-Karte, die auf den Namen Felix Wintrup ausgestellt sind.

Andi, der Polizeifotograf, ist eingetroffen. Er grüßt kurz und verschlafen und macht sich dann an die Arbeit. Dann taucht Mirco Haase von der Spurensicherung auf. Im Schlepptau hat er Dr. Heinrich Skrzybinski, Gerichtsmediziner, Pathologe und alter Kumpel von Thomas Kuss. Die drei machen sich jetzt an der Leiche und um sie herum zu schaffen.

„Meine Güte", sagt Skrzybinski, „die jungen Leute sterben wie die Fliegen. Das ist schon unser dritter Toter."

„Ich weiß, Heinrich, ich weiß", sagt Kuss, „und ich wette darauf, dass wieder irgendein Aufputschzeugs mit im Spiel war. Der Bericht vom Zapfer lässt zumindest darauf schließen."

Heinrich Skrzybinski sieht sich die Leiche an, prüft, tastet, schaut in die leblosen Augen, riecht.

„Der hat sich totgetanzt", sagt er dann. „Herzversagen, so wie's aussieht. Werde 'ne Obduktion machen. Mit Sicherheit ist wieder irgend 'ne Droge mit im Spiel. Wie bei den anderen Toten."

„Na, sag ich doch", muffelt Kuss.

Er denkt darüber nach, die Partypeople vor der Tür zu interviewen. Ob irgendwer irgendwas gesehen, gehört hat. Als er vor die Tür tritt, haben die sich aber alle schon verzogen. Auch egal. Erfahrungsgemäß kriegt man aus den Leuten ohnehin so gut wie gar nichts heraus. So ist es zumindest bei den beiden anderen Fällen gewesen. Vor genau zwei Wochen haben sie in einer Brackweder und dann, ein paar Tage später, in einer Gütersloher Discothek jeweils einen Toten abgeholt. Von den Gästen wollte niemand mit denen je etwas zu tun gehabt haben.

In beiden Leichen hat Skrzybinski extrem kleine Mengen sehr giftiger Substanzen gefunden, die möglicherweise Bestandteile einer neuen Designerdroge waren. In den einschlägigen Dealerkreisen wusste man von nichts. Eine neue Droge sei angeblich nicht im Angebot.

Später, im Präsidium, sucht Thomas Kuss nach den Meldeunterlagen von Felix Wintrup. Er stammte aus Minden, 24 Jahre alt, war Student der Betriebswirtschaftslehre an der hiesigen Universität und wohnte in einem Bielefelder Studentenwohnheim.

Die Angehörigen sind zu benachrichtigen. Das würde ein schwerer Gang werden. Aber es gehört zum Job. Thomas Kuss muss da durch.

Kuss erhebt sich, geht auf die Toilette. Es ist halb zehn Uhr morgens, samstags, im Polizeipräsidium und es ist nichts los. Die Gänge sind menschenleer. Auf der Toilette betrachtet Kuss sich im Spiegel, sucht nach den verräterischen Spuren des Älterwerdens. Mit seinem Spiegelbild ist er im Grunde zufrieden. Obwohl, seinen Bierkonsum sieht man ihm an. Er hat, alles in allem, deutlich mehr drauf als früher. Wirkt fast schon etwas dicklich. Aber nur fast. Die dunklen Haare werden zusehends weniger, die Falten im Gesicht halten sich in Grenzen. Kuss prüft seinen Bizeps, spannt an. Okay, geht auch noch. War natürlich schon mal ausgeprägter, härter. Seine Größe wird wohl vorerst so bleiben, wie sie ist. Sie liegt irgendwo bei ein Meter achtzig. Das ist in Ordnung so. Im Alter wächst man dann ja in die Erde, wie es heißt.

Im Büro hat sich mittlerweile Kuss' Assistent Oberkommissar Oliver Kirchner eingefunden. Die Chefs haben die beiden vor drei Jahren in ein gemeinsames Büro gesteckt und damit zur Zusammenarbeit geradezu gezwungen. Obwohl Kuss Einzelgänger ist, läuft es mit Kirchner mittlerweile recht gut. Anfangs hat es allerdings riesige Probleme gegeben, an denen in erster Linie Kuss die Schuld trug. Er wollte sich einfach nicht mit einem direkten Mitarbeiter befassen müssen, der mit seinen 35 Jahren auch noch sehr viel jünger ist als er selbst.

„Morgen, Thomas", sagt Kirchner, als Kuss den Raum betritt. „Wir müssen los. Gerade hat die Bereitschaft angerufen. Noch ein Toter. Aber kein Discobesucher. Die Leiche liegt in einem Haus in der Schlesischen Straße. Die Trachtengruppe ist schon da. Von Nachbarn gerufen worden. Die Kollegen haben die Tür öffnen lassen und eine Leiche gefunden, die schon ein paar Tage dort liegt. Ich hab die Spurensicherung schon hingeschickt. Und natürlich Andi."

„Ist ja nicht zu fassen", sagt Kuss. „Erst passiert monatelang gar nix und jetzt haben wir einen Toten nach dem andern."

Es ist ein mörderisch heißer Sommer. Als Kuss aus dem klimagekühlten Polizeipräsidium ins Freie tritt, trifft ihn die Hitze wie ein Hammer. Oliver Kirchner scheint nichts zu bemerken. Der ist in dieser Hinsicht härter im Nehmen.

Wenig später sitzen die beiden im großen, schwarzen Dienst-VW. Oliver Kirchner hat Blaulicht und Martinshorn eingeschaltet. Er brettert wie ein Wahnsinniger durch den Verkehr.

„Immer schön ruhig bleiben, alter Junge", sagt Kuss zu ihm. „Wir haben's im Prinzip eigentlich gar nicht so eilig. Unser Kunde ist definitiv schon tot. Da können wir gar nicht zu spät kommen."

Kirchner hört nicht richtig zu, da er sich voll und ganz auf den Verkehr konzentriert. Äußerlich erkennbar ist dieser Zustand an seiner Zungenspitze, die im rechten Mundwinkel zwischen den Lippen hervorlugt, und an der vorgebeugten Sitzposition.

Rasch sind sie im Osten der Stadt, im Stadtteil Stieghorst.

Ein Haus sieht hier wie das andere aus, in dieser blitzsauberen, baumlosen Gegend mit ihren abgezirkelten Vorgärten, die vollkommen schutzlos der brutalen Sonne ausgesetzt sind. Thomas Kuss läuft es trotz der Hitze kalt über den Rücken. Die Straße erinnert ihn an jene, in der er seine Kindheit verlebte. Daran hat er nicht viele gute Erinnerungen. Das waren schlimme Zeiten. Das Sagen hatten damals jene Männer, die mit ihren unbehandelten Stalingrad-Traumata das Wirtschaftswunder ermöglichten. Hart, ordnungsliebend, spießig bis über die Schmerzgrenze hinaus.

Kirchner biegt in die Schlesische Straße ein. Sie suchen das Haus mit der Nummer 32 und halten an. Hier stehen bereits einige Streifenwagen und der Kleinlaster der Spurensicherung. Thomas Kuss steigt aus und begrüßt heute schon zum zweiten Mal Mirco Haase, der wieder seinen weißen Overall angezogen hat und sich offenbar nun ganz intensiv an die Arbeit machen will. Günther Sammler von der Wache Ost streicht auch herum. Der sieht nach wie vor aus wie der typische Kontaktbereichsbeamte: heller, gepflegter Bart, Brille, freundliches Gesicht, kräftig, etwas rundlich, mittleren Alters, mit mehreren Sternen auf den Schulterklappen. Ein erfahrener Mann, offenbar.

„Na, Günther, was haben wir denn hier?", fragt Kuss und schaut sich das Haus von außen an. Es ist ein allein stehender zweistöckiger und schmuckloser Bau aus den 50er-Jahren des vorigen Jahrhunderts. So hässlich, dass er schon beinahe wieder schön ist. Ein Denkmal, das an die großen Zeiten des wirtschaftlichen Wiederaufstiegs nach 1945 erinnert. Bald würde man es unter Denkmalschutz stellen. Auffällig ist, dass sämtliche Rollos vor den Fenstern heruntergelassen sind.

„Ganz komische Sache, Tommi", sagt Sammler, „ist ein wirklich seltsames Haus. Kann ich gar nicht richtig beschreiben. Musst du selbst gleich mal reingehen, oder besser: reinkriechen. Wenn du dann irgendwo in der Mitte des Hauses angekommen bist …"

„Hä? Was meinst du mit ‚Mitte des Hauses'?", fragt Kuss.

„Das Haus ist innen total verbaut, zugebaut. Es gibt nur wenige richtige Zimmer. Überall sind Türen, die in einen toten Gang führen, der plötzlich endet. Oder man geht in ein Zimmer und alle weiteren Türen, die man öffnen will, sind Attrappen. Kurbelt man die Rollos vor den Fenstern hoch, ist dahinter eine Steinmauer. Dann muss man ganz enge kleine Treppen hochsteigen und landet plötzlich durch eine Bodenklappe in einer Abstellkammer. Nach langer Suche haben wir eine Leiche in einer Art Wohnzimmer entdeckt, das sich, nach meiner Schätzung, irgendwo in der Mitte des Hauses befinden muss."

„Wer hat euch denn gerufen?"

„Zwei Nachbarinnen haben sich, unabhängig voneinander, heute früh um acht Uhr bei uns gemeldet. Ältere Damen. Die sagten beide aus, dass sie Herrn Michael Küpper, so heißt der Tote und ehemalige Hausbesitzer, fast drei Wochen lang nicht gesehen hätten. Das sei umso merkwürdiger, als der PKW von Michael Küpper sauber geparkt in der Einfahrt stehe. Da habe man sich Sorgen gemacht und bei uns angerufen."

„Wie rücksichtsvoll", sagt Kuss. „Da haben die Nachbarn drei Wochen lang das Haus mit ihren Ferngläsern beobachtet und es hat sich nix getan. Hat denn keiner der Nachbarn versucht, bei dem Hauseigentümer anzurufen? Oder vielleicht mal geklingelt? Mal nach dem Rechten gesehen?"

„Das könnt ihr ja alles noch erfragen. Du weißt, dass mein Job in der Feststellung besteht, ob Gefahr im Verzug ist oder nicht."

„Stimmt ja, Günther. Tut mir leid, bin ein bisschen angespannt, wenn ich dieses Stadtviertel sehe. Erinnert mich an meine nicht ganz problemfreie Kindheit. – Wie, sagtest du, heißt der Tote?"

„Michael Küpper. Zumindest gehen wir davon aus, dass es sich bei der Leiche um diese Person handelt."

„Ich hatte früher in meiner Schulklasse einen Kameraden, der hieß ganz genauso. Merkwürdig. Welcher Jahrgang war denn unser Toter?"

„Laut Einwohnermeldedaten ist er 1959 geboren. Hier, in dieser Stadt. Früheres Städtisches Krankenhaus, heute Klinikum Mitte."

Kuss denkt nach.

„Das ist er, definitiv! Mit dem bin ich jahrelang zur Schule gegangen."

„Die Einschläge kommen näher, was?", fragt Sammler.

„Hör auf, Günther. Mach mich nicht fertig."

Oliver Kirchner gesellt sich zu den beiden.

„Na, Olli, kann's losgehen?", fragt Kuss.

„Sag mal, Thomas, könntest du dir den Tatort vielleicht allein ansehen?", sagt Kirchner. „Ich kann das heute nicht. Bin nicht besonders gut drauf, magenmäßig und so."

„Na gut, Olli, weil du's bist", sagt Kuss. „Als Gegenleistung lässt du dir von Sammler die Namen der älteren Herrschaften geben, die uns alarmiert haben und befragst sie."

„Kein Problem. Danke, Thomas."

„Keine Ursache."

Mit der Besichtigung von Leichen hatte Kirchner schon häufig seine Schwierigkeiten. Kuss wunderte sich immer wieder darüber, wieso Kirchner sich dann solche Mühe gegeben hatte, um ausgerechnet bei Mordkommissionen mitarbeiten zu dürfen.

„Diese Youngsters. Können nix vertragen", sagt Kuss leise und macht sich auf den Weg zur Haustür.

Aus seiner Sicht ist der 35-jährige Kirchner noch grün hinter den Ohren.

„Die Spurensicherung ist seit zwei Stunden drin", ruft ihm Günther Sammler nach.

Thomas Kuss nähert sich dem Haus. Und obwohl es taghell ist und die Sonne bereits heiß und gnadenlos auf die Szenerie scheint, fröstelt es ihn. Er hat das Gefühl, als würde es mit jedem Meter, dem er sich dem Haus nähert, um einige Grade kälter.

Als er schließlich vor der Haustür steht, hat er eine Art Déjà-vu. Er ist plötzlich wieder ein Kind, steht im Jahr 1965 vor einer Haustür in seiner Siedlung. Damals ließen viele ihre Keller- oder Wohnungstüren unabgeschlossen. Man hatte keine Angst vor Einbrechern.

Zwischen Tür und Rahmen des Hauses von Michael Küpper ist ein kleiner Holzkeil geklemmt, der die Tür am Zufallen hindert. Alles genau wie damals. Die Tür besteht aus einem braunen Holzrahmen mit Teilungen in der Mitte. Ausgefüllt sind sie mit braunem, seltsam geriffeltem Glas. Der Griff ist ein merkwürdiger Bügel aus Metall und schwarzem Plastik. Links und rechts vom Eingang befinden sich kleine Blumenbeete, aus denen aber gar nichts wächst und die jeweils scharf vom beginnenden Rasen abgesetzt sind. Wie mit dem Lineal gezogen. Der Rasen ist seit einigen Wochen nicht gemäht worden. Er ist an manchen Stellen fast kniehoch.

Wahrscheinlich war das der Grund für die beiden älteren Damen, die Polizei zu rufen. Küpper hat nicht gemäht und damit die Ordnung in der Siedlung gefährdet, denkt Kuss.

Er drückt die Tür auf und tritt ein. Es ist kühl, es riecht ein wenig muffig. Wie ein feuchter Keller. Thomas Kuss steht im Treppenhaus. Er dreht sich um und ruft aus der Tür heraus: „Wo war noch mal die Leiche? Die Treppe hoch?"

Günther Sammler ruft zurück: „Wie ich schon sagte: irgendwo in der Mitte des Hauses. Am besten ist es, du hältst dich links!"

Was für ein Unsinn, denkt Kuss. Hier sieht doch alles ganz normal aus. Er geht die Treppe hoch. Das dunkle Holz knarrt unter seinen Fußsohlen. Auf dem ersten Treppenabsatz angekommen steht er plötzlich vor einer weißen, gemauerten Wand. Keine Tür, nichts. Auch keine weitere Treppe. Das ist seltsam. Er macht kehrt und geht wieder hinunter. Unten öffnet er eine von vier Türen. Direkt dahinter befindet sich eine nackte, unverputzte Mauer. Die zweite Tür gibt den Blick auf einen schmalen Gang frei. Die Richtung stimmt, es geht nach links. Kuss betritt den Gang, die Tür fällt hinter ihm ins Schloss. Es ist stockdunkel. Kuss findet einen Lichtschalter. Eine Neonröhre springt mit ihrem seltsamen „Pling-Pling" an, flackert und beruhigt sich dann. Plötzlich ist es ganz still, wie in einem schalltoten Raum. Nichts für Leute mit Klaustrophobie, denkt er sich. Er hält es kaum aus. Eine Reise in die Enge der eigenen Vergangenheit.

Die gegenüberliegende Tür ist eine Schiebetür aus furniertem Holz. Sie lässt sich nur sehr schwer öffnen. Dahinter befindet sich ein kleiner, enger Raum, in dem ein niedriges Regal steht, das mit verblichenem, altem Wachstuch bedeckt ist und in dem Schuhe stehen. Direkt daneben führt eine Leiter nach oben zu einer Bodenklappe. Kuss steigt hoch, öffnet die Klappe und befindet sich plötzlich in einem Schlafzimmer. Auch dieser Raum ist klein, das gewaltige Ehebett und die weißen Schleiflackschränke nehmen fast die gesamte Fläche ein. In ihren Spiegeltüren sieht Kuss sein verwundertes Gesicht. Der Fußboden ist vollständig mit weißem Flokati bedeckt. Alles ist mit einer grauen, feinen Staubschicht überzogen. Auf dem Nachttisch liegen abgegriffene Taschenbücher. Es gibt auch hier kein Fenster. Beide Nachttischlampen brennen und tauchen die Szenerie in ein fahles, beklemmendes Licht.

Die einzige Tür führt in ein ebenfalls weißes, kleines und länglich-schmales Zimmer. Auch hier hat jemand das Licht brennen lassen. Vielleicht die Spurensicherung. Dann ist Kuss ja auf dem richtigen Weg.

Die einzigen Möbel im Raum bestehen aus einem kleinen Tisch, gedeckt mit einer weißen Spitzendecke, und zwei Stühlen. Auf dem Tisch steht ein Kerzenhalter mit einer Kerze, die brennt. Wer erlaubt sich denn solche schlechten Späße?, fragt sich Thomas Kuss entrüstet, löscht die Kerze und nimmt sich vor, die Kollegen dafür ordentlich zur Sau zu machen. Aber er muss sie erst einmal finden.

Dieses Zimmer hat das erste Fenster, das er bis jetzt in diesem Haus von innen gesehen hat. Aber das Rollo ist heruntergelassen. Kuss will es hochziehen, um sich mit einem Blick nach draußen zu orientieren. Aber das ist nicht möglich. Kuss schüttelt den Kopf. Er wird von einer leichten Panik ergriffen. Gefangen! Ich bin gefangen im Mief der 50er-Jahre!, sagt er zu sich selbst.

Die nächste Tür führt in eine Küche. Zumindest deuten die Herdplatten und die Spüle darauf hin. Aber alles scheint seit Langem nicht mehr in Benutzung zu sein. Überall ist Staub. In den Schränken stehen Gläser und Geschirr. Thomas Kuss nimmt ein Glas heraus. Es hat einen knallbunten Aufdruck aus längst vergangenen Tagen. „Herzliche Grüße aus Bodenwerder“ steht darauf.

Die Küche hat keine Tür, die weiterführt. Das bedeutet, dass Kuss nun den ganzen Weg zurück müsste, um einen neuen Anlauf zur Hausmitte zu starten. Ihm wird es jetzt zu bunt. Er ruft laut, in der Hoffnung, dass ihn einer der Kollegen hört, die bereits bis zum Tatort vorgedrungen sind.

„Herr Haase! Wo sind Sie? Herr Haase!“, brüllt Kuss laut gegen die Wände.

Niemand antwortet. Kuss ruft noch einmal, noch lauter. Keine Reaktion. Ziemlich ungehalten reißt er einen kleinen, schmalen Schrank auf. Dahinter öffnet sich ein weiterer Gang. Thomas Kuss quetscht sich hinein. Es ist überaus eng und niedrig und er hat Mühe voranzukommen. Dann knickt der Weg in einem 90-Grad-Winkel nach rechts ab und wird plötzlich weiter. Es ist fast ganz dunkel, nur durch ein paar Ritzen fällt Licht. Kuss hört Stimmen. „Hallo!“, ruft er. „Hallo, wo bin ich?“

Eine Tür öffnet sich vor ihm, grelles Licht blendet. Verwesungsgeruch springt ihn an wie eine wütende Katze.

„Sie sind in einem Schrank, Herr Kollege“, sagt die Stimme von Mirco Haase.

Kuss steigt aus seinem Gelass und sieht sich um. Tatsächlich, sein Weg endete im Inneren eines Kleiderschranks.

Die umstehenden Kollegen von der Spurensicherung in ihren weißen Overalls lachen. „Den Weg kannten wir noch nicht“, sagt einer von ihnen.

„Wie seid ihr denn hereingekommen?“

„Durch die Tür ganz links im Erdgeschoss. Da geht es über alle möglichen Stationen. Hat gedauert, bis wir hier angekommen sind", sagt Andi. „Ehrlich, ich weiß nicht, wie man die Leiche hier wegschaffen kann. Hier passt keiner der Zinksärge unserer Freunde von der Gerichtsmedizin durch."

„Spejbl und Hurvinek wird schon was einfallen", meint Kuss trocken. Das sind die Sektionsgehilfen des Gerichtsmediziners.

„Davon bin ich überzeugt! Und es wird wieder etwas vollkommen Geschmackloses sein", sagt Andi, wendet sich der Leiche zu und macht Fotos.

Schmeißfliegen surren durch den Raum. Die finden immer einen Weg, sind immer die Ersten, denkt Kuss. Ein unwirkliches, weißes Licht von vier Neonröhren unter der Decke erhellt das große Zimmer. Die Einrichtung lässt, zumindest auf den ersten Blick, den Schluss zu, dass es ein Wohnzimmer ist, die sogenannte gute Stube. Und dass sie als solche auch genutzt wurde. Auch hier gibt es keine Fenster und die Wände sind weiß gestrichen. Sie sehen frisch und neu aus, während das Mobiliar - ein Sofa, ein flacher Tisch, zwei Sessel, eine Art Anrichte und der Schrank, aus dem Kuss gestiegen ist - den Eindruck hinterlässt, als stammte es vom Sperrmüll. Die Möbel mochten in den 60er-Jahren modern gewesen sein, jetzt sind sie alt und abgenutzt.

Auf dem Teppich, nahe beim Tisch, liegt die Leiche, mit dem Rücken zu Kuss. Eine mächtige schwarzgraue Haarpracht, eine Art Afrolook, blaue Jeans, ein roter Pullover, Sportschuhe.

„Was ist das hier?", fragt Kuss. „Ein natürlicher Tod, ein Selbstmord oder ein Mord? Gibts schon irgendwelche Hinweise?"

Mirco Haase meldet sich: „Wir können noch gar nichts sagen, Herr Kuss. Dr. Skrzybinski wird gleich eintreffen."

„Um gleich mal etwas klarzustellen, bevor die anderen kommen", wendet Kuss sich an die Anwesenden. „Wer von euch Spaßvögeln hat in diesem Zimmer, in dem nur zwei Stühle und ein Tisch mit so einer Spitzendecke stehen, die Kerze in dem Leuchter angezündet und sie brennen lassen? Nicht nur, dass das ein schlechter Scherz ist, es kann auch passieren, dass uns der ganze Laden abfackelt."

Kuss ist genervt. Bei jedem Atemzug steigt ihm Leichengeruch in Nase und Lungen und macht ihn noch aggressiver.

Die anwesenden Kollegen sehen sich untereinander und ihn nur fragend an, zucken mit den Schultern.

„Das Zimmer kennen wir nicht. Wir sind, wie gesagt, einen anderen Weg gekommen", meldet sich Mirco Haase.

„Wer soll sie denn dann angezündet haben? Die Kollegen von der Streife etwa? Günther Sammler? So etwas macht der nicht", stellt Thomas Kuss fest.

„Dann müsste hier ja noch jemand im Haus sein, irgendwo", meint Andi.

„Kann sein. Verflucht!" Kuss holt sein Handy hervor und ruft Oliver Kirchner an.

„Hallo Olli! Bestell Günther Sammler einen schönen Gruß von mir und bitte ihn, sich zwei Kollegen zu schnappen, um das Haus hier nach einer Person zu durchsuchen, die nicht zu uns gehört. Hier hält sich offenbar jemand versteckt."

„Geht klar! – Ach, Thomas, der Doc und seine beiden Gehilfen sind gerade eingetroffen. Kannst die Kollegen schon mal vorwarnen."

„Geht in Ordnung."

„Alle mal herhören, bitte!" Kuss wendet sich noch einmal an die Leute von der Spurensicherung: „Drei

Leute von der Trachtengruppe sind im Haus und suchen die Person, die sich möglicherweise hier irgendwo versteckt hält. Falls Sie irgendetwas sehen oder hören, bitte sofort Bescheid geben! Ach ja, äh, Skrzybinski, Spejbl und Hurvinek werden gleich hier sein. Ich nehme an, sie betreten gerade das Haus."

Augenblicklich herrscht große Unruhe. Man hört unterdrückte, leise Rufe wie „Oh, mein Gott" und „Bloß weg hier!" Alle wollen plötzlich schnell mit der Arbeit fertig werden und verschwinden. Kuss sieht, was er angerichtet hat und ruft: „Leute, bitte! Es hat doch keinen Zweck. Arbeitet ganz normal weiter, lasst euch nicht zu sehr beeinflussen. Tut einfach so, als sei nichts passiert."

„Der hat leicht reden", hört Kuss einen halblauten, fast gemurmelten Beitrag zu seinen Ausführungen.

Thomas Kuss kniet sich neben die Leiche. Dann beugt er sich nach vorn, um dem auf der linken Seite liegenden Toten ins Gesicht zu sehen. Beinahe muss er laut auflachen. Das ist ganz ohne Zweifel Michael Küpper. Er erkennt die Gesichtszüge seines ehemaligen Klassenkameraden wieder. Aber was für eine seltsame Verwandlung hatte der vollzogen! Der Tote sieht aus wie Jason King! Wie dieser Darsteller in der TV-Serie aus den 70er-Jahren. Wie hieß der denn noch mal? Kuss weiß es nicht. Er erinnert sich nur noch an den mordsmäßigen Schnurrbart, die langen gewellten Haare und die coolen Sprüche, die Jason King in jeder Lebens- und Gefahrensituation drauf hatte.

„Der hat ja 'n gewaltigen Fahrradlenker im Gesicht", sagt Mirco Haase, der Kuss über die Schulter schaut, „und 'ne riesige Matte, 'ne richtige Hecke, würd ich sagen."

„Michael Küpper, was hast du in den letzten Jahren nur getrieben?", murmelt Thomas Kuss leise vor sich hin.

Im Schrank, dem Kuss eben entstiegen ist, rumpelt es. Er steht auf und öffnet die Schranktür. Und blickt in das Gesicht von Dr. Heinrich Skrzybinski, dem Gerichtsmediziner. Der grinst, hat offenbar gute Laune.

„Na, hör mal, Thomas, was ist das denn hier für eine irre Hütte? Ist ja völlig skurril. Ich hab Lichtjahre gebraucht, bis ich euch endlich gefunden habe. Ich sage dir, das Haus ist ein richtiges Kunstwerk."

„Hallo, Heinrich", sagt Kuss. „Aber das alles ist doch auch ein wenig krank, oder? Was sagst du als Arzt dazu?"

„Tja, das ist schon bemerkenswert", meint Skrzybinski. „Aber auf eine Anomalie würde ich als Pathologe nicht sofort setzen. Das ist ein weites Feld. Und der Bereich, in dem Genie und Wahnsinn ineinander übergehen, ist unscharf und lässt sich nicht klar definieren."

Skrzybinski steigt ins Zimmer und sieht sich voller Neugier um. Er zeigt sich nur wenig interessiert an der Leiche. „Mann, in diesem Haus möchte ich mal auf Entdeckungsreise gehen. Ist ja wirklich toll! Ein Wahnsinnslabyrinth!"

„Ich denke, dass du dazu Gelegenheit haben wirst", meint Kuss. „Aber wende dich doch zunächst mal dem Grund deines Hierseins zu. Da vorn auf dem Teppichboden liegt Michael Küpper. Mausetot. Übrigens ein alter Klassenkamerad von mir."

„Junge, Junge", sagt Skrzybinski. „Das ist schon schrecklich, wenn die Ersten aus der eigenen Alterskohorte sterben, oder?"

„Jetzt fängst du auch noch damit an", meckert Kuss. „Vorhin hat Sammler schon solche Sprüche gemacht."

Der Gerichtsmediziner stellt seinen Koffer ab, öffnet ihn und streift sich Gummihandschuhe über.

„Du weißt ja, Thomas, das ist hier nur eine erste Bestandsaufnahme. Genaues gibt's erst in ein paar Tagen."

„Ja, ja, Heinrich, ich weiß! Ich sehe mir auch immer den „Tatort" im Fernsehen an. Da sind die Pathologen aber meist betont übellaunig. Und du bist heute für deine Verhältnisse geradezu euphorisch. Das musst du ändern, damit du dem Stereotyp entsprichst."

„Ich werd sehen, was ich tun kann. – Hat Andi alles fotografiert?"

„Andi hat alles fotografiert!", ruft Andi aus dem hinteren Teil des Raumes.

Skrzybinski beugt sich über den Toten, drückt hier und dort, leuchtet mit seiner Taschenlampe hierhin und dorthin.

„Also, ich denke, der Bursche liegt hier seit drei Tagen", sagt er schließlich.

Skrzybinski durchsucht vorsichtig die Kleidung des Toten. Er fischt aus der linken Gesäßtasche eine Geldbörse hervor und gibt sie Kuss. Der öffnet sie vorsichtig und findet vier 50-Euro-Scheine und ein paar Münzen. Sonst nichts. Kein Handy, Smartphone oder sonst was.

Inzwischen hat Skrzybinski seinen Koffer aufgeklappt und damit begonnen, Proben für sein Labor zu entnehmen. Mit einem Tupfer nimmt er an verschiedenen Stellen Substanz auf. Er schabt hier und dort etwas ab.

„So, von mir aus kann's erst einmal in die Gerichtsmedizin gehen", sagt er.

„War's ein gewaltsamer Tod? Hat ihn jemand umgebracht?", fragt Kuss.

„Keine Ahnung, Thomas. Äußerlich deutet nichts auf ein Verbrechen hin. – Ah, die Kollegen sind eingetroffen." Damit meint er seine Sektionsgehilfen Josef Spejbl und Antonius Hurvinek. Sie hatten einen anderen Weg als den durch den Schrank gefunden.

Alle bei der Kripo haben Angst vor diesen beiden Gestalten in ihren stets grauen Kitteln. Spejbl und Hurvinek stammen aus Wien, aus Hernals, dem XVII. Bezirk, worauf sie aus irgendeinem Grund besonders stolz sind. Ihr Erscheinen – sie stoßen mit ihrem Zinksarg mehrfach an Wände und Türen – hat etwas Rücksichtsloses. Niemand beschwert sich jedoch, alle weichen angstvoll und erschrocken zurück. Obwohl die Gehilfen freundlich und im breitesten Wiener Schmäh in die Runde grüßen. Spejbl ist der ältere von beiden. Er trägt eine mächtige Brille mit gewaltigen Mehrstärkengläsern. Die machen seine Augen riesig. Hurvinek, auch „Hurvi, die Ratte" genannt, ist dagegen ein junger, drahtiger Mann mit schwarzen Haaren und dunklen, blitzenden Schweinsäuglein, die gescheit und rattenflink umherschauen.

„Göi, da ham wiar ja oine Ewigkeit 'braucht, bis wiar angelaaangt san", beschwert sich Spejbl laut. „Dös is ja dös Hauuus oines Waaahnsinnigen. Vöallig verbaaaut, göi. Da koammen wia mit uuunserem Zinksoarg an maanchen Stöllen nuar hoachkant duarch."

Hurvinek sagt nichts, sondern grinst nur durchtrieben.

„Göi, hiear rieachts oaber net guaat", fährt Spejbl fort und lacht etwas. „Schauuu diar die Loich oan, Antooooon. In Kik-Klamoootn löbst niiiiiicht loang, ha, ha."

Hauptkommissar Thomas Kuss wendet sich ab. Er kann die beiden Wiener Originale nicht ertragen. Er geht, sucht den Weg aus dem labyrinthischen Haus und trifft vor der Tür seinen Assistenten. Der gibt ihm eine kurze Zusammenfassung dessen, was die zwei älteren Damen ausgesagt haben, die die Polizei gerufen hatten.

„Frau Grete Spangenberg, die uns als Erste anrief, wiederholte im Großen und Ganzen das, was sie der Zentrale auch schon gesagt hatte", führt Kirchner aus. „Nämlich, dass sie Michael Küpper lange Zeit nicht gesehen hat, obwohl sein Auto in der Einfahrt stand. Das sei über die Jahre hinweg ein untrügliches Zeichen dafür gewesen, dass Küpper zu Hause war. Überdies ließ Frau Spangenberg durchblicken, dass alle in der Straße, sie nennt sie übrigens „Siedlung", Michael Küpper für einen seltsamen Menschen hielten."

„Das war er mit Sicherheit", sagt Kuss. „Das war er, soweit ich mich erinnern kann, schon damals in der Schule. Du wirst dich wundern, Olli, wenn du ins Haus gehst. Dann wird dir erst klar, WIE seltsam er war."

„Die zweite Zeugin, Frau Gunda Rahlmann, sagt aus, dass es ihr ebenfalls komisch vorkam, gar nichts mehr von Küpper zu hören und zu sehen. Sie wohnt schräg gegenüber und berichtete, dass Küpper ständig Baumaterialien ins Haus geschleppt und dann dort gewerkelt habe. Zumindest seien die Geräusche unverkennbar gewesen: Sägen, Bohren und so fort. Dabei hätte das Haus auch von außen mal einer Überarbeitung bedurft. Michael Küpper habe vor Jahren das Gebäude von den verstorbenen Eltern geerbt. Zuerst hätte er es noch vermietet, dann aber die Mieter wieder rausgeschmissen und das große Ding ganz allein bewohnt."

„Was hat Michael Küpper denn beruflich getrieben? Weißt du da schon irgendwas?"

„Laut Frau Spangenberg war er Steuerberater. Viel Kommen und Gehen sei aber nicht zu beobachten gewesen. Womöglich hat er seine Klienten auch aufgesucht. Eine Praxis, ein Büro irgendwo in der Stadt habe er, ihrer Kenntnis nach, aber nicht gehabt."

„Da drin sah's aber nicht unbedingt nach Steuerberater aus."

„Wie denn dann?"

„Schwer zu beschreiben. Es geht nicht anders: Da musst du selbst rein."

„Oh je, aber nicht heute."

„Was ist mit Freunden und Verwandten des Toten?"

„Muss ich mich noch kundig machen. Die beiden Nachbarinnen waren sich allerdings mehr oder weniger sicher, dass er keine Verwandten hier in der Stadt hat. Die nächsten würden im Rheinland wohnen oder so. Und Leute, die als Freunde in Betracht kämen – ganz selten hätten sie da mal jemanden gesehen."

„Also – wir brauchen die Daten vom Einwohnermeldeamt, Küppers eigene Kundenkartei, die Namen und die Wohnorte seiner Verwandten und Freunde. Wenn er denn welche hatte. Das müssen wir uns in den nächsten Tagen vornehmen. Egal, ob Michael Küpper Suizid begangen, eines natürlichen oder eines unnatürlichen Todes gestorben ist. Dann muss festgestellt werden, ob Küpper einen Handyvertrag oder etwas Ähnliches abgeschlossen hatte. Ist ja doch einigermaßen ungewöhnlich, dass ein Geschäftsmann heutzutage ohne Smartphone rumläuft. Vielleicht hat ihm das Teil auch jemand abgenommen. Nach seinem Tod und noch vor unserem Eintreffen."

Kuss und Kirchner werfen noch einen Blick zum Haus. Die beiden Polizisten, die nach einer weiteren

Person im Gebäude suchen sollten, sind nicht fündig geworden. Sie kommen aus der Haustür und sehen froh aus, sind glücklich, dem seltsamen Haus entkommen zu sein.

Kirchner und Kuss sind zurück ins Präsidium gefahren, um zu Mittag zu essen. Kuss bekommt den Leichengeruch nicht aus der Nase. Das schmälert ein wenig das Vergnügen am Jägerschnitzel mit Pommes und kleinem gemischten Salat. Trotzdem schmeckt es. Dazu trinkt Thomas Kuss ein großes Glas eiskalte Cola. Das weckt die Lebensgeister.

Die Kollegen Enzo Reichwein, Evita Losgonzalos und Verena Prohaska von der Sitte gesellen sich an den Tisch. Die Frauen gönnen sich nur einen Salat. Reichwein hat ein Wiener Schnitzel mit Pommes rot gewählt. Dazu trinkt er Mineralwasser. Cola ist ihm zu profan.

„Na, was habt ihr denn da für eine Leiche gefunden? War's ein Mord?", will Evita Losgonzalos wissen.

„Keine Ahnung", sagt Kuss. „Heinrich muss erst noch seines Amtes walten. Sieht bisher alles nicht besonders spektakulär aus. Aber das Haus, in dem die Leiche lag, – ein Albtraum."

„Was meinst du damit?", fragt Verena Prohaska.

„Wie soll man's erklären? Das ist irgendwie ein Haus im Haus. Man geht rein und plötzlich ist nichts so, wie es von außen scheint. Es gibt Türen, die öffnet man und dahinter befindet sich eine Mauer. Kein Durchkommen. Man sucht Fenster und findet keine. Die Zimmer selbst sind alle wie inszeniert. Zwar wirken sie auf den ersten Blick ganz normal. So gibt es etwa Schlafzimmer und Küche. Aber schaut man genauer hin, lässt sich erkennen, dass sie niemals benutzt wurden. Michael Küpper hat sie offenbar neu erschaffen, neu gebaut. Ich muss mir das Haus die Tage noch einmal ganz genau ansehen. So was Gespenstisches! Ganz bizarr war, dass in einem der Räume auf dem Tisch eine Kerze brannte. Ich hab unsere Leute daraufhin angepfiffen und gefragt, wer denn solche dämlichen Scherze mache. Es meldete sich niemand. Alle sahen mich nur fragend an. Die kannten den Raum mit der brennenden Kerze gar nicht. Da bin ich nur ganz zufällig durchgekommen."

„Ist ja höchst seltsam", sagt Enzo Reichwein. „Dann muss doch noch irgendwer im Haus gewesen sein."

„Genau. Darum habe ich auch zwei Kollegen von der Streife durch die Bude geschickt, um alles abzusuchen. Die haben jedoch niemanden entdecken können."

Evita Losgonzalos, Enzo Reichwein und Verena Prohaska sind voller Interesse um Kuss zusammengerückt.

„Hör mal, Thomas", sagt Verena. „Falls das ein Mord war und ihr eine Kommission bildet, dann vergesst mich nicht."

„Ich hätte auch Interesse", sagt Evita Losgonzalos.

„Ich auch", meldet sich Enzo Reichwein.

„Gut, gut, ich kann euch ja vorschlagen, falls wir den Fall weiter verfolgen und der Big Boss einverstanden ist."

Nachdem alle aufgegessen haben, verabredet man sich noch für den Nachmittag in Kuss' und Kirchners Büro auf Kaffee und Teilchen vom Bäcker.

Zurück im Büro doziert Kirchner über die richtige und wahre Methode, Espresso zuzubereiten. Er lässt sich darüber aus, wie hoch der Druck im Idealfall sein müsse, mit dem das Wasser durch das Kaffeesieb gedrückt wird. Und dass der Espresso, der in Italien nur Kaffee genannt werde, gerade dort immer besonders gut gelinge. Möglicherweise, so Kirchner, trage das dortige Wetter, sprich der atmosphärische Druck, dazu bei, dass der Espresso dort besser sei.

Kuss hat sich mittlerweile das polizeiliche Führungszeugnis und die Daten des Einwohnermeldeamtes über Michael Küpper auf den Bildschirm gerufen. Es ist nichts Auffälliges zu entdecken. Das Führungszeugnis weist keine Einträge auf. Die Meldeunterlagen belegen nur das, was Kuss sowieso schon von Günther Sammler erfahren hat.

Aus den Akten geht hervor, dass Küpper die Stadt Zeit seines Lebens niemals verlassen hat. Aber er ist häufig umgezogen. Als beide Eltern vor Jahren durch einen Autounfall verstarben, hat er seine Wohnung gekündigt, ist in deren Haus in der Schlesischen Straße eingezogen und hat es dann bald ganz allein bewohnt.

Kuss greift zum Telefon und wählt die Nummer von Bettina Niewerth bei der städtischen Immobilienverwaltung. Die beiden kennen sich schon lange, sind fast gleichaltrig und treffen sich hin und wieder. Und laden sich gegenseitig zu ihren Geburtstagen ein. Obwohl sie sich nicht unsympathisch sind, haben sie doch zu keiner Zeit etwas gehabt, das man Beziehung nennen könnte. Beide hatten allerdings immer das Gefühl, dass das auch ganz gut so sei.

„Schau mal an, der Thomas! Was verschafft mir denn die Ehre? Du willst doch bestimmt was von mir, oder?"

Eines der ausgeprägtesten Charaktermerkmale von Bettina ist es immer gewesen, die Dinge sofort und geradeheraus beim Namen zu nennen. Das konnte allerdings manchmal durchaus verletzen.

„Richtig geraten. Dass ich mich selten bei dir melde, schmälert allerdings in keinster Weise meine Hochachtung vor dir."

„Tatsächlich? Wo brennt's denn nun?"

Kuss schildert in kurzen Worten die Ereignisse des Tages. Er möchte von Bettina Näheres über das Haus von Michael Küpper wissen und ob der irgendwo in der Stadt vielleicht doch ein Büro hatte.

„Das sind Dinge, die auch ihr mühelos rauskriegt", sagt Bettina Niewerth.

„Schon, natürlich, aber nicht so schnell wie du. Außerdem möchte ich deine liebliche Stimme hören."

„Ja, ja, ist ja schon gut. So, ich habe jetzt die Daten der Schlesischen Straße 32 aufgerufen. Rübermailen darf ich dir die Eintragungen nicht. Das kann nur ganz klassisch und mündlich erfolgen. Hast du was zum Schreiben?"

„Leg los."

„Das Haus wurde im Jahre 1952 von einem gewissen Dr. Samuel Bernstein hochgezogen. Ging 1958 in den Besitz von Elvira und Erwin Küpper über, die das Erdgeschoss bewohnten. Die beiden oberen Etagen wurden lange Zeit vermietet. 1999, nach dem Tod von Elvira und Erwin Küpper, hat der Sohn Michael das ganze Haus übernommen. Eine Erbschaft. Mit dem Grundstück drum herum kein unbeträchtlicher Wert. Der Sohn hat dann allen Mietern gekündigt, hat Eigenbedarf angemeldet. Und wohnt seitdem allein in dem Haus. Pardon, wohnte."

„Michael Küpper ist als Steuerberater gemeldet. Hat er in der Stadt irgendwo ein Büro gehabt oder gewerbliche Räume angemeldet oder so was in der Richtung?"

„Nein, hier ist nichts gemeldet. Aber ich habe hier weitere Einträge als Grund- und Hausbesitzer. Die Königsberger Allee 57 a, b und c, die Rigaer Straße 21 a und b, die Breslauer Straße 54, die Danziger Straße 14 a und b und so weiter und so fort. Der hat ja Hausbesitz ohne Ende gehabt! Gewaltig. Eine gute Partie."

„Man soll's nicht glauben! Wann hat er die denn gebaut oder gekauft?"

„Offenbar gehörte ein Teil dieser Häuser den Eltern. Aber er hat in den vergangenen Jahren auch selbst welche gekauft."

„Steht in eurem Verzeichnis auch, welcher Anwalt die Käufe und Verkäufe abgewickelt hat? Welcher Notar?"

„Nee, leider nicht."

„Meine süße Bettina, du hast mir sehr geholfen. Ich lad dich die Tage zum Essen ein."

„Da bin ich aber gespannt, ob das ernst gemeint ist."

Kaum hat Kuss aufgelegt, klingelt das Telefon wieder. Am anderen Ende ist Dr. Heinrich Skrzybinski, der zur Obduktion am nächsten Morgen um neun Uhr einlädt. Kuss hält die Muschel zu und nennt Kirchner den Termin. Der winkt nur ab. „Memme!", zischt Kuss und nimmt den Hörer wieder ans Ohr.

„Ja, Heinrich, mal schauen, ob ich es einrichten kann. Wenn ich es nicht schaffe, kommt Oliver Kirchner vorbei."

Nachdem Kuss aufgelegt hat, protestiert Kirchner aufs Schärfste.

„Mein lieber Olli, irgendwann musst du mal dabei sein. Ich bin sowieso erstaunt, wie du es geschafft hast, deine gesamte Ausbildung zu durchlaufen, ohne ein einziges Mal einer Obduktion beizuwohnen."

„Ach, das hat sich nie so richtig ergeben. Mal kam dies dazwischen, mal jenes."

„Komm, hör schon auf. Du hast dich doch gedrückt."

Später am Tage, zu Hause, in seiner kleinen Wohnung setzt sich Thomas Kuss an den Küchentisch und schaut durch das große Fenster auf den Rasen, auf dem zwei Hunde gerade ihr Geschäft verrichten. Die große Fläche vor dem Mehrfamilienhaus ist bis auf diese Nutzung völlig zweckfrei. Kinder und Jugendliche wollen hier nicht Fußball spielen, da sie ständig in Hundekot treten. So genügt sich das riesige Areal in erster Linie selbst. Es ist weder schön noch sonst irgendetwas. Seine Begrenzung erfährt der Rasen durch einen Gehweg, den niemand benutzt, weil er an der viel befahrenen Stieghorster Straße liegt. Darüber donnern ständig riesige LKW, die von der Autobahn kommen oder zu ihr hinfahren.

Kuss macht sich ein karges Abendbrot. Es besteht aus Graubrot mit Butter und einer Fünf-Minuten-Terrine, Geschmacksrichtung Spaghetti-Bolognese. Zu mehr hat er heute keine Lust und keinen Appetit. Das Schnitzel heute Mittag und der nachmittägliche Kuchen im Büro halten noch vor.

Anschließend ist Nachbarnärgern angesagt. Kuss muss auf seinem Instrument, der Trompete, üben. Die spielt er gar nicht mal so schlecht. Sonntags unterstützt er damit zuweilen den Posaunenchor der hiesigen Kirchengemeinde beim Gottesdienst. Und er bläst in der Horn-Section einer großen Band, den Soulphonics, die den Soul der 60er-Jahre nachspielen. Bei Auftritten müssen er und seine Bläserkollegen immer schwarze Anzüge, weiße Hemden, schwarze schmale Krawatten und Sonnenbrillen tragen. Wie in den Blues-Brothers-Filmen. So aufzutreten ist zwar nicht unbedingt originell oder gar eine brandneue Idee, aber die Soulphonics kommen beim Publikum immer ganz groß an. Das liegt nicht zuletzt an den beiden Sängern, Jorge Maneros und John F. Mullens. Das sind echte „Rampensäue", wie es im Theaterjargon heißt. Es gibt kein Publikum auf der ganzen Welt, das der Spanier und der Südafrikaner nicht in den Griff bekämen. Nach einer halben Stunde steht es begeistert auf Bänken, Tischen und Stühlen.

Für derartige Anlässe muss Thomas Kuss fit auf seinem Instrument sein. Er übt auch heute wieder lange Töne, spielt Skalen und wiederholt endlos typische Trompeten-Licks. Anfangs haben sich die Nachbarn im Haus über den Lärm beschwert. Dann hat er sich als Polizist zu erkennen gegeben, der sich mit der Rechtsprechung des Bundesgerichtshofes hinsichtlich der Ausübung von Hausmusik bestens auskenne. Er hat den Beschwerdeführern geduldig auseinandergelegt, wann und wie lange Hausmusik erlaubt sei. Danach waren sie still, haben sich nie wieder gemeldet. Kuss grinst, wenn er daran zurückdenkt. Wahrscheinlich hassen sie ihn mittlerweile wie die Pest.

Er mutet den Nachbarn eine Menge zu. Übt er doch unter der Woche täglich zwei Stunden. An Wochenenden, wenn er Zeit hat, spielt er dagegen schon mal fünf. Und in den zwei zurückliegenden Monaten hat er eine Menge Zeit gehabt.

Nach dem Einspielen und dem Intonieren symmetrischer Skalen, die er nicht besonders gut beherrscht und die sowieso, gewissermaßen von sich aus, nicht unbedingt gefällig klingen, macht Thomas Kuss eine

Pause. Er stellt die Trompete auf den Ständer, setzt sich auf seinen Stuhl in der Küche und schaut wieder nach draußen, auf die Rasenfläche und die Straße. Dazu schlürft er Früchtetee. Und denkt über Michael Küpper nach. Wann hat er ihn kennengelernt? Das war damals in der Schule, zu Beginn der 70er-Jahre. Die Kuhlo-Realschule, eine sogenannte Mittelschule. So was gibt's ja heute auch noch. Obwohl alles zum Gymnasium strebt. Wer will schon als nicht hochbegabt gelten?

Michael ist von Anfang an ein seltsamer Typ gewesen. Trug schon immer seine Haarpracht zur Schau. Die hat aber nie so richtig cool ausgesehen, obwohl doch lange Haare zu der Zeit schwer angesagt waren. Auffällig blieb seine bleiche Haut, die auch im Sommer kaum Farbe annahm. In Sport war er extrem schlecht. Das machte ihn zum Außenseiter par excellence. Aber auch in den anderen Fächern tat er sich nie hervor. Eigentlich war doch jeder Schüler zumindest in einem Fach interessiert. Aber Küpper? Soweit sich Kuss erinnern konnte, blieb Michael fast während der gesamten Schulzeit vollkommen unauffällig. Kaum einer aus der damaligen Schulklasse legte Wert darauf, neben ihm zu sitzen. Das war immer ein untrügliches Zeichen dafür, dass man zu den Parias gehörte. Kuss kann sich nicht einmal daran erinnern, mit Küpper viel geredet zu haben. Das Ziel von üblen Scherzen ist Michael aber nie geworden. Das bedeutete jedoch nicht, dass die Mitschüler übermäßige Achtung vor ihm gehabt hätten. „Er lief so mit". Die Stars in der Schule hatten zigmal mehr Glamour und Charisma.

Küppers Vater arbeitete bei irgendeinem Elektronikkonzern. Daran erinnert sich Kuss noch sehr genau. Denn das war einer der Gründe dafür, dass Michael immer das Neueste an Unterhaltungselektronik mit sich führte. Er hatte auch immer die aktuellste Musik am Start. Das wiederum war etwas, das ihn, zumindest ansatzweise, interessant machte. Nicht sehr, aber doch ein wenig. Küpper setzte das jedoch nie Sympathie heischend für sich ein. Für ihn war es vielmehr normal, in diesem Bereich so weit vorne mitzuspielen. Das lag wohl am Elternhaus. Als die ersten Klassenpartys, damals hießen die noch Klassenfeten, gefeiert wurden, war es irgendwie ganz selbstverständlich, dass Michael die Platten auflegte, dass er der Discjockey war. Niemand stellte das in Frage. Man wollte schließlich Zeit haben, sich um die Mädchen zu kümmern.

Als Discjockey machte Michael Küpper fast alles richtig, bis auf eines: Das Anlocken von Mädchen, die normalerweise die DJs anhimmelten, wenn sie nur einigermaßen passabel aussahen, gelang ihm nicht. Kuss meinte sich zu erinnern, dass Küpper damals offenbar auch gar keinen großen Wert darauf legte. Ihm schien es vielmehr egal zu sein. Oder er hatte sich damit abgefunden, von den wirklich gut aussehenden „Schnallen" in der Schulklasse sowieso keine abzubekommen. Aber welcher pubertierende Junge findet sich mit einer solchen Einsicht ab? Es bleibt doch immer noch eine Resthoffnung. Anzeichen dafür, dass Michael Küpper eventuell schwul war, gab es überhaupt keine.

Wenn man damals zufällig gerade niemanden zum Reden hatte, erwies sich Michael Küpper als funktionierender Notnagel. Allerdings konnte er überhaupt nicht interessant erzählen. Es war in der Regel zäh, langwierig und langweilig, wenn er etwas berichtete.

Thomas Kuss erinnert sich an eine Begebenheit aus dem Jahr 1972. Oder war es 1973? Michael Küpper hatte einen nagelneuen Philips-Kassettenrekorder in die Schule mitgebracht. Er spielte damit „Cum on Feel the Noize" von Slade vor. Slade war mit dem Song auf Platz eins in den britischen Charts. Die „Bravo" berichtete bereits über Noddy Holder, den phänomenalen Leadsänger der Band, der eine Stimme hatte, so laut, so mächtig, so kraftvoll, dass er damit Mauern hätte einreißen können. Und der Gitarrist Dave Hill hatte lange, glatte Haare. Damit sah er irgendwie weibisch und gleichzeitig gefährlich aus. Glam-Rock. Das war damals so.

Muss mir den alten Kram mal wieder anhören, denkt sich Kuss. Vielleicht komm ich dann in dieselbe Stimmung wie damals, bei der ersten Schulfete.

Die erste Fete war auf den Nachmittag anberaumt worden, im Klassenzimmer. Bizarr. Die Schule war leer, nur in diesem einen Raum wurde gefeiert. Der „Festausschuss", bestehend aus einigen Freiwilligen, hatte die Vorhänge zugezogen, eine so genannte Partykette aufgehängt und eine Lichtorgel besorgt, die ein paar bunte Strahler im Takt der Musik flackern ließ. Michael Küpper war der Discjockey, klar. Er hatte zu Hause die Stereoanlage aus dem elterlichen Wohnzimmer eingepackt; sein Vater hatte ihn mit dem ganzen Kram in die Schule gefahren.

Und dann legte er von 16 bis 18 Uhr, das war die Kernzeit der Fete, das Neueste vom Neuen auf. Kuss hat damals zum ersten Mal mit einem Mädchen getanzt. War das eine Mutprobe! Was kostete das für eine Überwindung! Er weiß sogar noch, wie sie hieß: Katerina Machnow. Kuss hat sich damals aber keine Hoffnungen gemacht, jemals an sie heranzukommen.

Alle wussten, dass sie mit einem älteren Jungen ging, der schon gar nicht mehr auf der Schule war und ein Motorrad fuhr. Alle angesagten Mädchen hatten damals einen älteren Freund. Da kam man als Grünschnabel nicht dazwischen. Nix zu machen. Schlechte Karten.

Alles drehte sich damals darum, wer gerade mit wem „ging". Was für Zeiten! Keine Gedanken an Krankheit und Tod. Diese Dinge gab's irgendwie gar nicht. Und wenn, dann hatten andere damit Probleme.

Thomas Kuss denkt voller Wehmut an diese Erlebnisse zurück. Wie hat man sich damals gewünscht, älter, erwachsener zu sein, um neben den anderen, vermeintlich cooleren Leuten bestehen zu können.

Was machte Michael Küpper in dieser Zeit, außer Platten auflegen und Leute zu nerven oder zu langweilen? Keine Ahnung. Kuss fühlt in sich eine Art Schuldgefühl aufsteigen, eine seltsam geartete, moralische Verpflichtung, Küppers Todesumstände zweifelsfrei und lückenlos aufzuklären. Warum er das so empfindet, kann er sich nicht erklären. Er hat jetzt, nach so vielen Jahren, Mitleid mit Michael. Man hätte ehrlicher, freundlicher zu ihm sein müssen.

„Da verlangst du ein bisschen viel von Jungens in der Pubertät", sagt Kuss zu sich selbst. „Jedenfalls gehe ich morgen zur Obduktion", nimmt er sich vor und hat das Gefühl, damit eine verspätete Wiedergutmachung zu leisten, stellvertretend für alle anderen damaligen Klassenkameraden.

Was mochte in Michael Küppers Gehirn aber in den letzten Jahren vorgegangen sein? Als er damit begann, ein Haus im Haus zu bauen. Warum? Was sollte das? War das Ausdruck, Symptom oder Begleiterscheinung einer psychischen Krankheit?

Dann fällt ihm plötzlich etwas ein. Ein Haus im Haus? Da gab es doch so einen Künstler, irgendwo im Ruhrgebiet. Oder woanders? Der hatte doch auch ein Haus im Haus gebaut. Wie hieß der noch? Kuss schaltet seinen Laptop ein und geht ins Internet. Und dort findet er sehr schnell, was er sucht. Der Künstler heißt Gregor Schneider, stammt aus Rheydt. Eines seiner spektakulären Projekte war das „Tote Haus u r". Seit 1985 hatte der Künstler das Haus seiner Eltern an der Unterheydener Straße in Mönchengladbach-Rheydt umgebaut, neue Räume in alte hineingesetzt, Wände isoliert. Motoren verschoben langsam und unmerklich Wände. Hohlräume entstanden. Alle Fenster waren geschlossen. Lichtquellen gaukelten falsche Tageszeiten vor. Besuchern war dieses Ensemble unheimlich.

Es hieß, man müsse das Haus wie eine gewachsene Zwiebel verstehen, bei der sich Haut auf Haut legt. Die äußere Haut, also die Hausmauern, dann die nächste Haut, die Mauern der Räume in den Räumen. Aber eine Zwiebel wächst doch von innen nach außen, überlegt Kuss. Da müsste ja die älteste Haut ganz im Innern des Hauses sein.

Kuss denkt noch ein wenig darüber nach und greift dann wieder zu seiner Trompete.

Natürlich drückt sich Oliver Kirchner wieder einmal. Kurz vor neun Uhr am nächsten Morgen, als Kuss schon auf dem Weg zur Gerichtsmedizin ist, meldet er sich und bietet an, sich auf die Suche nach Freunden, Bekannten und Verwandten des Toten zu machen, um diese zu benachrichtigen und zu befragen. Das sei doch eine zwar langweilige, jedoch wichtige, unaufschiebbare Arbeit, die schnellstens erledigt werden müsse.

„Mein lieber Olli, irgendwann stehst du an der Metallbahre und musst Skrzybinski zusehen. Über kurz oder lang wird dich das Schicksal ereilen“, meint Kuss.

„Bei der nächsten Leiche steh ich in der Pathologie. Ehrenwort!“, schwört Kirchner.

Kuss steigt aus der Stadtbahn aus und legt den halben Kilometer zum Gerichtsmedizinischen Institut zu Fuß zurück. Auch dieser Tag würde wieder extrem heiß werden, das ist zu spüren. Der Himmel ist wolkenlos und die Sonne brennt schon um diese Tageszeit ausgesprochen brutal.

Die forensische Pathologie befindet sich in einem dunklen Bau aus dem späten 19. Jahrhundert. Im Rundbogen des Eingangs ist selbstverständlich das seit jeher über allem stehende Motto der Pathologen in Stein eingelassen: Mortui vivos docent – Die Toten lehren die Lebenden.

Kuss betritt durch eine schwere Holztür das Reich der Toten. Dahinter ist ein breiter, schwarz und weiß gekachelter Gang, von dem links und rechts Türen abgehen. Dazwischen befindet sich eine Art Schalter, ein großes, viereckiges Fenster auf dem mit goldenen, schwarz umrandeten Lettern das Wort Auskunft steht. In der Mitte ein kleines, rundes, aufklappbares Sprechfenster. Dahinter sitzt aber niemand. Und es hat den Anschein, als habe dort auch noch nie jemand gesessen. Rechts an der Wand hängt ein Wegweiser, ein Verzeichnis der Räume. Er stammt aus den längst vergangenen 50er-Jahren.

Die Sektionsräume befinden sich im Kellergeschoss. Links ist eine schwere, doppelte Metalltür, dahinter der Lastenaufzug. Für Fußgänger führt eine schmale Wendeltreppe nach unten. Schon auf dem Treppenabsatz kann Kuss das Odeur von Formaldehyd, Äther und Sagrotan, gemischt mit dem typischen Verwesungsgeruch, wahrnehmen. So riecht es hier immer. Gewöhnt hat sich Kuss daran nie. Dafür ist er nicht oft genug hier.

Im ebenfalls schwarz und weiß gekachelten Kellergeschoss läuft ihm Hurvinek über den Weg. Er hat heute, wie die Leute von der Spurensicherung, einen weißen Overall an.

„Ja, Särvuuus, der Hörr Kriminaloberrat. Haaabe die Ähre. Kommen's nur rain in unser klaines Schlaaachthaus, haha! Wollen's oahne Zigarrn?"

Kuss, obwohl seit Jahren Nichtraucher, nimmt dankend an. Während der Sektionen rauchen hier unten alle Zigarren. Man kann sich alternativ auch eine stark nach Pfefferminz riechende Salbe unter die Nasenlöcher reiben. Das hat Kuss aber nur einmal gemacht. Seitdem kann er keine Pfefferminz- und Hustenbonbons mehr essen. Denn ihr Geschmack ist nun, so scheint es ihm, für immer und alle Zeiten untrennbar mit dem Geruch nach Leiche verbunden. Und den will er nicht im Mund haben. Niemals.

„Was gibt's denn heute für eine Sorte, Herr Hurvinek? Schwarzwild, Stahl und Eisen oder Villiger Kiel?"

„I wo, Hörr Hauptkommissär. Mer san wäääählerisch gewoarden. Heuer giabt's ächte Cohibas."

„Donnerwetter! Nobel geht die Welt zugrunde."

„Sie soagen's. Foier?"

Hurvinek zückt ein dickes Zippo, ein abgenutztes Sturmfeuerzeug, klappt es auf, dreht das Rad und hält Thomas Kuss die Flamme hin. Der entzündet die Zigarre und pafft sofort dicke Wolken in den Raum.

„Oh, die schmeckt aber gut."

„I soags Iahnen joa."

„Wo haben Sie denn das Zippo her? Das sieht aus, als wäre es schon auf hoher See gewesen."

„I deeenk, dös war's auch. Unnnter aaanderem. Erinnern's sich an den toaten Oamerikaner im leeetzten Somma? Dear hoatte das bei sich. Dös war ein Vietnam-Käämpfer gewesen. Dea hoat mit dem Ziiiipppo woahrschoinlich so maaanche Vietcong-Hütte ang'stöckt."

„Und das haben Sie so einfach an sich genommen?"

„Ja, sehn's Herr Hauptkommissär! Dea hoatte doch koane Verwaaaandten und oach sooonst meldete sich niemand! Und oals wiar auf die Idee mit den Zigarrn koamen, doa hoatten wir oallesamt koa Feuer. Und doa hat der Dr. Skrzybinski g'sagt, i solls Ziiiippo oaus der Asserwaaatenkoammer hoaln. Noa, und soa isses jeatzt wieader im G'brauch."

„Verstehe, Herr Hurvinek." Kuss ist unwohl. Er geht weiter, öffnet die schwere Tür und ist im Sektionsraum.

In dem rechteckigen, nicht sehr hohen Raum stehen vier blanke Edelstahltische nebeneinander. Das Neonlicht von der Decke ist grell und brutal. Die Tische sind von kleinen Kanälen durchzogen: Abflüsse für Blut, Sekrete und Sonstiges. Am Fußende eines jedes Tisches befindet sich ein Waschbecken. Von der Decke hängt ein dicker Wasserschlauch herab, mit einer Metallspirale umwickelt. Vorne befindet sich ein Ventil mit Druckmechanismus. Bei der Besichtigung eines Schlachthofes ist Kuss vor Jahren so ein Teil aufgefallen. Man sieht es überdies auch in Großküchen.

Ebenfalls aus dem Schlacht- und Gastrogewerbe scheint die mechanische Waage zu sein, die an der Stirnwand hängt. Ein Zeiger auf einem großen, runden Zifferblatt zeigt das Gewicht dessen an, was in einer an der Waage hängenden Schale liegt. Gegenüber den Seziertischen, an der Längswand, stehen große brummende Kühlschränke aus glänzendem, poliertem Edelstahl.

Es ist viel los im Sektionsraum. Auf dem Tisch an der Stirnwand liegt Michael Küpper. Direkt daneben, auf dem zweiten Tisch, die Leiche von Felix Wintrup.

Skrzybinski macht sich daran zu schaffen, Spejbl läuft geschäftig herum. Andi, der Polizeifotograf, hat sich eine Stehleiter besorgt und macht von den Leichen aus der Draufsicht Fotos. Alle qualmen Cohibas. Der Raum ist blau vom Dunst.

Es gibt zusätzliche Gäste. Ein paar junge Leute stehen schweigend herum. Sie haben sich ebenfalls weiße Overalls angezogen. Ihre Gesichtshaust ist so bleich wie das Material ihrer Anzüge. Sie rauchen nicht. Dann wäre ihnen wahrscheinlich noch schlechter. Sie tun Kuss leid. Sehen aus wie Lämmer vor der Schlachtbank.

„Guten Morgen, Thomas", begrüßt Heinrich Skrzybinski ihn. „Wo hast du denn Oliver Kirchner gelassen?"

„Drückt sich mal wieder."

„Der sollte sich ein Beispiel an diesen jungen Menschen nehmen. Die kommen voller Interesse freiwillig hierher."

„Sehen mir aber nicht so aus", meint Kuss.

Skrzybinski überhört das.

„Sieh mal, Thomas", sagt er, „hier haben wir eine Polizeischülerin und zwei Polizeischüler und zwei Medizinstudenten, die sich rasend für die Geheimnisse der forensischen Pathologie interessieren."

Kuss ist sich nicht sicher, ob sie das wirklich tun.

Andi steigt von seiner Haushaltsleiter. „Von mir aus könnt ihr die Toten jetzt ausziehen. Habe bis hierhin alles im Kasten."

„Dann kann's ja losgehen. Wir fangen mit Michael Küpper an", sagt Skrzybinski. Hurvinek ist mittlerweile auch im Raum.

Heinrich Skrzybinski streift sich, genauso wie Hurvinek, Spejbl und der Fotograf, Chirurgenhandschuhe über und greift sich sein kleines, schwarzes Diktiergerät. Es macht „klick" und er spricht hinein. Nennt zuerst das Datum und fährt dann fort.

„Es liegt vor: eine männliche Leiche, aufgefunden im Zustand post rigor mortis und bei beginnender Verwesung. Punkt." Skrzybinski schaltet das Diktiergerät aus. Er und seine Sektionsgehilfen beginnen mit dem Auskleiden. Das gestaltet sich schwierig. Der rote Pullover muss mit einer Schere vom Leib geschnitten werden. Dasselbe gilt für das darunterliegende Hemd. Die Schuhe lassen sich relativ leicht von den Füßen lösen, ebenso die Jeans und die Unterhose.

Skrzybinski schaltet sein Diktiergerät wieder ein. „Als Oberbekleidung trägt der Tote einen ursprünglich wahrscheinlich weinroten Pullover, Größe L, mit Zopfmuster, Marke GUP."

Gut und preiswert, denkt sich Kuss. Das ist doch so eine Marke von einem der hiesigen Discounter. So einen Schrott hat Michael getragen? Der konnte sich doch was deutlich Besseres leisten. Dann korrigiert er sich. Ihm fällt ein, dass Michael Küpper damals, in der Schule, als eines der schlimmsten Sparschweine weit und breit galt. Solche Gewohnheiten halten sich, die wird man nicht wieder los.

Der Pathologe fährt mit seinem Diktat fort. Geht jedes Kleidungsstück einzeln durch. Es handelt sich ausnahmslos um den billigsten Kram, der auf dem Markt ist. Auch das Portemonnaie findet Erwähnung, das Kuss gestern bereits erfolglos auf Ausweis- oder andere Papiere durchgesehen hat.

Dann geht es um die nackte Leiche.

„Geschätzte Liegezeit der Leiche am Fundort wahrscheinlich drei oder vier Tage. Punkt." Skrzybinski schaltet das Gerät kurz aus und sofort wieder ein. „Beginnende Verwesung. Punkt. Verschiedene Insekten sind bereits auf dem Körper. Punkt. Ich korrigiere: Komma. Darunter Schmeißfliegen, Kurzflügelkäfer, Ameisen, Springschwanz. Punkt."

Skrzybinski geht um die Leiche herum.

„Gesichtszüge gut erkennbar. Komma. Zweifelsfreier Abgleich mit den Einwohnermeldedaten ohne Einsatz digitaler Rekonstruktion möglich. Punkt."

Der Polizeifotograf macht in der Zwischenzeit Aufnahmen von den Kleidungsstücken und der nackten Leiche.

„Umfangreiche, auf Grund des Lebensalters stellenweise graue Kopfbehaarung. Komma. Die an den Afrolook der 70er-Jahre erinnert. Punkt. Im Gesicht hat der Tote einen Oberlippenbart, dessen Enden jeweils um die Mundwinkel gehen und dann, Komma, dünner werdend, Komma, bis zum Kinnansatz auslaufen und dort enden. Punkt."

Andi fotografiert das Gesicht und Thomas Kuss beobachtet, dass er, genauso wie die Studenten und Polizeischüler, kleine Schweißtropfen auf der Stirn hat. Hier drin ist es eigentlich zu kühl für eine solche körperliche Reaktion.

„Herr Spejbl, reichen Sie mir bitte einmal das große Skalpell", sagt Skrzybinski.

„Seähr woooohl, Herr Sanitätsroat", antwortet Josef Spejbl.

„Also, ich habe den Eindruck, dass ich Sie hin und wieder daran erinnern muss, dass wir hier nicht in Österreich sind, Herr Spejbl. Sie verwirren damit möglicherweise aufs Nachhaltigste unsere Studenten und Polizeischüler", meint der Pathologe, während er mit der linken Hand den Kopf von Michael Küpper etwas anhebt und mit der rechten, in der er das Skalpell hält, einen gekonnten und schnellen Schnitt am Hinterkopf der Leiche durchführt, etwa in Höhe der Ohren. Dann zieht er die Kopfhaut mitsamt den Haaren nach vorn über den Schädel. Von den Umstehenden sind leise, unterdrückte Laute zu vernehmen, die nach „Uh" und „Oha" und „Ejeijeijei" klingen.

Spejbl reicht seinem Chef nun eine kleine Elektrosäge mit rundem, sich schnell drehendem Blatt, die einen hohen Summton erzeugt. Damit umsägt Heinrich Skrzybinski kreisförmig die Schädelplatte des Toten. Anschließend setzt er den Schädelmeißel an, stößt mit dessen dünnem Ende in den schmalen Spalt, den das Sägeblatt hinterlassen hat und stemmt den Schädel auf. Dann nimmt Spejbl die Platte ab und

Skrzybinski holt mit beiden Händen das Gehirn heraus. Es ist grau und gut erhalten. Als könne man noch mit ihm denken. Er legt es in die Metallschüssel der Waage. Hurvinek liest das Gewicht ab und schreibt es auf eine Schiefertafel, die neben der Waage an der Wand hängt. Skrzybinski sieht sich das an, schüttelt den Kopf. Danach tastet er vorsichtig den Rest des Schädels ab und greift zu seinem Diktiergerät.

„Nach Schnitt und Abziehen der Kopfschwarte nach vorn und kreisförmigem Umsägen der Kalotte wurde diese abgehoben und das Gehirn entnommen. Punkt. Wie der gesamte Körper ist auch dies bereits von verschiedenen Insekten befallen. Punkt. Der Schädel weist keinerlei Gewalteinwirkung auf. Punkt. Das Nasengerüst ist intakt. Punkt. Die Position des Mundes war beim Auffinden der Leiche geöffnet. Sichtbare Abrinnspuren, die auf Flüssigkeitsaustritt hindeuten, sind mit bloßem Auge nicht zu erkennen. Punkt. Das Gebiss ist deutlich sanierungsbedürftig. Punkt. Auch hier keine Zeichen von Gewalteinwirkung. Punkt. Während der Nackeninspektion und der Untersuchung des Halses keinerlei Würgemale oder eine Strangfurche entdeckt. Punkt."

Es klickt, Skrzybinski hat das Gerät wieder ausgestellt. Jetzt wird es ernst. Keine Gnade mehr für die anwesenden Gäste. Obwohl die über das Gesicht des Toten herabgezogene Kopfschwarte schon gruselig genug aussah. Skrzybinski nimmt das Skalpell und setzt zum großen Medianschnitt an. Von der Schulter zieht er das scharfe Werkzeug mit einem tiefen Schnitt hinunter bis unter den Bauchnabel. Andi fotografiert derweil, offenbar um sich selbst von seinem Unwohlsein abzulenken. Einer der Polizeischüler baut ab. Thomas Kuss eilt zu ihm hin, stützt ihn und befördert ihn nach draußen auf den Gang. Dort nimmt der Proband vorübergehend auf dem Fußboden Platz. Kuss zieht ihm die Kapuze ab und öffnet Reißverschluss und Hemdknöpfe.

„Mir ist schlecht, ich glaub, ich muss kotzen."

„Atmen Sie ruhig ein, legen Sie sich ganz auf den Rücken, ich halte Ihre Beine hoch."

Kuss kennt sich mit beginnenden Ohnmachten aus. Einer der Medizinstudenten taucht auf.

„Es geht nicht", muffelt er hinter seinem Mundschutz hervor. „Ich halt's nicht mehr aus!"

„Sehr gut, dann können Sie ja die Beine dieses Delinquenten hochhalten, damit er wieder Farbe bekommt. Ich muss nämlich wieder hinein in die Höhle des Löwen. Ist ein wichtiger Fall."

„Geht in Ordnung."

„Na, Thomas? Schade, dass Oliver Kirchner nicht hier ist, was? Dem würde das gefallen", meint Skrzybinski, als Kuss wieder im Sektionsraum ist.

„Zuagegeben, Herr Proofeeessor. So oainen saubären Fall haabens lang net gehoabt, göi?"

„Stimmt schon, Herr Spejbl. Ist wirklich seltsam."

Heinrich Skrzybinski sieht furchterregend aus. Sein weißer Overall ist mit schmierigen, undefinierbaren Rückständen aus dem Leib des Toten bekleckert. In der linken Hand hält er eine Knochenzange mit Federung, in der rechten eine Handsäge.

„Weiter geht's!", sagt er munter.

Nachdem der Pathologe die Rippen freigelegt hat, durchknipst er mit der Knochenzange die Rippenknorpel. Danach hilft ihm Hurvinek beim Auseinanderbiegen der Rippen. Andi macht Fotos vom Innern. Auch dort sieht es noch recht aufgeräumt aus.

„Tja, was willst du da noch groß untersuchen. Das ist doch alles eher was für's Labor", sagt Skrzybinski. Thomas Kuss schaut ihm über die Schulter und macht „Mhmm".

„Wir werden eine ganze Reihe von Proben aus Thorax, Abdomen, Bauchhöhle und dem unteren Bauchraum entnehmen. Mal sehen, was das bringt. Herr Hurvinek, übernehmen Sie das doch bitte."

„Is' röööcht, Herr Prooofessoor."

Dr. Heinrich Skrzybinski greift zu seinem Diktiergerät.

„Nach Medianschnitt in Höhe der beiden Claviculae bis zur Symphyse, Komma, Durchtrennung der Rippenknorpel und Abheben des Sternums, Inspektion der inneren Organe in Thorax, Komma, Abdomen und Bauchhöhle. Punkt. Auch diese durchweg gut erhalten, Komma, leichter Insektenbefall. Punkt. Auch hier keine mit dem Auge erkennbaren Zeichen von Veränderungen, die auf eine wie auch immer geartete Gewalt-, Querstrich, Fremdeinwirkung zurückzuführen wären. Punkt. Procedere: Histologische Befunde abwarten. Punkt."

Skzrzybinski wendet sich an Thomas Kuss.

„Tja, mein Lieber. Da musst du dich doch noch etwas gedulden, was eine endgültige Beurteilung von mir angeht. Ich hatte mir eigentlich mehr erhofft. Aber du hast ja gesehen, wie unversehrt der Leichnam ist."

„Kein Problem, Heinrich. Werde mich noch etwas gedulden können. Ich bin nur in diesem Fall besonders interessiert, weil Michael Küpper ein alter Schulkollege von mir ist. Der ist damals jemand gewesen, der immer ausgegrenzt wurde. Das machte ihm offenbar nichts aus, so schien es zumindest. Jetzt habe ich doch tatsächlich so etwas wie Schuldgefühle bekommen. Der Gedanke quält mich fast ein bisschen, ob Küpper möglicherweise Selbstmord begangen hat. Sozusagen als Spätfolge dieser Zurücksetzungen."

„Meine Güte, Thomas. Das ist doch Jahrzehnte her. Übertreibst du's nicht ein wenig?"

„Vielleicht. Wahrscheinlich. Kann sein. - Ich geh jetzt ins Büro. Du meldest dich, wenn du klarer siehst? Und das Ergebnis der Sektion von Felix Wintrup interessiert mich natürlich auch."

„Aber sicher. Kriegst alles geliefert."

Kuss läuft zurück zur Haltestelle der Stadtbahn und fährt in die City. Heute hat er keine Lust auf den Kantinenfraß. Er geht zum Chinamann seines Vertrauens und bestellt sich die „Acht Schätze", die auf keiner der gewöhnlich zahllose Positionen umfassenden Speisekarte eines Chinarestaurants landauf, landab fehlen dürfen. Die freundliche Bedienung wiederholt Kuss' Bestellung, was sich so ähnlich wie „Aaaachte Chäätse" anhört. Das war jedenfalls immer noch verständlicher als Spejbls und Hurvineks Diktion.

Anschließend schlendert Hauptkommissar Kuss noch ein wenig durch die City und trinkt in einer der vielen neuen Coffee-Bars einen Espresso, der deutlich besser schmeckt, als der aus der Kantine. Man musste offenbar so ein chromblitzendes und riesiges Monstergerät wie in der Coffee-Bar haben, sonst wird es nichts. Kenner behaupten ja, dass der Mann oder die Frau hinter der Maschine entscheidend für die Qualität sei. Kann sein, kann sein.

Gegen 14 Uhr ist Kuss wieder im Büro. Es ist niemand da. Kirchners PC läuft.

Wahrscheinlich hockt der ganze Verein in der Kantine, denkt Kuss. Er hat sich für den Nachmittag vorgenommen, die Unterlagen über den Unfall der Eltern von Michael Küpper durchzusehen. Obwohl es bisher den Anschein hat, dass er keinem Gewaltverbrechen zum Opfer gefallen ist, will Kuss, seiner selbst auferlegten Verpflichtung folgend, die ihm die Verfehlungen im Umgang mit dem jetzt Toten in der schulischen Vergangenheit vorschreibt, alles tun, um den Fall sauber und korrekt abzuschließen. Gewissermaßen als letzter Dienst an Michael Küpper.

Als wenn das etwas gutmachen könnte, wirft sich Kuss selbst vor.

Jetzt müssen endlich auch die Angehörigen benachrichtigt werden. Hoffentlich hat Kirchner das schon gemacht. Wollte er ja, als Ersatz für seine Nichtteilnahme an der Sektion.

Wann war nochmal der Unfall der Eltern von Michael? Kuss sieht nach: 1999. Schwerer Verkehrsunfall. Er startet seinen PC und sucht. In den digital vorliegenden Berichten ist der Unfall nicht registriert. Also liegt er, ganz altmodisch und analog, im Keller, im Archiv.

Oliver Kirchner kommt ins Büro.

„Hallo, Thomas. Wie war die Obduktion? Mord, Selbstmord oder natürlicher Tod?“ Kirchners Stimme ist übertrieben fröhlich und aufmunternd, weil er sich seiner Drückebergerei durchaus bewusst ist. Er will ablenken.

„Wenn du mitgekommen wärst, wüsstest du es jetzt.“

„Ja, aber, ich hab doch nach den Angehörigen geforscht. Das war doch auch sehr wichtig.“

„Ja, natürlich. Was haben denn deine Recherchen ergeben?“, fragt Kuss.

„Also: in Andernach am Rhein leben noch zwei Cousinen von Michael Küpper. Das sind offenbar die nächsten Verwandten. Sonst konnte ich niemanden ausfindig machen."

„Das ist ja sehr übersichtlich. Hast du sie angerufen?"

„Ja, habe ich", sagt Kirchner. „Die erste heißt Anne-Kathrin Küpper und ist zwei Jahre jünger als Michael. Ich habe versucht, ihr die Todesnachricht so schonend wie möglich zu überbringen. Aber sie war alles andere als schockiert. Schien mir kein bisschen berührt zu sein. Anne-Kathrin und er hätten sich vor etwa vier Jahren heillos zerstritten. Ab da seien die bis dahin sowieso wenigen Kontakte vollends eingeschlafen. Dasselbe gilt für die andere Cousine, Carina Selig. Die ist drei Jahre jünger als der Tote. Und sie war ein klein wenig trauriger als Anne-Kathrin Küpper. Aber nur ein ganz klein wenig. Ansonsten das gleiche Bild. Ebenfalls vor vier Jahren die Kontakte abgebrochen. Großer Streit, zack, Ende. Seitdem fristete unser Toter seine Tage hier in der Stadt ohne Verwandtenbesuche. Beide Cousinen sind übrigens alles andere als erfreut darüber, nun für die Bestattung Sorge tragen zu müssen."

„Okay, was ist mit Freunden und Bekannten? Irgendetwas rausgekriegt?"

„Nein, nichts, Fehlanzeige. Ich wollte heute oder morgen noch einmal die Nachbarn von Küpper interviewen, ob die in diesem Zusammenhang Näheres wissen. Die Cousinen hatten keine Ahnung, ob und welche Freunde Küpper hier in Bielefeld gehabt hat."

„Wir müssen sowieso noch einmal in dieses seltsame Haus zurück, an den Fundort der Leiche", sagt

Kuss. „Es muss doch in diesem Bau so etwas wie ein Büro gegeben haben. Und dort finden wir dann hoffentlich ein Telefonverzeichnis oder so etwas, mit Freunden, Bekannten und Klienten."

„Was war jetzt aber mit der Obduktion?", will Kirchner wissen.

„Nichts, keine Ergebnisse! Keinerlei Hinweise auf Gewalteinwirkung. Körper vollkommen in Ordnung."

„Was meinst du, Thomas? Das Ganze sieht nicht nach einem Mord aus, oder? Auch nicht nach Suizid. Wahrscheinlich ein ganz normaler, natürlicher Tod. Wenn auch etwas vorzeitig."

„Könnte sein, könnte aber auch nicht sein. Wir bleiben jedenfalls noch etwas dran an der Sache, bis Skrzybinski und seine unheimlichen Helfer ihr Endergebnis vorlegen."

„Geht in Ordnung", sagt Oliver Kirchner.

Der Nachmittag verläuft ansonsten ruhig in Thomas Kuss' und Oliver Kirchners Büro.

„Kennst du eigentlich unseren Glöckner?“, fragt Thomas Kuss seinen Assistenten am nächsten Morgen.

„Den wen? Den Glöckner? Wer soll das denn sein?“

„Dann warst du also noch niemals in unserem Polizeiarchiv. Wie lange bist du jetzt bei uns? Na, egal! Also, der Glöckner, das ist Kurt Pielsticker. Der tut da unten Dienst, verwaltet die Akten und sieht ein bisschen so aus, wie der Glöckner von Notre-Dame. Aber nur ein bisschen. Das hat aber gereicht. Irgendjemand verpasste ihm dann diesen Spitznamen. Und heute hast du die großartige Gelegenheit, den Glöckner zu sehen und zu sprechen.“

„Ist ja toll. Und was verschafft mir die Ehre?“

„Habe nach der Unfallakte der Eltern von Küpper gesucht“, sagt Kuss. „Die ist noch nicht digital verzeichnet. Dann liegt sie demnach noch ganz analog in unserem Archiv. Aber man kommt hier im Haus an keinerlei Archivmaterial, wenn man sich den Glöckner nicht gewogen macht. Also, den Kurt Pielsticker.“

„Ist Kurt Pielsticker ein Kollege von uns, ein Kripo-Mensch?“

„Ja, aber sein Lebenslauf ist unklar. Warum und wieso er plötzlich im Archiv auftauchte, ist nicht mehr ohne Weiteres rekonstruierbar. Irgendwann war er plötzlich da. Man sagt, er hätte früher, im Kripo-Dienst, gelegentlich die Hand aufgehalten, Schmiergelder kassiert. Deshalb die Strafversetzung in die Ablage. Andere meinen, er hätte seine eigenen Eltern auf bestialische Weise ermordet. Da hätte man ihn vor die Wahl gestellt: entweder Strafverfolgung oder Archivdienst.“

„Aha! Aber wären die Strafverfolgung und der Knast nicht das kleinere Übel gewesen?“, fragt Kirchner.

„Für uns, ja. Aber nicht für Pielsticker. Der lebt in einer anderen Welt. Ist wahrscheinlich vollkommen pervers. Er liebt das Archiv. Und das führt er vorbildlich und äußerst akkurat.“

Wenig später fahren beide mit dem Aufzug ins zweite Untergeschoss des Präsidiums. Sie steigen aus und müssen durch lange, dunkle und feuchte Gänge laufen, die von einsamen Neonröhren notdürftig beleuchtet sind.

„Hier finde ich doch nie wieder raus“, sagt Kirchner mit leichtem Schrecken in der Stimme.

„Solange ich bei dir bin, wirst du das Tageslicht wiedersehen können“, tröstet ihn Kuss.

Sie gelangen durch eine schwere Eisentür ins Archiv. Oliver Kirchner erschrickt. Es ist hier nicht viel heller als auf dem Flur. Ungesundes Flackerlicht an der Decke. Von irgendwoher ist dumpfes Dröhnen zu hören. So, als ob jemand Metall mit einem schweren Hammer bearbeiten würde.

„Ach, du lieber Himmel! Das glaub ich einfach nicht!“, stöhnt Kirchner.

Vor ihnen befindet sich eine Art Tresen. Darauf steht eine Klingel, auf die man mit der flachen Hand hauen muss, wie in einem Hotel. Daneben ein Plastikdisplay. Darauf stehen die Öffnungszeiten des Archivs: Montag und Dienstag, 10–12 Uhr und 14–16 Uhr, Mittwoch 10–12 Uhr, Donnerstag 14–18 Uhr, Freitag geschlossen.

„Herr Pielsticker ist wohl schon sehr lange im Beamtenstand tätig?“, fragt Oliver Kirchner. Ihn fröstelt.

„Kann man wohl sagen. Echtes Urgestein", antwortet Kuss. Er haut auf die Klingel. Nichts passiert. Keine Reaktion. Er haut nochmals, mehrere Male.

„Komm, Thomas, ist keiner da. Lass uns schnell wieder abhauen. Kannst ja morgen noch einmal allein wiederkommen."

„Bitte, Oliver, reiß dich zusammen! Erst vor der Obduktion kneifen, dann vor dem Glöckner den Schwanz einziehen. Das kann doch nicht ewig so weitergehen. Irgendwann musst du dich dem Leben stellen."

Aus den Tiefen des Raumes vernehmen nun beide lautes und wüstes Schimpfen. Jemand nähert sich.

„Jetzt kommt der Glöckner. Verhalt dich ganz ruhig, Oliver. Überlass mir das Reden! Keine hastigen Bewegungen!", sagt Kuss.

„Mann, ist das hier 'ne bessere Geisterbahn oder was? Oder ist das irgend so 'ne bescheuerte Inszenierung, um mir Angst zu machen?", fragt Kirchner.

Aus dem Dunkel des Raumes schälen sich die Umrisse einer Figur in grauem Kittel. Sie geht etwas gebückt, humpelt leicht, schlurft. Oliver Kirchner erkennt sogar einen leichten Buckel. Der Glöckner!

„Das gibts doch nicht!", sagt Kirchner ganz leise. „Ihr wollt mich verarschen, oder?"

„Tach, Herr Pielsticker!", sagt Thomas Kuss übertrieben jovial. „Sie haben doch sicherlich nichts dagegen, dass ich meinen jungen Kollegen Oliver Kirchner mitgebracht habe, oder? Er sitzt mit mir an einem Fall."

Kurt Pielsticker kommt näher an den Tresen. Das schummrige Licht fällt auf sein Gesicht, das von einer gewaltigen Narbe verunziert wird. Der Glöckner ist offenbar mittleren Alters, gleichzeitig aber auch in gewisser Weise alterslos. Er sieht ungepflegt aus. Lange graue und schwarze Bartstoppeln sprießen in seinem Gesicht.

Er beäugt Kirchner äußerst kritisch.

„Aha, das ist also Oliver Kirchner", sagt Pielsticker mit einer krächzenden Stimme. Als er den Mund aufmacht, ist eine Reihe schadhafter und nikotingelber Zähne zu erkennen.

„Junges Gemüse", zischt er abwertend. Er schmatzt mehrmals mit den Lippen. Es klingt eklig. „Und, was wollt ihr hier? Mir wieder meine kostbare Zeit stehlen, oder was?"

Oliver Kirchner reicht es. „Was ist das hier für ein Quatsch? Ihr wollt mich wohl hochnehmen? Spielt mir hier so eine Glöckner-von-Notre-Dame-Nummer vor! War übrigens ganz gut, wirklich sehr lustig, gut gelungen, haha. Okay, ich bin euch auf den Leim gegangen. Aber jetzt darf ruhig Schluss mit lustig sein!"

Kuss und Pielsticker sehen ihn verwundert und verständnislos an. Dann bemerkt Kirchner, wie Kuss ihn mit dem Fuß, ohne dass es Pielsticker sehen kann, leicht in Schienbeinhöhe tritt.

Das sagt ihm, dass die Situation echt war und nicht etwa gespielt, um ihn auf den Arm zu nehmen. Es entsteht eine peinliche, längere Pause.

„Alles klar, Leute, ich hab nichts gesagt. Macht ruhig weiter. Äh, wir hatten doch Fragen wegen der Unfallakte von Küppers Eltern, oder?", stottert Kirchner.

„Genau, Herr Pielsticker", fährt Kuss fort. „Es geht um den Todesfall von Michael Küpper. Den haben wir gestern Morgen in seinem Haus gefunden. Unklare Todesursache. Offenbar keine Gewalteinwirkung. Seine Eltern sind bei einem Autounfall ums Leben gekommen. Elvira und Erwin Küpper. 1999 muss das gewesen sein. Die Akte bräuchte ich mal, wenn's keine allzu großen Umstände bereitet."

„In meinen Archiv macht nichts große Umstände, weil ich es vorbildlich führe. Oder meinen Sie etwa, dass ich meine Dokumente nicht gut führe?", fragt Pielsticker mit seiner unangenehmen Stimme und schmatzt noch einmal laut und unüberhörbar.

„Nein, um Gottes Willen", beeilt sich Kuss mit der Antwort. „Wie käme ich dazu, Ihr Ablagesystem zu kritisieren! Ich bin schließlich nicht ausgebildeter Archivar, so wie Sie es sind."

„So, so, das wollte ich auch meinen! Ich hab von dem Leichenfund in der Schlesischen Straße gehört. Ich bin hier unten nämlich besser informiert als so mancher von euch oben auf der Erde. Ich erinnere mich auch noch gut an den Verkehrsunfall von Elvira und Erwin Küpper. Das war eine sehr spektakuläre Sache. Ist ja noch gar nicht mal so lange her."

Thomas Kuss zieht die Augenbrauen hoch. Vierzehn Jahre sind seither verstrichen. Und das ist in Pielstickers Augen nicht lange her?

„Donnerwetter, was für ein Gedächtnis!", bewundert Thomas Kuss den Archivar. „Gab's im Zusammenhang mit dem Unfall irgendwelche besonderen Auffälligkeiten, im Gegensatz zu anderen schweren Unfällen mit Todesfolge?"

„Tja, es gab Verdächtigungen. Es schien auf den ersten Blick ein typischer und sehr tragischer Unfall wegen überhöhter Geschwindigkeit gewesen zu sein. Erwin Küpper fuhr so einen kleinen englischen Renner, einen Triumph 250. Zusammen mit seiner Frau hat der wohl öfters Touren gemacht. Lederkappe auf dem Kopf, schicke Sonnenbrille für die Dame plus Kopftuch, das Verdeck nach hinten geklappt. Und dann mit Direktlenkung über die Landstraßen gebrettert. Irgendwo in einer scharfen Kurve – das war, glaube ich, in Brönninghausen – hat er den Wagen dann mit hundertsechzig Sachen vor einen Alleebaum gesetzt. Die beiden sind in dem Auto regelrecht zermalmt worden. Die Karre war so zerstört und zerquetscht, dass Feuerwehr und Gerichtsmedizin Mühe hatten, menschliche Teile von denen des Wagens zu unterscheiden. Das war ein Mordsgematsche! Die Unfallforscher der verschiedensten Versicherungen haben sich dann auf den Wagen gestürzt, um Materialfehler nachzuweisen oder aber auch Selbstmordabsichten des Fahrers. Auch die Kripo hat ermittelt. Ihr Vorgänger, Hauptkommissar Günther Linke, der hatte damals mit dem Fall zu tun."

„Was waren das für Verdächtigungen?", fragt Kuss.

„Na, ich hab's doch schon angedeutet. Die Lebensversicherungen von Erwin und Elvira Küpper hätten natürlich gar zu gern Suizidabsichten nachgewiesen. Dann hätten sie das Geld an den Sohn nicht auszahlen müssen. Das waren gewaltig hohe Summen, um die es damals ging. Die Unfallversicherung wollte dagegen unbedingt Materialfehler feststellen oder sonstiges Fremdverschulden. Hat alles nix genützt. Alle mussten zahlen, aber wie!"

„Und Michael Küppers Girokonto hat sich gefreut, oder?"

„Ich denke, ja", sagt Pielsticker. „Der tat zwar damals in den Verhandlungen so, als käme er über den Schmerz wegen des plötzlichen Verlustes der Eltern nicht hinweg. Das wirkte aber alles seltsam unecht. Wie dem auch sei: die Summen, um die es ging, dürften die tatsächlichen oder vermeintlichen Schmerzen dann doch etwas gelindert haben."

„Wissen Sie auch noch, wie die Ergebnisse der kriminalpolizeilichen Untersuchungen aussahen?"

„Ja, das weiß ich noch. Die Unfallforschung der Lebensversicherung der beiden Küppers wollte damals nachweisen, dass die Bremshydraulik des Morgan manipuliert worden sei. Die haben sich wochenlang mit dem Schrotthaufen beschäftigt. Auch die Unfall- und die Kaskoversicherung beteiligten sich finanziell an der Ursachenforschung. Hauptkommissar Linke fand die Argumentationen der Versicherungen damals aber nicht stichhaltig. Er vermutete, dass die sich nur ihrer Zahlungsverpflichtung entziehen wollten."

„Und, wollten sie das?", fragt Kuss.

„Na ja, klar. Was sonst? Das liegt doch in der Natur der Sache, dass die Versicherungen erst einmal alle an sie herangetragenen Zahlungsaufforderungen weit von sich weisen. Hat aber, wie gesagt, alles nichts genutzt. Sie hatten nicht genug Beweismaterial. So ist es niemals zur Anzeige gegen Unbekannt gekommen. Lieber Herr Kollege Kuss, ich kann Ihnen zwar noch einiges über den Vorgang berichten, der letztendlich offenbar nur ein stinknormaler, schrecklicher Unfall war. Aber wenn Sie's wirklich ganz genau wissen möchten, dann sollten Sie Günther Linke selbst fragen. Der wohnt ja noch hier in der Stadt. Und wo, das werden Sie schnell herausfinden können."

„Natürlich." Kuss ist etwas verstört, versteht die Wendung des Gesprächs nicht ganz, denn Pielsticker bedeutet beiden plötzlich, dass er keine Zeit mehr habe.

„So, ich hole Ihnen jetzt die fragliche Akte. Tragen Sie sich doch in der Zwischenzeit bitte hier als Nutzer in das Formular ein."

Pielsticker schiebt ihm ein abgegriffenes Brett mit Klemmvorrichtung für Papier und Formulare über den Tresen. An einem struppigen, ausgefransten Bindfaden hängt ein weißer Plastikkugelschreiber mit Werbeaufdruck des St.-Franziskus-Hospitals.

„Verflucht nochmal, warum ist dieses Plastikdings denn festgebunden? Wer in aller Welt würde schon so was klauen?", flüstert Kirchner zu Kuss, der sich gerade anschickt, das Formblatt auszufüllen.

Kurze Zeit später ist Pielsticker wieder da, händigt Kuss einen prall gefüllten Aktenordner aus, prüft das Formular, setzt einen Stempel darauf und verschwindet grußlos zwischen seinen Regalen.

Oliver Kirchner hat genau zugesehen und zugehört. Auch er findet den plötzlichen Abbruch des Gesprächs sehr seltsam.

„Wollte uns der Glöckner mit seinem merkwürdigen Gehabe etwas mitteilen oder nicht? Und wenn ja, was?", fragt Kirchner.

„Keine Ahnung, Olli. Noch nicht!"

Zurück im Büro macht sich Kuss sofort an das intensive Studium der Unfallakte.

„Was kann ich denn jetzt tun?", fragt Kirchner mit mauligem Unterton wie ein gelangweilter Schuljunge.

„Du suchst weiter nach Freunden oder Bekannten von Michael Küpper. Irgendwen muss es doch geben, auch wenn der Typ vielleicht nicht besonders beliebt war. Du wolltest doch sowieso die Nachbarn von Küpper noch einmal fragen. Und mach dich endlich kundig, ob Küpper nun ein Handy besaß oder nicht!"

„Na gut, dann schnappe ich mir jetzt den Dienstwagen und fahre in die Schlesische Straße."

Kuss beugt sich über die Akte.

Der Unfallbericht der Verkehrspolizei ist eine detaillierte Wiedergabe dessen, was Kurt Pielsticker bereits in kurzen Worten geschildert hat. Dann folgt ein nicht enden wollender Schriftwechsel, der für den mächtigen Umfang der Akte in erster Linie verantwortlich ist. Es handelt sich um ein ewiges Hin und Her zwischen der Polizei, den Versicherungsträgern, Michael Küpper, verschiedenen Anwälten und externen Gutachtern.

So ein Generve muss man nach den gerade erlebten Todesfällen erst einmal aushalten können, sagt sich Kuss und denkt an Michael Küpper. Irgendwann, etwa in der Mitte der Akte, kommt die Kripo ins Spiel. Hauptkommissar Günther Linke hat sich mit einigen Berichten verewigt. Die Durchschläge der Protokolle von Gerichtsverhandlungen waren zu finden. Dort hat Linke offenbar gegen die Versicherungen ausgesagt. Schließlich und endlich die beglaubigten Abschriften von Urteilen, die die Versicherungen zur Zahlung der Versicherungssummen in voller Höhe verpflichteten. Das war's. Nichts weiter. Kuss blättert hin und her. Wo sind die Urteilsbegründungen? Über was wurde denn genau verhandelt? Das geht aus den Unterlagen nicht deutlich hervor. Thomas Kuss sucht nach den Berichten der Unfallforschung. Nichts. Seltsam. Ist hier geschlampt worden? Wäre ja nicht das erste Mal in diesem Haus!

Thomas Kuss wählt die Nummer des Archivs. Pielsticker meldet sich.

„Hallo, Herr Pielsticker. Ich sehe gerade die Akte Küpper durch. Mir scheint, dass sie nicht vollständig ist …"

Pielsticker unterbricht ihn sofort: „Wollen Sie damit etwa andeuten, ich würde meine Arbeit nicht anständig erledigen?"

„Nein, um Gottes Willen, Herr Pielsticker, keinesfalls. Wenn in der Akte etwas fehlt, dann ist das doch nicht Ihre Schuld! Die kann doch auch unvollständig bei Ihnen abgegeben worden sein."

Der Polizeiarchivar beruhigt sich: „Stimmt, das wäre möglich."

„Können Sie feststellen, wann genau Sie die Akte erhalten haben?", will Kuss wissen.

„Ja, das weiß ich sogar noch ziemlich genau. Das war vor fast genau neun Jahren, als Hauptkommissar Günther Linke in den Vorruhestand ging. Da hat er natürlich sein Büro aufgeräumt und den größten Teil des Materials an mich weitergeleitet. Und dann haben Sie ja seinen Posten übernommen."

„Ist die Akte in der Zwischenzeit von einer Kollegin oder einem Kollegen ausgeliehen worden?"

„Warten Sie, ich schaue nach. – Nein, die ist seit neun Jahren in meiner Verwahrung. Wurde niemals ausgeliehen."

Thomas Kuss bedankt sich für die Auskunft. Dann sitzt er lange Zeit in seinem hochsommerlich heißen Büro und schaut durchs Fenster nach draußen. Überlegt.

Das Telefon klingelt. Heinrich Skrzybinski ist dran.

„Dein Klassenkamerad Michael Küpper trug Spuren von demselben Zeug im Leib, das auch unsere Eintänzer in den vergangenen Wochen im Blut hatten. Hochgiftiges Zeug. Sicherlich Bestandteile einer neuen Droge. Auch Felix Wintrup hatte davon genascht und ist daran krepiert."

„Haben die das Zeug freiwillig genommen?", fragt Kuss.

„Gute Frage", meint Skrzybinski. „Bei den Designerdrogen gehe ich immer davon aus, dass die einen hohen Speedanteil haben. Also Amphetamin. Und die Absicht der toten Discobesucher wird es wohl gewesen sein, sich fit zu machen für eine zu durchtanzende Nacht. Also freiwillige Einnahme. Ob dagegen Michael Küpper, der zu Hause in seiner merkwürdigen Bleibe rumkrebste, unbedingt tanzen oder sonstwie feiern wollte, wage ich zu bezweifeln. Ich würde fast drauf wetten, dass ihm jemand das Zeug gegen seinen Willen verabreicht hat. Könnte also irgendeine subtile Form des Mordes gewesen sein. Komm doch morgen noch mal rüber ins Institut. Dann kann ich dir noch etwas Interessantes zeigen."

„Heinrich, du bist große Klasse!", sagt Kuss. „Werde morgen so gegen zehn Uhr bei dir sein. Geht das in Ordnung?" Skrzybinski hat nichts dagegen.

„Verdammt, ich hab's doch geahnt", sagt Thomas Kuss halblaut zu sich selbst. Er spürt ein Kribbeln im Leib. Dann sucht er im Internet nach der Adresse und der Telefonnummer von seinem Vorgänger Günther Linke. Pielsticker zufolge lebt der ja noch in Bielefeld. Das trifft zu. Er wohnt in der Werther Straße, oberhalb des Bürgerparks, im Westen der Stadt. Dort, wo es schön und ruhig und gediegen ist. Kuss überlegt, ob er seinen geplanten Besuch bei Linke vorher ankündigen sollte. Besser nicht. Besser den zu Befragenden unvorbereitet treffen. Schließlich ist der ehemalige Hauptkommissar vom Fach. Mit seiner Erfahrung steckt er dann Thomas Kuss womöglich locker in die Tasche.

Kuss ist sich der Unverschämtheit seines geplanten Vorgehens bewusst. Dem hoch angesehenen ehemaligen Hauptkommissar Günther Linke, der schon zu Lebzeiten zu einer Fahnderkoryphäe, einer lebenden Legende geworden ist, Schlamperei zu unterstellen, die immer auch den Beigeschmack von Unterschlagung hat, ist ein starkes Stück. Auf der anderen Seite wusste schon zu Linkes aktiven Zeiten jeder im Polizeipräsidium, dass der Hauptkommissar zwar ein exzellenter Recherchespezialist war, demgegenüber aber nur wenig Mühe für die Dokumentation der Fälle aufwendete. Das überließ er gern seinen Untergebenen. Und diese bekamen immer nur so viele Informationen, wie unbedingt nötig. Sie hassten ihn dafür, weil er damit ihre Arbeit erschwerte und ihnen die lückenhafte Darstellung überdies Vorhaltungen und Kritik von anderen Kollegen einbrachte. Die Vermutung lag nahe, dass Günther Linke ganz bewusst an seinen Nimbus des genialen Ermittlers arbeitete und deshalb so sparsam mit seinen Erkenntnissen umging. Böse Zungen behaupteten zudem, dass die Art und Weise, wie er an bestimmte Informationen gekommen war und Geständnisse erwirkte, nicht unbedingt mit den Vorgaben eines Rechtsstaates zu vereinbaren waren.

Thomas Kuss schreibt sich die Adresse von Linke und dessen Telefonnummer auf. Es ist 11 Uhr. Mit der Stadtbahn könnte er es in einer halben Stunde schaffen. Halb zwölf wäre er dann bei seinem Vorgänger, kurz vor Mittag. Kuss macht sich auf den Weg.

Zwanzig Minuten später steigt Kuss an der Haltestelle Oetkerhalle aus. Das große Konzertgebäude aus den 30er-Jahren liegt eindrucksvoll und wuchtig neben dem Park mit dem Ententeich und der Fontäne. Es ist schönes Wetter, die Hitze ist jedoch, wie schon in den vergangenen Tagen, mörderisch. Kuss geht mitten durch den Park, vorbei an Menschen, die sich mit ihren Decken auf den Rasenflächen niedergelassen haben. Hunde rennen aufgeregt kläffend herum, jagen

Stöckchen oder Frisbee-Scheiben hinterher, tun alles, um ihrer habhaft zu werden, um sie dann ihren Frauchen oder Herrchen zurückzubringen. Das Café ist geöffnet. Unter großen, weißen Schirmen sitzen Mütter mit Kinderwagen, einzeln oder zu mehreren.

Einer der Ausgänge des Parks am gegenüberliegenden Ende mündet in die Werther Straße. In dieser Straße liegt das Haus von Günther Linke, die Nummer 17. Es ist eine ruhige Straße, flankiert von riesigen, alten Bäumen. Die Häuser vermitteln alle dieselbe Botschaft: Hier spricht man nicht über Geld, man hat es. Günther Linkes Domizil macht da keine Ausnahme. Es hat zudem noch etwas ganz Besonderes. Die am Straßentor angebrachte Metallplakette mit dem Landeswappen und der Aufschrift „Denkmal" weist darauf hin. Thomas Kuss staunt. Er weiß nicht allzu viel über Baustile, erkennt aber doch, dass bei dieser kleinen Villa Bauhaus und Reformarchitektur der 20er-Jahre Pate gestanden haben. Alles ist rechteckig, quadratisch, mit großen Fensterfronten. Rechts in der Einfahrt steht ein alter, gut gepflegter Jaguar.

Sammlerstück, nicht billig, denkt sich Kuss. Dahinter ein grauer Porsche Carrera 2 in Cabrio-Ausführung. Noch ein Sammlerstück, nickt Kuss anerkennend. Donnerwetter, was man sich als Kripopensionär so leisten kann.

Die Türklingel befindet sich links neben dem Hauseingang in einer in die Wand eingelassenen kleinen Bronzeschale. Kuss drückt. Irgendwo im Haus macht es Ding-Dong. Schritte nähern sich, die Tür geht auf. Eine Frau mittleren Alters steht vor Kuss. Sie trägt gelbe Haushaltshandschuhe. Im Flur hinter ihr, der mit edlem Parkett ausgelegt ist, sieht Kuss einen roten Plastikeimer und zwei dieser Wischmopps, die man in einem Plastiksieb auswringen kann. Kuss hat auch so etwas zu Hause, benutzt es aber viel zu wenig.

„Sie wünschen?“, fragt die Frau mit leicht abweisender Zurückhaltung in der Stimme.

Thomas Kuss stellt sich vor, zückt sogar seinen Kripoausweis. Die Frau sagt ihm, dass Günther Linke im Garten sei und sie ihm Bescheid geben werde. Ob er so lange im Wohnzimmer warten wolle? Kuss will.

Er folgt der Frau, die offenbar so etwas wie eine Haushälterin oder Putzfrau oder beides ist, in ein großes, lichtdurchflutetes Wohnzimmer, dessen bis zum Boden reichende Fenster die gesamte Südfront des Raumes einnehmen. Zwei der Glastüren sind zum Garten hin geöffnet. Er besteht aus einer ausgedehnten Rasenfläche, deren Abschluss nach Süden ein großer ovaler Swimmingpool bildet. Kuss sieht Günther Linke, wie er mit einer langen Stange, an dessen Ende ein Netz oder Kescher befestigt ist, Blätter und andere Fremdkörper von der Wasseroberfläche fischt.

Kuss sieht sich um. Linke ist, soweit er das beurteilen kann, geschmackvoll und teuer eingerichtet. Der Fußboden ist auch hier mit hellem neuen Parkett belegt. Etwas abgerückt von den Fenstern, mitten im Raum, befindet sich eine große Sitzgruppe. Die Form des lederüberzogenen Sofas und der beiden schweren Sessel ist raffiniert und perfekt. Rechts davon, an der gegenüberliegenden Wand, befindet sich ein offener Kamin. Auf seinem Sims stehen zwei Torsi aus Bronze, ein männlicher und ein weiblicher. Thomas Kuss geht näher heran, um sie in Augenschein zu nehmen.

„Bruno Bruni“, sagt die Stimme von Günther Linke. Kuss war so vertieft in das Betrachten der Einrichtung, dass er nicht bemerkt hat, dass sein früherer Kollege hereingekommen ist und bereits hinter ihm steht. Thomas Kuss erschrickt, fängt sich aber sogleich wieder.

„Nicht schlecht, Herr Specht. Sehr dekorativ und noch teurer", sagt Kuss und dreht sich um. Die beiden Männer schauen sich in die Augen.

Thomas Kuss hat das selbstherrliche Auftreten von Günther Linke nie gemocht. Er war froh, als Linke schon mit vierundfünfzig Jahren in den Vorruhestand ging. Und er fragte sich damals auch nicht, wie das rechtlich überhaupt vonstattengehen konnte. Kuss war das egal. Er freute sich nur, Günther Linke endlich los zu sein. Dass damit fast automatisch der berufliche Aufstieg zum Leiter der Abteilung und die Beförderung zum Hauptkommissar verbunden waren, blieben schöne Geschenke.

Danach hat man im Polizeipräsidium nie wieder etwas von Linke gehört. Gerüchte schwirrten zeitweise durch die Büros, die besagten, dass er nun „auf großem Fuße" leben würde.

Jetzt steht Linke wieder vor ihm. An dessen spöttischem und herablassendem Gesichtsausdruck hatte sich nichts geändert. Dass inzwischen neun Jahre vergangen sind, sieht man seinem Gesicht kaum an. Etwaige Spuren des Alters sind durch einen sauber gestutzten Mehrtagebart und durch eine unverschämt gesund aussehende, leicht gebräunte Gesichtshaut geschickt überdeckt.

„Du siehst gut aus, Günther", sagt Kuss.

„Danke, ich halte mich fit, so gut es geht. Treibe nach wie vor viel Sport. Du bist aber auch noch ganz gut beieinander."

„Danke ebenfalls. Ich bin ja auch noch etwas jünger als du."

„Ja, ja, schon gut. Was darf ich dir anbieten, Thomas? Kaffee, Tee, Saft, Bier, Wein?"

„Was trinkst du?", fragt Kuss.

„Einen Whiskey-Cola. Meine Haushälterin, Frau Seligmann, die dir die Tür geöffnet hat, macht einen ganz exorbitanten Mix. Solltest du probieren! Wird dich an deine Jugend und deine schlimmen Zeiten erinnern. Die liegen ja noch gar nicht so lang zurück, soweit ich mich erinnere."

Kuss überhört die Spitze. Oder tut zumindest so.

„Okay, ich schließ mich an."

„Frau Seligmann", ruft Linke, „können Sie uns bitte zwei Ihrer berühmten Whiskey-Cola machen? Das wäre sehr nett, danke!"

Es entsteht eine Pause. Dann wendet sich Linke wieder an Kuss.

„Wie geht's den Kollegen?", fragt er.

„Kurt Pielsticker geht es gut."

„Freut mich zu hören", sagt Linke. „Wer ist denn sonst noch da, den ich aus meiner aktiven Zeit kennen könnte?"

„Müller-Demand vom Raub und Simsek von der Sitte."

„Ach ja, stimmt. Tja, ist schon eine ganze Menge Zeit vergangen. Ah, da kommen unsere Getränke."

Frau Seligmann erscheint mit einem Tablett, auf dem sich zwei große Gläser mit der dunklen, goldbraunen Flüssigkeit befinden. Dazu ein kleiner Behälter mit Eis.

„Stellen Sie es ruhig hier ab, Frau Seligmann. Wir bedienen uns dann", sagt Günther Linke zu ihr und wartet, bis seine Haushälterin die Tür hinter sich geschlossen hat. Sie nehmen die Gläser, werfen Eiswürfel hinein und probieren.

„Sehr gut, Günther! Hast Recht, es schmeckt nach meiner unbeschwerten Jugend“, sagt Kuss.

Er schaut sich demonstrativ um.

„Du hast es schön hier, Günther. Was für ein toller Garten. Und ein Swimmingpool. Und deine Autos in der Einfahrt: alle Achtung!“

„Thomas, weshalb bist du hier? Was möchtest du? Was treibt dich nach so langer Zeit zu mir?“

„Erinnerst du dich an den Verkehrsunfall von Erwin und Elvira Küpper? Das war 1999. Vor deiner Pensionierung. Er ist einer deiner letzten großen Fälle gewesen.“

„Ja, ich erinnere mich, Thomas. Dabei sind beide, Elvira und Erwin Küpper, zu Tode gekommen. Die sind in einem kleinen englischen Flitzer mit hoher Geschwindigkeit frontal gegen einen Baum gerast. War hier ganz in der Nähe. Schlimme Sache.“

„Kann man wohl sagen.“

„Wieso fragst du mich danach?“

„Ist nur so ein Gedanke.“

„Was für ein Gedanke?“

„Vor ein paar Tagen hat man den einzigen Sohn der Küppers, Michael, tot in seiner Wohnung aufgefunden. Lag da seit einigen Tagen herum. Reiner Zufall, dass er entdeckt wurde.“

Kuss meint zu bemerken, dass Linke nach dieser Auskunft für kurze Zeit eine bleichere Gesichtsfarbe bekommt.

„Oh, das ist ja schlimm. Woran ist er denn gestorben?“

„Wissen wir noch nicht so genau. Vielleicht ein natürlicher Tod, vielleicht auch nicht.“

„Und was hat der Unfall von damals mit dieser Sache zu tun?“

„Weiß ich auch noch nicht. Wahrscheinlich gar nichts. Ich ermittle im Moment nur nach allen Seiten. Kann sein, dass sich etwas durch Zufall ergibt. Deshalb habe ich mir auch von Kurt Pielsticker die Akte von dem Verkehrsunfall geben lassen. Der konnte sich noch erstaunlich gut an viele Einzelheiten erinnern."

„Ja, Kurt hat's drauf. Hat er immer gehabt. Schade, dass er seine Zeit im Archiv absitzen muss. Der ist besser als so manch anderer im Präsidium."

Wieder entsteht eine Pause.

„Bei Durchsicht der Küpper-Akte ist mir aufgefallen, dass der abgeheftete Schriftwechsel Lücken aufweist ..."

Noch eine Pause.

„Tatsächlich? Ist ja ein Ding. Wie ist so was denn zu erklären?", fragt Linke.

„Vielleicht Schlamperei? Möglicherweise hat irgendwer nicht sauber abgeheftet."

„Liegt im Bereich des Möglichen. Wahrscheinlich war es so."

„Könnte es auch anders gewesen sein? Dass jemand nachträglich etwas aus der Akte entnommen hat? Oder gar nicht erst zum Abheften weitergab?"

„Warum sollte jemand so etwas tun?"

„Eventuell musste noch etwas nachgeschaut, etwas ergänzt oder korrigiert werden. Und dann hat man vergessen, das Material wieder abzulegen."

„Damals haben die Ablage immer irgendwelche Polizeischüler für mich erledigt. Manchmal auch Frau Dischke. Die wurde auf Weisung von oben gelegentlich als Sekretärin für mich und einige andere Kommissare eingesetzt. Wenn wir mit unseren dicken Wurstfingern unsere Berichte nicht richtig getippt bekamen."

„Oje, das wird schwierig, die damaligen Polizeischüler ausfindig zu machen. Frau Dischke könnte ich allerdings fragen. Die ist vor zwei Jahren nach Konstanz gewechselt."

„Na, das wäre ja ein Anfang. Die hat ja ein Gedächtnis, das fast so gut ist wie das von Pielsticker. – Nimm noch einen Schluck von deinem Whiskey-Coke, sonst wird er noch warm."

Thomas Kuss tut, wie ihm geheißen. In die unbehagliche Stille hinein sagt Linke plötzlich: „War's das? Dann könnte ich mich ja weiter meiner Arbeit am Pool widmen. Muss Blätter und all so'n Zeugs da rausfischen. Heute Nachmittag will ich darin ein paar Runden schwimmen."

„Du weißt also nichts von den fehlenden Unterlagen in dem Küpper-Ordner, oder? Wo die geblieben sein könnten? Sind ganz wichtige Berichte zur Unfallursache und zum Unfallhergang. Dass ausgerechnet so etwas durch Unachtsamkeit verschwindet, ist fast schon unmöglich."

Linke sieht Thomas Kuss an. Kuss ist unsicher, was er in diesem Gesichtsausdruck erkennen, lesen kann. Er erscheint hart, unnachgiebig, aber auch verletzlich.

„Weißt du eigentlich, dass meine Familie zu den Flüchtlingen gehörte, die am Ende des Krieges aus ihrer Heimat in Ostpreußen vertrieben wurden?", fragt Linke nach einer langen Pause. „War eine schlimme Sache. Meine Eltern besaßen da nicht etwa ein riesiges Rittergut. Nichts Besonderes. Auf der Flucht kam ich zur Welt, auf einem Wagen, der von Lisa, unserem besten Schwerblüter, gezogen wurde. Meine Oma und unser polnischer Knecht Jurek halfen bei der Geburt. Dann standen wir an der teilweise zugefrorenen Oder. Die einzige Brücke weit und breit war verstopft, überfüllt mit Menschen. Kein Vor und kein Zurück. Der Gefechtslärm im Osten rückte immer näher. Meine beiden Schwestern und mein Bruder schliefen. Da hat meine Mutter das Fuhrwerk auf die Eisfläche gelenkt und ist mit uns über die Oder. Ein Vabanquespiel. Jurek fuhr nicht mit, er wollte zurück in seine Heimat. Er hat meine Mutter noch davor gewarnt, sich dieser Gefahr auszusetzen. Sie hat dann gesagt: ‚Sei still, Jurek, mach mir die Kinder nicht wach!', und ist los mit uns, über die Eisfläche. Jurek hat sich die Hände vors Gesicht gehalten, weil er's nicht mit ansehen wollte."

Kuss weiß nicht, wieso Linke plötzlich diese Geschichte erzählt. Er schaut seinen Vorgänger an, kann aber in dessen Gesichtsausdruck nichts Besonderes entdecken.

Günther Linke fährt fort.

„Im Westen haben wir es nicht leicht gehabt. Mein Vater galt als vermisst, das war so gut wie tot. Meine Mutter hat dann mit vier Kindern und der Oma den Kampf ums Dasein aufgenommen. Wir sind zuerst in einer beschissenen Barackensiedlung am Rande von Kassel untergekommen. Da haben wir bis zum Beginn der Sechzigerjahre auf engstem Raum gelebt. Feucht, kalt, eine Wasserstelle auf dem Flur, Gemeinschaftsküche. Wir haben lange Zeit keine Chance gehabt, da herauszukommen. Meine Geschwister und ich galten in der Schule als ‚Baracken'. Das Unterste vom Untersten. Dann hat man uns eine lächerlich kleine Wohnung in einem aus dem Boden gestampften Neubaugebiet für Flüchtlinge und Vertriebene hier in Bielefeld zugewiesen. Meine Mutter hat nebenher gearbeitet, unsere Oma hat uns betreut, solange sie konnte. Mitten im Wirtschaftswunderland war unsere Siedlung eine Insel der Armut. Während meine Geschwister der Reihe nach versagten, habe ich in der Schule zur Freude meiner Mutter gepunktet, habe gute Zeugnisse gehabt. Da ich obendrein in Sport gut war, erfolgte meine Meldung zur Polizei. Die stellten mich ein. Da war ich erst in der Bereitschaft und habe in Berlin und Frankfurt auf protestierende 68er-Studenten eingeknüppelt. Die haben meinen ganzen Hass auf die besser gestellten Menschen in diesem Land zu spüren bekommen. Die waren ja, wie man so sagte, gut situiert. Hatten sich allenfalls die Mühe gemacht, geboren zu werden. So sah ich das. Ich dagegen musste für alles hart arbeiten und kämpfen. Schließlich bin ich aufgestiegen, wie du weißt. Beamtet, Hauptkommissar, und zwar kein schlechter. Habe zahllose Mordkommissionen geleitet. Und in aller Regel die Taten aufgeklärt, was häufig zur Verhaftung und Aburteilung der Verdächtigen führte. Mit meinem Ersparten und einer Erbschaft habe ich mir schließlich dieses kleine Glück hier aufgebaut. Das ist meine Geschichte. Und nun sieh zu, dass du Land gewinnst!"

„Nix für ungut, Günther. Schließlich bin ich wie du Kripomensch. Da gehst du allem nach."

„Wiedersehen, Thomas. Oder besser: Auf Nimmerwiedersehen. Du weißt, wo die Tür ist!"

Thomas Kuss geht wortlos und voller Wut im Bauch. Was für ein Idiot!, denkt er sich. Er hat Linke immer gehasst. Zu Recht, wie sich heute wieder einmal gezeigt hat. Was für eine bescheuerte Geschichte war das nur, die Linke da erzählte? Was sollte das bedeuten?

„Mein Freund, wir sprechen uns wieder", murmelt Kuss vor sich hin.

Als Thomas Kuss eine Stunde später das Büro betritt, sieht er einen missgelaunten Oliver Kirchner gelangweilt auf seiner Tastatur herumspielen.

„Na, Olli, wie isses gelaufen?“

„Schlecht isses gelaufen. Die Nachbarinnen und Nachbarn von Michael Küpper können einfach nichts Konkretes zu etwaigen Bekannten, Freundinnen oder Freunden sagen. Da hätte mal dann und wann ein Auto vor der Tür gestanden. Selten sei auch Damenbesuch zugegen gewesen. Der Küpper gab der gesamten Straße seit Jahren Rätsel auf. Wie es in dem Haus aussieht, davon hat dort niemand eine genaue Vorstellung.“

„Hast du gar keine Anhaltspunkte?“, fragt Kuss.

„Wenig Konkretes. Einer der Nachbarn hat vor einiger Zeit mal einen silbernen Wagen vorm Haus gesehen, möglicherweise französisches Fabrikat. Und dann stand hin und wieder ein älterer, aber gut gepflegter weißer Mercedes dort. Beide mit Bielefelder Kennzeichen. Das war's. Na, und dann hörte ich den Hinweis noch einmal, den wir schon kennen: dass Küpper ständig Baumaterialien angeschleppt und in seiner Bude gewerkelt hat. Ach ja, einen Handyvertrag mit irgendeinem Anbieter: Fehlanzeige. Und, was gibt's bei dir Neues?“

„Kurz nachdem du weg warst, hat Skrzybinski angerufen und mir mitgeteilt, dass, seiner Ansicht nach, Küpper wahrscheinlich ermordet wurde. Der hatte das gleiche Gift in sich wie unsere Discotheken-Eintänzer. Skrzybinski glaubt, dass Küpper das Zeug nicht freiwillig genommen hat. Wir sollen morgen zu ihm rüberkommen. Dann will er uns noch einiges erzählen und veranschaulichen.“

„Au, verflucht. Ist für mich kein Entrinnen möglich?“

„Morgen führt Heinrich uns allenfalls Laborergebnisse vor. Nichts Schlimmes. Da darfst du höchstens mal durch ein Mikroskop gucken. Mehr nicht", beruhigt Kuss.

„Na, wenn's denn sein muss."

„Ach ja, die Akte zum Verkehrsunfall der Küppers ist unvollständig. Entweder hat da jemand was nachträglich rausgenommen oder gar nicht erst hineingetan, beziehungsweise bewusst zurückgehalten. Die detaillierten Berichte der Unfallerforschung, unsere und die der Versicherungen, fehlen zur Gänze. Da die Akte seit Günther Linkes Ausscheiden aus dem Polizeidienst niemand ausgeliehen hat, hab ich ihn dazu selbst befragt."

„Was denn, soll das heißen, du warst eben bei ihm?"

„Das soll es heißen. Ich hab ihn in seinem schicken Haus in der Werther Straße besucht. Und ich hab nicht schlecht gestaunt, was man sich mit der Pension eines ehemaligen Hauptkommissars alles leisten kann."

„Aber, ich meine, ihr beide, ihr konntet euch doch nie leiden", sagt Kirchner, „und dann gehst du zu ihm und fragst, wo denn wohl die fehlenden Teile aus der Akte sind? Was hat er dir denn erzählt?"

„Nichts. Kam mir mit einer Geschichte über seine schwere Kindheit und sein Leben, in dem er sich zu einem Hauptkommissar der Kripo emporarbeitete. Hat von Flucht und Vertreibung berichtet. Und davon, dass seine Mutter mächtig stolz auf ihn war, weil er es geschafft hatte."

„Und was sagte er zu der Akte?"

„Er meinte, dass er sich durchaus an alles erinnere. Aber kein Sterbenswörtchen zu den fehlenden Unterlagen. Hat mich einfach mit seiner Geschichte zugelabert. Und dann rausgeschmissen. Ich sei unverschämt und so."

„Was soll man davon halten?", fragt Kirchner. „Hat Linke irgendetwas unterschlagen? Und, wenn ja, warum?"

„Wir werden's rausfinden. Und Linke wird alles daransetzen, dass uns das nicht gelingt. Kann natürlich sein, dass mein Verdacht völlig haltlos ist. Generell dürfte Linke als alter Profi aber nicht so seltsam und empfindlich reagieren wie vorhin. Schließlich galt er doch zu seiner aktiven Zeit als harter Ermittler, der austeilen aber auch ordentlich einstecken konnte."

Zu Hause geht Thomas Kuss einen Haufen Post durch. Tonnenweise Werbung. Aufforderungen, für alles Mögliche zu spenden. Und ein Brief mit handgeschriebener Adresse. Das ist selten heutzutage. Zumindest Kuss, der sein Privatleben überwiegend einsam fristet, bekommt so etwas nicht jeden Tag. Er reißt ihn auf und hält eine Einladung zu einem Klassentreffen in Händen. Der Abschlussjahrgang 1976 der Kuhlo-Realschule will sich treffen. Just die Klasse, zu der er und Michael Küpper gehörten. Nächste Woche Freitag in „Heinemanns Hof". Ein sogenanntes gutbürgerliches Restaurant in der Nähe.

Kuss schüttelt den Kopf. „Gibt's doch nicht", sagt er laut zu sich selbst. „Das gibt's doch wirklich nicht."

An solche Zufälle mag Kuss nicht so recht glauben. Aber hier und jetzt bleibt ihm nichts anderes übrig. Ein Termin einige Wochen früher wäre allerdings besser gewesen. Dann hätte Küpper noch gelebt. Trotzdem. Er wird auf jeden Fall hingehen und sich mit den ehemaligen Klassenkameradinnen und Klassenkameraden unterhalten. Vielleicht bringt das neue Erkenntnisse. Möglicherweise ist auch Andrea Landmann da. Hoffentlich. Das war Kuss' erste große Liebe. Da ist er siebzehn Jahre alt gewesen. Oder sechzehn? Auf einer Klassenfahrt nach Westberlin sind sie sich nähergekommen. Es war unglaublich. Aber er, Thomas Kuss, hat natürlich alles verpatzt. Wie immer in seinem Leben, wenn es um Frauen ging. Bloß nicht zu nah rankommen lassen.

Kuss ist gespannt, wie Andrea heute aussieht. Ob sie auch so mordsmäßig dick geworden ist wie einige jener Frauen, die er in seinen wilden Zeiten als schlanke, junge Mädchen kennengelernt hatte? Manchmal trifft er diese oder jene zufällig in der City, beim Einkaufen. Sie sind kaum wiederzuerkennen, so haben sie zugelegt. Möglicherweise denken sie genau dasselbe von ihm, wenn sie sich über den Weg laufen.

Kuss hat sich die Akte des Verkehrsunfalls mit nach Hause genommen. Er ist nach der langen Zeit der Muße ohne einen konkreten Mordfall geradezu ausgehungert nach neuen Ermittlungsaufgaben. Immer nur im Büro herumsitzen, das kann niemanden auf die Dauer zufriedenstellen. Zumindest nicht ihn. Wie sich das mit den anderen Amtsschimmeln verhält, weiß er nicht. Manche scheinen ja mit ihrem langweiligen Büroalltag voll ausgelastet zu sein.

Nun sitzt er an seinem Küchentisch unter dem Neonring, trinkt ein Bier und geht noch einmal die Unterlagen Stück für Stück durch.

Sein Handy klingelt. Am anderen Ende ist Carsten Schmücker vom Rauschgiftdezernat.

„Hallo Thomas. Ich hab brandheiße Neuigkeiten. Einem unserer V-Leute ist heute Mittag an der Stadtbahn-Haltestelle Hauptbahnhof eine ganz neue Partydroge angeboten worden. Irgendein Zeug mit angeblich hohem Speedanteil. Heißt „Diamond Dog“. Könne man schlucken, rauchen und spritzen. Unser V-Mann hat etwas davon gekauft und gleich im Labor abgeliefert. Eben bekam ich die Analyse. Der Stoff ist hochgiftig, wenn falsch dosiert. Und es ist offenbar der gleiche, den sich unsere drei Disco-Leichen auch reingetan haben und an dem sie gestorben sind. Mit Skrzybinski hab ich schon gesprochen. Der sagte mir, dass

Michael Küpper, den ihr in diesem seltsamen Haus gefunden habt, auch etwas davon im Blut hatte."

„So isses", sagt Kuss. „Skrzybinski meint, dass sich Küpper den Stoff nicht freiwillig reingezogen hat. Denn tanzen wollte der wohl eher nicht. Könnte also Mord gewesen sein."

„Ich halt dich auf dem Laufenden", sagt Carsten Schmücker.

„Wäre nett", antwortet Kuss. Sie verabschieden sich.

Kuss sieht aus dem Fenster. Draußen ist es dunkel geworden. Thomas Kuss fasst einen Entschluss. Er trinkt noch ein Bier und ruft sich ein Taxi. Ihn lässt das alles nicht mehr los. Als wenn er es geahnt hätte, hat er sich heute, vorm Verlassen des Präsidiums, den Schlüssel für Michael Küppers Haus eingesteckt.

Das Taxi bringt ihn zur Schlesischen Straße. Nun steht er allein, mitten in der Nacht, vor dem dunklen Haus mit den noch dunkler wirkenden Fenstern. Hat er da gerade ein kurzes Aufflackern, ein Licht gesehen? Ach was, das war Einbildung. Kann nicht sein. Er geht zur Haustür, holt seine Taschenlampe hervor und leuchtet. Die beiden Siegel der Kripo über Türstock und Türblatt sind unversehrt. Was ist mit denen am Kellereingang? Auch die untersucht Kuss. Ebenfalls unversehrt.

Er durchtrennt die Siegel an der Haustür, schließt auf und tritt ein. Sofort schlägt ihm jener Geruch entgegen, der ihm aus seiner Kindheit und Jugend immer noch vertraut ist. Es riecht nach der muffigen, abgestandenen Mischung aus Putzmitteln und aufgewärmtem Linseneintopf, die sich hartnäckig und aggressiv in die Wände gefressen hatte und nicht mehr zu beseitigen war. Und das riecht nach der Spießigkeit der 60er- und 70er-Jahre, die in diesen Wohnvierteln trotz allem 68er Aufbruchs- und Reformgetue eisern verwurzelt blieb. Bilder aus seiner Kindheit blitzen vor Kuss' innerem Auge auf. In den letzten Jahren hat er sie immer mehr aus seinen Gedanken entfernt, sodass die Kinderzeit schon fast irreal geworden ist. Und nun, kaum dass er dieses einsame Haus betreten hat, sind die Bilder wieder da. Thomas Kuss spürt einen Fluchtreflex in sich. Aber er gibt ihm nicht nach, zwingt ihn zurück.

Er schließt die Tür hinter sich, leuchtet die Wand zur Rechten und zur Linken an und findet einen Lichtschalter. Eine funzelige, schwache Energiesparlampe unter der Decke, etwa in der Mitte des Hausflurs, springt an und versorgt ihre Umgebung mit einem fast grünlichen, kränklichen Licht. Lichtgewordener EU-Horror.

„Ich bin drin!", sagt Kuss laut zu sich selbst und muss an den Film „Matrix" denken. Er grinst. Das passt doch irgendwie. Küppers Zuhause ist auch so eine Art Parallelwelt. Welche Türen hatte er noch einmal bei seinem ersten Besuch nicht geöffnet? Ach ja, die ganz links und die dort hinten. Die linke nimmt er jetzt. Dahinter ist es stockdunkel. Kein Lichtschalter. Kuss macht seine Taschenlampe an. Hier geht ein Gang geradeaus zu einer weiteren Tür. So eine langweilige Sechzigerjahre-Küchentür. Das Blatt ist aus Holz. Das große, in der Mitte frei gelassene Rechteck ist mit einer Scheibe geriffelten Glases gefüllt. Kuss erinnert sich: Man konnte schlecht hindurchsehen und wusste nie, wer oder was sich dahinter bewegte. Ihm fällt plötzlich der Film „Wilde Erdbeeren" von Ingmar Bergmann ein. Da gibt es eine traumartige Sequenz, in der jemand an der Wohnungstür einer jungen, schwangeren Frau klingelt. Sie macht nicht auf. Man erkennt im Hausflur, hinter der Türfüllung und durch ein ähnliches Glas, ganz undeutlich und verschwommen einen Mann, der dadurch aber besonders unheimlich wirkt. Irgendwann verschwindet er wieder. War das der Tod, der sich noch einmal anders entschieden hatte? Bei Bergman wusste man ja nie.

Kuss bemerkt links vor der Tür mit der Riffelglasscheibe eine weitere, die nach links abgeht. Er öffnet sie. Wieder kein Lichtschalter. Die Taschenlampe zeigt ihm eine kleine Treppe, die abwärts führt. Unten angekommen steht er auf einem gekachelten Fußboden. Hell- und dunkelbraun sind die vorherrschenden Farben. Wie in den 70er-Jahren. Wie geht's weiter? Gegenüber befindet sich noch eine Treppe. Thomas Kuss geht die zehn Stufen hoch, öffnet die sich dort anschließende Tür, findet dieses Mal einen Schalter, drückt. Grelles Licht erstrahlt von der Decke. Der rechteckige Raum hat weiße Wände, graue Fußleisten und einen schwarzen Fußboden. Wieder zwei Türen, ebenfalls grau, führen aus dem Raum hinaus. Hinter der einen befindet sich eine Art Korridor, hinter der anderen ein relativ großes Zimmer mit drei Fenstern. Die lassen aber keinen Blick nach draußen zu, vielmehr befindet sich hinter dem Fensterglas eine weiße, gemauerte Wand.

Über den kleinen Korridor gelangt Kuss zu einem Absatz, von dem eine Treppe abwärts führt und dann in einen Gang übergeht, der nach rechts abbiegt. Hier riecht es sehr muffig. Am unteren Ende der Treppe angekommen findet Kuss auch hier einen Schalter. Das Licht gibt den Blick auf eine gewaltige Unordnung frei: Alte Holzregale, teilweise eingebrochen, Eimer, Einweckgläser ohne und mit Inhalt, Kleidungsstücke, ein Fußball, Latten, Leisten und ein komisches Behältnis, das aussieht wie ein Sarg ohne Deckel. Darin liegt eine lebensgroße Puppe in einer weißen, festen Masse. Kuss fühlt sich nicht besonders wohl. Er hat das Gefühl, in das Gehirn eines Kranken, eines geistig verwirrten Mannes, eingetreten zu sein. Es ist aber auch faszinierend. Deshalb bleibt er, läuft nicht davon.

Kuss schreckt zurück. Auf dem Fußboden liegt ein Kopf! Dann erkennt er, dass der aus Schaumstoff und mit einer Perücke versehen ist. „Au, Mann!", denkt Kuss. Er läuft die Treppe schnell wieder hoch. Geht jetzt nach rechts und gelangt plötzlich in jenes Zimmer, durch das er schon am Montag gekommen ist und in dem eine Kerze brannte. Hier stehen immer noch der einsame Tisch und die beiden Stühle. Auch der Kerzenhalter ist noch da mit der Kerze, die Kuss gelöscht hat. Irgendwie hat sich aber das Zimmer verändert. Oder besser: seine Lage. Zumindest beschleicht Thomas Kuss dieses Gefühl. War nicht am Montag das Fenster mit dem heruntergelassenen Rollo auf der gegenüberliegenden Seite? Oder ist das hier gar nicht der Raum vom Montag? Kuss ist verwirrt. Sicher, er hat das Zimmer gerade durch eine andere Tür betreten als vor einigen Tagen. Das könnte dieses seltsame Gefühl der Veränderung ausgelöst haben. Und er hat zwei Bier getrunken. Oder hat Michael Küpper etwa zwei identische Räume gebaut, die vielleicht voneinander entfernt liegen und die in verschiedene Himmelsrichtungen weisen? Das scheint der Fall zu sein, denn als Thomas Kuss den Raum durch dieselbe Tür wie am Montag verlassen will, steht er nicht, wie erwartet, in der Küche, sondern in einem noch seltsameren Gelass. Vor ihm, in etwa einem Meter Entfernung, steht eine gemauerte Wand, die sich links mit einer Holzwand trifft, die im spitzen Winkel auf sie zu läuft. Dort, wo sich beide Wände treffen müssten, ist jedoch ein schmaler Spalt. Kuss zwängt sich hindurch und steht danach in einem mit allem nur denkbaren Gerümpel fast vollkommen zugestellten Zimmer. Er sieht sich um. Was er findet, sind kuriose Dinge ohne erkennbaren Gebrauchswert. Eine Abstellkammer. Auch hier funktioniert die Deckenbeleuchtung und wirft ihr Licht auf alte, ausrangierte Kleiderschränke, staubige Tische und Stühle. Kuss fallen drei dicke, fast abgebrannte Kerzen auf, wie man sie sonst in Kirchen sieht, ein offener Karton mit Vinyl-Schallplatten, ein Fahrradrahmen ohne Räder, aufgerollte Elektrokabel, zwei Rollen mit Tuch, ein offener Karton mit Büchern darin. An der Wand hängen Poster, Starschnitte der 70er-Jahre aus der „Bravo".

„Showaddywaddy", murmelt Kuss, als er eines der Bilder näher betrachtet. „Ist ja krass!"

Auch dieser Raum hat ein Fenster und dahinter noch eines, das vom Rahmen her vollkommen identisch aussieht. Der Blick nach draußen ist jedoch auch hier zugemauert. Kuss schaut sich diese Konstruktion genauer an. Es handelt sich nicht etwa um ein Doppelfenster zwecks besserer Isolierung. Kuss öffnet einen Fensterflügel und erkennt, dass zwischen beiden Fenstern und den links und rechts abgehenden Wänden ein etwa zwanzig Zentimeter breiter Hohlraum besteht.

Meine Güte, denkt er sich. Das sind hier Zimmer in bereits existierenden Zimmern. Räume in Räumen. Wie die Figuren in einer dieser russischen Babuschkas.

Er schaut nach links und rechts in den Hohlraum. An der äußeren Wand, also an den Wänden des ursprünglichen, größeren Zimmers, erkennt er die Tapete. Er sieht Bilder, die dort hängen und einen

Kalender mit Werbeaufdruck. Mit größter Mühe entziffert er die Jahreszahl: 1999. Das Todesjahr der Eltern von Michael Küpper.

Ist ja wirklich gruselig, denkt Kuss. Hat der nach dem Unfall dieses Zimmer im Zimmer gebaut? Da muss mal ein Psycho-Heini ran, der mir erklärt, was das alles zu bedeuten hat.

Thomas Kuss wendet sich den Schränken zu, will den ersten öffnen. Es geht nicht. Er dreht den Schlüssel herum. Etwas stimmt nicht, steht unter Spannung. Kuss rüttelt und schüttelt. Plötzlich springen die beiden Flügeltüren auf und ihm schießt bedrucktes und beschriebenes Papier entgegen. Es ist eine regelrechte Explosion. Im Nu steht er bis zu den Knien in Unterlagen aller Art.

Nachdem wieder Ruhe eingekehrt ist, greift Kuss aus dem Berg Papier wahllos einen Bogen heraus. Er trägt den Briefkopf von Michael Küpper. Kuss liest. Der Brief ist bereits einige Jahre alt und an einen gewissen Manfred Santel in Dortmund gerichtet. Es geht um dessen Steuererklärung. Endlich! Geschäftspost! Kontakte, Namen!

Offenbar handelt es sich bei dem gesamten Papier-Konvolut, in dem Kuss jetzt steht, um Geschäftsbriefe. Einfach in den Schrank gestopft. Papier auf Papier. Seltsame Ablage. Kein Wunder, dass die Türen unter gewaltiger Spannung standen. Kuss öffnet den zweiten Schrank im Raum und geht vorsorglich in Deckung. Auch hier bersten die Türen beinahe, springen auf, platzen auf wie prall gefüllte Luftballons, die man mit einer Nadel ansticht.

Interessantes Ablagesystem, denkt Kuss. Pielsticker würde Zustände bekommen, wenn er das sähe.

Doch wo ist nun das Büro von Michael Küpper? Oder gibt es tatsächlich keines? Vielleicht hatte Küpper seine Tätigkeit schon längst aufgegeben? Der alte Schriftwechsel deutet darauf hin. Die Briefe, das gesamte Papier, müssen durchgesehen werden. Es muss eine Mordkommission gebildet werden, die das besorgt.

Hoffentlich finde ich dieses Zimmer wieder, denkt Kuss und geht zurück, zwängt sich wieder durch den Spalt und steht in dem Zimmer, das auf so verstörende Art seine Ausrichtung geändert hat. Dann nimmt er denselben Weg zurück, auf dem er hereingekommen ist und steht bald wieder im Hausflur. Er zieht seinen Notizblock aus der Tasche und zeichnet sich den ungefähren Weg zu dem Raum mit den vollgepackten Schränken auf.

Thomas Kuss hat für diese Nacht genug gesehen. Er schaut auf die Uhr. Es ist halb zwei. Ab nach Hause, weg von dem Geruch nach Vergangenheit, der an verklemmte Sexualität, an geistige Enge, an Kinder hassende Erwachsene, an Stalingrad, an Tod erinnert.

Hört er da irgendein Geräusch in einem entfernten Teil des Hauses? Oder bildet er sich das ein? Bloß weg! Wohin die vierte Tür im Hausflur führt, das wird er morgen oder irgendwann überprüfen.

Michael Küpper tritt vor die Haustür. Es ist früher Morgen, die Luft ist schneidend kalt, es ist noch dunkel. Über Nacht hat es geschneit. Nicht viel, nicht einmal knöchelhoch. Aber genug, um frische Fußspuren zu erkennen. Wie jene von einer Katze, die ums Haus gestrichen ist. Vogelspuren gibt es auch. Und welche von den vielen Kaninchen. Und dann ist da noch eine große Spur, auf die sich seine ganze Aufmerksamkeit richtet. Sie ist ganz frisch und macht den Anschein, als stamme sie von einem gewaltigen Ziegenbock. Aber von einem zweibeinigen. Denn es fehlen die Abdrücke der Vorderläufe.

Michael schaut nach links und rechts. Das zweibeinige Tier wandert offenbar gerade ums Haus, schaut, wie schon in den Nächten zuvor, in die Fenster, will hinein ins Haus. Klopft an die Scheiben, dass es durch das dunkle und einsame Haus hallt. Er atmet auf. Damit wird es jetzt ein Ende haben. Heute Morgen, in der Stunde des Wolfs, wird er sich diesem Feind stellen und mit ihm kämpfen. Ein Befreiungsschlag. Wie immer dieser auch ausfallen mag. Danach wird Ruhe sein – für immer.

Michael hat sich bewaffnet, so gut es geht. Im Geräteschuppen hat er eine Forke gefunden und deren Zinken den ganzen Tag über spitz gefeilt. Auch hat er ein stehendes Messer für die Gartenarbeit entdeckt und dessen Klinge auf beiden Seiten rasiermesserscharf geschliffen. Das ließ sich sehr gut auf dem rauhen Steinfußboden im Keller bewerkstelligen. Sind das aber Waffen, die dem Teufel etwas anhaben können? Ist der nicht unverwundbar? Er hat keine Ahnung.

Was will der Teufel von ihm? Kann er sprechen? Ist er allmächtig? Immerhin ist es doch ein gefallener Engel Gottes.

Die Geräusche scheinen durch den Schnee gedämpft, über allem liegt eine unendliche Ruhe. Dann sieht Michael ihn, wie er um die Hausecke kommt. Ein unfassbarer Gestank weht Michael an. Es riecht nach Verwesung, nach Eiter, nach Krankenhaus, nach Brand, nach Müllhalde, nach Angst, nach Abscheu, nach Wollen und nicht Können. Und irgendwie riecht es auch nach Wahnsinn, wenn dieser denn einen Geruch ausströmen kann. Jedenfalls würde der so riechen, wie es jetzt riecht. Allein dieser Gestank hätte Michael beinahe umgeworfen, ihn ausgeschaltet, fast getötet.

Der Teufel steht auf zwei Bocksbeinen, haarig und kräftig, die in den Oberkörper eines athletischen Mannes übergehen. Der Kopf aber ist nicht der eines Fauns, sondern ein blanker Totenschädel. Keine Hörner, keine Haare. Die Erscheinung mag mehr als zwei Meter groß sein.

„Nun, mein Lieber, wagst du dich endlich raus?", fragt der Teufel. „Du Feigling hast lange dafür gebraucht, dich so zu entscheiden."

Aus welcher Richtung kommt diese Stimme? Der Unterkiefer des Totenschädels bewegt sich nicht. Michael hat den Eindruck, als sei die Stimme in seinem Kopf, spräche dort. Und es ist eine schreckliche Stimme, eher ein Geräusch, schrill, laut, hoch, es schreit in seinem Schädel. Michael fühlt sich auf der Stelle mutlos, schwach, voller Angst, zerknirscht, leidend. „Du musst ihn töten, sonst wirst du ihn nie wieder los!", sagt sich Michael. „Dies ist die wichtigste und entscheidenste Auseinandersetzung deines Lebens! Es geht um dein eigenes Leben und deinen eigenen Tod!"

„Dann wollen wir mal", sagt die Stimme des Teufels in seinem Kopf, „und wir machen es schön langsam."

Und Michael beginnt, sich das Messer in den eigenen Leib zu stoßen und langsam hin und her zu drehen. Mörderischer Schmerz. Er schlitzt sich den Bauch auf, die Eingeweide fal-

len rot, blutig in den frühmorgendlichen Schnee. Michael geht schreiend in die Knie und sticht sich dann mit dem Messer beide Augen aus den Höhlen. Er will vornüber fallen, doch bevor das geschehen kann, hat er sich die Spitzen der Forke vor das eigene Gesicht gehalten, sodass er in sie hineinfällt und sie sich durch seine Gesichts- und Schädelknochen bohren. Es mag eine Viertelstunde dauern, bis Michael das Bewusstsein verliert und stirbt.

Hauptkommissar Kuss ist aufgedreht wie ein Blechspielzeug. Trotz der Tatsache, dass er erst um halb drei im Bett war und prinzipiell todmüde gewesen sein müsste, hat er nur sehr schlecht geschlafen. Als er um halb neun von seinem Wecker aus dem Bett geklingelt wird, fühlt er sich, als habe ein großer Bär mit ihm Unzucht getrieben. Der Geschmack im Mund erinnert ihn an den Geruch vietnamesischer Fischsoße, die wegen des Gestanks nur außerhalb von Saigon hergestellt werden darf. Sein Herz schlägt beim Aufstehen drei bis vier Extrasystolen, die ihn überdies daran erinnern, dass auch er sterblich ist. Er greift zum Handy und wählt die Nummer von Oliver Kirchner.

„Olli? Hier Thomas. Du holst mich mit dem Dienstwagen in einer Stunde von zu Hause ab! Wir fahren gemeinsam zu Skrzybinski."

„Morgen, Herr Hauptkommissar Kuss", sagt Kirchner übertrieben freundlich. „Natürlich hole ich dich ab und fahre dich auch gern zum Gerichtsmedizinischen Institut. Allerdings muss ich …"

„Nichts musst du! Du kommst mit in Skrzybinskis Horrorkabinett und hörst dir an, was er zur Leiche von Küpper zu sagen hat. Und wenn er's uns am Objekt demonstrieren will, dann wirst du schön aufpassen und nicht wegsehen."

„Ist gut. Allerdings muss ich protestieren."

„Kannst du gern tun. Nützt dir aber nichts."

Punkt halb zehn steht Kirchner mit dem Dienst-VW vor Thomas Kuss' Haustür. Der Hauptkommissar steigt ein.

„Los geht's", sagt er. „Skrzybinski und seine Schlachtergesellen warten auf uns."

Kirchner, der es sonst immer überaus eilig hat, verzichtet auf Blaulicht und Martinshorn und steuert den Wagen weit unterhalb der vorgeschriebenen Geschwindigkeit penibel und strengstens auf den Verkehr achtend durch die Stadt.

„Mein lieber Olli", sagt Kuss. „Du kannst deinem Schicksal nicht entgehen, indem du plötzlich wie eine Schnecke durch die Straßen schleichst. Heute ist dein Tag. Du musst der Leiche in die toten Augen sehen. Du kannst doch nicht ernsthaft davon ausgehen, dass du dich bis zur Pension davor drücken kannst!"

Kirchner sagt nichts. Er ist weiß um die Nase, schwitzt, hat offenbar Angst.

Im Eingangsbereich von Skrzybinskis Arbeitsplatz wechselt seine Gesichtsfarbe dann noch einmal ins Gelblich-weiße.

„Mann Gottes, Olli!" Kuss erschrickt. „Wie kann man sich nur so anstellen? Ich bekomm ja richtig Mitleid! Ich seh schon: Das geht mit dir nicht. Bleib im Auto, kurbel die Scheibe runter und hol tief Luft."

Oliver Kirchner grinst überglücklich. Er strahlt übers ganze Gesicht und macht auf dem Absatz kehrt.

„Danke!", sagt er mit tiefster Inbrunst.

„Du telefonierst jetzt mit unserem Boss, Polizeipräsident Dr. Fleischer", befiehlt Kuss. „Sag ihm, mit schönem Gruß von mir, dass wir eine Mordkommission bilden müssen. Er soll mir ein paar Leute überstellen, die Küppers Aktenmaterial nach Hinweisen durchsuchen."

„Was für Aktenmaterial? Es ist doch bis jetzt nichts entdeckt worden."

„Doch, es ist. Ich war heute Nacht im Haus in der Schlesischen Straße und hab dort einige Schränke voller Schriftwechsel gefunden. Gewissermaßen zufällig."

„Du warst heute Nacht in Küppers Haus? Allein? Warum? Hätte das nicht Zeit bis heute gehabt?"

„Im Prinzip schon", sagt Kuss. „Ich hatte nur keine Lust mehr zu warten. Darum bin ich so gegen zwölf Uhr dort aufgetaucht. Und hab dabei ein paar interessante Dinge entdeckt. Also – du rufst unseren Präsi jetzt an und leierst dem einige zusätzliche Leute aus dem Kreuz!"

„Geht klar!"

Thomas Kuss freut sich fast ein wenig, aus der blödsinnigen Hitze dieses Sommers wieder in die kühlen Gewölbe der Pathologie hinabsteigen zu können. Unten, vor den Sektionsräumen, riecht es wieder stark nach Zigarre. Skrzybinski steht mit Spejbl und Hurvinek am Ende des breiten Ganges herum. Sie haben ihre langen Gummischürzen an, rauchen und palavern.

„Na, da bist du ja, Thomas. Moin, Moin", sagt Heinrich Skrzybinski.

„Wieder einmal mächtig aufgeräumt, was?"

„Ich freu mich wahrscheinlich genauso wie du, dass wir endlich mal wieder einen Mordfall haben. Noch dazu einen schönen, schwierigen und geheimnisvollen."

„Stimmt schon, in gewisser Weise. – Also, was gibt's Neues?"

„Komm mit ins Labor, da kann ich es dir zeigen. – Wo hast du denn Oliver Kirchner gelassen? Hat der wieder etwas Wichtigeres vorgeschützt?"

„Wie man's nimmt. Der wurde schon vor der Tür bleich. Hab ihn deshalb mit anderen Aufgaben betraut. Da war der so dankbar, dass er mir beinahe um den Hals gefallen wäre."

Im Labor kommt Heinrich Skrzybinski gleich zur Sache: „Wir dachten ja zunächst an eine natürliche Todesursache. Dann das Gift in Küppers Blut. Und nun noch Folgendes: Michael Küpper litt an einer schweren Krankheit. Er hatte ein Lungenödem, also Wasser in der Lunge. Und zwar in einem lebensbedrohlichen Maße. Schuld war seine ausgeprägte Nierenschwäche, die offenbar nicht optimal behandelt wurde. Eine der Folgen war die Überwässerung des gesamten Körpers. Küppers überwässertes Blut hat offenbar permanent versucht, den normalen Zustand wieder herzustellen und Flüssigkeit an den Körper abgegeben. In seinen Beinen, im Bauch, insbesondere aber in den Lungen dürfte es nur so gerasselt, gebrodelt und geplätschert haben. Das Atmen, so ist anzunehmen, hat Küpper in den Tagen vor seinem Tod sehr viel Mühe bereitet. Ich wette, dass er Erstickungsanfälle hatte. Anzeichen für Zyanose gibt es jedenfalls."

„Zyanose?"

„Blaufärbung von Lippen, Nägeln und den Schleimhäuten. Liegt am Sauerstoffmangel. Geht in schweren Fällen mit schaumigem, manchmal blutigem Auswurf einher. Wenn diese Dinge nicht behandelt werden, und das wurden sie bei Küpper offenbar nicht, endet das Ganze irgendwann in Atemstillstand und Herz-Kreislauf-Versagen. Exitus."

„Okay, Heinrich, verstanden", sagte Kuss. „Ich gehe also davon aus, dass Küpper in seinen letzten Tagen keinen Bock aufs Tanzen hatte. Aber diese neue Droge, Diamond Dog, hätte er doch trotzdem nehmen können, um die Beschwerden zu lindern."

„Tja, da wären aber eher andere Mittel angezeigt gewesen, die seinen sowieso schwachen Kreislauf nicht so belastet hätten. Davon abgesehen: hätte er sich, im Falle, dass er sich auf dem Schwarzmarkt selbst Drogen besorgen wollte, ausgerechnet für irgendeine ganz neue Designerdroge entschieden? Eine, über deren tatsächliche Wirkungen man noch nicht viel weiß? Und, wenn man in der Drogenszene nicht allzu intensiv verkehrt, was ich bei Küpper voraussetze, wie soll man dann von dieser ganz neuen Substanz überhaupt erfahren haben?"

„Okay, gesetzt den Fall, Küpper ist ermordet worden", sagt Kuss, „wie könnte der Mord abgelaufen sein?"

„Als ich mir noch einmal ganz genau den Körper von Küpper angesehen habe", sagt Skrzybinski, „da stellte ich eine Einstichstelle fest, wahrscheinlich von einer Injektionsnadel stammend, im Bereich des Nackens. Die ist so klein, dass man sie unter normalen Umständen übersehen hätte. Aber um sie herum hat sich – wie es oft der Fall ist, wenn dem Körper etwas Giftiges injiziert wird – ein roter Hof gebildet. Möglicherweise hat der Täter dort die Spritze mit der Droge angesetzt."

„Okay, verstehe", sagte Kuss. „Der Mörder hat Michael Küpper also eine tödliche Dosis von Diamond Dog injiziert, in den Nacken. Meinst du, Küpper hat sich so einfach eine Spritze verpassen lassen?"

„Das ist eure Sache", sagt Skrzybinski. „Das müsst ihr herausfinden, wie das abgelaufen ist. Da sind doch alle möglichen Szenarien denkbar. Vielleicht gab es einen Kampf. Der Mörder hat Michael Küpper zu Boden gerungen und ihm dann die Injektion gesetzt. Keine große Anstrengung bei Küppers schlechtem Allgemeinzustand. Der Mörder hat verständlicherweise versucht, so wenig Spuren wie möglich zu hinterlassen. Vielleicht glaubte er sogar, dass man seiner Tat gar nicht auf die Schliche kommen würde. Aber da hat er seine Rechnung ohne Heinrich Skrzybinski gemacht."

Auf dem Weg zum Wagen, in dem Oliver Kirchner sitzt und telefoniert, denkt Kuss über Küppers großen Immobilienbesitz nach. Wäre ja durchaus ein Mordmotiv. Aber dazu müsste das Eigentum irgendjemandem überschrieben sein oder, im Todesfall, überschrieben werden. Mit einem Testament vielleicht. Das aber ist bis jetzt nicht aufgetaucht. Und Bettina Niewerth von der Städtischen Immobilienverwaltung hat gesagt, dass die Häuser alle auf Küppers Namen eingetragen seien. Ohne irgendwelche Vermerke. Meldete sich demnächst jemand als Anspruchsberechtigter auf die Immobilien, wäre er jedenfalls sogleich auch ein Hauptverdächtiger.

„Na, wie weit bist du mit der Mordkommission?", fragt Thomas Kuss seinen Assistenten.

„Soweit alles klar", sagt Kirchner. „Dr. Fleischer war ausgesprochen zugänglich. Er hat uns wieder mal die Unterbeschäftigten aus den anderen Abteilungen zugewiesen, als da wären: Evita Losgonzalos, Sebastian Prieß vom Einbruch und Diebstahl und Mirco Haase von der Spusi. Nur drei Leute. Die Youngsters."

„Immerhin. Die drei holen wir jetzt ab und bringen sie in die Schlesische Straße. Da werden die Aktenberge von Küpper durchsucht."

Während sie zurückfahren, berichtet Kuss seinem Assistenten von den neuesten Ergebnissen der Obduktion.

„Jetzt müssen so schnell wie möglich die Cousinen von Küpper benachrichtigt werden, damit die eine Trauerfeier und das Begräbnis organisieren können", sagt Kuss. „Es muss unbedingt eine Todesanzeige in die Zeitung. Wenn die das nicht finanzieren wollen, machen wir das. Und dann marschieren wir beide zur Beerdigung und sehen uns die Leute an, die da erscheinen. Vielleicht liest auch dieser oder jener alte Bekannte von Küpper die Traueranzeige und meldet sich bei uns mit Hinweisen. Oder ein Notar, der Michael Küppers Testament in der Obhut hat. Du sagst den Cousinen Bescheid, Olli. Und mach ein bisschen Dampf. Jetzt muss Bewegung in die Angelegenheit."

Polizeipräsident Dr. Leo Fleischer hat seine Anordnungen bezüglich der Bildung einer erweiterten Mordkommission noch gar nicht weitergegeben, sodass Thomas Kuss erst einmal im Haus herumläuft, um Mirco Haase, Evita Losgonzalos und Sebastian Prieß einzusammeln. Die sind sehr erstaunt und nicht besonders erpicht darauf, in dem bedrückenden Haus von Küpper mutmaßlich langweiligen Schriftverkehr durchzusehen. Und eigentlich wollen sie heute, am Freitag, wie es sich gehört, um 13 Uhr die Platte putzen, um sich ein angenehmes Wochenende in der Sonne und bei diversen Grillpartys zu gönnen. Daraus wird jetzt nichts. Das schafft doppelten Unmut. An Kuss prallt jedwede ihrer Beschwerden ab. Er blafft sie an: „Das Leben ist nun mal kein Wunschkonzert!" Das hat er irgendwo gehört und findet es lustig.

Während der Mittagspause in der Kantine - es gab Fisch und in der ganzen Bude riecht es wie in Bremerhaven - sitzen die fünf zusammen an einem Tisch. Kuss erläutert die neuesten Erkenntnisse im Zusammenhang mit dem Mord an Michael Küpper. Kirchner steht zwischendurch mehrmals auf und versucht, die beiden Cousinen wegen der Beerdigung zu erreichen. Sie sind unterwegs oder bei der Arbeit oder beides. Oliver Kirchner hat keinen Erfolg.

In zwei Dienstwagen fährt die Gruppe anschließend zur Schlesischen Straße. Die Sonne gibt derweil alles. Das Thermometer zeigt 29 Grad im Schatten.

„Verfluchter Mist!", murmelt Evita Losgonzalos.

„Ruhe auf den billigen Plätzen!", meckert Kuss. „Wenn Sie Freitagmittag nach Hause wollen, hätten Sie zum Finanzamt gehen sollen und nicht zur Polizei. Außerdem wollten Sie, Frau Losgonzalos, doch so gern bei einer zu bildenden Mordkommission mitmachen. Tja, jetzt haben Sie die Gelegenheit dazu."

Vor Küppers Haus zieht Kuss seine Notizen aus der vorangegangenen Nacht aus der Tasche. „Ich gehe jetzt vor und Sie folgen mir auf dem Fuße. Wenn nicht, verlaufen Sie sich hier im Haus."

„So groß ist das Haus nun auch wieder nicht. Wie soll man sich denn darin verlaufen?", fragt Sebastian Prieß.

„Sie werden sich wundern, Sie kennen das seltsame Innenleben noch nicht."

Evita Losgonzalos, Mirco Haase und Sebastian Prieß staunen ungläubig, als sie bemerken, in was für einem seltsamen Gebäude das Opfer lebte. Während Thomas Kuss vorangeht, erklärt er das Zimmer-im-Zimmer-

Konzept und kommt sich dabei vor wie ein Museumsführer. Er erzählt ihnen auch von dem Künstler Gregor Schneider, dessen „Totes Haus u r" Küpper offenbar als Vorlage gedient hat.

Als sie den Raum mit den offenen Schränken erreichen, aus denen Thomas Kuss in der Nacht zuvor das beschriebene und bedruckte Papier entgegengefallen ist, will es Kuss so scheinen, als hätte bereits jemand in den Papierbergen herumgewühlt, sie durchsucht. Aber er kann nicht in letzter Konsequenz beschwören, ob die Unordnung eine andere ist, als die, die er in der Nacht selbst angerichtet hat.

„Also, ihr Lieben, nochmals: Wir brauchen Hinweise auf Freunde, Geschäftspartner oder andere Bekannte von Michael Küpper", sagt Kuss. „Ohne die Rekonstruktion irgendwelcher menschlichen Kontakte, die er gehabt hat, lässt sich schlechterdings kein Mordmotiv eruieren. Und Sie wissen ja, dass sich bis heute niemand bei der Polizei oder sonst irgendwem gemeldet hat, der Küpper vermisst. Gut, bis auf die beiden Nachbarinnen. Aber die haben ihn nicht vermisst, sondern sich nur gewundert, wo der Kerl abgeblieben ist. Die einzigen Verwandten, die beiden Cousinen, sind natürlich potenziell verdächtig. Aber im Zusammenhang mit ihnen gibt es bisher keinerlei Anhaltspunkte für ein Tatmotiv. Also, viel Glück beim Suchen!"

Dann wendet er sich an Oliver Kirchner: „Du hilfst hier. Zwischendurch versuchst du weiterhin, Küppers Cousinen zu erreichen."

Thomas Kuss hat den Geruch des Hauses gehörig satt und verschwindet. Wie schön, wenn man Vorgesetzter ist, sagt er sich. Dann kann man sich, unter Hinweis auf anstehende wichtige Aufgaben, um die Freizeitgestaltung kümmern.

Gegen 15 Uhr ist Kuss wieder im Präsidium. Die Putzkolonnen sind bereits hoch aktiv. Er hält Ausschau nach Ilanka, der montenegrinischen Putzfrau. Sie ist sein heimlicher Schwarm. Allerdings ist er übers Grüßen und eine freundliche Bemerkung bisher nicht hinausgekommen.

Als er auf gleicher Höhe mit dem Reinigungstrupp ist, erkennt er sie. Sie ist mittelgroß, hat ihre blonden, lockigen Haare unter einem Kopftuch verborgen, das ihr großflächiges, irgendwie slawisch anmutendes Gesicht stark betont. Sie erscheint immer etwas zurückhaltend, schüchtern oder tut zumindest so. Im Vorbeigehen grüßt Thomas Kuss sie:

„Hallo Ilanka!"

„Challo, Thomaasss!", antwortet sie und schaut etwas verlegen zu Boden.

Die übrigen Frauen des Reinigungstrupps kichern, sagen etwas in einer Sprache, die Kuss nicht versteht. Daraufhin wird noch mehr gelacht und Ilanka läuft rot an und schimpft mit ihren Kolleginnen in derselben Sprache. Dann ist der Trupp verschwunden. Ilanka sieht sich noch einmal um. Ihre Blicke treffen sich, ganz kurz.

Verflucht!, denkt Kuss. Du benimmst dich wie ein Schuljunge. Als wärst du gerade in die Pubertät gekommen. Wenn du was von Ilanka willst, dann musst du schon ein wenig mehr Engagement zeigen!

Kuss ist richtig sauer auf sich selbst. Wie lange soll das mit Ilanka noch so gehen, fragt er sich. Bis wir beide alt und grau sind? Was für eine lächerliche Nummer ziehst du da ab?

Dann nagt wieder der Zweifel an ihm. Du bist Anfang fünfzig. Ilanka ist doch viel jünger als du! Nachher musst du mit ihr noch auf eine Electro-Party, einen Rave oder so. Da bist du dann Big Daddy mit einer hübschen jungen Frau. Obwohl – so jung ist Ilanka ja nun auch nicht mehr. Und ob die auf Raves abfährt, ist eine andere Frage. Vielleicht ist sie ja auch ein unglaubliches Heimchen. Die möglicherweise ganz begeistert davon ist, dass ein deutscher Beamter sie heiratet. Das bedeutet immerhin Versorgung und wahrscheinlich das Beenden der Tätigkeit als Putze.

Kuss ruft sich selbst zur Ordnung. Ist doch egal, wie auch immer es sich verhalten mag. Ergreif die Gelegenheit beim Schopf! Carpe diem! Morgen! Ab morgen soll es heißen: Carpe diem!

Er muss nötig zur Toilette. Als er die Tür aufmacht, ist Ilanka ausgerechnet und gerade hier beschäftigt. Seltsamer Zufall.

„Hallo Ilanka", sagt er noch einmal. Es gibt wahrhaftig romantischere Orte, um sich zu treffen.

Ilanka schaut auf, lacht: „Challo, Tomasss! Musst du mal aufs Klo? Chann ich so laaange rausgehen."

„Tja, äh, ähem, eigentlich wollte ich dich gern einmal sprechen. Kommst du mit vor die Tür?"

„Sprächnn? Miiiich? Abärrr wäshaalb?", fragt Ilanka mit gut gespielter oder tatsächlicher Überraschung, drückt das Wasser aus ihrem Wischfeudel durch das Sieb in den fahrbaren Eimer, stellt das Teil ab und folgt Kuss vor die Tür. Ihre gelben Gummihandschuhe behält sie an. Sie riecht nach einem scharfen Putzmittel.

Kuss hat sie zum ersten Mal ganz nah vor sich. Unter ihrem Kopftuch lugt eine blonde Haarsträhne hervor. Ihre Augen sind groß und blau. Und sie trägt Make-up. Auch bei der Arbeit als Putze.

„Also, Ilanka, ich wollte dich fragen, ob wir uns die Tage eventuell einmal auf einen Kaffee treffen könnten? Nur ein wenig plaudern. Vielleicht könnte man hinterher auch noch gemeinsam essen gehen oder ins Kino. Oder beides?"

„Thomaaasss, du überrrrrfällst mich hier schon ein wenik, nicht waaahr? Ja, ich weiß niiiicht sooo genauuu! Wann haast du denn gedaaacht?"

„Also, ich bin da ganz flexibel. Heute vielleicht? Oder morgen, am Samstag? Sonntag geht natürlich auch. Such dir einen Tag aus!"

„Cheute und morrrgän habe ich schon etwaaaas vor. Aber am Soooontag wäre niiiiicht schlächt."

„Ja, toll, bestens, ist mir sehr recht. Wollen wir uns am Nachmittag auf dem Alten Markt treffen? An diesem Springbrunnen? Um 16 Uhr?" Thomas Kuss' Herz macht einen Hüpfer wie bei einem frisch verliebten Jungmenschen.

„Iiiisst guuut, Thomaassss", sagt Ilanka. „Ich werrrdä dorthin koooomän."

Kuss geht hoch enthusiasmiert in sein Büro zurück.

Sein Handy klingelt. Kirchner ist dran.

„Hallo Thomas, ich habe die eine Cousine, diese Carina Selig, endlich an die Strippe bekommen. Als ich ihr erklärt habe, um was es geht, klang sie sehr widerwillig. Ich habe ihr dann zu verstehen gegeben, dass sie dazu verpflichtet sei, sich als nächste Verwandte um die sterblichen Überreste von Michael Küpper zu kümmern. Sie könne ja ruhig die preisgünstigste Form der Bestattung wählen. Aber sie und die andere Cousine müssten zahlen, punktum. Na, schließlich sagte sie, dass sie sich nun ein paar Tage Urlaub nehmen wolle und Anfang der kommenden Woche anreise. Vielleicht bringe sie auch Anne-Kathrin Küpper mit, sofern diese Zeit habe und mitkommen wolle."

„Alles klar, Olli. Was ist mit der Todesanzeige? Die muss in die Zeitung."

„Zur Finanzierung einer solchen scheint die bucklige Verwandtschaft einfach nicht bereit zu sein. Carina Selig fragte, ob man die Anzeige nicht vom Vermögen des Michael Küpper finanzieren könne. Der habe doch schließlich genug gehabt. Da bin ich dann ein wenig laut geworden und habe erklärt, dass man überhaupt erst einmal feststellen müsse, wer als Erbe vorgesehen sei. Und dass man den Hausbesitz liquidieren müsse. Das dauere eben seine Zeit. Sie könne sich ja die Auslagen von den Erben zurückholen. Da hat Frau Selig dann schließlich zu allem Ja und Amen gesagt. Aber es ist ihr verdammt schwergefallen, das kannst du mir glauben."

„O tempora, o mores!", sagt Kuss.

„Hä?"

„Mann, Olli, hast du denn nie Asterix und Obelix gelesen?"

„Nö, ich hab immer Fix und Foxi gehabt."

„Das war jedenfalls lateinisch und heißt übersetzt ‚O Zeiten, o Sitten!' Damit hat Cicero den Verfall der Sitten beklagt. Stammt aus seiner ersten Rede gegen Catilina am 9. November 63 vor Christus. Nach unserer Zeitrechnung."

„Was ist denn mir dir los, Thomas? Steht das etwa auch im Asterix-Comic? Oder willst du mit deiner bürgerlichen Halbbildung angeben? Oder hast du gerade im Internet Zitate gesucht?"

„Nee, das weiß ich noch aus dem Lateinunterricht. Manches bleibt eben hängen. Gut, dann haben wir also in der nächsten Woche eine Trauerfeier und bekommen hoffentlich Kontakt zu Küppers Umgebung. Wie weit seid ihr mit der Durchsicht der Unterlagen?"

„Oh, Mann, Thomas, das ist vielleicht 'ne Strafarbeit!", sagt Kirchner. „Und du sitzt jetzt gemütlich im Büro, nicht? – Das sieht hier so aus, als habe Michael Küpper, zumindest seit etwa einem halben Jahr, jedweden Schriftwechsel, Briefe, Werbesendungen, was auch immer, einfach so in die Schränke gestopft. Viele Briefe sind nicht einmal geöffnet. Wir haben Plastiktüten voller Post und Tageszeitungen entdeckt, offenbar ungelesen. Küpper hat wirklich 'nen schweren Dachschaden gehabt."

„Sucht weiter nach irgendetwas, das wie ein Terminkalender aussieht oder wie ein Telefonverzeichnis. Und stellt mir eine Auswahl von interessantem Schriftwechsel zusammen."

„Sehr wohl, Boss."

Thomas Kuss legt auf. Er lehnt sich zurück und schaut aus dem Fenster. Auf dem großen Rasen hinter dem Präsidium ist kein Mensch zu sehen. Niemals ist dort ein Mensch. Es ist eine vollkommen funktionsfreie Fläche. Wie die zu Hause vor seinem Küchenfenster. Auch die Steinquader, die man auf einer kleinen, gepflasterten Fläche vor dem großen Rasen im Halbkreis aufgestellt hat und die eigentlich zum Sitzen und Verweilen einladen sollen, werden nur äußerst selten benutzt. Hier hat sich der Architekt vollkommen verkalkuliert. Es ist ja schön, dass sich Bauherren und Architekten öffentlicher Gebäude ihre Gedanken machen und den Beschäftigten Räume und Flächen zum Verbringen ihrer Pausen schaffen und anbieten wollen. Aber in den meisten Fällen geht das gründlich schief. Und hier ist es auch nach hinten losgegangen.

Das Telefon klingelt. Es ist noch einmal Oliver Kirchner dran, der plötzlich ganz aufgeregt klingt.

„Thomas, wir haben was gefunden ...!"

„Ich hab das entdeckt!", hört man aus dem Hintergrund die zickige Stimme von Evita Losgonzalos.

„Okay, also, Frau Losgonzalos hat aus den Papierbergen eine schwarz eingebundene Kladde hervorgezogen. Es handelt sich offenbar um eine Art Tagebuch. Könnte das von Michael Küpper sein!"

„Und, schon was darin entdeckt, das uns weiterhilft?"

„Das Teil ist so seltsam angelegt wie das gesamte Haus. Die Eintragungen beginnen ohne irgendeine Einleitung, einen hinweisenden Text oder gar eine Jahreszahl am 28. Januar und brechen vor sechs Tagen ab. Das dürfte ja so ungefähr der Todeszeitpunkt von Küpper gewesen sein. Es ist dann also gut fünf Monate geführt worden. Mit großer Akribie. Ich vermute mal, dass fast hundertfünfzig Seiten eng handschriftlich beschrieben sind."

„Au Mann, Olli. Das hört sich nach dem ‚Diary of a Madman' an."

„Kann schon sein. Warte, ich les dir mal eine Kostprobe vor."

Kuss vernimmt Papiergeraschel und etwas, das sich wie das Blättern in einem Buch anhört.

„So, hier, zum Beispiel am 5. Juni", sagt Kirchner, „da steht Folgendes: ‚Ich kann nicht hinaus, kann nicht einkaufen gehen. Draußen wartet es auf mich. Ich darf ihm nicht in die Hände geraten, denn dann ist es um mich geschehen. Was soll ich tun? …' So liest sich das."

„Meine Güte, das klingt schwierig. Wer soll das denn sein, der draußen auf ihn wartet? Schreibt Küpper dazu irgendetwas?"

„Bis jetzt habe ich noch nichts entdeckt. Ich hab den Text ja auch nur überflogen."

„Bring das Heft mit ins Präsidium."

„Wie lange sollen wir hier denn noch diesen Müllhaufen durchsehen?", fragt Kirchner flehentlich.

„Ich will ja kein Unmensch sein. Bring mir das Tagebuch noch schnell vorbei und ein wenig von dem Schriftverkehr und dann könnt ihr ins Wochenende."

„Das ist ein Wort. Wir machen uns gleich vom Acker. In einer halben Stunde sind wir bei dir. Ich schließe die Haustür wieder ab. Aber ich habe keine Siegel dabei."

„Dann muss es ohne gehen. Vielleicht schaue ich am Wochenende auch noch einmal in der Schlesischen Straße vorbei."

„Oh, Mann, du bist ja drauf. Wie kann man nur freiwillig in dieses tote Haus gehen?"

Erst eine Stunde später trifft Kirchner im Büro ein.

„Ich hab erst noch Evita nach Hause gebracht. Wusste allerdings nicht, dass die am Ende der Welt wohnt."

„Aber es war doch bestimmt keine unangenehme Fahrt mit ihr, oder?", fragt Kuss.

„Nein, Evi ist ja eine höchst ansehnliche Person. Und sie kriegt auch den Mund auf, kann interessant erzählen."

„Und, wäre das was für die Zukunft?", fragt Kuss. „Du weißt, die meisten Ehen werden am Arbeitsplatz gestiftet."

„Wollen's ja nicht gleich übertreiben! Und, wie weit bist du mit deiner Ilanka, wenn ich so indiskret sein darf, das zu fragen?"

„Tja, mein Lieber, du wirst es nicht glauben, aber ich treffe mich am Sonntagnachmittag mit ihr. Kaffee, Kino und so."

„Ganz und gar unfassbar! Endlich! Meine Güte, was hat das gedauert!"

„Ja, hat ein bisschen gedauert", sagt Kuss. „Aber erzähl es bitte nicht herum. Sonst weiß am Montag das gesamte Präsidium von meinem Date. Vielleicht ist es ja auch gar kein Date."

„Ist es bestimmt. Ich werde übrigens schweigen wie ein Grab. Aber du musst mir natürlich am Montag exklusiv erzählen, was abgelaufen ist."

„Wollen mal sehen. Weißt du eigentlich, dass wir uns hier wie zwei Teenies unterhalten?"

„Na und? Herzensangelegenheiten sind zeitlos."

„Schluss mit diesen Albernheiten. Rück das Tagebuch von Küpper raus!"

Oliver Kirchner zerrt die schwarze Kladde aus seinem Rucksack und wirft sie Kuss auf den Schreibtisch.

„Sag mal, Olli, ich seh ja wohl nicht richtig!", stänkert Kuss. „Du fasst das Buch ohne Handschuhe an und steckst es ohne Plastikbeutel in deinen Rucksack? Habt ihr etwa auch in der Schlesischen Straße ohne Handschuhe gearbeitet?"

„Ja, also, wenn du mich so fragst – ich glaube, wir hatten keine Handschuhe an."

„Ehrlich, Olli, das kann ich einfach nicht glauben. Als Profi darf man so etwas doch nicht vergessen!"

„Kann vorkommen. Tut mir leid. Erzähl's bitte nicht weiter!"

Später, in seiner Wohnung, macht sich Thomas Kuss ein eisgekühltes Bier auf und setzt sich mit dem Tagebuch auf den kleinen Balkon. Es ist immer noch brutal heiß und obendrein unerträglich schwül geworden. Der Balkon bekommt allerdings etwas Schatten von einer gewaltigen Baumgruppe, die jenen Park begrenzt, in dem sich jeden Abend Jugendliche treffen, um zu saufen, zu rauchen und sonstige spaßige Dinge zu treiben. Kuss kann sie hören. Das großspurige Gerede der Jungen und die hellen Stimmen der Mädchen. Im Laufe des Abends, mit zunehmendem Alkoholpegel, würde alles in tiefem Gegröle und hysterischem Kreischen enden. Kuss stört das nicht. So ist das eben. So läuft das Leben ab. Er hat sich in seiner Jugend mit Gleichgesinnten immer auf irgendeinem Spielplatz getroffen. Und da wurde dann gefeiert. An diesen Rahmenbedingungen hat sich seitdem offenbar nicht viel geändert. Nur ist alles noch eine Spur härter, aggressiver und rücksichtsloser geworden. So scheint es zumindest.

Kuss zieht sich die Einweg-Chirurgenhandschuhe über, die auch die Spurensicherung benutzt und blättert zunächst ein wenig hin und her. Das dicke, schwere Heft ist zu gut zwei Dritteln auf linierten Seiten eng und den vorhandenen Platz bis aufs Äußerste ausnutzend beschrieben. Die Handschrift ist das, was Kuss als krakelig bezeichnen würde: eckig, zerrissen. Sie zeigt mal nach links, mal nach rechts, bleibt jedoch in ihrer Größe fast immer konstant. Das Datum über jedem neuen Absatz besteht jeweils nur aus zwei Angaben, dem Tag und dem Monat. Die Jahreszahl fehlt. Zudem gibt es Abschnitte im Buch, in denen jeder Tag der Woche bedacht ist. Dann wieder finden sich Bereiche, in denen zwei, drei, vier Tage oder eine ganze Woche fehlen.

Bevor Thomas Kuss in medias res geht und mit dem Lesen beginnt, nimmt er einen tiefen Zug aus der Bierflasche und spielt mit dem Gedanken, gleich das Pizza-Taxi anzurufen, um sich etwas Leckeres zu bestellen. Als Alternative käme zum Abendessen der

Besuch beim Türken in Frage. Oder das einsame Sitzen am Küchentisch mit bereits relativ hart und trocken gewordenem Brot und eingeblistertem Aufschnitt aus dem Supermarkt. Die Pizza-Variante scheint am verlockendsten.

Das Tagebuch beginnt mit dem 28. Januar und einer merkwürdigen Entdeckung, die Michael Küpper macht. Kuss liest:

„Trotz der großen Kälte hat es in der Nacht wieder geschneit. Bin allerdings nicht sofort aus dem Haus gelaufen, um die dünne Schneeschicht an die Seite zu schaufeln. Das Kratzen der Schneeräumer von den Nachbarn begann schon um sechs Uhr morgens. Da hab ich mich noch einmal im Bett umgedreht. Um elf Uhr wollte ich dann mit dem Schneeschaufeln beginnen. Habe zuerst den Gehweg freigemacht. Da gibt's ja schnell Ärger, wenn sich dort jemand langlegt und was bricht oder so. Da hat man dann ruck-zuck die Verantwortung dafür und muss zahlen. Danach war der schmale Weg ums Haus dran. Im Schnee findet man immer wieder Spuren von allen möglichen Tieren, die Tag und Nacht unterwegs sind. Ganz häufig von Katzen, Vögeln und Kaninchen. Habe schon oft einen Haufen Federn entdeckt. Das waren die Überbleibsel der Jagderfolge von Katzen. Heute packte mich allerdings der Schrecken. DIE Spur war wieder da. Ich dachte, ich sei die verdammte Bestie endlich losgeworden. War ein schöner Traum. Es war kein Zweifel möglich. Die Spur war dieselbe wie im letzten Winter, wie von einem größeren Tier, einem Paarhufer. Ich weiß noch aus dem Biologieunterricht in der Schule, dass Rindviecher, Ziegen und so fort, Paarhufer genannt werden. Es würde alles wieder von vorn beginnen. Jetzt musste ich aufpassen, auf der Hut sein!“

Die folgende Eintragung in Küppers Tagebuch ist einige Tage später vorgenommen worden, am 2. Februar:

„Fühle mich seit zwei Tagen nicht gut. Habe etwas Fieber, nur ganz leicht. Wahrscheinlich bekomme ich eine Erkältung. Habe wieder nichts gehört in der Nacht. Hatte schon die Hoffnung, dass das Vieh, die Bestie, was auch immer, weitergezogen ist. In der Nacht hat es wieder stark geschneit und es ist eiskalt. Bin trotz meines Unwohlseins nach draußen, um Schnee zu räumen. Fand dabei zu meiner grenzenlosen Enttäuschung die Spuren meines Besuchers. Der wird wohl nicht gehen, bevor er mich fertiggemacht hat. Der Schreck sitzt mir in den Gliedern. Fühle mich entsetzlich. Psychischer Druck, grausam."

Die nächsten Eintragungen befassen sich fast ausnahmslos mit dem Unwohlsein von Michael Küpper. Das seltsame Fieber schien nicht zu verschwinden. „Warum geht der Idiot nicht zum Arzt?", fragt sich Kuss, während er blättert und liest. Irgendwann taucht das Unwohlsein im Text dann nicht mehr auf. Stattdessen berichtet Küpper vom Besuch einer gewissen „E.", die zwei Stunden bei ihm gewesen sei und wortreich und fast verzweifelt auf die Einhaltung von Versprechen drang, die Michael Küpper ihr offenbar irgendwann gegeben hatte. „E." taucht in den Eintragungen bis zum März des Jahres drei- oder viermal auf. Küpper schildert ihr Anliegen in einem abfälligen Ton. Es wird deutlich, dass E. eine kleine Tochter namens Sandrine July hat.

„Um was ging es dort?", fragt sich Kuss. War E. eine frühere Liebschaft von Michael, die sich womöglich von ihm abgewandt hat, und die er jetzt mit der

Nichteinhaltung eines Versprechens straft? Ist die Tochter aus dieser Beziehung hervorgegangen? Kuss schreibt sich den Namen Sandrine July auf. Über ihn kommt man möglicherweise an den Namen der Mutter heran.

In den Eintragungen der Monate März und April werden noch weitere Personen erwähnt, zu denen Küpper mutmaßlich private Beziehungen pflegte. Eine Svenja kam mehrfach unangemeldet zu Besuch. Auch sie schien etwas zu fordern. Was das war, wurde von Küpper nicht erläutert. Die Beurteilung von Svenja war ähnlich herablassend und ablehnend wie die Worte, mit denen er E. charakterisierte. Der Einzige, der von Michael Küpper zumindest verbal Gnade erfuhr und mit dem er nicht im Clinch lag, war ein gewisser Luis. Den schien er schon sehr lange zu kennen. Auch jemand mit dem Namen Frankie genoss sein Vertrauen. Küpper erwähnte, dass er hin und wieder mit ihm telefoniere, und dass diese Gespräche ihn immer wieder seelisch aufbauen würden.

Schließlich meldete sich Ende April das Fieber zurück, das von einer starken Unruhe begleitet wurde. Küpper berichtete von Angstzuständen, flankiert von starkem, beunruhigendem Herzklopfen. Unter dem Datum des 3. Mai liest Kuss:

„Ich kann mir auf meine Zustände keinen Reim machen. Habe in meinem Arzneischrank mehrere Packungen Lexotanil entdeckt. Die sind zwar schon Jahre alt, aber die Pillen wirken noch. Ich pfeif mir die Tabletten jetzt pfundweise rein. Sie lassen mich manchmal durchschlafen. Wenn ich mitten in der Nacht aufwache, sind die Angstzustände aber wieder massiv da. Zudem beschleicht mich dann immer das Gefühl, ich könne hören, wie jemand ums Haus

schleicht: die Bestie! Dann denke ich wieder an die Spuren im frisch gefallenen Schnee des Winters und es läuft mir kalt über den Rücken. An Schlaf ist dann nicht mehr zu denken. Stattdessen liege ich hellwach im Bett, starre ins Dunkle und lausche auf weitere Geräusche. Was kann ich tun?"

Solche und ähnlich lautende Eintragungen häufen sich nun wieder. Thomas Kuss beginnt, sich immer unbehaglicher zu fühlen. Er erfährt während seiner weiteren Lektüre, dass Michael Küpper eine Art Ausbruchsversuch unternommen hat. Er war um den 11. Mai herum für einige Tage verreist, an die Nordsee. Dort hat er sich mit seinem Freund Frankie getroffen. Aber er kam schnell wieder zurück. Das Seeklima hat ihm nicht gutgetan. Außerdem habe sich ein altes Familienleiden eingestellt, schrieb er, zusätzlich zu seiner fiebrigen Unruhe. Es handele sich um eine massive Nierenschwäche, die sein Blut mit zu viel Wasser anreichere, das sich wiederum vor allem in den Beinen und den Lungen ansammele. Zum 20. Mai steht im Tagebuch:

„Ich plätschere beim Gehen wie ein Löschwagen der Feuerwehr. Merke, wie mir das Wasser in der Lunge die Luft zum Atmen nimmt. Mein rechtes Bein ist fast auf das Doppelte seines ursprünglichen Umfangs angeschwollen. Kann mich kaum noch bewegen und bin ans Haus gefesselt. Ich höre überdies Tag und Nacht, dass mein Besucher ums Haus geht, sich an den Türen zu schaffen macht und probiert, ob sie abgeschlossen sind oder nicht. Bin ich paranoid oder schizophren oder beides? Habe Angst, dass dieses Wesen, das mich belauert, in mein Haus eindringt, während ich beim Arzt bin. Aber es ist ja vorgesorgt."

Schließlich ist Michael Küpper beim Arzt gewesen. Der nächste Eintrag ins Tagebuch stammt vom 20. Juni, also genau einen Monat nach dem letzten Vermerk. Küpper erwähnt, dass er im Krankenhaus war und man bei ihm ein relativ neues Verfahren angewandt habe, nämlich die Hämofiltration. Auch habe er sich einer Dialyse unterziehen müssen. Am 18. Juni hat er auf eigenen Wunsch das Krankenkaus verlassen, obwohl die Ärzte ihm einen raschen Rückfall prognostizierten, wenn er jetzt die Therapie abbreche. Am Krankenbett haben ihn offenbar seine Freunde Frankie und Luis, aber auch die dubiose „E." und Svenja besucht, deren Identitäten weiterhin unklar bleiben:

„Natürlich sind E. mit Tochter und Svenja im Krankenhaus aufgetaucht und haben mir Mitleid vorgeheuchelt. Falle auf so etwas nicht mehr herein. Letztlich besaßen beide dann die Unverschämtheit, mir am Krankenbett noch einmal ihre Forderungen vorzutragen. Zugegeben, der Tonfall war freundlich und teilweise sogar verzweifelt. Jedes andere Herz wäre erweicht worden. Aber nicht meines! Bin auch mit meinen Freunden Luis und Frankie in heftige Auseinandersetzungen geraten. Sie gingen mit mir um, als hätte ich noch allenfalls drei Tage zu leben. Wollten, dass ich meine Angelegenheiten regele und wissen, wo ich mein Testament und andere Verfügungen und Urkunden aufbewahre, damit sie sich darum kümmern könnten, wenn es so weit sei. Ich hab sie beide angeschrien und rausgeworfen. Das war, im Nachhinein betrachtet, wahrscheinlich ein wenig ungerecht. Beide haben zu meinen Vorwürfen nichts gesagt und seitdem nichts mehr von sich hören und sehen lassen. Werde sie die Tage mal anrufen."

Dann berichtet Küpper wieder von seinem Gast mit den Ziegenhufen, der es offenbar noch nicht bis ins Haus geschafft habe, dessen Versuche, hineinzugelangen aber immer entschlossener und aggressiver würden. Er poltere des Nachts gegen die Keller- und gegen die Haustür, dass es durchs gesamte Haus wummere. Dann liege er, Michael Küpper, schweißnass vor Angst in seinem Bett und lausche diesen Geräuschen, die für ihn das nackte Grauen bedeuteten. Außerdem sei die Krankheit, wie von den Ärzten vorhergesehen, nicht ausgeheilt. Seine Beine würden erneut anschwellen und in der Lunge habe sich wieder Wasser gesammelt.

Die letzte Eintragung stammt vom 27. Juni:

„Fühle mich zerschlagen, schwach. Habe etwas Fieber. Die Beine sind dick, kann kaum richtig atmen, mich nicht mehr ohne große Anstrengung bewegen. Ich denke, der Teufel, der seit Monaten um mein Haus streicht, der kommt mich jetzt holen. Wie naiv von mir, zu glauben, dass er von selbst verschwinden würde! Das war und ist der Teufel! Zur Flucht ist es zu spät. Meine Zeit ist gekommen.“

Mit diesen Sätzen endet Küppers Tagebuch. Kuss legt es zur Seite. Der Teufel war also der Täter? Wo findet man den? Natürlich in der Hölle! Wie kommt man dahin? Am besten, gar nicht. Es besteht kein Zweifel daran, dass sein früherer Schulkamerad Michael Küpper in seinen letzten Lebensmonaten langsam aber sicher den Verstand verloren hat. Oder hat ihm jemand übel mitgespielt und die nächtlichen Besuche irgendwie inszeniert?

Das Tagebuch hat der Mordkommission vier Verdächtige beschert: Eine Frau namens „E.“, eine weitere, die den Vornamen Svenja trägt und zwei, kurz vor

Küppers Tod in Ungnade gefallene, nunmehr ehemalige beste Freunde mit den Vornamen Luis und Frankie. Während E., Svenja und Frankie ohne zusätzliche Hinweise schwierig zu identifizieren sein werden, kann man mit Luis schon mehr anfangen. Sehr viele Männer mit diesem Vornamen wird es in der Stadt wahrscheinlich nicht geben. Die müssen alle durchtelefoniert und gefragt werden, ob sie Michael Küpper kennen. Kuss überlegt, ob er jetzt noch ins Präsidium fahren soll, um die Einwohnermeldelisten durchzugehen, oder ob er einen von den Youngsters schickt. Es ist bereits 21 Uhr am Freitagabend. Da ist allenthalben Freizeitgestaltung angesagt.

Genug getan an diesem Tag. Kuss hat sich entschieden. Er macht sich noch ein Bier auf und stellt den Fernseher an. Im Ersten läuft eine Serie, in der schöne junge Menschen zwischenmenschliche Probleme bewältigen. Auf den anderen Kanälen ähnlicher Schrott. Kuss schnappt sich die TV-Zeitung. Aha, der erste „Matrix"-Film von 1999 wird wiederholt! 22:30 Uhr bei den Privaten. Feine Sache. Der erste war der beste!

Entgegen seiner sonstigen Gewohnheit hält es Kuss an diesem Samstagmorgen nicht lange im Bett. Nach hastiger Morgentoilette macht er sich auf den Weg ins Präsidium. Auch heute ist es wieder unfassbar heiß. Schon jetzt, um halb zehn, sticht die Sonne wie mit Nadeln in die Haut. Verdammter Mist!

Während der Fahrt mit der Stadtbahn ruft Thomas Kuss seinen Assistenten an. Der meldet sich mit völlig verkaterter, rauer Stimme.

„Raus aus dem Bett, Olli. Wir haben zu tun", ruft Kuss mit übertriebener Fröhlichkeit.

„Was gibt's denn so Wichtiges?", fragt Kirchner.

„Na, du kannst Fragen stellen. Unseren Mordfall natürlich. Habe eine heiße Spur. Wir können möglicherweise einen von Küppers Freunden ausfindig machen. Heißt Luis mit Vornamen. Sonst weiß ich nichts. Wir müssen alle Leute, die hier in der Stadt und im näheren Umkreis so heißen, durchtelefonieren und sie jeweils fragen, ob sie den Toten kannten."

„Luis also", muffelt Kirchner am anderen Ende der Leitung. „Können diesen Job nicht unsere wehrlosen Neulinge erledigen? Ich hab ein bisschen gefeiert und muss mich erholen. Und ich muss mich um meine neue Freundin kümmern."

„Nix da! Das machen wir beide zusammen. Und sobald wir diesen Typen gefunden haben, werden wir sofort zu ihm fahren und ihn interviewen. Willst du etwa, dass das Prieß, Losgonzalos oder Haase machen?"

„Warum denn nicht? Dann kriegen die auch mal ein wenig Ruhm ab, sofern sie erfolgreich sind."

„Mann, deine Einstellung möchte ich haben", Kuss ist sauer und ein wenig neidisch auf Kirchners offenbar flottes Privatleben, mit dem er nicht mithalten kann.

„Komm, Thomas, sei mal nicht so. Du hast kein Zuhause und bist in die Arbeit verliebt. Bei den meisten anderen ist das aber nicht so."

Kuss hat keine Lust darauf, sich vorhalten zu lassen, dass er im Grunde ein armes, einsames Schwein ist, dessen einziger Lebenssinn in der Arbeit besteht. Er ahnt zwar, dass dem tatsächlich so ist und dass seine Kolleginnen und Kollegen das auch vermuten. Aber es muss ja nicht unbedingt ausgesprochen werden, denn das tut weh. Deshalb bricht Kuss das Gespräch mit seinem Assistenten unvermittelt ab und wählt die Nummer von Evita Losgonzalos. Dort geht niemand dran. Es meldet sich auch keine Mailbox. Stattdessen fordert eine elektronische Stimme dazu auf, es später noch einmal mit einem weiteren Anruf zu versuchen.

Hauptkommissar Thomas Kuss will keine weiteren Abfuhren, die seine Stimmung drücken. Im Präsidium angekommen, setzt er sich an seinen PC und ruft die Dateien der Einwohnermeldeämter auf. Nach einigen Suchläufen sind fünfzehn Personen im Stadtgebiet gefunden, die den Vornamen Luis, Luiz oder Louis tragen. Wenn er diejenigen aussortiert, die sich Louis und Luiz schreiben, bleiben sieben Personen übrig. Kuss lässt seinen Drucker die Adressen und Rufnummern ausdrucken. Natürlich kann es sein, dass der Luis, von dem Michael Küpper in seinen Tagebüchern spricht, gar nicht in der Stadt wohnt, sondern in irgendeiner Nachbargemeinde. Dann müssen wirklich die sich im Wochenende wähnenden Mitglieder seiner Mordkommission ran. Dann wird es wirklich arbeitsintensiv.

Kuss schaut auf die Uhr. Es ist kurz vor der Mittagszeit. Er greift zum Telefon und wählt die erste Nummer. Sie gehört einem gewissen Luis Cortellezi. Nach längerem Klingeln meldet sich ein Anrufbeantworter: „Hallo, hierrrr ist Luis Corrrrtellezi. Bin unterrrrwegs. Nachrrrrichten bitte nach dem Ton." Kuss überlegt kurz, wie er seine Mitteilung formulieren soll, damit sie möglichst harmlos klingt. Er sagt schließlich gar nichts von dem Fall, sondern bittet nur um einen Rückruf.

Nummer zwei heißt mit Nachnamen Ramirez. Das ist doch in Spanien so eine Art Allerweltsname. So wie bei uns Müller, Meier oder Schmidt, denkt sich Kuss. Auch bei ihm muss er es lange klingeln lassen, bis sich eine männliche Stimme meldet, die aufs Äußerste gereizt klingt. Sie bellt nur „Ja, was ist?" in die Leitung. So etwas mag Kuss überhaupt nicht. Er fragt sich, warum solche Menschen sich überhaupt ein Handy oder sonstiges Telefon anschaffen, wenn jeder Anruf zu ganz normalen Tageszeiten sie nur nervt. Kuss bellt zurück, stellt sich vor und muss sich die ruppige Frage: „Was wollen Sie?", gefallen lassen. Der Hauptkommissar nennt den Grund seines Anrufes.

„Michael Küpper? Kenn ich nicht. War's das?"

„Das war's."

Luis Ramirez legt ohne ein weiteres Wort auf.

Das sind jene Erfahrungen, die ich gern dem Nachwuchs überlasse, denkt Kuss, dessen Stimmung nach diesem Gespräch weit in den Keller gerutscht ist. Noch so ein Idiot, und ich geh wieder nach Hause. Thomas Kuss weiß, dass er für diese Niederungen der Polizeiarbeit viel zu sensibel ist. Im Callcenter arbeiten, das wäre nichts für ihn.

Der dritte Kandidat heißt Luis Enbrecht. Das klingt einheimisch, wie nach dem Freund von Küpper. Thomas Kuss hat Glück. Luis Enbrecht kennt den Getöteten. Und ist durchaus geschockt. Es klingt ehrlich, nicht gespielt.

„Können Sie heute noch zu einer Aussage ins Präsidium kommen?", fragt Kuss. Enbrecht willigt ein. Er wird in dreißig Minuten da sein.

Wenig später sitzen sich die beiden Männer im Büro gegenüber. Enbrecht macht zwar einen ausgesprochen normalen Eindruck, dennoch ist in seiner Physiognomie etwas Seltsames, leicht Schrulliges, das abweisend und unnahbar wirkt. Er ist im selben Jahr wie Michael Küpper geboren, also 1959, eher etwas kleiner als mittelgroß, schlank, unauffällig. Seine Haare sind noch voll, die Haut weiß. Auch er betätigt sich als Steuerberater.

Thomas Kuss stellt sein Diktiergerät in die Mitte des Tisches, auf etwa halber Strecke zwischen sich und Enbrecht.

„Sie wissen, dass wir auf der Suche nach dem Mörder von Michael Küpper sind?", beginnt Kuss. „Hatte er erklärte Feinde?"

„Meine Güte, Herr Kuss.", sagt Enbrecht. „Michael hatte an jedem Finger zehn Personen, die ihn hassten. Und einige wollten ihn bestimmt auch umbringen." Luis Enbrecht lacht bitter.

„Wieso? Woher kamen diese Feindschaften?"

„Das lag zum einen an seinem Job, zum anderen an seinem privaten Umgang. Man könnte meinen, er habe sich immer wieder ganz bewusst die Falschen als Freunde, Freundinnen und Geschäftspartner ausgesucht. Mit denen gab es ständig Ärger. Obwohl diese Beziehungen meist in aller Freundschaft begannen.

Schon nach kurzer Zeit wurden die Worte jedoch schärfer, bis man offene Feindschaft pflegte. Diese Entwicklungen liefen immer ähnlich ab. Manchmal hatte ich den Eindruck, dass Michael dieser ständige Zoff sogar Spaß machte."

„Sie meinen, Streitereien waren für ihn ein Vergnügen?"

„Könnte man so formulieren."

„Zwischen Ihnen und Michael ist es doch anders gelaufen, oder?"

„Teilweise. Ich bin jemand, der viel Geduld hat."

„Hat er Sie denn auch verärgert?", will Kuss wissen.

„Aber ja. Unzählige Male."

„Wieso gaben Sie sich mit ihm dann bis zuletzt ab? Warum haben Sie ihn nicht links liegen lassen, ihn abgeschrieben, den Kontakt abgebrochen?"

„Ach, wissen Sie, Michael war ja im Grunde ein armer Hund, der nirgendwo in der Gesellschaft wirklich seinen Platz hatte. Ich sah mich immer in der Pflicht, ihm einen solchen anzubieten. Meine Freunde und Bekannten haben mir wiederholt davon abgeraten. Aber meine Frau und ich waren überzeugt davon, dass kein Mensch völlig allein gelassen werden sollte."

„Eine ehrenvolle Gesinnung", sagt Kuss und kann sich eine Spur Sarkasmus dabei nicht verkneifen. „Seit wann kennen Sie Küpper?"

„Wir haben uns vor einigen Jahren im Krankenhaus kennengelernt. Wir trafen uns zufällig irgendwo auf dem Flur. Ich habe nur noch eine Niere, die andere war mir gerade herausgenommen worden. Michael hatte auch große Probleme mit seinen Nieren. Niereninsuffizienz. Als ich ihn das letzte Mal vor seinem Tod besuchte, lag er ja auch wieder im Krankenhaus. Lungenödem und Wassereinlagerungen in den Beinen. Das war ziemlich schlimm. Wirklich schlimm. Küpper wusste das. Da hat er sich überhaupt nichts vorgemacht oder vormachen lassen. Die Ärzte hat er immer strammstehen lassen. Die mussten ihm ganz genau sagen, was Sache war. Ich hab dann auch mit einem Arzt gesprochen, der mir zuerst keine Auskunft geben wollte, da ich nicht zur Familie gehöre. Ich musste ihm klarmachen, dass Küpper, bis auf seine Cousinen, gar keine Familie mehr hatte und dass ich so etwas wie der beste Freund war. Als ich dann wusste, wie brandgefährlich die Situation sich darstellte, bot ich Michael an, für ihn wichtige Besorgungen zu machen. Da ist er ausgerastet, hat mich beschimpft, mir die Freundschaft aufgekündigt und mich rausgeschmissen. Um des lieben Friedens willen bin ich dann abgehauen. Hatte mir aber vorgenommen, ihm in absehbarer Zeit wieder die Hand zu reichen. Ich kannte diese Strohfeuer. Das war nie etwas Ernstes. Aber meine Versuche einer Kontaktaufnahme in den folgenden Wochen, als er schon wieder zu Hause war, schlugen allesamt fehl. Am Telefon hat er mich permanent abgebürstet. Da dachte ich mir: Lass einfach etwas Zeit ins Land gehen. Wird sich schon alles wieder einrenken."

„Was für Besorgungen waren das, die Sie übernehmen wollten?", fragt Kuss.

„Alles, was momentan wichtig schien. Nach dem Haus sehen, die Post sortieren und sie ihm ins Krankenhaus bringen. Und ich gab ihm durch die Blume zu verstehen, dass er sich um sein Testament kümmern müsse, wenn dieser Gedanke auch unangenehm war. Da ist er stinksauer geworden, ist vollkommen abgedreht und hat mich, wie ich schon sagte, mit scharfen

Worten aus seinem Krankenzimmer hinauskomplimentiert."

„Dann hat Küpper kein Testament gemacht? Der besaß doch zahllose Häuser", sagt Kuss.

„Ich habe keine Kenntnis von einem Testament."

„Wissen Sie zufällig, wer Küpper in rechtlichen Dingen vertrat?"

„Ja, das weiß ich! Der heißt Dr. Hartmut Oppenhäuser. Hat seine Kanzlei hier in der Stadt, in der Dornberger Straße. Solange ich Michael kenne, wirkte dieser Oppenhäuser im Hintergrund. Der hatte nicht wenig zu tun. Denn Michael wurde häufig verklagt. Er selbst war aber auch das, was man einen Prozess-Hansel nennt. Egal, welches Projekt gerade anstand: nach kurzer Zeit lief auch der dazugehörige Prozess."

Kuss notiert sich den Namen des Rechtsanwalts.

„Noch einmal zurück zu meiner Ausgangsfrage. Sehen Sie eine Möglichkeit, mir die schlimmsten Feinde von Küpper namentlich zu nennen? Vielleicht jene, mit denen es in den Monaten vor seinem Tod Ärger gegeben hat? Oder solche, die Küpper besonders unversöhnlich gegenüberstanden?"

„Da wüsste ich nicht, wo ich anfangen sollte. Nein, keine Chance. Fragen Sie doch am besten den Dr. Oppenhäuser", sagt Luis Enbrecht.

„Werde ich tun. - Sagen Sie bitte, kennen Sie noch weitere Freunde oder gute Bekannte von Michael Küpper? Oder sind Sie der einzige wahre Freund, den er hatte?"

„Nein, da gibt's noch einen gewissen Frankie, von dem Küpper immer sprach. Den hab ich im vergangenen Jahr zum ersten Mal getroffen. Michael kannte den noch aus der Schule. Frankie Munstein heißt er."

Was für ein Zufall, denkt Kuss. Frankie Munstein, das Sportass. Der war auch auf derselben Schule und in derselben Klasse wie Kuss und Küpper. Der hat doch damals so unsportliche Versager wie Küpper überhaupt nicht beachtet. Und dann sind die beiden gute Freunde geworden? Schwer vorstellbar!

„Haben Sie eine Ahnung, wie die beiden zusammengefunden haben?"

„Weiß ich leider nicht. Nur dass Frankie und Michael früher verschiedenen Welten angehört hatten. Auf der einen Seite Küpper, der bleiche, kränkelnde, griesgrämige Typ und auf der anderen dieser Frankie. Groß, kräftig, braungebrannt, sportlich. War im Prinzip das genaue Gegenteil von Michael."

„Und gab es im Leben von Michael Küpper Frauen?", will Kuss wissen.

„Ja, gab es. Er erzählte mir bei allen nur denkbaren Gelegenheiten von seiner großen Liebe, die Petra hieß. Das ist ganz lang her. Da ist er wohl so Anfang zwanzig gewesen. Die hat ihn irgendwann verlassen und sich einem anderen zugewandt. Das hab ich gut verstehen können. Michael dagegen rätselte Zeit seines Lebens über die Motive für ihren Fortgang."

„Und? Gab es noch weitere Heiratskandidatinnen?"

„Einige Zeit, nachdem ich ihn kennengelernt hatte, redete er häufig von einer gewissen Svenja. Svenja Lemberg."

Kuss notiert den Namen: „Wissen Sie, wo die wohnt?"

„Na, ich meine, dass sie immer noch hier in der Stadt lebt. Damals wohnte sie in der Glatzer Straße. Michael hatte sie nach einem Geschäftsessen aufgegabelt. Er war mit einigen seiner männlichen Klienten nach dem Essen noch in einen Animierschuppen gegangen, wo

Tabledance geboten wurde. Wissen Sie, so spärlich bekleidete Mädchen, die sich an so einer Stange auf einem Tisch abmühen. Denen steckt man als Entgelt für ihre Leistungen Geldscheine zu. Mit einer von diesen jungen Damen kam Michael ins Gespräch, nachdem er, der sonst ein unfassbarer Geizhals war, sie mit Geld geradezu gespickt hatte. Das ist Svenja gewesen. Michael hat sie in der Folgezeit dann heftig umworben und noch heftiger für sie das Portemonnaie gezückt. Ausgenommen hat sie ihn aber sicher nicht, das hätte auch gar nicht geklappt. Dafür achtete Michael zu sehr auf sein Kleingeld. Das profunde Missverständnis zwischen beiden war, so glaube ich, die Tatsache, dass die Angelegenheit für Svenja zunächst nur so ein Abenteuer war. Mal mit einem etwas Älteren rummachen, der sich für das junge Mädchen extra die Spendierhosen angezogen hatte, und der mit seiner hübschen Begleitung bei seinen Freunden möglicherweise angeben wollte. Küpper dagegen hat schon nach kurzer Zeit Pläne für die Ewigkeit geschmiedet. Da war von Verlobung über Hochzeit bis zum anschließenden Kindersegen schon alles geplant. Als Svenja ihn nach sechs Monaten verlassen wollte, brach für Michael die Welt zusammen. Nein, besser formuliert: Er verstand die Welt nicht mehr. Er, der sie mit so teuren Geschenken überhäuft und in nicht wenigen Nächten ihre Dienste genossen hatte, ließ deshalb nicht locker. Er berichtete mir häufig davon. Dann hieß es plötzlich, dass beide sich verlobt hätten. Seine Starrköpfigkeit und sein Geld hatten sich im wahrsten Sinne des Wortes bezahlt gemacht."

„Aber geheiratet haben sie doch nicht, oder?"

„Nein, nein! Vielmehr ging die Beziehung dann doch irgendwann auseinander. Dieses Mal war jedoch nicht etwa Svenja die Ausschlaggebende, sondern er selbst, Michael. Das war schon ein Ding! Er sagte mir, dass er sich nicht weiter von ihr auf der Nase herumtanzen lassen wolle und deshalb das Verhältnis aufgelöst habe. Svenja habe ihn betrogen, immer mit anderen Männern rumgemacht. Damit sei jetzt Schluss. Der Spieß drehte sich nun völlig um. Jetzt ließ Svenja nicht locker. Stand permanent bei ihm auf der Matte, rief ständig an. Aber das Feuer war erloschen. Michael konnte erstaunlich gnadenlos sein. Und in diesem Fall tat er so, als habe er ein Herz aus Stein."

„Und, gab es noch eine andere?"

„Ja. Tatsächlich dürfte der Grund für Michaels Sinneswandel nicht das vermeintliche Fremdgehen von Svenja gewesen sein, sondern eher seine neue große Liebe. Die hieß Jekaterina Jewtuschenko. Zumindest wurde das so ausgesprochen. Geschrieben hat sie sich jeweils mit E am Anfang. Kenne mich mit dem Russischen nicht so aus. Sie stammte aus einer Familie, die in den 80er-Jahren als Russlanddeutsche rübergekommen ist und sich hier niedergelassen hat. Donnerwetter, das ist eine hübsche Frau! Groß, blonde Haare, tolle Figur, lieb, freundlich …"

„Wo hat Michael Küpper diese Jekaterina denn kennengelernt?"

„Sie werden lachen: Das war eine Freundin von Svenja. Wohlgemerkt: war! Denn mit der Freundschaft zwischen beiden war's aus, nachdem Michael Jekaterina zu seiner Herzdame gemacht hatte. Seitdem sprachen die kein Wort mehr miteinander. Tja, wenn man so will, hatte Jekaterina einen kleinen Schönheitsfehler: ein uneheliches kleines Mädchen von einem Nordafrikaner, mit dem sie eine Zeit lang zusammen gelebt hatte. Als das Kind kam, verzog er sich und lebt jetzt auf Mallorca. Dort verdient er als Discjockey seine Kohle und hat nun freie Bahn, um noch weitere Mädchen zu schwängern. Jekaterina ist allein zurückgeblieben und hielt Ausschau nach einem Mann und Unterstützer für eine kleine, noch zu gründende Familie. Und Michael hat die Tochter nicht etwa zähneknirschend in Kauf genommen, sondern der wollte eine Familie. Da war nun die Gelegenheit gekommen. Das Kind schon da und eine wunderschöne Mutter dazu, die ihm allen Anschein nach, allein um des Kindes Willen, ewig treu bleiben würde."

„Und, wie lange ist das gut gegangen?"

„Bis vor etwa einem Dreivierteljahr. Das war die Zeit, als Michael noch verschrobener wurde als bisher. Da hat es gekracht. Da ist Jekaterina mit ihrer Tochter Sandrine July abgehauen. Ich hab damals mit ihr häufig telefoniert und musste mir ihr Leid anhören. Die durfte ja nie mit in Michaels schreckliches Haus in der Schlesischen Straße. Zum Glück! Sonst wär sie schon früher vor ihm geflüchtet. Viel früher! Die Zeit nach der Trennung war für die Mutter dann 'ne ziemlich schwierige Phase. Die Tochter wurde gerade eingeschult. Und dazu der Schlamassel mit Michael."

„Wie hat Michael Küpper diese neue Beziehungsschlappe denn weggesteckt? Und was meinen Sie damit, dass er noch verschrobener wurde als bisher?"

„Sie kennen ja sein Haus, das er sich in langer Heimarbeit so bizarr hergerichtet hat, nicht wahr? Das ist ja im Prinzip schon schlimm genug. Aber vor einigen Monaten fing Michael an, kaum noch aus dem Haus zu gehen. Ich habe ihn zunächst noch einige Male besucht. Oder, sagen wir besser, versucht zu besuchen. Wenn ich bei ihm vor der Haustür stand, fing er mich meistens schon dort ab und redete sich heraus. Sagte, er könne mich gerade nicht hereinlassen und gab dafür seltsame Gründe an. Dabei hat er sich immer so ruckartig umgesehen, als sei jemand hinter ihm her, verfolge ihn. Das war mir schon ganz unheimlich. Ich glaube, er litt unter einer Art Verfolgungswahn. Irgendwas in der Richtung …"

„Und in dieser Zeit hat er mit Jekaterina Jewtuschenko Schluss gemacht?"

„Genau. Als ich ihn nach den Gründen fragte, hatte er nur wieder so ein Eifersuchtsdrama parat. Dass Jekaterina angeblich mit anderen ausging, ihn hinterging, irgendwas. Auch mich hat er in Verdacht gehabt, etwas mit Jekaterina am Laufen zu haben."

„Und, hatten Sie mit ihr was am Laufen?"

„Aber nein! Wo denken Sie hin? Ich bin glücklich verheiratet."

„Das sind viele Männer. Angeblich. Und trotzdem ergreifen manche die Gelegenheit, wenn sie sich bietet."

„Nein, nein, ich konnte mich da immer gut beherrschen. Bringt nur maßlosen Ärger."

„Wissen Sie, wo Frau Jewtuschenko wohnt?"

„Als die Beziehung begann, hat sich Michael schnell als frischgebackener Familienpapa gefühlt, in einem seiner Häuser Eigenbedarf angemeldet und die bisherigen Mieter rausgeschmissen. War nicht die feine englische Art. Ist ein großer Altbau in der Henkelstraße."

„Und, wohnt Frau Jewtuschenko immer noch dort?"

„In der Tat. Der sparsame und manchmal raffgierige Michael hat, entgegen seinen sonstigen Gewohnheiten, Jekaterina und Sandrine July durchaus geholfen. Da sie und die Tochter von der Stütze leben, ließ er beide, in einem Anflug von Samaritertum, dort weiterhin wohnen, bis sie etwas anderes gefunden hätten. Finanziell wehgetan hat's ihm natürlich nicht. Wahrscheinlich hat er die Miete ohnehin vom Sozialamt kassiert. Da war er ein Fuchs und kannte keinerlei Hemmungen."

Thomas Kuss will das Gespräch beenden. Dann fällt ihm noch etwas ein: „Hat Michael Küpper Ihnen irgendwann vielleicht einmal erklärt, weshalb er sein Haus in der Schlesischen Straße so seltsam um- und ausgebaut hat? Warum er Räume in Räume hineinbaute?"

„Ich hab ihn natürlich gefragt, warum er das gemacht hat", sagt Enbrecht, „aber nie eine Antwort bekommen. Und ich selbst konnte mir auch lange Zeit keinen Reim auf diese seltsame Macke machen. Jeder Mensch hat ja seinen ganz persönlichen Spleen, bei jedem sitzen Schrauben locker. Ein Haus im Haus bauen, das war eben Michaels Ding, sein Hobby. Manchmal denke ich, dass er vielleicht vor irgendetwas Angst hatte, das in sein Haus von außen eindringen könnte. Deshalb die zugemauerten Fenster. Und wenn dieser Eindringling trotzdem den Weg ins Innere finden würde, müsste er sich erst noch durch ein Labyrinth kämpfen, dessen genaue Anlage nur Michael kannte."

Kuss beendet das Gespräch. Er setzt Luis Enbrecht davon in Kenntnis, dass er in den nächsten Tagen noch einmal vorbeikommen müsse, um das Protokoll zu unterschreiben. Dann bedankt er sich für die Auskünfte und verabschiedet Enbrecht. Der fragt noch, wann denn die Beerdigung stattfinde und ob es eine Trauerfeier gebe. Kuss rät ihm, ab Anfang der kommenden Woche aufmerksam die Todesanzeigen in der Tageszeitung zu studieren.

Thomas Kuss lehnt sich in seinem Bürostuhl zurück und denkt über Frankie Munstein nach, den anderen angeblich guten Freund von Küpper. Frankie war das absolute Sportass der Schule und gleichzeitig großer Frauen- und Mädchenschwarm. Der hat alle bekommen, die er haben wollte. Und alles, was er haben wollte. Sein Leben war ein einziges Gleitmittel. Und während die Mädchen Schlange standen, weil sie sich von ihm die Gnade körperlicher Zuneigung erhofften, standen die Jungen an, um ihn zu bewundern. Alles, was du konntest – Frankie konnte es besser.

Und er war nicht nur im Sport sehr gut, sondern auch in den meisten anderen Fächern. Besonders Mathe und Physik waren seine große Leidenschaft. Wenn nichts dazwischengekommen ist und alles mit rechten oder, je nach Sichtweise, ungerechten Dingen zugegangen ist, müsste Frankie heute mindestens eine Professur für Sport oder Mathematik an einer Eliteuniversität innehaben. Oxford, Cambridge oder so.

Zu blöd, Kuss hat vergessen, sich bei Enbrecht zu erkundigen, ob Munstein noch in der Stadt lebt und wohnt. Er sucht im Einwohnermelderegister nach ihm und findet einen Frank Munstein. Logisch. Niemand hieß damals mit Taufnamen Frankie. Für derlei Eskapaden war die Zeit noch nicht reif. Hoffentlich ist es der richtige.

Eine Festnetznummer ist unter der Adresse nicht angegeben. Wahrscheinlich nur über Handy zu erreichen. Thomas Kuss stutzt. Einen veritablen Professor oder anderen erfolgreichen Menschen würde man unter der angegebenen Adresse nicht unbedingt vermuten. Es ist die Sächsische Straße. Kuss weiß, die liegt mitten in einem jener Neubaugebiete, die in den 60er-

und 70er-Jahren vor den Toren der Stadt aus dem Boden gestampft wurden und jetzt ein trostloses Dasein fristen. Nicht genug, dass sich alle Prognosen bewahrheitet haben, die schon in den 50er-Jahren solchen Trabantenstädten große Anziehungskraft auf die Unterschichten der Gesellschaft vorhersagten. Nein, jetzt verfielen diese fantasielosen Wohnblock-Siedlungen zusehends. Die Menschen wollen nicht mehr in seelenlosen Schlafstädten wohnen. Wer die Mittel hat, der zieht fort, wieder in die Innenstadt hinein. Diejenigen, die kein Geld haben, bleiben hier wohnen, mehr schlecht als recht. Die Blocks befinden sich in einem Übergangszustand. Sie werden entmietet, weil sich ihr Betrieb für die zahlenmäßig immer geringer werdenden Mieter nicht mehr lohnt.

Kuss schaut auf die Uhr. Es ist 14:30 Uhr. Soll er mit der Stadtbahn zur Sächsischen Straße hinausfahren? Auf gut Glück? Falls Munstein nicht zu Hause ist, hätte er dann in der Affenhitze vollkommen unnötig seine Kalorien vergeudet. Du hast doch sowieso nichts Besseres zu tun, sagt seine innere Stimme. Also geht er los.

Die Fahrt zieht sich hin. Thomas Kuss muss zunächst in die City fahren und dann in eine andere Stadtbahnlinie umsteigen. Im U-Bahnhof unter dem Jahnplatz ist der Teufel los. Menschenmassen drängen sich durch die Gänge. Kuss wundert sich, dass die Leute nicht im Freibad sind oder in ihren Gärten oder auf ihren Balkons liegen und grillen und Bier trinken. Nein, sie sind hier, sie wollen einkaufen. Es ist Monatsende. Es hat gerade Geld gegeben. Ein paar Einwohner haben ja noch Arbeit und deshalb etwas Geld übrig. Obwohl im Moment eine Firma nach der anderen dichtmacht. Große Namen sind darunter. Unternehmen, die hundertfünfzig Jahre überlebt haben und jetzt sang- und klanglos untergehen. Fatal. Thomas Kuss ist manchmal dankbar dafür, dass er einen sicheren Job hat. Sollten sich seine Kollegen mal vor Augen halten, wenn wieder das große Meckern wegen Überstunden oder angeblich ungerechtfertigter Wochenarbeitszeiten anhebt.

Die Stadtbahn Richtung Baumheide ist ein alter Kasten mit ausgeschlagenen Rädern und Achsen. Die Fenster sind blind vor Sgrafitti. Die Polster zerschlissen. An der Decke hängen die kleinen Kuppeln für die Videoüberwachung. Die überwiegend jungen Leute in der Bahn sprechen in allen Sprachen der Welt miteinander. Und einige sehen so aus, als würde man Ärger bekommen, wenn man ihnen zu lange in die Augen sieht. Besonders wohl fühlt sich Kuss nicht. Er weiß von seinen Kollegen in den Streifenwagen, dass sie in das Stadtviertel um die Sächsische Straße immer gleich mit zwei bis drei Wagen fahren, wenn sie gerufen werden. Und das werden sie oft.

Am U-Bahnhof Sächsische Straße steigt Kuss aus und geht die Stufen hoch. Einige Kids aus der Bahn sind ebenfalls hier ausgestiegen und machen jetzt gewaltigen Lärm in dem dunklen und nach Urin stinkenden Tunnel, der im Volksmund die Harnröhre heißt.

Kuss steigt die letzte Treppe hoch. Dann steht er im gleißenden Sonnenlicht. Der Gehsteig und die umliegenden Gärten und Häuser liegen baumlos in der prallen Sonne. Auf einer Rasenfläche steht eine schmucklose Plastik von einem Künstler, den keiner mehr kennt. Zu Recht, denkt sich Kuss. Was für ein scheußliches Teil. Sie strahlt genau dieselbe Langeweile aus, wie alle Bauten hier. Immerhin trotzte sie aber bisher den Vandalen, die offenbar versucht haben, sie zu zerstören. Dass die Siedlung im Begriff ist, den Weg alles Irdischen zu gehen, wird an den vielen Leerständen im sogenannten Ladenzentrum um den kleinen Hauptplatz des Stadtviertels deutlich. Hier haben nur eine Sparkassenfiliale und ein Supermarkt überlebt. Alle anderen sind getürmt. Kuss schaut in die Fenster der verlassenen Geschäfte. Es gibt nichts Traurigeres als diesen Anblick. Die großen Scheiben, erstaunlicherweise noch nicht eingeworfen, sind blind vor Staub und Fliegendreck. Dahinter sieht man leere Räume mit teilweise herausgerissenen Teppichböden. In einem der verlassenen Ladenlokale befindet sich ein kaputter Bürostuhl, der schief an die Wand gelehnt in einer Ecke steht. Davor eine Klappleiter und auf dem Fußboden, in der Mitte des Raumes, ein toter Vogel, der irgendwie hier hineingeraten ist, den Weg nach draußen aber nicht mehr gefunden hat. Ein tierisches Verhängnis.

Hauptkommissar Kuss erreicht das Haus, in dem Frankie Munstein wohnt. Es gehört zu einer Gruppe von drei, jeweils fünfzehn Stockwerke hohen Häusern mit Sozialwohnungen. Sie sind symmetrisch hintereinander angeordnet und stehen mit ihren Schmalseiten, von denen Putz und Farbe bröckeln, zur viel befahrenen Straße. Die Rasenflächen zwischen ihnen sind von der Sonne verbrannt und haben eine braune Farbe angenommen. Hier und da stehen ein paar Stangen mit Wäscheleinen, an denen nichts hängt. Auch gibt es einen Spielplatz mit schmutzigem Sand und alten Eisengerüsten. Kein Kind weit und breit. Dafür smart aussehende Jugendliche in übertrieben schicken Sportsachen. In den Parkbuchten stehen alte Mittelklasseautos. Familienkutschen mit Aufklebern wie „Baby an Bord" und daneben das Abziehbild eines Hundekopfes. Ein Rottweiler. Kuss schaudert es. Stereotype. Aber offenbar gültige.

Die meisten der Namensschilder hinter den zahllosen Klingelknöpfen am Eingang sind leer, herausgepult, weil ein Schraubendreher nicht zur Hand war, oder einfach mit Kuli durchgestrichen. Entweder wohnt dort niemand mehr oder die neuen Mieter haben es nicht für nötig erachtet, den ohnehin nicht sehr zahlreichen Besuchern Hinweise zu geben. Den Namen Munstein findet Kuss nach längerem Suchen unter den achtzig Klingelknöpfen. Er drückt. Nichts passiert. Er drückt nochmals, mehrere Male. Dann eine unfreundliche Stimme aus dem kleinen Lautsprecher, dessen Schutzgrill verbogen ist, weil anscheinend jemand versucht hat, ihn einzudrücken: „Hallo?"

„Herr Munstein? Herr Frank Munstein?"

„Wer will das wissen?"

„Ich, Thomas Kuss! Ich hoffe, du erinnerst dich an mich! Wir sind zusammen auf die Kuhlo-Realschule gegangen."

Es entsteht eine Pause.

„Thomas Kuss? Das is'n Ding. Klar erinnere ich mich. Was willst du denn von mir?"

„Nurn paar Fragen. Wegen Michael Küpper. Das war doch ein guter Kumpel von dir."

„Äh, ja, war er. Aber ..."

„Ja, nun lass mich hier nicht vor der Tür herumstehen. Mach schon auf, dann komm ich hoch zu dir. Welches Stockwerk?"

„Alles klar, geht in Ordnung. Zwölfter Stock, dritte Tür rechts."

Thomas Kuss fährt mit einem der beiden Aufzüge hoch. Der ist viel zu klein. Es ist unglaublich heiß da drin. Kuss bekommt Platzangst. Er überlegt. Ein Mensch mit Rollstuhl passt hier nicht hinein. Auch eine Trage oder Bahre müsste darin aufrecht gestellt werden. Er fragt sich, wie ein Rettungsteam von der Feuerwehr in den fünfzehnten Stock gelangt, um dort einen Infarktpatienten zu behandeln. Erst stundenlang den Klingelknopf suchen, dann auf den Aufzug warten, dann die Trage darin hochkant stellen, dann warten, bis man oben ist. Vielleicht wird der Aufzug ja unterwegs von Leuten angehalten, die nach unten wollen. Oder er bleibt stecken. Und man kann den Hausmeister nicht rufen, weil der besoffen in seiner Wohnung auf dem Sofa schnarcht. Sollten der Notarzt und seine Assistenten es dennoch glücklich bis nach oben schaffen, muss noch die Wohnung gesucht werden. Bis dahin hat der Patient das Zeitliche gesegnet. Wenn nicht, beginnt der beschwerliche Abstieg über die Feuertreppe. Ein Kraftakt für alle Beteiligten. Vielleicht kann man ja den Rettungshubschrauber holen, der auf dem Dach aufsetzt. Wahrscheinlich ist aber gerade an diesem Tag die schwere metallene Tür zum Flachdach abgeschlossen. Der Hausmeister will das so. Vielleicht, weil er den Schlüssel verloren hat.

Solche und ähnliche Gedanken quälen Kuss, als sich die Aufzugtür zum Flur des zwölften Stockwerks öffnet. Gegenüber, am Ende des Flurs, befindet sich ein großes Fenster. Thomas Kuss geht zuerst dorthin und ist berauscht von dem phänomenalen Ausblick auf das sonnengegerbte Land. Hier, am äußersten Rand der Stadt, kann man von dieser Höhe bis weit nach Norden schauen. Jedes Detail, auch in großer Entfernung, ist genau erkennbar. Wenn man so weit sehen kann, bedeutet das aber auch, dass es bald mit dem schönen Wetter ein Ende hat, dass es Regen geben wird. Wird auch allerhöchste Zeit.

Auf dem Flur ist es laut. Kindergeschrei, laute und dröhnende Stimmen von Männern, dumpfes Bassgestampfe einer Musikanlage, laut aufgedrehte Fernseher. Und dazwischen – eine Trompete! Irgendjemand übt in dieser Kakophonie Trompete! Kaum zu glauben. Spielt Skalen rauf und runter. Ziemlich gut sogar. Sehr fließend, sehr fingerfertig, ein Könner. Hauptkommissar Thomas Kuss lauscht noch ein wenig und geht anschließend zur dritten Tür rechts. Neben die Wohnungsklingel, einem weißen Plastiktaster, den irgendjemand mit einem Feuerzeug verschmort und verkokelt hat, ist ein Stück Hansaplast geklebt, auf das jemand mit Kugelschreiber in sehr undeutlicher, krakeliger Schrift „Munstein" geschrieben hat. Wahrscheinlich erst auf die Rauhputzwand geklebt und dann beschrieben. Kuss drückt den Taster. Er hört, wie sich Schritte nähern. Dann öffnet jemand die Tür.

Ganz unverkennbar, es ist Frankie Munstein, der vor ihm steht. Aber verglichen mit dem supersportlichen Adonis der Schulzeit ist das hier ein Wrack. Munstein trägt ein weißes, nicht mehr ganz sauberes T-Shirt und Jeans. Er ist dicklich geworden, die Gesichtshaut faltig und von ungesunder Farbe. Kaum dass sich die Wohnungstür geöffnet hat, strömt Kuss leichter, unangenehmer Körpergeruch entgegen.

„Unglaublich, der Thomas Küsschen" ist das Erste, was Frankie sagt und ärgert damit den Hauptkommissar gewaltig. Damals haben sie ihn wegen seines Nachnamens immer hochgenommen. Der bot sich dafür natürlich auch an. Aber gefallen hat Thomas Kuss das nie. Er hat es immer zerknirscht weggesteckt. Und jetzt, nach Jahrzehnten, fängt Frankie wieder damit an. Kuss fühlt sich plötzlich wie in der Schule.

„Hallo Frankie. Wie sieht's aus? Verdammt lange nicht gesehen."

„Kann man wohl sagen. Komm rein. Ist aber nicht aufgeräumt bei mir. Musst du ganz tolerant drüber hinwegsehen."

Während Kuss an Frankie vorbeigeht, riecht er dessen Alkoholfahne. Das muss nichts bedeuten. Viele Menschen trinken am Wochenende einen. Zum Abspannen, als Freizeitgestaltung. Sie sind deshalb noch lange keine Alkoholiker. Aber Frankie riecht anders. Er riecht aus den Poren, der ganze Körper stinkt nach „Braunem". Dass so ein Zeug überhaupt noch getrunken wird. Es erinnert Kuss an seine ersten Besäufnisse in den 70er-Jahren. Damals trank man Mariacron, Asbach, Noris, Scharlachberg oder Racke Rauchzart. Irgendetwas in dieser Richtung. Aber heute nicht mehr. Oder vielleicht doch? Kuss hat vor Kurzem gehört, dass bei den Kids Flachmänner wieder in Mode kommen. Am Kiosk gekauft.

Die Wohnung ist ein kleines Dreckloch. Kuss überlegt. Das sind nicht mehr als 35 Quadratmeter. Die Einrichtung ist ein wildes, geschmackloses Mischmasch, schadhaft, zerkratzt. Es ist heiß. Und es riecht nach Katzenpisse. Kuss sieht in der Ecke ein Katzenklo.

„Nimm Platz, alter Junge", fordert ihn Frankie mit halbwegs fester Zunge auf. Er hat also nur „vorgeglüht", ist noch nicht vollkommen betrunken. Thomas Kuss setzt sich in einen riesigen Ledersessel, der einigermaßen sauber und bequem aussieht.

„Was willst du trinken, Tommy?"

„Ach, nichts, ist schon gut."

„Nix da. Ich hätt hier Mineralwasser. Allerdings ohne Kohlensäure. Steht schon etwas länger."

Kuss lehnt noch einmal freundlich aber kategorisch jede Restauration durch seinen Gastgeber ab. Dann sitzen sich die beiden für einen Moment wortlos gegenüber. Man hört den Trompeter üben.

„Nervt das nicht? Ich meine, das Trompeteüben?"

„Man gewöhnt sich an alles. In diesem Haus macht es sowieso keinen Sinn, sich über irgendetwas oder irgendwen zu beschweren. Kriegst bloß blöde Antworten oder Prügel angedroht", sagt Munstein.

„Du hast doch sicherlich auch die Einladung zum Klassentreffen bekommen, oder? Nächsten Freitag. Wirst du hingehen?"

„Ich glaube, nicht. Siehst ja, was aus mir geworden ist. Wenn ich mich so meinen alten Klassenkameraden präsentiere, verlieren die den Glauben an die Menschheit. Für die war ich doch immer ein Erfolgsmensch. Stimmt doch, Tommy, oder?"

„Stimmt! Ich selbst habe immer erwartet, dass dein Name in irgendeiner Sportart als Olympiasieger auftaucht. Oder als Profifußballer. Und dass du obendrein als bekannter Wissenschaftler reüssierst. Keine Ahnung. Irgendwas Großartiges. Was ist passiert?"

„Der Klassiker: Job verloren, Frau verloren, alles verloren. Das geht schnell. Plötzlich sitzt du in einer schäbigen, kleinen Sozialwohnung im zwölften Stock einer verfallenden Wohnsiedlung, eines Gettos, und säufst dir die Hucke zu. Jeden Tag."

Kuss ist erstaunt darüber, wie schnell und offen Frankie auf diesen Punkt zu sprechen kommt. Die meisten Säufer, die er, Kuss, kennt, machen sich bis zu ihrer finalen Leberzirrhose selbst etwas vor. Sie sind fest davon überzeugt, dass alle anderen für ihren

Zustand irgendeine Verantwortung tragen, nur nicht sie selbst. Und dass sie jederzeit mit der Sauferei aufhören und ein normales Leben führen könnten.

„Was ist denn aus dir geworden, Küsschen?", fragt Frankie.

„Bitte, nenn mich nicht mehr Küsschen. Die Zeiten sind vorbei", sagt Thomas Kuss bestimmt.

„Kein Problem, geht in Ordnung. Tut mir leid. Ich bin da in alte Verhaltensweisen zurückverfallen. Passiert mir noch manchmal." Frankie hat Verständnis. Und sieht dabei sehr souverän aus.

Kuss wundert sich über sich selbst. Er, der um des lieben Friedens willen immer wieder klein beigab und sich bis heute viele blöde Sprüche im Zusammenhang mit seinem Namen gefallen ließ, hat eben endlich mal gesagt, dass er das nicht wünscht. Selten genug, dass er sich so etwas traut. Er schaut hoch. Frankie lächelt verständnisvoll. Als wisse er um die Selbstzerfleischungen, die Kuss deswegen schon durchgemacht hat. Kuss ist irritiert. Ist Frankie durch seine Schicksalsschläge auch noch zu einer Art Guru in Sachen Lebenshilfe mutiert?

„Ich bin bei der Kripo gelandet. Bin Hauptkommissar geworden."

„Ausspreche Anerkennung. Ein sicherer Job. Und wahrscheinlich interessant obendrein, oder? Kommst du denn heute zu mir als Hauptkommissar oder als Privatperson?"

„Ich würde sagen: sowohl als auch. Michael Küpper ist nämlich tot. Ist vorige Woche ermordet worden."

Thomas Kuss bemerkt, wie sich echtes Erschrecken in Frankies Gesicht spiegelt. Oder scheint das nur so?

„Oh, verflucht, das ist eine Nachricht! Das ist schlimm! Das ist wirklich schlimm und traurig. Wer war denn der Täter oder die Täterin?“

„Wissen wir noch nicht. An dem Fall arbeiten wir gerade. Wir fragen jede und jeden, die mit Küpper in den letzten Jahren zu tun hatten. Viele sind's ja nicht.“

„Das ist richtig, viele sind das nicht. Auch die Klienten, die er in steuerlichen Angelegenheiten beraten hat, waren eine übersichtliche Menge.“

„Du hattest zu ihm ein enges Verhältnis, hörte ich. Seit wann? Damals in der Schule ist Küpper doch nur von dir verarscht worden. Der war doch für dich eher Luft.“

„Stimmt genau. Aber das gehört zu meinem früheren Leben. Ich habe mich gewandelt. Grundlegend. Und ich weiß jetzt, wie es sich anfühlt, wenn man immer nur der Arsch ist. Damals war Michael der Loser, jetzt bin ich's. Ein fairer Tausch.“

„Er hat dich rausgeschmissen, als du ihn vor Kurzem im Krankenhaus besucht hast. Was war da los?“

„Mein Gott, er hat alle rausgeworfen, die ihn besucht haben oder besuchen wollten. Ich denke, das war so eine Art Depression. Er war schwer erkrankt und schien das nicht wahrhaben zu wollen. Sowohl Luis Enbrecht als auch ich selbst haben Michael angeboten, für den Fall der Fälle seine Angelegenheiten zu regeln. Da war aber was los im Krankenzimmer. Achtkantig sind wir rausgeflogen! Danach dachte ich mir, dass ich es wie bei den zahllosen vorausgehenden Streitereien handhaben werde. Ich wollte etwas Zeit ins Land ziehen lassen. Dann hätte ich mich irgendwann wieder bei ihm gemeldet. Oder er sich bei mir. So lief das meistens ab. Tja, und dieses Mal ist der Tod dazwischengekommen. Das tut mir wirklich alles sehr leid.“

„Zum Heulen ist dir aber nicht zumute."

„Nein, nicht unbedingt. Du kennst Küpper doch auch noch ein wenig. Das war wahrhaftig kein einfacher Charakter. Aber er hat mir in einer schweren Zeit geholfen und danach habe ich ihm zur Seite gestanden. Das war schon eine Art Freundschaft, wenn auch keine besonders gute oder feste. Eher ein Zweckbündnis."

„Unter welchen Umständen habt ihr euch denn nach der Schulzeit wiedergetroffen? Wie und wobei hat er dir geholfen?"

„Ist erst ein paar Jahre her. Fünf, sechs Jahre? Weiß ich nicht mehr genau. Damals ging's mir ganz schlecht. Früher einmal, da hatte ich einen Bombenjob in London, war im oberen Management einer Bank angekommen. Meine Arbeit bestand in der Anlageberatung von Leuten mit richtig dicker Kohle. Keine halben Sachen. Und dann schmierten meine Projekte wegen Fehlkalkulationen und falschen Prognosen, für die ich nicht einmal zuständig war, total ab. Riesenverluste und Riesenärger mit den Kunden. Weil sie einen Schuldigen brauchten, haben sie mich genommen und gefeuert. Dann stand ich da, mit einem Berg Schulden. Meine Frau, so ein Luxusweibchen aus Frankreich, ein echtes Model, suchte sich sofort einen anderen. Ich merkte, wie alles, was ich mir glaubte aufgebaut zu haben, auf vollkommen tönernen Füßen stand. Von einem Tag auf den anderen besaß ich nichts mehr. Da bin ich geflohen, zurück nach Deutschland, gewissermaßen ins deutsche Sozialsystem. Hierzulande war man aber nicht mehr so interessiert an mir. Was soll's, Thomas. Ich will dich nicht langweilen mit den Stationen meines sozialen Abstiegs. Aber plötzlich war ich obdachlos. Alkohol und Koks hatten in London schon eine große Rolle in meinem Leben gespielt. Koks konnte ich mir jetzt nicht mehr leisten. Dafür aber den guten alten Braunen, den mein Opa und mein Vater schon gesoffen hatten. Aber nicht Asbach oder so, sondern son billiges, nach Seife schmeckendes Zeug aus dem Supermarkt. Und wenn du so ein Gesöff schon tagsüber konsumierst, bist du ganz schnell auf der schiefen Ebene, die nach unten führt. Als wenn's da einen Automatismus gäbe, lernst du plötzlich die anderen Loser kennen, die schon lange auf der Straße leben. Da hab ich dann zwei Jahre lang „Platte" gemacht. Hab im Frühjahr und Sommer draußen geschlafen, manchmal auch noch im Herbst. Im Winter war ich wechselweise bei der Bahnhofsmission, in den städtischen Einrichtungen für Obdachlose und nicht wenige Male doch wieder draußen, auf der Roste."

„Ich glaub's nicht! Da hast du auch gelegen? Damit waren doch vor Jahren die Roste gemeint, aus denen vor dem Supermarkt am Kesselbrink die warme Abluft von den Kühlaggregaten rausgeblasen wurde. Mann, da warst du ja wirklich ganz unten. Meine Kollegen von der Streife wurden immer wieder dahin gerufen, weil es unter den Obdachlosen lautstarken und handfesten Streit gab, wer die beste und wärmste Stelle im Winter bekam. Die mussten da immer wieder schlichten."

„Ich weiß. Ein paar von meinen Freunden sind damals ganz elendig erfroren. Und davon hat nichts in den Zeitungen gestanden."

„Und wie bist du dann zu dieser Wohnung gekommen?"

„Tja, durch einen merkwürdigen Zufall. Gejobbt habe ich damals zuerst über die Tagesvermittlung der

Arbeitsagentur. Da gab's für das Abladen von Lkws und das tageweise Malochen auf verschiedenen Baustellen ziemlich gutes Geld. Das wurde abends in bar ausgezahlt. Danach traf ich mich mit meinen Saufkumpanen am Hauptbahnhof. Irgendwann war ich dann aber ganz durch, konnte nicht mehr arbeiten, konnte keinen Termin mehr einhalten, war körperlich vollkommen runter, geschwächt. Bald saß ich bei den Punks in der Bahnhofstraße, dann wieder allein. Habe gebettelt. Hab mir von irgendwoher einen Pappbecher besorgt und den vor mich hingestellt. Ich konnte den Leuten nicht mal was bieten, so fertig war ich. Keine phantasievolle Geschichte von wegen Geld verloren und eine Fahrkarte kaufen müssen, um zu meinem kranken Bruder zu fahren. Ich konnte noch nicht einmal mehr auf der Mundharmonika spielen. Saß nur noch in einer schmutzigen Ecke, in die sonst die Hunde schifften und Leute hinkotzten, zitterte an heißen Tagen wie Espenlaub und hielt die Hand auf. Eines Tages geht Michael Küpper an mir vorbei. Hält inne, dreht sich um, kommt wieder zurück, sieht mir ins Gesicht und erkennt mich. Er war, trotz der Tatsache, dass ich es gewesen bin, der ihm in der Jugend so übel mitgespielt hatte, überaus freundlich. Er hätte sich ja auch freuen können, dass es mir, seinem früheren Peiniger, nun so schlecht ging und das als gerechte Strafe auffassen. Aber dem war nicht so. Er fragte mich aus, wie es gekommen sei, dass ich mich da befand, wo ich mich befand. Und er meinte, dass er mir helfen könne. Zunächst kaufte er mir einen Vorrat von meinem ‚Stoff' und dann gab er mir seine Adresse. Ich solle mich mal waschen und gelegentlich vorbeikommen, denn meine Geschichte interessiere ihn. Einige Tage später bin ich bei ihm aufgelaufen."

„Was wollte er von dir? Nur deine Geschichte hören?"

„Ja und nein. Irgendwie hat mich das Ganze beschämt. Als ich bei ihm war, hat er mir nochmals Geld gegeben und gesagt, dass er mir eine Wohnung besorgen könne, wenn ich einen Entzug durchmachen würde. Eine Klinik hatte er auch schon parat. Als ich ihm sagte, dass ich mir das alles überhaupt nicht leisten könne, winkte er ab und signalisierte mir damit, dass er die Kosten übernehmen wollte. Ich wusste nicht, wie mir geschah, womit ich das verdient hatte."

„Und, was sagte Küpper dazu? Was waren seine Motive?"

„Wie es schien, bestanden die zunächst einmal aus Nächstenliebe. Aber keiner religiös eingefärbten, denn mit Religion und Kirche hatte er überhaupt nichts am Hut. Ich hab dann eine Kur gemacht und Michael besorgte mir daraufhin diese Wohnung."

„Donnerwetter. Alles aus Nächstenliebe? Kaum vorstellbar bei Michael!"

„Wie sich herausstellte, war dem auch nicht ganz so. Ich bekam nämlich bei ihm einen Job. Bei seinem Rechtsanwalt musste ich unterschreiben, dass ich mit der Annahme der Entziehungskur und der Wohnung Verpflichtungen gegenüber ihm eingegangen sei, die mich jobmäßig an ihn binden würden. Ich wurde, negativ formuliert, so eine Art Handlanger. Der Mann fürs Grobe."

„Ach, schau mal einer an. Dann war unser Michael also doch nicht der barmherzige Samariter. Hätte mich auch sehr gewundert. Und, hat dir diese Tätigkeit Spaß gemacht?"

„Wie man's nimmt. Michael hat mich gut bezahlt. Was psychologisch dahinter steckte, das habe ich erst später begriffen. Zunächst freute ich mich darüber, überhaupt eine Arbeit zu haben."

„Was waren denn so deine Aufgaben?"

„Mal war ich Laufbursche, mal Chauffeur, mal Faktotum. Oft hatte ich aber auch den Auftrag, ausstehende Mieten oder sonstige Verbindlichkeiten massiv anzumahnen oder einzutreiben. Dann gab er mir Geld, mit dem ich ein paar kräftige, gefährlich aussehende Typen anheuerte. Mit denen standen wir dann morgens bei säumigen Mietern auf der Matte in einem der fünfunddreißig Häuser, die Küpper hier besaß."

„Hört sich nicht besonders legal an. Hast du den Leuten gedroht?"

„So kann man es wohl nennen. Jeder, der versuchte, sich aus seinen Verbindlichkeiten gegenüber Küpper herauszustehlen oder auf andere Art zu befreien, hatte die Rechnung wahrhaftig ohne den Wirt gemacht. Früher oder später kam ich bei dem vorbei und ich habe, zusammen mit meinen Helfern, für klare Verhältnisse gesorgt. Wir haben niemanden verprügelt oder die Nase gebrochen. Wir haben auch nicht offen gedroht. Aber wenn die Schuldner mich und meine Schlägertypen sahen, haben sie die nackte Panik bekommen."

„Was meintest du eben damit, dass du erst spät begriffen hättest, was psychologisch hinter dieser Tätigkeit für Michael Küpper steckte?"

„Ich denke schon, dass Küppers Interesse an meiner ‚Mitarbeit' auch eine Art Rache war. Er, der von mir in der Schulzeit nach Strich und Faden hochgenommen worden war, hatte nun die mächtigere Position inne. Fischte mich aus der Gosse und gab mir den Job, nicht etwa umgekehrt. Er konnte mich nun herumkommandieren. Und, wie gesagt, die Jobs waren, rein juristisch betrachtet, nicht ganz sauber. Vielleicht hat ihm das den Kick gegeben. War eine späte Revanche."

„Warum hast du das dann überhaupt mitgemacht?"

„Ich hatte zuerst keinerlei andere Option. Als ich dann merkte, wie es lief, wollte ich weg. Er hielt mir den Arbeitsvertrag unter die Nase und bedeutete mir, dass ich ganz schnell wieder da landen würde, wo ich hergekommen sei, wenn ich nicht spure. Zudem war ich schon bald nach meiner E-Kur wieder auf Alk. Ich komme bis heute nicht von dem Zeug los. Niemand stellt einen heruntergewirtschafteten Alkoholiker in meinem Alter ein. Ich hatte das Gefühl, dass Küpper mich in der Hand hat. Vielleicht war dem aber gar nicht so."

„Seltsames Verhältnis."

„Kann man so sagen. Tatsächlich bot mir Michael parallel dazu auch immer seine Freundschaft an. Er sagte mehrmals, dass ich früher, zur Schulzeit, am längeren Hebel gesessen hätte und dass nun er diesen Platz eingenommen habe. Beide hätten wir in unserem Leben Pech und Glück gehabt, nur zu verschiedenen Zeiten. Obwohl sein Neid auf meine Jugend, in der ich ohne Ende gefeiert habe, von allen begehrt war und einen unendlichen Frauenverschleiß hatte, im Endeffekt wohl deutlich größer war, als mein Neid auf seinen großen Reichtum, mit dem er im Prinzip nichts anzufangen wusste. Er sagte oft zu mir, ich sei sein bester Freund. Kunststück, wenn man sonst kaum jemanden hat! Er ging ja fast gar nicht unter die Leute. Seine Hauptbeschäftigung bestand in den letzten Jahren darin, sich im Haus seiner Eltern diese seltsame Zwiebel zusammenzubauen."

„Was meinst du mit Zwiebel?"

„Na, ich hatte immer den Eindruck, dass er, gewissermaßen, schichtenweise nach innen baut. Wie die Struktur einer Zwiebel."

„Die wächst doch von innen nach außen."

„Stimmt schon. Mir fällt nur kein besserer Vergleich ein."

„Weißt du, was für ein Motiv hinter diesem Bau eines Hauses im Haus steckte?"

„Natürlich hatte Michael einen gewaltigen Dachschaden. Und deshalb konnte er auch nicht genau erklären, was er eigentlich mit diesen seltsamen Verbauungen ausdrücken wollte. Wusste er wahrscheinlich selbst nicht so genau. Hatte vielleicht irgendetwas mit der Vergangenheit des Gebäudes zu tun, mit den Vorbesitzern, mit seinen Eltern, was weiß ich."

Als Kuss wieder im Präsidium eintrifft, ist es später Nachmittag. Er versucht, in der Kanzlei von Hartmut Oppenhäuser, dem Rechtsanwalt von Michael Küpper, anzurufen. Ein Anrufbeantworter meldet sich. Eine Frauenstimme verkündet die Öffnungszeiten des Büros. Man möge sich ganz generell zunächst schriftlich oder mündlich anmelden, um sich einen Termin geben zu lassen. Dann der unvermeidliche Piepton und die Möglichkeit, eine Nachricht aufzusprechen. Kuss stellt sich vor und kündigt an, am Montag um elf Uhr aufzutauchen. Sollte dieser Termin nicht eingehalten werden können, bittet er um einen kurzen Bescheid. Dann versucht er es auch noch einmal unter der Privatnummer von Hartmut Oppenhäuser. Dort meldet sich eine Frauenstimme. Soweit Kuss das einschätzen kann, ist die Frau mittleren Alters. Er fragt nach dem Rechtsanwalt.

„Um was geht es denn bitte? Sehen Sie, es ist Wochenende. Hat Ihr Fall vielleicht Zeit bis Montag? Dann können Sie gern ins Büro meines Mannes kommen oder noch einmal anrufen."

Kuss stellt sich nun als Hauptkommissar der Mordkommission vor und weist darauf hin, dass es sehr dringend sei. Endlich holt die Frau ihren Mann an den Apparat. Dessen Stimme klingt freundlich und besorgt:

„Ja, Oppenhäuser hier. Mordkommission, sagen Sie? Was ist denn passiert? Ist einer meiner Klienten in irgendetwas Schwerwiegendes verwickelt?"

„So kann man es wohl sagen. Aber eher in einer passiven Art und Weise. Herr Michael Küpper war doch Ihr Mandant, oder?"

„Ja, das ist richtig. Aber wieso ‚war'? Ist er etwa tot? Ist er einem Verbrechen zum Opfer gefallen?"

„Ja, er ist ermordet worden", sagt Kuss. „Am Montag haben wir zufällig seine Leiche entdeckt. Da war er aber schon seit drei bis vier Tagen nicht mehr am Leben."

Am anderen Ende wird es still. Lange. Kuss denkt schon, die Leitung sei unterbrochen oder Oppenhäuser habe aufgelegt.

„Ach, du lieber Himmel!", sagt der schließlich. „Das ist ja entsetzlich. Haben Sie den Täter denn schon?"

„Nein, leider noch nicht. Es war schon schwierig genug, Menschen ausfindig zu machen, die mit Michael Küpper Kontakt pflegten. Und Sie gehörten auch dazu, wie wir erfuhren. Wann haben Sie Küpper zum letzten Mal gesehen?"

„Oh, das ist schon fast ein halbes Jahr her, glaube ich. Oder sogar noch etwas länger."

„Um was ging es da? Gab es Rechtsstreitigkeiten? Oder kannten Sie Michael Küpper auch persönlich näher? Ging es um etwas Persönliches?"

„Eins nach dem anderen, Herr Hauptkommissar. Sie überfallen mich hier etwas. Zunächst einmal: Michael Küpper kannte ich seit dessen früher Kindheit. Meine Kanzlei, also mein Vater und dessen Sozius, hat ja schon seine Eltern in juristischen Dingen vertreten. Wenn Familienfeiern stattfanden, waren wir, meine Familie, immer eingeladen. Und umgekehrt. Schlimm, dass die hier lebenden Küppers nun alle auf so tragische Weise endgültig ausgelöscht sind. Erst die Eltern und jetzt Michael."

„Aber es gibt doch noch die Cousinen."

„Ja, schon. Aber mit denen hatte Michael doch schon so lange kein Einvernehmen mehr."

„Nun, immerhin wird die Beerdigung von eben diesen Cousinen bezahlt."

„Aber doch nur, weil sie nach den Buchstaben des Gesetzes dazu verpflichtet sind. Sonst gibt es für die keinen Grund."

„Da haben Sie möglicherweise recht. Was haben Sie als Letztes mit Küpper verhandelt? Worum ging es?"

„Ich habe ihm dabei geholfen, sein Testament zu errichten. Das war vor etwa einem Dreivierteljahr."

„Wurden darin seine Cousinen bedacht?"

„Sehen Sie, Herr Hauptkommissar, Sie wissen doch, dass ich über den Inhalt eines Testaments nicht reden darf. Da müssen wir auf die Eröffnung warten."

„Wo hat Michael das Testament hinterlegt? Bei Ihnen oder beim Amtsgericht?"

„Er hat es in meinem Beisein eigenhändig geschrieben, unterschrieben und dann mit nach Hause genommen. Ich hab ihm geraten, es in einem Schließfach seiner Bank aufzubewahren. Und ich sagte ihm auch, dass er sicherstellen müsse, dass das Testament im Falle seines Todes von anderen gefunden werden kann. So hat er dann ein Schließfach gemietet und mir oder meiner jeweiligen Vertretung die Vollmacht erteilt, es im Falle seines Todes öffnen zu dürfen."

„Dann wäre ja jetzt der Zeitpunkt gekommen."

„So ist es. Traurig aber wahr."

„Erzählen Sie mir etwas über Küpper. Wie ich hörte, hatte er eine Menge Feinde. Das habe sein Beruf so mit sich gebracht, hörte ich. Kannten Sie die? Und welche darunter standen Michael Küpper besonders unversöhnlich gegenüber?"

„Also, ich merke, dass Sie schon Einiges über ihn in Erfahrung gebracht haben. Zu seinen Feinden gehörten - meine Güte, wo soll ich beginnen? Zumindest rekrutierten sie sich nicht in erster Linie aus jenen, mit denen er geschäftlich zu tun hatte, sondern aus seinem privaten Lebensbereich. Seine Eltern sind ganz anders gewesen. Die haben viel gefeiert und auch häufiger mal einen über den Durst getrunken. Michael war das genaue Gegenteil. Der trank keinen Tropfen Alkohol. Und er hatte immer nur, soweit ich das überblicken konnte, eine sehr kleine Gruppe von Bekannten oder Freunden. Sobald er sich mit denen überworfen hatte - das passierte übrigens in schöner Regelmäßigkeit immer wieder -, wechselte er zu anderen Leuten."

„Aber mit Frankie Munstein und Luis Enbrecht verband ihn doch offenbar eine langjährige Freundschaft."

„Ja, das waren die großen Ausnahmen. Obwohl er mit ihnen auch ständig stritt. Aber diese beiden hatten die meiste Geduld mit ihm. Bei Munstein war das wiederum kein Wunder, da er ja von Michael Küpper bezahlt wurde."

„Und wie sah es mit seinen weiblichen Bekannten aus?"

„Na, die waren ja nun ebenfalls nicht besonders zahlreich. Aber im Grunde lief es mit ihnen auf ähnliche Weise ab."

„Kennen Sie seine beiden letzten Partnerinnen?"

„Nicht besonders gut. Da war zum einen Svenja Lemberg. Später tauchte dann Frau Jewtuschenko mit ihrer kleinen Tochter auf. Weshalb diese Beziehungen nicht funktionierten, das weiß ich nicht. Ich selbst hatte immer so ein wenig den Eindruck, dass die beiden Frauen auch hinter Michael Küppers Geld her waren. Ist ja auch im Prinzip nichts Verwerfliches, wenn man nach einem Partner sucht, der abgesichert ist."

„Vielleicht hat er ja auch ein wenig Reklame für sich gemacht, indem er vor den Frauen seine finanzielle Situation erwähnte. Hat möglicherweise im Gespräch beiläufig erzählt, dass er fünfunddreißig Häuser besitzt. So was macht attraktiv."

„Kann sein, dass da etwas Wahres dran ist, Herr Hauptkommissar Kuss. Immerhin ließ er sich ja auch während der Beziehungen nicht lumpen, wie man so sagt. Hat sehr oft die Spendierhosen angehabt. Ich hatte ja in seine Finanzen einen guten Einblick und fragte ihn oft, ob diese oder jene Ausgabe für die Frauen unbedingt sein müsse. Da ist Michael Küpper aber höchst giftig geworden und hat mir zu verstehen gegeben, dass mich das überhaupt nichts anginge."

„Dann konnte das Ende der Beziehungen für die Frauen ja etwas durchaus Existenzbedrohendes haben, oder?"

„Gut möglich. Zumindest bedeutete es aber die Aufgabe eines ansatzweise luxuriösen Lebens. So was kann ja sehr schmerzhaft sein, wenn man dran gewöhnt ist."

Thomas Kuss hat das Gefühl, dass Dr. Hartmut Oppenhäuser deutlich mehr über Küpper weiß, als er erzählt. Kuss stellt noch einmal die Frage nach einem eventuellen Täter, nach einer Vermutung, die vollkommen vage sein dürfe, aber dennoch weiterhelfen könne. Oppenhäuser lässt sich jedoch zu keiner entsprechenden Aussage hinreißen oder verleiten. Kuss verabschiedet sich. Es ist ganz klar, dass Oppenhäuser noch einmal sehr intensiv befragt werden muss. Das ist ein ganz schlauer und mit allen Wassern gewaschener Fuchs. Thomas Kuss nimmt sich vor, erst weitere, möglichst wasserdichte, Informationen zu sammeln, um den Rechtsanwalt dann damit zu konfrontieren.

Mittlerweile ist es 18 Uhr geworden. Kuss sitzt fast allein im großen Polizeipräsidium. Draußen ist es immer noch heiß und sonnig. Soll er nach Hause fahren und Trompete üben oder versuchen, Küppers Verflossene zu erreichen? Es bestünde natürlich auch noch die Möglichkeit, sich irgendwo ein leckeres Bierchen zu genehmigen. Vielleicht trifft er dabei noch diesen oder jenen, um ein paar Worte zu wechseln, die nichts mit dem Job zu tun haben. Das ist doch eine gute Option für den Abend.

Kuss fährt den PC herunter und verlässt das Büro.

Der Samstagabend verläuft zunächst ereignisfrei für den Hauptkommissar. Er schaut auf dem Nachhauseweg im „Mellow Gold", seiner Stammkneipe, auf ein Bier vorbei. Eigentlich ist er für den Laden zu alt. Die

Gäste rekrutieren sich in erster Linie aus der hiesigen jüngeren Künstler- und Studentenszene. Kuss hat wohlwollenden Spott für deren Mitglieder übrig. Er ist überzeugt davon, dass sie durchaus künstlerisch Nennenswertes zustande bringen könnten, jedoch den rechten Elan dazu oft vermissen lassen. Dieses Manko wird, so Kuss' Eindruck, durch selbstbewusstes Auftreten, große Reden und intensives Feiern kaschiert.

Hin und wieder verirren sich aber auch einige Leute aus Thomas Kuss' Alters- und Sozialkohorte ins Mellow Gold und reden mit ihm. Zwischendurch betrachten sie junge, schöne Menschen, die die Wehmut nähren und an die eigene Jugendzeit denken lassen. Kuss kennt diesen Reflex und weiß, wie trügerisch er ist. Die Älterwerdenden umgeben die Jugend, auch die eigene, längst vergangene, mit einem Glorienschein. Damals, ja damals, da sei noch alles möglich gewesen, die Welt habe ihnen zu Füßen gelegen. Zumindest hat man das geglaubt. Wie spannend, aufregend sei das Leben gewesen! Kuss schüttelt innerlich den Kopf, wenn er an diese Jahre zurückdenkt. Wie stark steckte man doch damals in irgendwelchen Zwängen, musste bestimmte Kleidung tragen, um sich nicht dem Spott anderer auszusetzen. Musste bestimmte Sportarten betreiben, musste prahlen und angeben, um nicht ins Hintertreffen zu geraten. Was für Kämpfe und Selbstzerfleischungen drehten sich um das Thema Liebe! Sie kulminierten in den bangen Fragen: Wer geht mit wem? Warum? Habe ich Chancen bei dieser oder jenem? Bin ich zu hässlich? Geht der jetzt mit ihr? Fragen über Fragen, Unsicherheiten über Unsicherheiten.

Das hat sich alles wieder gelegt. Die Zeit heilt alle Wunden. Und reißt manche neu auf. Das Gefühl der eigenen Unsterblichkeit in jungen Jahren ist im Laufe der Zeit der grausamen Erkenntnis gewichen, dass man, früher oder später, definitiv wird abtreten müssen. Und dass der Weg dorthin der Prozess des Alterns ist. Wenn man Glück hat, geht das einigermaßen erträglich vonstatten. Wenn man dagegen Pech hat, und die meisten haben das, läuft das Ganze nicht so glimpflich ab und wird zu einem Leidensweg.

Thomas Kuss kommt mit seinem eisgekühlten tschechischen Bier in der Hand immer schlechter drauf, je länger er sich diese Dinge vor Augen führt. Dann hör eben auf, darüber nachzudenken, sagt seine innere Stimme zu ihm. Bringt eh nix! Das stimmt. Außerdem winkt doch der zweite Frühling. Immerhin will er sich morgen mit Ilanka treffen. Eigentlich hat er schon jetzt gar keine Lust mehr darauf. Aber es hat sich ja schon fast so eine Art Automatismus ergeben. Alle Kolleginnen und Kollegen ziehen ihn auf, fragen ständig, ob und wann er nun gedenke, Ilanka endlich näherzukommen.

Gut, denkt sich Kuss, ziehen wir das Programm morgen durch. Danach soll's das dann auch gewesen sein. Er zahlt, verabschiedet sich von den Bekannten und verschwindet.

Der Abend ist überaus schwül. Oben, im Himmel, da rumpelt es. Ein Gewitter kündigt sich an. Erste dicke und schwere Regentropfen fallen auf Kuss' Schädel. Besonders viele Haare sind da nicht mehr drauf. Waren es nie. Schon mit Anfang dreißig haben sich seine Haupthaare langsam verabschiedet. Das hat ihn aber nie besonders gestört.

Es geht los. Der Regen wird immer stärker, Wind kommt auf und das Rumpeln in den Wolken nimmt an Lautstärke zu. Kuss muss sich irgendwo unterstellen. Zu seinem Unglück geht er gerade eine jener Straßen entlang, deren eine Seite von der Rückfront eines Parkhauses bestimmt ist und die andere von der Fassade eines ebenso scheußlichen Bürohauses aus den 50er-Jahren. Hier gibt es keinerlei Möglichkeiten, Schutz vor dem gewaltigen Wolkenbruch zu finden, dessen Wassermassen sich jetzt von oben auf die Stadt ergießen. Begleitet wird das Naturereignis vom ohrenbetäubenden Lärm des Donners und von gewaltigen Blitzen. Kuss drückt sich an die schmutzige Rückseite des Parkhauses.

Das wütende Gewitter ist schon nach kurzer Zeit vorbei. Thomas Kuss ist von oben bis unten nass und beginnt zu frieren, da die Temperatur spürbar um einige Grade gefallen ist. Die Straßen dampfen, die Kanäle nehmen lärmend und gurgelnd die Wassermassen auf. Ab nach Haus, denkt sich Kuss. Er erwischt gerade noch eine Stadtbahn, die in seine Richtung fährt. Die Leute glotzen blöd und missbilligend, als sie den von oben bis unten triefnassen Kuss einsteigen sehen. Sie haben Glück gehabt und sind trocken durch den Regen gekommen.

Zu Hause zieht sich Kuss vollkommen aus, hängt die nassen Sachen über der Badewanne auf, trocknet sich ab und zieht sich seinen Bademantel an. Jetzt ist Fernsehen angesagt. Einer der privaten Sender bringt den zweiten Teil von „Matrix“. Der war auch nicht schlecht. Jedenfalls besser als sein Ruf.

Als Thomas Kuss am Sonntagmorgen gegen neun Uhr aufwacht und versucht, sich gedanklich in den Tag einzufädeln, fällt ihm als Erstes ein, dass er heute Nachmittag das Date mit Ilanka hat. Darauf ist er überhaupt nicht mehr erpicht.

Eigentlich würde er viel lieber Svenja Lemberg oder Michael Küppers ehemalige russische Freundin vernehmen. Oder sonstige Nachforschungen anstellen. Irgendwas Sinnvolles im Zusammenhang mit der Aufklärung des Mordes.

Kuss macht sich für den Tag fertig, frühstückt und ruft dann Oliver Kirchner an. Der ist dieses Mal hellwach, für Arbeit aber trotzdem nicht unbedingt zugänglich. Thomas Kuss erzählt ihm, was er tags zuvor alles geleistet hat. Dass er die im Tagebuch genannten Personen weitgehend identifiziert und mit dreien bereits gesprochen habe: mit Luis Enbrecht, Frankie Munstein und mit dem Rechtsanwalt Hartmut Oppenhäuser. Kirchner ist mehr als beeindruckt und bekommt prompt das von Kuss beabsichtigte schlechte Gewissen, weil er seinen Kollegen am Samstag alle Arbeit allein hat machen lassen. Er will es nun wiedergutmachen und bietet an, ins Präsidium zu fahren, um die genauen Wohnadressen von Jekaterina Jewtuschenko und von Svenja Lemberg herauszufinden, sie dann aufzusuchen und zu befragen.

„Ich weiß schon, warum ich am heiligen Sonntag ran soll", sagt Kirchner. „Du hast doch heute dein Date mit Ilanka. Verstehe, geht in Ordnung, ich halte dir arbeitstechnisch den Rücken frei. Dann könnt ihr ohne

Zeitdruck turteln. Das schwelt doch schon so lange zwischen euch beiden, dass das gesamte Präsidium aufatmen wird, wenn ihr endlich mal im Bett landet. Hast du Geld für's Hotel?"

„Also, was redest du da? Wieso im Bett landen? Ich treffe mich lediglich heute Abend mit Ilanka. Wir werden ganz gepflegt etwas trinken und essen, und vielleicht geht's danach noch ins Kino. Mehr nicht."

„Ja, ja, ist schon klar! Lasst doch das Essen weg und trinkt dafür umso mehr. Dann könnt ihr euch den Umweg übers Kino sparen und gleich zur Sache kommen."

„Also, manchmal kann man sich mit dir wirklich nicht ernsthaft unterhalten. Dir fehlt doch offensichtlich noch die sittliche Reife. Als wenn ich es nur darauf anlegen würde. Ich bin doch keine zwanzig mehr. Ich möchte mich gut unterhalten, Gemeinsamkeiten entdecken."

„Okay, denn entdeckt mal schön eure Gemeinsamkeiten!", sagt Kirchner. „Ich werde versuchen, die Ehemaligen von Küpper ausfindig zu machen und auszuquetschen."

„Morgen früh um 10:30 Uhr ist Lagebesprechung im Büro. Kannst du das bitte unseren Hilfskräften ausrichten?"

„Prieß, Losgonzalos und Haase? Geht klar. Viel Spaß mit Ilanka."

Kurz vor 16 Uhr steht Thomas Kuss am Springbrunnen auf dem Alten Markt. Es ist nicht mehr ganz so schwül wie in den letzten Tagen. Aber immer noch mordsmäßig heiß. Kuss kommt sich gar nicht cool und irgendwie ungelenk vor. Trotzdem schlendert er umher und tut so, als sei diese Situation für ihn die normalste auf der Welt.

„Chaaallllo, Thommmaaassss!", hört er jemanden rufen. Ilanka.

Er dreht sich um. Da kommt sie auf ihn zu, ohne die blöde, bunte Schruppkutte und das Kopftuch und die gelben Gummihandschuhe. Sie sieht umwerfend aus und macht den Eindruck, als sei sie einem deutschen Heimatfilm aus den 50er-Jahren entsprungen. „Conny und Peter machen Musik" fällt Kuss bei diesem Anblick sofort ein.

Ilanka trägt die blonde Haarpracht offen, die Lippen sind erdbeerrot geschminkt. Das breite Gesicht mit dem leicht slawischen Einschlag sieht dazu ausgesprochen exotisch aus. Ein weißes, ärmelloses Top und eine Art Petticoat sind die Bekleidung. Darunter ihre leicht gebräunten, schlanken Beine mit definierten Wadenmuskeln. Das liegt daran, dass ihre Füße in weißen, sehr hohen High Heels stecken. Gefährlich.

Gleich fängt sie an zu singen: „Zwei kleine Italiener, die wollten nach Napoli ...", befürchtet Kuss. Ilanka hält den gesamten Alten Markt in Atem. Viele Männer, die in den umliegenden Cafés sitzen und gerade in Gespräche mit ihren Frauen oder Freundinnen verwickelt sind, verdrehen sich die Köpfe, um diese Erscheinung auf keinen Fall aus den Augen zu verlieren. Die Frauen und Mädchen werfen ihr wütende und bewundernde Blicke zu, blitz, blitz. Ältere Herren merken mit Schrecken, wie ihre Schrittmacher mit den Extrasystolen ihrer Herzen nicht zurechtkommen.

Kuss ist so baff beim Anblick dieser Erscheinung, dass er erst spät bemerkt, wen Ilanka an der rechten Hand hinter sich her zieht. Es handelt sich um ein kleines, dürres, etwas pickeliges Mädchen, vielleicht neun oder zehn Jahre alt, mit blauen Jeans und schwarzem T-Shirt bekleidet. Darauf ist in großen, goldenen Lettern AC/DC gedruckt. Darunter steht Black Ice-Tour. Kuss fragt sich, ob das kleine Mädchen die ständige Begleiterin des heutigen Nachmittags und des Abends sein würde. Leichte Enttäuschung macht sich in ihm breit.

Ilanka kommt näher. Sie ist umgeben von einer wohlriechenden Parfümwolke, irgendetwas Teures. Kuss hat nichts dabei. Kein kleines Geschenk, keine Rose oder so etwas. Er will nicht, dass das Ganze zu sehr nach einem wirklichen Date aussieht. Etwas, aus dem mehr werden könnte als nur ein Treffen. Außerdem würde er das Essen bezahlen, wenn's überhaupt bis dahin käme.

„Hallo Ilanka", sagt Kuss. „Freut mich, dass es geklappt hat mit uns beiden, äh, also, …"

„Frrrreut mich aaaauch", antwortet Ilanka. Sie geben sich die Hände. Ilanka kommt noch näher. Küsschen links, Küsschen rechts.

„Darrrrff ich dirrr meine Nichte Sorica vorrrrstellen? Meinä Schwästerrrr ist heute mit ihrrräm Mann auf einer Flugschau. Da haaben Sie miiich gefrrraagt, ob ich auf sie aufpaaaassen kaaaann. Sie kaann doch miietkommen, oderrrr?"

„Aber natürlich, gar kein Problem", lügt Kuss und schüttelt die kleine, warme und feuchte Hand von Sorica, die ihn anlächelt und dabei ihre Zahnspange sehen lässt.

„Hallo, ich heiße Thomas."

„Ich bin Sorica", sagt die Nichte von Ilanka laut und selbstbewusst.

„Du siehst toll aus, Ilanka", eröffnet Kuss den Reigen.

„Danke", sagt Ilanka mit leichter Verlegenheit in der Stimme. Dass die gespielt war, weiß allerdings nur sie allein.

„Ach, was sage ich. Ihr seht beide toll aus!", korrigiert sich Kuss.

Sorica schaut höchst kritisch und weiß nicht so recht, was sie mit dieser Auskunft anfangen soll.

„Ich habe mir gedacht, dass wir zuerst einen Kaffee trinken gehen, wenn du magst", sagt Kuss. „Und du, Sorica, könntest dort ein Eis bekommen, falls du auf so etwas Wert legst."

Sorica gibt zu verstehen, dass sie sich mit dem Gedanken durchaus anfreunden könne.

Die drei sitzen in einem der überfüllten Straßencafés und warten auf die Bedienung. Nach längerer Zeit erscheint ein junges Mädchen mit vielen Tätowierungen auf den Unterarmen und am Hals. Kuss nimmt an, dass sie überall am Leib weitere hat. „Donnerrrrwetter, das chat aberrr gedauerrrt", meckert Ilanka sofort los. Kuss schreckt zurück. Er ist eigentlich ein Leisetreter, bei dem es lange dauert, bis er sich über irgendetwas beschwert. „Es ist sehr voll heute. Sie könnten ja auch deutlicher Zeichen geben, wenn Sie etwas wünschen!", zickt die Bedienung.

„Nun wärrrrden Sie nicht frrrräch, sonst rrrrufä ich den Geschäftsführer!", schießt Ilanka zurück. Für Kuss ist der Nachmittag jetzt schon gelaufen. Auf so etwas hat er einfach keine Lust. Ilanka scheint das aber nichts auszumachen. Als sei sie solche Situationen gewohnt. Sie streitet sich weiterhin herzhaft mit der Kellnerin, während Sorica gelangweilt zusieht und gähnt.

Als nach längerer Zeit dann doch noch das Eis und zwei Capuccini auf dem Tisch stehen, moniert Ilanka sofort die Temperatur des Kaffees, der viel zu kalt sei. Sie zitiert die tätowierte Bedienung an den Tisch. Die bringt zwei neue Kaffees. Die sind nach Ilankas Meinung aber auch zu kalt. Irgendwann steht der Geschäftsführer am Tisch und wird von Ilanka heruntergeputzt. Die Leute an den umstehenden Tischen schauen neugierig und in der Hoffnung auf Randale zu ihnen hinüber. Kuss ist das alles unglaublich peinlich. Er will nach Hause. Aber der Abend hat gerade erst begonnen. Kuss kann jetzt nur noch schnell das von ihm ins Auge gefasste Programm abarbeiten und schlägt demzufolge vor, nach dem Kaffee in einem Restaurant zu Abend zu essen. Das wird begeistert aufgenommen. Ilanka ist erstaunlich gut gelaunt und in ihrer Streit- und Reklamierlust offenbar gerade erst warmgelaufen. Auch Sorica scheint es gut zu gehen. So sitzen kurz darauf alle drei in der Bar Centrale.

Der Tisch ist Ilanka nicht sauber genug. Sie bittet um eine neue Reinigung, die freundlich und bereitwillig durchgeführt wird. Dann lässt sie sich lang und ausgiebig hinsichtlich eines durchschnittlich teuren Menüs vom Kellner beraten, der zunächst sehr geduldig ist, aber immer stärker ins Schwitzen kommt, weil die anderen Gästen in seinem Zuständigkeitsbereich mit sich langsam verfinsternden Mienen auf ihre Bedienung warten. Schließlich steht der Koch am Tisch und gibt Auskunft, während in der Küche die Mahlzeiten anbrennen.

Als endlich die Portionen auf dem Tisch stehen, findet Ilanka sofort einen Grund zum Klagen. Auch Sorica schmeckt es nicht. Ilanka mutmaßt voller Empörung, dass das Gericht in der Mikrowelle erhitzt worden ist und im Inneren sich noch sogenannte Kälteinseln befinden. Thomas Kuss fühlt sich nur noch elend und unwohl, sagt aber nichts. Er wird schließlich genötigt, von Ilankas Essen zu kosten, um den Verdacht bestätigen zu können. Er findet jedoch keinerlei Anlass zur Reklamation. Für ihn ist das Essen durchweg heiß und äußerst schmackhaft.

Nach kurzer Zeit wird auch hier der Geschäftsführer an den Tisch zitiert und muss sich eine Standpauke anhören, die sich gewaschen hat. Zur Entschädigung lässt er das Essen von Ilanka noch einmal anrichten und verkündet, dass das gesamte Menü, da doch offenbar so nachlässig zubereitet, aufs Haus gehe. Kuss möchte am liebsten im Boden versinken. Er spürt die kritischen Blicke der Kellner, die ihn und seine Begleiterin für Idioten halten.

Anschließend gibt es noch einen Absacker in einer der angesagten Bars der Stadt. Ilanka bestellt sich irgend so ein Modegetränk und reklamiert es sofort, weil das Mischungsverhältnis nicht stimme. Als Entschuldigung des Hauses stehen bald zwei Ramazotti und ein Orangensaft für Sorica auf dem Tisch.

Als die drei sich verabschieden, ist Kuss regelrecht erschöpft von dem Reklamationsmarathon. Er will Ilanka nie mehr wiedersehen, dessen ist er sich ganz sicher. Sie selbst strahlt, schwärmt von dem gelungenen Abend und dass man den so bald wie möglich wiederholen müsse. Auch Sorica scheint äußerst zufrieden zu sein.

Thomas Kuss geht zu Fuß nach Hause. Dort würde er sofort duschen, um sich diese unangenehmen Erlebnisse vom Leib zu waschen. Was für ein entsetzlicher Tag! Nie wieder!

Die Luft ist frisch und angenehm. Er schüttelt sich wie ein Hund, der aus dem Wasser kommt.

Zu Hause hört er den Anrufbeantworter ab, um wieder in die normale Welt zurückzukehren. Kirchner hat eine Nachricht hinterlassen: „Hallo Thomas. Ich hab die Wohnadressen von Jekaterina Jewtuschenko und Svenja Lemberg ausfindig gemacht. Mit Frau Jewtuschenko habe ich mich auch schon unterhalten. Die hat nur gejammert, was Küpper doch für ein unzuverlässiger Mensch gewesen sei. Genaueres erzähle ich dir morgen im Büro. Svenja Lemberg konnte ich nicht erreichen. Vielleicht versuchen wir beide morgen noch einmal unser Glück bei ihr. Ja, dann noch einen schönen Abend."

Tags darauf betritt Thomas Kuss als Erster das Büro. Er ist sehr früh aufgestanden und gespannt auf Kirchners Bericht. Der Tag beginnt etwas grau, es nieselt und es ist deutlich kälter geworden. Kuss macht das Bürofenster auf und atmet genüsslich die frische, kalte und schneidende Morgenluft ein. Er fühlt, dass er noch lebt, auch nach einem solch grauenhaften Abend wie dem gestrigen.

Evita Losgonzalos, Mirco Haase und Sebastian Prieß treffen gemeinsam plappernd und quatschend ein. Sie grüßen kurz, kichern und machen es sich an den Tischen im hinteren Teil des großen Büros bequem. Dort tauschen sie weiter ihre Wochenenderlebnisse aus. Kuss hört mit halbem Ohr zu. Muss wohl bombastisch gewesen sein.

„Was haben Sie denn gestern so gemacht, Herr Kuss? Hatten Sie einen schönen Sonntag?", will Evita Losgonzalos wissen, wobei es ihr gelingt, diese Frage im Grundton äußerster Beiläufigkeit, fast schon mit Desinteresse zu formulieren, hinter dem sich, Kuss spürt das, kaum zu bändigende Neugier verbirgt.

„Wieso interessieren Sie sich auf einmal dafür, wie ich meine Wochenenden verbringe?"

„Ach, nichts. Nur so 'ne Frage, Herr Kuss. Wirklich!"

„Von wegen! Sie wollen erfahren, wie das Treffen mit Ilanka gestern gelaufen ist. Aber ich werde Ihnen nichts erzählen."

„Oh, Mist", sagt Mirco Haase.

„Gemein!", schimpft Evita Losgonzalos.

Dann, gegen neun Uhr, kommt endlich Oliver Kirchner. Kuss ist schon ganz unruhig.

„Hallo, Olli. Na, endlich! Du musst mir sofort berichten, was Frau Jewtuschenko erzählt hat."

„Immer mit der Ruhe, Thomas. Zuerst erzählst du mir, wie Ilanka im Bett ist."

„Einen Teufel werd ich tun! Evi wollte auch schon wissen, was los war. Du erzählst mir etwas. Nicht umgekehrt."

„Och, schade!"

Thomas Kuss ruft in den rückwärtigen Bereich des Büros: „Alle mal herkommen zur Lagebesprechung! Ich möchte hören, was Sie im Haus von Michael Küpper außer dem Tagebuch entdeckt haben."

Die drei kommen langsam angeschlichen und machen muffelige Gesichter.

„Schriftwechsel ohne Ende, der in erster Linie mit dem Job von Küpper zu tun hatte. Da ging es um Auseinandersetzungen mit Hauseigentümern, mit Mietern und um Korrespondenz mit Klienten seiner Steuerberaterkanzlei", sagt Mirco Haase.

„Das meiste ist ungeordnet. Einfach so in die Schränke hineingestopft. Vollkommenes Chaos", ergänzt Evita Losgonzalos.

„Aber man konnte deutlich erkennen, dass die Papiere fast alle einmal gelocht, also offenbar sauber in Ordnern abgeheftet waren. Dieses In-die-Schränke-Stopfen hat wahrscheinlich erst vor noch gar nicht langer Zeit begonnen", meint Sebastian Prieß.

Oliver Kirchner fügt hinzu: „Und, wie ich schon am Freitag sagte: Den aktuelleren Schriftwechsel, den hat Küpper gar nicht mehr geöffnet. Den hat er einfach in Plastiktüten vom Supermarkt gesteckt und überall, wo noch Platz war, abgestellt."

„Und ein PC, ein Notebook oder irgendetwas, das zumindest auf die Existenz einer mit Informationen gefüllten Festplatte hindeuten würde – davon fehlt noch immer jede Spur?“, will Kuss wissen.

„Nichts, rein gar nichts dergleichen entdeckt“, sagt Mirco Haase.

„Und deshalb fahrt ihr drei heute wieder zum Haus von Küpper und sucht weiter“, verkündet der Hauptkommissar.

„Oh nein, bitte nicht“, jammert Evita Losgonzalos, „nicht noch einmal in dieses grauenhafte Haus! Das halte ich wirklich nicht noch einen Tag aus.“

„Ach was, stellen Sie sich nicht so an!“, meckert Kuss. Danach beginnt er mit seinem Bericht über die Befragungen von Luis Enbrecht, Frankie Munstein und Küppers Rechtsanwalt.

Anschließend ist Kirchner an der Reihe.

„Gestern war ich bei Jekaterina Jewtuschenko“, sagt er. „Die wohnt in der Brandenburger Straße 79. Ein riesiger, wirklich toller, renovierter Altbau. Auf der goldbronzenen Klingelleiste findet man unter anderem Namen von hiesigen Entscheidungsträgern, unseren Stützen der Gesellschaft. Und ganz oben, unter dem Dach, da wohnt Frau Jewtuschenko mit ihrer kleinen Tochter Sandrine July. Ist eine niedliche, kleine Wohnung mit niedlichen kleinen und besonders teuren Details. Klimaanlage, schicke Küchenmöbel, riesiger LED-Fernseher, alles vom Besten und vom Feinsten. Und Frau Jekaterina ist auch vom Allerfeinsten! Sieht atemberaubend aus. Groß gewachsen, lange blonde Haare, liebliches, leicht slawisches Gesicht.“

„Was ist los? Hast du dich in die Zeugin verliebt, oder was?“, fragt Kuss.

„Beinahe. Wenn im Laufe des Gesprächs nicht gewisse Charakterzüge zu Tage getreten wären, die mich denn doch von diesem Vorhaben Abstand nehmen ließen."

„Vornehm und kryptisch ausgedrückt. Und wie machten sich diese charakterlichen Eigenheiten bemerkbar?", fragt Thomas Kuss.

„Erst einmal habe ich ihr die Botschaft von Küppers Tod überbracht. Aber das wusste sie schon. Luis Enbrecht, den du am Samstag verhört hast, hatte wohl nichts Eiligeres zu tun, als sie am selben Tag anzurufen und ihr davon zu erzählen. Die war also schon auf die Befragung eingestellt. Leider. Da konnte ich mit keinerlei Überraschungsmomenten mehr arbeiten."

„Ja, ja, ist ja gut. Ist aber nicht unbedingt mein Fehler", meckert Kuss.

„Soll ja auch kein Vorwurf sein", sagt Kirchner. „Also, Frau Jewtuschenko zeigte sich überaus betroffen und verstört von der Ermordung ihres ehemaligen Lebensabschnittsgefährten. Vielleicht war diese Bestürzung ja auch echt. Denn, wie ich im Gespräch mit ihr erfuhr, ließ Michael Küpper, auch nach Auflösung der Beziehung zu ihr vor etwa neun Monaten, sie und ihre kleine Tochter weiterhin mietfrei in diesem Haus wohnen. Frau Jewtuschenko sprach nur in den höchsten Tönen von Küpper. Das klang, zumindest zeitweise, etwas arg übertrieben und somit irgendwie unehrlich. Sie jammerte immer wieder, dass sie sich nun frage, was sie tun solle, ob sie dort weiter wohnen könne. Und dann stellte sich heraus, dass Küpper, zur Zeit der noch funktionierenden Beziehung zwischen ihnen, ihr zumindest mündlich die Zusage gegeben habe, bis in alle Ewigkeit für die Tochter Sandrine July zu sorgen. Er wollte finanziell für die bestmögliche

Ausbildung und Versorgung einstehen. Was auch immer damit gemeint sein konnte. Ich hatte den Eindruck, dass Jekaterina Jewtuschenko nun, mit dem Tod von Küpper, ihre Felle wegschwimmen sieht. Offenbar gab oder gibt es keine schriftliche Vereinbarung über diese Zusagen. Jetzt macht sie sich Hoffnung, dass das möglicherweise in einem Testament verfügt ist. Wenn denn tatsächlich eines existiert."

„Wie ich schon sagte. Dieser Rechtsanwalt Dr. Hartmut Oppenhäuser hat eins zusammen mit Michael Küpper verfasst", sagt Kuss, „und er hat die Zugangsberechtigung zu einem Schließfach, in dem das Schriftstück liegt. Frau Jewtuschenko muss sich also nur noch einige Zeit gedulden, bis es verkündet wird. Bin gespannt, ob seine Freunde Frankie Munstein und Luis Enbrecht darin auch bedacht sind. Und seine frühere Flamme Svenja Lemberg."

„Na, wie dem auch sei", fährt Kirchner fort. „Jedenfalls habe ich bei Jekaterina Jewtuschenko, neben ihrer ehrlichen Sorge um die Tochter, eine deutliche, nur unzureichend kaschierte Geldgier verspürt. Das machte sie nicht unbedingt sympathisch, obwohl ihr Äußeres, wie erwähnt, ausgesprochen einnehmend ist."

„Ja, so ist das häufig. Man sollte erst schauen, ob man sich mit den charakterlichen Eigenheiten seiner neuen Bekanntschaft auf Dauer anfreunden kann oder nicht", doziert Kuss. Die anderen sehen sich vielsagend an und ziehen die Augenbrauen dabei hoch.

„Na dann, meine Damen und Herren", fährt Kuss fort. „Olli und ich werden uns heute noch zu Svenja Lemberg begeben, um die Dame auszufragen. Sie wissen, was Sie zu tun haben. Also los!"

Haase, Losgonzalos und Prieß ziehen lustlos ab. Kichner und Thomas Kuss bleiben zurück.

„Wie sieht's aus, Olli? Irgendwelche Theorien?", fragt Kuss.

„Es hat sich ja erst nach und nach herausgestellt, dass Küpper zu den ganz Reichen der Stadt gehörte. Da gab's doch mit Sicherheit 'ne Menge Begehrlichkeiten, die über die Sorgen von Frau Jewtuschenko, ob sie weiter dort wohnen darf und ob sie die Ausbildung ihrer Tochter bezahlt bekommt, deutlich hinausgehen."

„Davon abgesehen: Der Autounfall von Küppers Eltern und die dubiose Rolle meines Vorgängers bereiten mir nach wie vor Kopfzerbrechen", sagt Kuss. „Möglicherweise haben die nicht ganz geklärten Vorgänge etwas mit dem aktuellen Fall zu tun."

„Angenommen, die früheren Freunde von Küpper, also die beiden Frauen, Luis Enbrecht und Frankie Munstein, hätten sich alle irgendwelche Hoffnungen auf das Geld von Michael Küpper gemacht. Vielleicht hat er verlauten lassen, dass er sie im Testament bedenken werde. Oder dass er ihnen zu Lebzeiten schon etwas zukommen lassen wolle. Ein schönes Beispiel ist ja Frau Jewtuschenko. Der hat er in Aussicht gestellt, für die Ausbildung der Tochter zu zahlen. Und für die Wohnung und den Unterhalt ist er ja schon aufgekommen. Die lebte ausschließlich von Küpper, ist keiner versicherungspflichtigen Tätigkeit nachgegangen. Wenn die im Testament nicht mit Unsummen bedacht ist, scheidet sie, nach meinem Dafürhalten, als mögliche Täterin erst einmal aus. Denn von Küppers Tod hat sie, bisher zumindest, nur Nachteile."

„Aus den beiden Männern werde ich nicht so recht schlau", meint Kuss. „Luis Enbrecht stellt sich als guter Samariter dar, der einem armen, einsamen Schwein, wie es Küpper war, immer wieder die Hand gereicht hat. Weil der ihm angeblich leidtat. Von einem Testament weiß er nichts. Sagt er zumindest. Vielleicht erhoffte er sich dennoch Gegenleistungen für den Umgang und seine immerwährende Geduld. Und dann hat er Küpper umgebracht, als der sich unnachgiebig zeigte. Wäre denkbar. Und Frankie Munstein, der Handlanger des Toten, der Mann fürs Grobe, den Küpper aus der Gosse geholt hat? Was ist mit dem? Warum sollte der seinen Gönner umbringen? Oder hoffte auch er auf weitere, weitaus umfangreichere Vergütungen für seine Leistungen und war über die Abfuhr, die ihm Küpper erteilte, möglicherweise so wütend, dass er ihn schließlich kaltmachte."

„Kann sein, kann nicht sein."

„Bin gespannt, was Svenja Lemberg uns auftischt", sagt Kuss.

Oliver Kirchner fährt den Dienstwagen wieder gewohnt zügig. Das Ziel heißt Glatzer Straße. Dort wohnt Frau Lemberg. Es ist nicht weit von der Schlesischen Straße entfernt. Draußen ist es wieder extrem heiß.

„Verdammte Hitzewelle", stöhnt Kuss. „Hört diesen Sommer wohl nie auf. Das lächerliche Gewitter vorgestern und das war's dann auch schon mit der Abkühlung."

Kirchner entgegnet nichts. Er muss sich konzentrieren, versucht, den Wagen in eine enge Parklücke vor Svenja Lembergs Haus zu manövrieren. Es befindet sich in einem sogenannten gutbürgerlichen Wohnviertel, das aus lauter kleinen und allein stehenden Zweifamilienhäusern besteht, die in einer vollkommen baumlosen Gegend schutzlos der prallen Sonne ausgesetzt sind.

„Mögen die Menschen in dieser Stadt eigentlich keine Bäume mehr?", fragt Kuss seinen Assistenten.

„Ich glaube, das ist schichtenspezifisch", meint Kirchner. „Je tiefer die soziale Schicht, desto größer der Baumhass."

„Wie begründest du denn diesen Unsinn?"

„Gar nicht. Ist zunächst nur eine Beobachtung, die ich gemacht habe. Denk mal an den Westen der Stadt, wo unser Jetset wohnt! Da wimmelt es von Bäumen und alten, lieblichen Gärten, die nicht so aussehen, als seien sie mit dem Geodreieck angelegt worden."

„Stimmt", sagt Kuss. „Vielleicht haben die Leute dort genügend Kohle, um ihre Gärten pflegen zu lassen, während unseren Mittel- und Unterschichtlern das Geld dazu fehlt. Also müssen sie es nach der Arbeit, sofern sie eine solche haben, selbst machen. Und das ist ihnen zu mühselig. Deshalb: Bäume weg. Dann braucht man im Herbst kein Laub zu harken."

„Na, ich weiß nicht. Die meisten von denen, die hier wohnen, wurschteln doch am Wochenende und mit großer Liebe von morgens bis abends in ihren Gärten herum, pflanzen Blümchen, mähen Rasen bis zum Umfallen, legen kleine Beete an, die wie mit dem Lineal gezogen aussehen."

„Tja, ist seltsam", sagt Kuss. „Dabei sieht das hier ohne Bäume alles ziemlich Scheiße und langweilig aus. Muss an meine Kindheit in einer ähnlichen Siedlung zurückdenken. Da stand auch kein Baum und kein Strauch."

„Wo ich aufgewachsen bin, da war's auch so. Mir läuft immer ein Schauder über den Rücken, wenn ich so was sehe. Tote Häuser mit toten Menschen darin."

„Oder hinter der blitzblanken und harmlosen Fassade lauert die Gewalt."

„Wenn's das mal wäre! Dann wäre es ja noch einigermaßen spannend", sagt Kirchner. „In aller Regel lauert hinter der Fassade jedoch nichts außer Blödheit und grauenhafter, tödlicher Langeweile. Das war zumindest in unserer Siedlung so. Es passierte nichts, weder draußen noch drinnen. Es gab lediglich ein über allem stehendes Prinzip, und das hieß „Ordnung". Ordnung musste sein, da waren sich alle einig. Und dazu gehörten baumfreie Gärten, rechtwinklig abgezirkelte Rasenflächen und bunte Blümchen in Reih und Glied und in den ihnen zugewiesenen Beeten. Alles andere wurde abgeholzt, weggemacht. Und die Nachbarn halfen sogar dabei. Und alle gaben nicht eher Ruhe, bis die ganze Gegend von oben wie ein Schachbrett aussah."

Die beiden steigen aus und gehen zu dem recht neuen, cremefarben gestrichenen Haus.

„Trotzdem, schlecht ist diese Hütte nicht", meint Kuss. „Ob Frau Lemberg die Bude gehört? Hat dafür auch Michael Küpper gezahlt?"

„Wehgetan hätt's ihm nicht."

Kirchner sucht die Klingel. Die ist gar nicht so leicht zu identifizieren. Rechts vom Eingang befindet sich ein weißes Plastikfeld, darüber ein kleines Fenster für die Kamera. Auf dem Plastikfeld finden sich keine deutlich identifizierbaren Angaben, wo man drücken muss, um die im Haus Wohnenden zu alarmieren. So versucht Kirchner es, indem er blindlings irgendwo mit seinem Zeigefinger draufdrückt.

„Fehlkonstruktion", meckert er. „Wer denkt sich denn so einen Mist aus?"

Es passiert nichts. Niemand meldet sich. Kirchner drückt noch einmal.

„Niemand da", sagt er.

„Versuch's noch mal", sagt Kuss.

„Bitte, was kann ich für Sie tun?", fragt plötzlich eine Stimme von rechts. Die beiden Männer schauen in diese Richtung und ihnen stockt der Atem. Um die Hausecke ist eine junge Frau gekommen, im Bikini. Der ist schwarz und so knapp geschnitten wie irgend möglich. Er verdeckt nur unzureichend die braungebrannten, jugendlich glatten und ausladenden Kurven. Das Gesicht ist von einer schwarzen und wogenden Haarpracht umgeben.

„Frau Svenja Lemberg?"

„Wer will das wissen?"

Kuss und Kirchner ziehen ihre Ausweise und halten sie der Frau entgegen. Sie kommt auf hochhackigen Sandalen näher und nimmt die Ausweise in Augenschein. Ihre dunklen Augen blitzen. Die Augenwinkel sind ganz leicht nach oben gezogen, wie bei einer Asiatin. Kuss hält es kaum aus. Sie ist zum Greifen nah. Eine Verheißung, eine Las-Vegas-Ikone, überbordend, fast aggressiv in ihrer erotischen Provokation.

Das ist also das Gift, von dem Michael Küpper gekostet hat und das er nicht mehr wollte. Wie kann man nur so blöd sein?

„Aha, die Kriminalpolizei. Sie kommen wegen Michael Küpper, nicht wahr?"

„So ist es, Frau Lemberg. Sie sind doch Frau Lemberg, oder? Woher wissen Sie, was mit Herrn Küpper passiert ist?", fragt Kuss.

„Meine Freundin Jekaterina, bei der Sie gestern waren, hat mich angerufen und mir die Geschichte erzählt." Svenja Lemberg hat eine tiefe Stimme und spricht kühl, distanziert.

Ein fast perfekter Männertraum, denkt Kuss.

„Ich dachte, Frau Jewtuschenko und Sie würden schon lange keinen Umgang mehr miteinander pflegen", sagt Thomas Kuss.

„In den letzten Monaten sind wir uns wieder etwas näher gekommen."

„Frau Jewtuschenko war Ihre Freundin, bevor sie eine Beziehung mit Michael Küpper einging, nicht wahr?"

„So ist es, meine Herren. Wollen Sie nicht mit nach hinten in den Garten kommen? Vor der Tür und für alle Nachbarn sicht- und hörbar, lässt es sich schlecht über solche Dinge reden."

Kirchner und sein Chef folgen dem schwingenden, ausladenden und perfekt geschnittenen Hinterteil von Svenja Lemberg ums Haus herum in den Garten. Dort stehen ein paar Sträucher und kleine Bäume, fast noch Setzlinge, um eine kleine Rasenfläche herum. Darauf befindet sich ein Liegestuhl, in dem Svenja Lemberg wahrscheinlich Platz genommen hatte. Zu ebener Erde, an der Rückfront des Hauses, gibt es eine kleine Terrasse. Dort stehen ein weißer Holztisch, zwei Stühle und eine kleine Bank.

„Nehmen Sie doch bitte Platz. Ich ziehe nur gerade meinen Bademantel über und hole Ihnen etwas zu trinken. Was darf's sein? Ich habe nur Mineralwasser und Apfelschorle. Aber immerhin eisgekühlt."

Kuss und Kirchner bedauern, jeweils leise und jeder für sich, die Entscheidung von Frau Lemberg, sich etwas anzuziehen und vermelden ihr Interesse an einer Apfelschorle.

Kurz darauf ist Svenja Lemberg zurück und stellt ein Tablett mit drei Gläsern und einer großen PET-Flasche auf den Tisch. Sie hat sich einen ultrakurzen weißen Bademantel übergeworfen, offenbar aus Seide oder einem verwandten Material. Darauf befinden sich rote Stickereien, die Kuss an seinen letzten Besuch beim Chinesen erinnern. Drachen und Ähnliches. Was hat er da gegessen? Kann sich nicht erinnern. Acht Schätze, wie immer? Ist ja auch vollkommen egal.

„Wie lange waren Sie mit Michael Küpper befreundet?", fragt Kirchner.

„Lange. Im Grunde bis zuletzt. Das heißt, bis vor einiger Zeit. Bis zu dem Tag, an dem Michael mich aus seinem Krankenzimmer rausgeschmissen hat. Aber der hatte häufig so Touren. Hat ja alle seine Freunde und Bekannten vor den Kopf gestoßen. Aber das renkte sich meist wieder ein."

„Ist ja seltsam", fährt Kuss fort. „Ob Luis Enbrecht, Frankie Munstein, Jekaterina Jewtuschenko oder Sie – alle hatten eine Engelsgeduld mit Michael Küpper. Warum haben Sie oder die anderen diesem doch wohl sehr unbeherrschten Menschen nicht einfach den Laufpass gegeben?"

„Das kann ich Ihnen ganz genau sagen. Zumindest, was Jekaterina, Frankie Munstein und mich angeht: Wir waren finanziell so gut wie vollkommen abhängig von Michael. Munstein sowieso, das hat er Ihnen sicherlich schon erzählt. Den hat Michael ja aus dem Dreck gezogen. Und dahin wollte Munstein auf keinen Fall zurück. Jekaterina hatte von Michael die Zusage bekommen, dass er für Sandrine July ordentlich etwas springen lassen würde. Und dann hat er ihr die tolle Wohnung in der Brandenburger Straße mietfrei überlassen. Was mich selbst angeht: Nachdem unsere Beziehung in die Brüche gegangen war, hat er mir dieses hübsche kleine Häuschen gekauft und eingerichtet. Aber er hat es mir nicht geschenkt und also auch nicht überschrieben. Ich war auf seine Gnade angewiesen. Wenn ich ab und zu für ihn ein paar Dienste übernahm, hat er mich allerdings reichhaltig dafür entlohnt."

„Was für Dienste meinen Sie?", fragt Kirchner.

„Ach, Sie sind offenbar über mich und meinen Job nicht besonders gut unterrichtet, was?"

„Nein, wir wissen nicht besonders viel über Küpper und seine Freunde und Bekannten. Es war schwer genug herauszufinden, ob er überhaupt welche hatte und wo die sich aufhalten."

„Na, sehen Sie", erklärt Svenja Lemberg. „Als ich Küpper kennenlernte, war ich in so einer Table-Dance-Bar tätig. Da gab es auch die Möglichkeit, ein wenig mehr zu verdienen als nur die von den Gästen zugesteckten Scheine. Wir, also meine Kolleginnen und ich, konnten in Separees für die Gäste noch ganz privat tanzen oder mit ihnen auf eines der Zimmer gehen. Sie verstehen, was ich meine?"

„Wir verstehen", sagt Kirchner.

„Und als ich mit Michael zusammen war, da hat er mich hin und wieder dafür engagiert, wichtige Geschäftspartner zu begleiten. Als Hostess, gewissermaßen. Und das brachte auch immer gutes Geld. Diese Geschäftsbeziehung blieb auch nach unserer Trennung bestehen."

„Schau mal an, das sind ja ganz neue Erkenntnisse. Michael Küpper als Zuhälter", sagt Kirchner.

„Nein, so können Sie das nicht sagen. Das beruhte auf Freiwilligkeit. Ich habe Michael sogar um solche Jobs gebeten. Ich bin eben nicht wie der Durchschnitt. Ich mache das, was mir gefällt. Hätte Michael mir diese Kontakte nicht vermittelt, ich hätte sie mir anderswo besorgt."

„Sowas hält doch kein Mann aus", meckert Oliver Kirchner leise vor sich hin.

„Stimmt", sagt Kuss laut. „Deshalb hat das Verhältnis ja auch nicht besonders lang gedauert."

„Moment“, sagt Svenja Lemberg. „Bedenken Sie bitte, dass ich unsere Beziehung damals beenden wollte. In Herzensdingen bin ich immer anständig geblieben. Und ich habe gemerkt, dass meine Lebensweise Michael nicht guttat. Der wurde immer missmutiger, es gab immer häufiger Streit zwischen uns. Er wollte mich heiraten, eine Familie gründen. Nicht mein Ding. Das habe ich ihm gesagt und dann irgendwann den Schlussstrich gezogen.“

„Und sind reumütig zu ihm zurückgekehrt, nachdem er Sie mit seinem Geld geködert hat, nicht wahr?“, fragt Thomas Kuss.

„Meine Güte, wenn Sie's gern so ausdrücken möchten! Er hat mir gesagt, dass er mich finanziell so ausstatten würde, dass ich nie mehr Kunden mit zu mir nach Hause nehmen oder sie sonst wohin begleiten müsste. Er bestätigte mir, zumindest mündlich, dass ich nun ausgesorgt hätte und mich um nichts mehr kümmern müsse. Seine Heiratspläne wollte er aber nicht aufgeben. Nur verschob er sie auf ein noch nicht festgelegtes Datum. Das war natürlich verlockend für mich. Da habe ich eingewilligt. Trotzdem gab es immer wieder Zoff. Ich konnte mir meine kleinen Eskapaden auf die Dauer nicht verkneifen. Und dann präsentierte Michael mir eines Tages meine damals beste Freundin Jekaterina als neue Lebensgefährtin und gab mir den Laufpass. Da bin ich ausgerastet, das hätten Sie sehen sollen!“

„Wir hörten, Sie hätten ihn danach immer wieder besucht, ihn angerufen, nicht locker gelassen?“

„Darauf können Sie wetten! Ich kann ausgesprochen hartnäckig sein. Jekaterina habe ich als beste Freundin selbstverständlich abgeschrieben. Ich konnte sie einfach nicht mehr ausstehen. Sie war jetzt Michaels Herzdame. Und ich habe gemerkt, wie glashart dieser Typ sein konnte. Ich war weg vom Fenster, unwiderruflich."

„Solche oder ähnliche Umstände könnten nicht wenige Menschen dazu bewegen zu töten", meint Kirchner.

„Ach so, Sie brauchen ja Verdächtige. Seien Sie versichert, ich habe Michael nicht umgebracht, obwohl ich zeitweise glaubte, allen Grund dafür zu haben. Aber ich habe ihm ja auch durchaus wehgetan. Das Konto ist im Prinzip ausgeglichen. Und dann überließ er mir, gewissermaßen als Abschiedsgeschenk und auch als späte Rache, dieses nette kleine Häuschen in dieser schönen Spießergegend. Für meinen Unterhalt musste ich allerdings selbst sorgen. Und das tue ich auf meine Art. Sehr zum Ärger meiner Nachbarn. Ich bin sozusagen der Schandfleck in ihrem verklinkerten, kleinen Eigenheimglück. Das macht diese kleinen Leute rasend. Wahrscheinlich schon deshalb, weil ihre Männer sich mich nicht leisten können. Ich arbeite sozusagen im Hochpreissegment. Dafür werde ich auf der Straße geschnitten, bin absolut ausgegrenzt. Neue Hassmunition wird Ihr Besuch bei mir sein. Die kriegen schnell spitz, dass Sie von der Kriminalpolizei sind. Dann heißt es bald von mir: ‚Typisch, die Lemberg. Kein Wunder, dass die mit der Polizei zu tun hat.'"

„Okay, wenn Sie es nicht waren, die Michael Küpper ins Jenseits befördert hat, dann können Sie uns vielleicht Verdächtige nennen?", fragt Kuss.

„Was soll ich sagen? Alle und niemand sind verdächtig. Viele, mit denen er geschäftlich zu tun hatte, dürften ihn wie die Pest hassen. Andererseits ist so etwas im Geschäftsleben nicht unüblich. Und die näheren Bekannten, Jekaterina, Luis Enbrecht und

Frankie Munstein? Was hätten die davon gehabt, ihn umzubringen? Sie hätten sich damit finanziell ins eigene Fleisch geschnitten."

„Vielleicht haben Sie alle irgendwelche Zusagen von Michael bekommen, dass Sie im Falle seines Todes große Zuwendungen aus seinem Vermögen erhalten würden und dass er dieses testamentarisch festgelegt habe", sagte Kuss. „Deshalb auch meine Frage an Sie: Hat er Ihnen im Falle seines Ablebens Geld in Aussicht gestellt?"

„Mitnichten! Nie! Und wenn er's getan hätte, was soll's? Schon aus reinem Geiz hätte Michael uns alle überlebt."

„Außer, man hätte etwas nachgeholfen", sagt Kirchner.

Kirchner und Kuss stehen auf, danken für das Getränk und verabschieden sich. Frau Lemberg möge sich für weitere Fragen bereithalten.

„Auch wenn Svenja Lemberg eine Mordabsicht ganz cool und ungerührt abtut - wer könnte momentan verdächtiger sein als sie?", fragt Kirchner seinen Vorgesetzten, als beide im Dienstwagen davonfahren.

„Also, ich weiß nicht, ich weiß nicht", sagt Kuss. „Wie dem auch sei, wir müssen ja weiterkommen. Und wir fahren jetzt erst einmal die Standardstrategie. Wir werden die Damen Jewutschenko und Lemberg häufig besuchen, Fragen stellen und sie ein wenig unter Druck halten."

„Gute Idee von dir, Thomas", sagt Kirchner. „Das übernehme ich gern. Also wirklich, du bist ein guter Kripobeamter."

„Das würde dir gefallen, was? Nein, nein, die Besuche bei den Frauen teilen wir uns brüderlich. Auch Enbrecht und Munstein müssen in den nächsten Tagen härter angefasst werden."

„Na, da können wir ja Evi hinschicken", meint Kirchner. „Die kann man schon mit so etwas betrauen. Vielleicht verplappern sich die beiden Typen auch eher, wenn sie eine hübsche Frau vor sich haben."

„Könnte hinkommen. Wir sagen Evi, sie soll sich ein paar scharfe Sachen anziehen, bevor sie zum Verhör der beiden rausfährt. Wir müssen auch mit ehemaligen Geschäftspartnern von Küpper Kontakt aufnehmen. Da ergeben sich doch bestimmt interessante Details. Da kannst du Sebastian Prieß dransetzen."

„Alles klar. Werde mich drum kümmern. Sonst noch irgendwelche Ideen?"

„Na, und ob", sagt Kuss. „Diese Geschichte mit Günther Linke und seiner seltsamen Aussage hinsichtlich des Unfalltodes von Küppers Eltern, die geht mir nicht aus dem Kopf. Da schicken wir Mirco Haase hin. Der soll sich noch einmal ganz genau die Vorkommnisse von damals schildern lassen. Und er soll Linke löchern, weshalb in der entsprechenden Akte etwas fehlt. Haase soll sich nicht abwimmeln lassen. Parallel dazu wird natürlich weiter in den Unterlagen in Küppers Haus gesucht. Und du fährst mich jetzt zum Stadtarchiv."

„Was hast du vor?"

„Erzähle ich dir später. Ach ja, setz dich bitte noch einmal mit den Cousinen von Küpper in Verbindung und frag, wann die Trauerfeier nun endlich geplant ist. Und kümmer dich um den Rechtsanwalt Hartmut Oppenhäuser und frag ihn, wann die Testamentseröffnung ansteht."

Das Stadtarchiv ist in einem schicken, aber ansonsten leer stehenden Bürogebäude untergebracht. Eine Investitionsruine an einem riesigen, winddurchtosten, aber ansonsten vollkommen unbelebten innerstädtischen Platz. Hier hatten sich Groß- und Kleinunternehmen der Gastronomie, des Einzelhandels und des Versicherungsgewerbes die Zähne ausgebissen und waren schließlich, nach zahllosen Misserfolgen, aber mit nicht unerheblichen Entschädigungsgeldern aus den verschiedensten öffentlichen Töpfen ausgestattet, endgültig von dannen gezogen.

Hauptkommissar Thomas Kuss hat hier, im Stadtarchiv, schon oft entscheidende Hinweise gefunden. Die Angestellten sind freundlich und hilfsbereit. Wenn er keine Lust auf seinen Bürodienst hat, dann drückt er sich häufig hier rum. Vorher verkündet er im Büro, im Stadtarchiv wichtige Dinge nachsehen zu müssen. Und dann liest er sich, mithilfe der angegliederten Bibliothek, in die Ereignisse früherer Epochen ein.

Heute aber hat er ein ganz besonderes Anliegen. Er lässt sich alle verfügbaren Unterlagen über den Arzt Dr. Samuel Bernstein herausgeben, der zu Beginn der 50er-Jahre jenes Haus erbaute, in dem Michael Küpper jüngst sein Leben ausgehaucht hat.

Dem Branchenverzeichnis des Jahres 1951 zufolge hat Samuel Bernstein seine neurologische Praxis in der August-Bebel-Straße gehabt. Das Einwohnermeldeverzeichnis weist ihn als Mieter zweier Wohnungen aus und dann, ab April 1952, als Eigentümer des Hauses Schlesische Straße 32. Samuel Bernstein hatte noch einen Bruder, Hugo Bernstein, der zusammen mit seinem Kompagnon Jäckel Meyer bis 1938 als Eigentümer und geschäftsführender Direktor der Firma B & M Textilien geführt wurde. Die beiden besaßen wiederum eine ganze Reihe großer und kleiner Immobilien in der Region.

Dann, im Branchenbuch für das Jahr 1939, ist der Name dieser Firma nicht mehr zu finden, erloschen. Stattdessen taucht nun die Bezeichnung „E. Klippenberger AG“ an derselben Stelle auf. Auch die zahlreichen Häuser, die Hugo Bernstein und Jäckel Meyer gehört hatten, haben die Eigentümer gewechselt.

Thomas Kuss fragt die Archivmitarbeiterin Annette Dreyer, eine der wenigen jüngeren Menschen im Archiv, die obendrein sogar recht gut aussieht und immer stark nach einem bestimmten Parfüm duftet, wie diese plötzlichen Besitz- und Eigentümerwechsel erklärbar seien.

„Ganz klar“, meint sie. „Das war die Zeit der sogenannten Arisierungen. Damals, im Jahr 1938, war dieser Prozess allerdings schon fast abgeschlossen. Bis dahin waren jüdische Unternehmer weitgehend aus dem deutschen Wirtschaftsleben verdrängt worden. Sie mussten beispielsweise ihre Unternehmen und dazugehörige Immobilien weit unter dem gültigen Verkehrswert verkaufen. Jüdische Ärzte, Rechtsanwälte und andere drängte man zur Abgabe ihrer Praxen und Kanzleien an nichtjüdische, ‚arische‘ Kollegen. Auch das hatte zu niedrigen Preisen und Leistungen zu erfolgen.“

„Da konnte man also günstig an profitable Firmen herankommen, oder?“

„Na ja, sicherlich.“

„Konnte denn damals jeder etwas von diesem jüdischen Besitz haben? Es war doch bestimmt irgendwie reglementiert, wer, sagen wir einmal, ein funktionierendes Unternehmen samt Kundenstamm und den zu erwartenden Gewinnen übernehmen durfte.“

„Richtig: es war irgendwie reglementiert. Irgendwie!“, sagt Annette Dreyer. „De jure sollten natürlich

Branchenkenner in diese Firmen einsteigen, deren unternehmerische Befähigung und Orientierung am Allgemeinwohl detailliert geprüft werden musste. De facto war es aber in der Mehrzahl der Fälle so, dass verdiente Parteimitglieder der NSDAP oder einfach nur solche, die den örtlichen Parteigliederungen irgendwie nahestanden oder der NSDAP eifrig Gelder gespendet hatten, den Zuschlag erhielten."

„Wissen Sie, wie das mit der Klippenberger AG gelaufen ist? Die haben doch auch 1938 gut zugelangt, oder?"

„Oha, das kann man wohl sagen! Die Familie Klippenberger, allen voran Eduard Klippenberger, hat fast das gesamte Firmen- und Privatvermögen der Familien Bernstein und Meyer kassiert. Erst die Firma B & M, dann den riesigen Immobilienbesitz. Das waren für damalige Verhältnisse gewaltige Transfers."

„Und wieso haben die Klippenbergers das alles bekommen? Da gab's doch bestimmt noch andere Interessenten", will Kuss wissen.

„Mit Sicherheit haben sich viele die Finger nach diesen Dingen geleckt. Aber die NSDAP hat damals ihre Männer der ersten Stunde nicht vergessen. Und zu denen gehörte schon in den 20er-Jahren Eduard Klippenberger. Er hatte mit seinem Geld der Partei immer wieder unter die Arme gegriffen und SA-Mitgliedern, die wegen Landfriedensbruch, Körperverletzung oder Ähnlichem angeklagt waren, geholfen. Hat mehr als einmal Rechtsanwälte bezahlt und Kautionen für einsitzende Parteimitglieder hinterlegt. Und Ende der 30er-Jahre, als der Kuchen aufgeteilt wurde, da haben die Klippenbergers ganz laut ‚hier' gerufen. Und man hat sie erhört und ihnen ordentlich was auf den Teller gelegt."

„Mussten die Klippenbergers dieses Vermögen nach 1945 nicht wieder zurückgeben? Haben sich denn die Bernsteins, die Meyers oder deren Erben nicht gemeldet?“

„Ach, wissen Sie, das hat gedauert. Fast die gesamten Familien Bernstein und Meyer sind in Sobibor und Chelmno umgekommen, sind in den Gaskammern gestorben. Erst in den 50er-Jahren haben sich dann, glaube ich, ganz entfernte Verwandte aus den USA gemeldet und Ansprüche erhoben. Die Verfahren sind aber von den Gerichten mit Hilfe von guten Rechtsanwälten zeitlich so verzögert worden, dass Ende des Jahrzehnts nur noch relativ geringe Beträge an diese Erben, die ihre Ansprüche nur mit allergrößten Mühen und auch nur lückenhaft nachweisen konnten, ausgezahlt werden mussten. Das hat die Klippenberger AG aus der Portokasse beglichen.“

„Woher wissen Sie das alles?“, fragt Kuss.

„Ich habe darüber geforscht, gearbeitet und publiziert.“

„Haben Ihre Veröffentlichungen denn nicht den Effekt gehabt, dass sich Klippenberger nachträglich etwas großzügiger bei den Entschädigungsleistungen zeigte?“

„Nein, haben sie leider nicht. Die Argumentation vieler Unternehmen, die von der Arisierung profitierten, lief darauf hinaus, dass sie doch immerhin und mit aller Kraft am Wirtschaftswunder mitgewirkt und durch ihre, zugegebenermaßen nicht unerheblichen, Steuern das damalige Westdeutschland erst in die Lage versetzt hätten, seine Wiedergutmachungsleistungen an Israel schon zu Beginn der 50er-Jahre vollständig zu überweisen. Und das in einer Höhe, die Israel gar nicht erwartet hatte.“

„Wie gehen denn die Klippenbergers heute mit dieser Vergangenheit um?"

„Heute fühlt sich niemand mehr so recht zuständig. Jüngere, toughe Familienmitglieder und angestellte Manager führen die Aktiengesellschaft, die von der Vergangenheit nichts wissen wollen. Die haben andere Dinge im Kopf. Wenn Sie sich die Homepage von der Klippenberger AG anschauen, finden Sie keinen Hinweis darauf, dass die Vorkommnisse des Jahres 1938 nicht besonders koscher waren. Und es ist alles nur noch mit Mühe nachzuvollziehen. Was jedoch seit Ende der 50er-Jahre für Furore sorgte, war das Auftreten der Familie Küpper. Die hat von Eduard Klippenberger nach und nach einen Haufen Immobilien gekauft. Darunter waren auch die meisten Häuser, die den Familien Bernstein und Meyer gehört hatten. Dieser Ausverkauf ging bis in die 70er-Jahre hinein."

„Woher hatten die Küppers denn so viel Geld? Das waren doch Flüchtlinge oder Vertriebene, die ohne einen Pfennig hier angekommen waren."

„Sehen Sie, damals wurden natürlich auch die vielen Flüchtlinge und Vertriebenen entschädigt. Und wer von denen glaubhaft machen konnte, dass er bis zum Zeitpunkt der Vertreibung ein gigantisches Rittergut in den ehemaligen Ostgebieten besessen hatte, der war im Prinzip, zumindest finanziell, nicht ganz schlecht dran. Ob dieser landwirtschaftliche Betrieb tatsächlich existiert hatte oder nicht, ließ sich oft nicht mehr klar feststellen, da die Unterlagen fehlten, vernichtet oder während der Flucht verloren gegangen waren. Angeblich oder tatsächlich. Wer es damals geschickt anstellte, und ich gehe davon aus, dass die Küppers geschickt waren, der hatte bald einen soliden finanziellen

Sockel, um sich hier eine neue Existenz aufzubauen oder eine noch viel bessere, als die bisher in Ostdeutschland gelebte, weiterzuführen."

„Da haben die Küppers wahrscheinlich verborgene Talente im Immobilienmanagement bei sich selbst entdeckt."

„Mit Sicherheit. Das war schon erstaunlich, was der alte Küpper und seine Frau auf die Beine stellten. Alle Achtung! Letztendlich verströmte trotzdem alles den Geruch des unrechtmäßigen Erwerbs."

„Nun gut, aber die Küppers haben es ja nicht unrechtmäßig erworben. Die haben ja wahrscheinlich den Verkehrswert dafür bezahlt. Da traf Klippenberger doch wohl erheblich mehr Schuld."

„Gut, ja, kann hinkommen", sagt Annette Dreyer. „Die Familie Klippenberger hat ja wahrscheinlich an dem Verkauf der Häuser noch ein weiteres Mal verdient, Gewinne gemacht. Ich frage mich allerdings bis heute, warum die ausschließlich an die Küppers verkauft haben. Und welche Beträge da tatsächlich gezahlt worden sind. Das sieht doch, aus heutiger Perspektive betrachtet, alles recht merkwürdig aus."

„Was genau meinen Sie?"

„Na, im Prinzip müssten ja die Küppers über die Jahre immer wieder die besten Angebote gemacht haben, wenn wieder ein Hausverkauf anstand. Und sie hätten dafür auch immer liquide sein müssen." Annette Dreyer seufzt. „Was soll's: was die Leute untereinander auskungeln, da hat man eben keinen Einblick. Aber komisch ist es schon. Und dann, 1999, dieser schlimme Autounfall der Küppers. Damals habe ich gedacht: Na, wenn das mal mit rechten Dingen zugegangen ist! Was rede ich – nicht nur ich habe da meine Zweifel gehabt, sondern eine ganze Reihe Leute, die mit den Küppers und Klippenbergers geschäftlich und privat zu tun hatten."

„Was für Zweifel waren das?"

„Aber ich bitte Sie, Herr Hauptkommissar!" Annette Dreyer gibt sich empört. „Sie sind doch vom Fach und einer der größten Skeptiker, die ich kenne. Ich hab mich zum Beispiel immer gefragt, ob damals einer bei dem Autounfall nachgeholfen hat. Da gibt's doch Möglichkeiten."

„Die Untersuchungen des Unfallwagens haben keinerlei Hinweise auf einen Sabotageakt ergeben."

„Ja, ja, ich weiß."

„Wissen Sie zufällig auch noch, wer die Käufe und Verkäufe der Immobilien damals abgewickelt hat?"

„Keine Ahnung. Irgendein Immobilienhändler vielleicht? Möglicherweise auch der Rechtsanwalt und Notar von den Küppers. Oder der von den Klippenbergers. Oder beide. So läuft das doch meistens."

„Haben Sie während Ihrer Forschungen über das Thema mit der Familie Klippenberger zu tun gehabt? Haben denen Fragen stellen können?"

„Damals musste ich bei denen permanent auf der Matte stehen und ebenso häufig anrufen, bis die mich in die heiligen Hallen ihrer Villa vorgelassen haben. Das war schon ein Akt! Und die haben versucht, mich mit vollkommen läppischen und der Allgemeinheit seit Langem zugänglichen Informationen abzuspeisen. Aber ich bin freundlich geblieben, freundlich und hartnäckig."

„Und, hat das etwas genützt?"

„Ehrlich gesagt: nicht sehr viel. Aber es hat dazu getaugt, die seltsame Atmosphäre zu spüren, die immer dann aufkam, wenn dieses Thema angesprochen wurde. Ich habe mir dann eingebildet, dass diese Verkrampfungen etwas mit unausgesprochener Schuld und nicht geleisteter Sühne zu tun hatten. – Ach, übrigens und ganz am Rande gefragt: Wenn jemand von der Kripo sich die Mühe macht, ins Stadtarchiv zu kommen und, so wie Sie heute, nach ganz speziellen Vorgängen fragt, dann ist doch irgendwas im Busch, oder? Hat es etwa einen von den Klippenbergers dahingerafft? Ist ein Verbrechen geschehen? Mir können Sie's ruhig sagen, ich kann schweigen wie ein Grab."

„Können Sie nicht, Frau Dreyer."

„Doch, kann ich!"

„Nein. Ich kenne Sie doch. Aber ich kann Ihnen einen Tipp geben. Schauen Sie in den nächsten Tagen in die Todesanzeigen. Da werden Sie etwas finden, was Sie überraschen wird."

„Ist gemacht, Herr Hauptkommissar."

Thomas Kuss will sich gerade verabschieden, da fällt ihm noch etwas ein.

„Dieser Nervenarzt, dieser Samuel Bernstein. Der gehörte doch zur Familie Bernstein. Können Sie mir über den auch etwas erzählen?"

„Nur sehr wenig", sagt Annette Dreyer. „Auf jeden Fall war es merkwürdig, dass sich einer aus der Bernsteinfamilie nach dem Holocaust wieder in Bielefeld sehen ließ. In dem Land und der Stadt, die seiner Familie so übel mitgespielt hatten. Ich hörte, dass er einen guten Ruf als Neurologe hatte."

„Wie alt war Samuel Bernstein damals, zu Beginn der 50er-Jahre?", fragt Kuss.

„Weiß ich nicht genau. Anfang vierzig, glaube ich", sagt Annette Dreyer. „War ja auch eine ganz seltsame Sache, dass der sein eigenes Haus 1956 dann ausgerechnet den Klippenbergers verkauft hat. Und zwei Jahre danach kauften es die Eheleute Küpper. Ganz seltsame Geschichte."

Auf dem Flur vor den Türen zum Stadtarchiv greift Kuss zum Handy, ruft Oliver Kirchner an und fragt ihn, ob er herausfinden konnte, wann die Trauerfeier für Küpper stattfindet.

„Nix, keine Trauerfeier. Die beiden Cousinen, Anne-Kathrin Küpper und Carina Selig, sind in der Stadt und haben mir gesagt, dass es der Wunsch ihres Cousins Michael sei, ohne jegliche Trauerfeier verbrannt und anonym beigesetzt zu werden. Diese Verfügung sei bei dem Rechtsanwalt Dr. Hartmut Oppenhäuser hinterlegt worden."

„Da hat er mir gar nichts von gesagt, als ich mit ihm telefoniert habe."

„Hast wahrscheinlich auch nicht danach gefragt, oder?"

„Na, das ist ja blöd. Ich habe mir große Hoffnungen auf eine Reihe von Zeugen gemacht, die bei der Trauerfeier für uns wie auf dem Präsentierteller gestanden hätten. Schade."

„Hätte genauso gut sein können, dass niemand zur Beerdigung erschienen wäre. Vielleicht nur die Cousinen, Dr. Oppenhäuser und wir."

„Wie steht es mit dem Testament? Hat Oppenhäuser gesagt, wann die Eröffnung ist?"

„Nein, hat er nicht. Er wolle heute mit einer von Michael Küpper ausgestellten Vollmacht zur Bank und dann das Schließfach von ihm öffnen. Darin befinden sich ja angeblich das Testament und andere Dinge, die unter ‚wichtige Unterlagen' laufen."

„Bleib an Oppenhäuser dran", sagt Kuss. „Wir müssen wissen, wen und wann er zur Testamentseröffnung zusammenruft. Versuch alles herauszufinden, auch wenn Oppenhäuser bisher nicht viel Konstruktives erzählt hat."

Kuss überlegt kurz. Dann ruft er sich ein Taxi zum Haupteingang des Stadtarchivs. Er wartet vor der Tür in der Sonne. Mit kurzen Unterbrechungen hält die Hitzewelle nun schon fast drei Wochen an. Es ist unglaublich. Sogar die Menschen, die ständig über zu wenig Sonne klagen, sind langsam genervt. Thomas Kuss kann die Hitze sowieso nicht gut ab. Hat er nie gekonnt.

Das Taxi fährt vor. Kuss steigt ein und nennt dem Fahrer als Ziel die Hauptverwaltung der Klippenberger AG in der Eckendorfer Straße. Fünfzehn Minuten später hält der Wagen vorm Haupteingang.

Obwohl das Unternehmen zu den größten Textilherstellern überhaupt gehört, wird hier tiefgestapelt. Vollkommen schmucklos, im Stil der 50er-Jahre, präsentiert sich die Klippenberger AG. Kuss betritt durch sich automatisch öffnende, gläserne Schiebetüren ein kleines Foyer. Rechts an der Wand hängen Flachbildschirme, die hochauflösend und in Farbe Eindrücke aus der Fabrik zeigen. Links sitzt, hinter einem großen Tresen, eine unnahbar aussehende Frau schwer einschätzbaren Alters. Sie ist unauffällig, aber modisch gekleidet. Ihr blondes Haar sitzt tadellos. Kuss steuert auf sie zu und grüßt.

Die Empfangsdame hat Menschenkenntnis, sonst würde sie dort nicht sitzen. Ohne dass Thomas Kuss es bemerkte, hat sie ihn schon beim Eintreffen genau taxiert und festgestellt, dass er mit der Textil- und Modebranche nichts zu tun hat. Als er sich jetzt als Kripobeamter vorstellt, wundert sie das nicht. Sie bleibt kühl und gelassen.

„Ich möchte gern jemanden von der Familie Klippenberger sprechen“, sagt Kuss. „Man sagte mir, dass der Enkel von Eduard Klippenberger hier im Haus sein Büro hat.“

„Um was geht es denn?"

„Das werde ich ihm dann selbst sagen."

Die Dame hinter dem Tresen tippt auf einen Bildschirm, der in den Tisch vor ihr eingelassen ist. Dann spricht sie mit jemandem über ein Headset, das so versteckt, und so raffiniert unter ihren Haaren verborgen ist, dass Kuss es erst jetzt wahrnimmt.

„Herr Dr. Klippenberger lässt fragen, ob das Gespräch mit Ihnen nicht eventuell bis morgen Zeit hat?"

Kuss wird sauer über diese Arroganz. Warum nur müssen die großen Bosse immer wieder die Vorurteile bestätigen, die man ihnen gegenüber hat?

„Geben Sie mir doch bitte mal das Telefon", fordert er die Empfangsdame auf. Sie drückt auf einen Knopf und reicht ihm einen Hörer.

„Hauptkommissar Thomas Kuss von der Mordkommission der hiesigen Kriminalpolizei. Tag, Herr Dr. Klippenberger. Glauben Sie mir bitte, dass ich als Polizist ein dringendes Anliegen habe, wenn ich zu Ihnen hinausfahre. Also, sagen Sie mir jetzt, wo sich Ihr Büro befindet. Dann haben wir die Befragung ganz schnell hinter uns."

Eine freundliche, jedoch scharfe und hohe Stimme erklärt sich einverstanden: „Fünfte Etage, dritte Tür links. Ich erwarte Sie."

„Gut", sagt Kuss, gibt den Hörer zurück und geht auf den Aufzug zu. Er grummelt vor sich hin. So ist es häufig: Mit der Polizei will niemand etwas zu tun haben. Aber wenn eingebrochen worden ist, Leute zu laut feiern oder sich prügeln, dann können die sonst verschmähten Bullen nicht früh genug da sein und eingreifen.

Im fünften Stock sieht es gediegen aus. Alles scheint schallgedämpft zu sein. Die Auslegeware ist dick und weich, die Holztäfelungen sind dunkel und matt poliert. So, wie es im Moment eben Mode ist. Am Ende des Ganges befindet sich eine große Doppelglastür, die den Zugang auf einen Balkon ermöglicht. Thomas Kuss riskiert einen Blick von oben auf das Firmengelände. Ist verdammt groß, denkt er sich.

„Herr Hauptkommissar Kuss?“, hört er eine Stimme und dreht sich um. Vor einer geöffneten Bürotür steht ein großer schlanker Mann im schwarzen Anzug. Der Kragen seines weißen Oberhemdes liegt über dem des Anzugs. Kuss schätzt ihn auf Anfang fünfzig. Er trägt Glatze, hat auf der Nase eine große, schwarze Nerdbrille.

Aha, ein selbstbewusster und penetrant übellauniger Möchtegern-Kreativer und Intellektueller, denkt Kuss. Mit Sicherheit hält er sich für einen Rotweinkenner. Er weiß, dass er recht hat und sich diese Einschätzung während des Gesprächs bestätigen wird.

„Kommen Sie bitte in mein Büro, Herr Hauptkommissar. Ich habe leider sehr viel zu tun, wie Sie wahrscheinlich auch. Vielleicht können wir es kurz machen?“

„Es dauert so lange, wie es dauert“, sagt Kuss patzig. Wo hat er den Spruch noch mal gehört? Ach so, stimmt ja, in dem letzten Rocky-Film wird der von Sylvester Stallone gebracht. Aber da sagt der: „Es ist erst dann zu Ende, wenn es zu Ende ist.“ Das wird wohl eine fehlerhafte Übersetzung der deutschen Synchronisation sein. Die Amis und Engländer sagen doch, so glaubt Kuss zu wissen: „It ain't over till it's over!“ Jedenfalls fragt Rockys Gegner dann: „Ist das so'n Spruch aus den Achtzigern?“ und Rocky antwortet etwas kleinlaut: „Nein, eher aus den Siebzigern.“ Großer Lacher. Kuss überlegt. Gab's in den Siebzigern nicht auch mal einen Song, der so hieß? Wer hat den denn noch mal gesungen?

Beim Eintreten in Klippenbergers Büro liest er auf dem Namensschild neben der Tür: Dr. Christian Eduard Klippenberger. Geschäftsleitung.

„Sie tragen denselben Vornamen wie der Firmengründer?“, fragt Kuss.

„Ist Familientradition. Treten Sie ein. Was möchten Sie trinken? Kaffee, Tee, Saft, Mineralwasser?“

Auf dem großen ovalen Konferenztisch, der fast den gesamten Raum des Büros einnimmt, steht ein Tablett mit Thermoskannen, Flaschen, Tassen und Gläsern. Kuss nimmt Platz und wählt ein Mineralwasser.

„Herr Dr. Klippenberger, der Name Küpper sagt Ihnen doch bestimmt noch etwas.“

„Oh, ja, sicher! Die Küppers waren lange Jahre Geschäftspartner von uns und hatten dann, ich glaube, es war 1999, diesen schrecklichen Autounfall.“

„Das stimmt. Wieso waren die Küppers Geschäftspartner? Die hatten doch mit Ihrer Fabrik und Produktion gar nichts zu tun. Die haben doch nur von Ihnen und Ihrem Vater Immobilien aus Ihrem Privatbesitz erworben, oder?“

„Ja, die haben in erster Linie eine ganze Reihe unserer Häuser gekauft, das ist richtig. Wieso wollen Sie das noch einmal aus meinem Mund hören? Sie wissen es doch schon längst.“

„Nun, vor Kurzem ist Michael Küpper verstorben.“

„Oh, das wusste ich nicht. Tut mir wirklich sehr leid.“

„Wir haben ihn vor einer Woche gefunden. Und da war er bereits seit drei Tagen tot.“

„Der Ärmste. Woran ist er denn gestorben? Der war doch, soweit ich mich erinnern kann, erst Anfang fünfzig.“

„Ist ermordet worden. Wahrscheinlich vergiftet."

Christian Eduard Klippenberger schluckt. Kuss beobachtet die Reaktion sehr genau.

„Das ist ja schrecklich. Wirklich, hört sich furchtbar an. Aber was kann ich in diesem Zusammenhang für Sie tun, Herr Hauptkommissar Kuss?"

„Wir werden sehen. Wer hat damals eigentlich die Formalitäten der Hausverkäufe abgewickelt?"

„Das war unser privater Rechtsanwalt und gleichzeitig jener von den Küppers, Dr. Hartmut Oppenhäuser."

„Wissen Sie noch, was die Küppers damals in den Stand setzte, ein Haus nach dem anderen von Ihnen kaufen zu können? Das waren doch fast fünfundzwanzig große und größere Gebäude samt den entsprechenden Grundstücken."

„Nein, keine Ahnung, woher die die Mittel hatten."

Kuss sieht Klippenberger genau an. Was für ein Pokerface! Er kann nichts erkennen, was darauf hindeutet, ob er die Wahrheit oder die Unwahrheit sagt.

„Und warum haben Sie damals nur an die Familie Küpper verkauft? Gab es denn keine anderen Interessenten? War es überhaupt nötig, Ihren Immobilienbesitz zu veräußern? Die Klippenberger AG und, so mutmaße ich, Ihre Familie, waren doch nicht in finanzieller Schieflage. Das sind sie doch seit Beginn der 50er-Jahre bis auf den heutigen Tag nie gewesen. Warum also die hastigen Geschäfte?"

„Sehen Sie, Herr Kuss, welche Gründe uns dazu veranlassten, unsere Immobilien auf die beschriebene Art und Weise zu verkaufen, das geht eigentlich niemanden etwas an. Auch nicht die Polizei."

„Sie täuschen sich, Herr Dr. Klippenberger, das geht die Polizei mit Sicherheit etwas an."

„Was sollte das denn wohl sein, bitte schön?"

„Sie werden doch bereits aus dem Charakter meiner Fragen geschlossen haben, dass ich vermute, bei den besagten Geschäften ist nicht alles mit rechten Dingen zugegangen."

„Wieso? Wie kommen Sie darauf? Diese Unterstellung ist eine Unverschämtheit!"

„Ich bin Kriminalpolizist, Ermittler mit einiger Erfahrung, die ich in den vergangenen Jahrzehnten sammeln durfte. Ich habe festgestellt, dass es nichts gibt, was es nicht gibt. Gestatten Sie mir vor diesem Hintergrund ein Gedankenexperiment: Nehmen wir an, dass die Klippenberger-Familie gar nicht so interessiert daran war, den eigenen, umfangreichen Häuserbesitz zu veräußern. Und dass sie das nur tat, weil die Küppers irgendein Argument bei den Verkaufsverhandlungen in die Waagschale warfen, dessen Schlagkraft sich die Klippenbergers nicht entziehen konnten, das unbedingt zwingend war. Also verkauften sie an Küpper. Ein Haus nach dem anderen. Warum nur? Meine These: Die Klippenbergers wurden von den Küppers erpresst. Womit, das weiß ich noch nicht. Deshalb meine Frage an Sie: Wurden Sie erpresst, Herr Dr. Klippenberger? Sie und Ihre Familie? Mussten Sie vor diesem Hintergrund Ihr Eigentum möglicherweise sogar viel billiger verkaufen, als es tatsächlich wert war?"

Es entsteht eine lange Pause, in der sich die beiden Männer ansehen. Kuss versucht noch einmal, in den Augen seines Gesprächspartners zu lesen. Da ist nichts. Sie scheinen vollkommen tot zu sein, bar jeglichen Gefühls. Wie die eines Haifisches.

Dann sagt Christian Eduard Klippenberger: „Herr Hauptkommissar Kuss, wenn wir damals erpresst worden wären, hätten wir die Polizei informiert."

„Hätten Sie?"

„Was soll diese Frage? Natürlich. Glauben Sie, wir hätten uns so einfach um unseren umfangreichen Besitz bringen lassen? Gar noch unter Wert?"

„Dann erklären Sie mir doch einmal ganz genau, was sich damals abgespielt hat. Weshalb Sie ausschließlich an Küpper verkauft haben."

„Ich sagte es schon einmal: Das geht Sie nichts an. Davon abgesehen, seien Sie versichert, dass es damals keinerlei Erpressungen oder ähnliche Unregelmäßigkeiten gab. Und jetzt entschuldigen Sie mich, bitte. Sie finden sicherlich allein hinaus, oder?"

„Aber sicher, Herr Dr. Klippenberger. Sie wissen aber so gut wie ich, dass wir uns in dieser Angelegenheit noch einmal sprechen werden, nicht wahr?"

„Warum sollten wir? Es gibt nichts zu besprechen. Und überhaupt: Sie kommen zu mir und berichten vom Mord an Michael Küpper. Dann wollen Sie wissen, wie vor Jahrzehnten der Häuserverkauf abgelaufen ist. Sie stellen da offenbar Zusammenhänge her, die auch schon unausgesprochen beleidigend für mich und meine Familie sind. Seien Sie versichert: Solche Anwürfe können ein Nachspiel haben, das sich für Sie und Ihre Karriere bei der Polizei schlecht auswirken könnte. Ich überlege, ob ich Sie wegen Beleidigung anzeige. Zudem werde ich mit meinem persönlichen Freund, dem Polizeipräsidenten Dr. Leo Fleischer, ein ernstes Wort sprechen. Sie sind so gut wie suspendiert!"

„Machen Sie, was Sie für angezeigt halten, Herr Dr. Klippenberger. Ich habe jedenfalls Morde aufzuklären."

„Morde?" Klippenberger hebt plötzlich die Stimme und rollt das ‚R' wie der Vorsitzende Roland Freisler beim Volksgerichtshof, als er die Attentäter des 20. Juli 1944 verhörte und anschrie.

„Sie sprachen vorhin nur von einem Mord. Dem an Michael Küpper."

„Habe ich Morde gesagt?", fragt Kuss mit Unschuldsmiene. „Entschuldigung, da habe ich mich wohl versprochen."

„Mann, treiben Sie es nicht zu weit!"

„Was soll ich nicht zu weit treiben, Herr Dr. Klippenberger?"

„Gehen Sie. Sofort!"

„Wir sehen uns. Wiedersehen, Herr Dr. Klippenberger."

Thomas Kuss verabschiedet sich freundlich von der Dame am Empfang, geht vor die Tür und ruft sich ein Taxi. Während er wartet, schaut er sich auf seinem Handy die während des Gesprächs mit Klippenberger eingegangenen Anrufe und Kurznachrichten an. Er hatte den Alarm stummgeschaltet.

Kirchner bittet um Rückruf.

„Hallo, Olli, was gibt's?", fragt Kuss, als sich sein Assistent meldet.

„Eine ganz seltsame Geschichte", fängt der seinen Bericht an. „Dr. Hartmut Oppenhäuser rief mich vorhin ganz konsterniert an. Er ist bei Küppers Bank gewesen, um das Schließfach zu öffnen. Das war aber vollkommen leer. Die Bankangestellte habe in ihren Unterlagen nachgeschaut und festgestellt, dass Michael Küpper vor etwa zwei Monaten zum letzten Mal an seinem Schließfach war. Er habe darum gebeten, die in dem Schließfach zu deponierende, abschließbare Metallkassette mit nach Hause nehmen zu dürfen, um sie dort in aller Ruhe mit den wichtigsten Unterlagen füllen zu können. Das sei gewährt worden. Also, Thomas: keine Trauerfeier, kein Testament, keine weiteren Zeugen. Schöne Scheiße, was?"

„Kannst du laut sagen."

„Was machen wir jetzt?"

„Dreimal darfst du raten. Wir machen uns auf die Suche nach der Kassette. Das heißt, dass das seltsame Haus noch einmal von oben bis unten durchzukämmen ist. Jeder Winkel, jeder Schrank und jeder tote Gang. Vielleicht bekommen wir noch ein paar Leute von irgendeiner Hundertschaft? Kümmere dich mal darum, Olli. Jag die in die seltsame Bude in der Schlesischen Straße und lass sie suchen. Ich fahre jetzt zu Hartmut Oppenhäuser. Da haben sich ein paar ganz wichtige Fragen ergeben."

„In der Kantine gibt es heute Gyros mit griechischem Salat und lecker Nachtisch."

„Okay, überredet. Ich komme erst im Präsidium vorbei."

Die Kantine ist rappelvoll, denn Gyros mögen alle. Das ist eines der wenigen Gerichte, bei denen es den Köchen im Haus gelingt, dem Essen einen gewissen Eigengeschmack zu verleihen. Es kann natürlich genauso gut sein, dass die Polizeikantine die Mahlzeiten als Fertiggerichte bezieht. Das ist sogar wahrscheinlich. Aber es schmeckt. Auch das beiliegende Zaziki ist immer wieder köstlich. Der Knoblauchgehalt ist zwar mordsmäßig und es handelt sich auch beileibe nicht um fettarmen Joghurt, mit dem der Dipp angerichtet ist. Vor allem den Männern scheint das egal zu sein. Sie hauen sich das Essen pfundweise in den Leib und riechen noch zwei Tage später danach aus Mund und Poren.

„Mit meiner üblen Knoblauchfahne dürfte ich heute und morgen eigentlich nicht in den Außendienst", meint Thomas Kuss.

„Na, gerade jetzt", sagt Kirchner. „Du hauchst den renitenten Verdächtigen einmal an, und der unterschreibt dir sofort jedes Geständnis. Bei der Gelegenheit könnten wir uns eine ganze Reihe ungeklärter Fälle aus der Vergangenheit vom Hals schaffen. Hundertprozentige Aufklärungsquote. Die würde uns beim Big Boss ganz groß rausbringen."

Um seinen Magen herauszufordern und ihm gleichzeitig den Rest zu geben, trinkt Kuss zum Essen wieder einmal ein großes Glas eiskalte Cola. Das fetthaltige Essen und das stark gekühlte Getränk sind für Kuss und Kirchner das Glück auf Erden. Was kann es in diesem Moment Schöneres geben? Die Gespräche an den Kantinentischen sind dementsprechend, nehmen verschiedene Wendungen und führen zurück auf die Dinge, die wirklich wichtig sind. So unterhalten sich zwei Kollegen nebenan über eine Neuerwerbung:

„Ich hab mir Ende letzter Woche einen neuen Rasenmäher bestellt."

„Elektro oder Benziner?"

„Benziner."

„Super! Schnittlänge?"

„Einstellbar. Von 6 bis 12,5."

„Klasse! Sicherlich nicht so gut wie mein neuer Aufsitzmäher, aber trotzdem: Klasse."

Später, im Büro, meldet sich Polizeipräsident Dr. Leo Fleischer mit seinem verkrampften und spaßfreien Humor zurück. Er will, wie er sagt, nur „kurz vorbeischauen" und nachfragen, ob alles „im grünen Bereich" ist. Er meint es ja gut. Will seinen Untergegebenen auf Augenhöhe begegnen, wie es heutzutage immer heißt. Hat er wohl in einem Führungskräfteseminar gelernt.

„Ja, also, dann: weitermachen!", sagt er schließlich und verschwindet. Kuss und Kirchner atmen auf.

Thomas Kuss ruft im Büro von Dr. Oppenhäuser an, um sein Kommen anzukündigen. Die freundliche Stimme eines jungen Mädchens am anderen Ende bedeutet ihm, dass der Rechtsanwalt seit der Mittagszeit einen Außentermin wahrnähme. Er wollte eigentlich schon längst zurück sein. Man warte auf ihn.

„Ist er denn nicht übers Handy erreichbar?"

„Das hat er nicht mitgenommen. Es liegt hier auf seinem Schreibtisch."

„Bitte, sagen Sie ihm, sobald er eintrifft, dass er mich umgehend zurückrufen soll. Ich melde mich später auch noch einmal."

Kuss greift sich die Akte zum Unfalltod der Eltern von Michael Küpper und blättert sie noch einmal Seite für Seite durch. Er sucht zum wiederholten Male nach irgendeinem Hinweis, der seine Theorie vom nicht ganz zufälligen Unfalltod stützen könnte. Es ist aber nichts zu machen. Wenn Günther Linke irgendetwas mit einer möglichen Vertuschung zu tun hatte, dann hat er gründlich gearbeitet und wirklich alle Spuren beseitigt. Er war einer der Besten hier im Hause. Und der wusste, wie so etwas geht.

Dann forscht Kuss noch einmal Dr. Samuel Bernstein hinterher, dessen Spuren sich nach dem Verkauf seines Hauses an die Küppers im Jahre 1956 langsam verloren. Die Meldeunterlagen besagten, dass er sich 1947 als Neurologe in der Stadt niedergelassen hatte. Eine Abmeldung aus Bielefeld ist nicht erfolgt. Die Praxis hat 1956 ein gewisser Dr. Ortwin Mahler übernommen und bis 1990 geführt. Dann trat dessen

Tochter, Dr. Angelika Mahler-Sternburg, an seine Stelle. Die Praxis ist im selben Jahr in ein Ärztehaus in der City umgezogen. Ortwin Mahler verstarb im Jahre 1995.

Kuss ruft in der Praxis an. Die Sprechstundenhilfe weiß nicht genau, wie man sich gegenüber der Polizei verhält und geht auf Nummer Sicher, indem sie Kuss mit ihrer Chefin verbindet. Frau Dr. Mahler-Sternburg gibt sich sehr freundlich und entgegenkommend und bietet Kuss an, da sie gerade mitten in einer Behandlung sei, sie heute Abend gegen 18 Uhr in ihrer Praxis aufzusuchen. Kuss willigt ein.

Die Luft im warmen Büro macht Thomas Kuss müde. Zeit für einen erquickenden Büroschlaf. Dazu lässt er den Kopf mit dem Kinn auf die Brust sinken, bleibt aber im Drehstuhl sitzen. Das ist eine erprobte Haltung zum kurzen Einnicken. Erfahrungsgemäß wird er merken, wenn jemand plötzlich das Büro betritt. Die Situation kennt er, hat sie mehrfach erlebt. Bisher ist es ihm immer gelungen, dem Eintretenden einen hellwachen Hauptkommissar vorzuspielen.

Es vergehen nicht einmal zehn Minuten überaus angenehmen Schlummerns, da wird die Tür aufgestoßen und Polizeipräsident Dr. Leo Fleischer steht schon wieder im Raum. Dieses Mal ist Kuss nicht schnell genug. Er schreckt etwas zu spät hoch, blinzelt durch enge und müde Augenschlitze.

„Herr Hauptkommissar Kuss, haben Sie etwa gerade geschlafen?“, fragt Fleischer empört.

Thomas Kuss hält es für angebracht, diese Tatsache nicht zu leugnen. Sie ist zu offensichtlich.

„Nun ja, so ein wenig, Herr Dr. Fleischer. Ich habe anstrengende Ermittlungen hinter mir. Und ich war auch übers Wochenende für die Kripo unterwegs.“

„Trotzdem, Herr Kuss. Bitte nicht am Arbeitsplatz einschlafen. Das macht einen ganz schlechten Eindruck."

„Geht in Ordnung, Herr Dr. Fleischer. Werde mich künftig zusammenreißen."

„Apropos guter Eindruck, Herr Kollege. Ich bekam soeben einen Anruf von meinem guten Bekannten Dr. Christian Eduard Klippenberger. Er hat sich über Sie beschwert. Sie haben ihn besucht und angeblich unverschämte Fragen gestellt."

„Donnerwetter, der ist aber fix mit seiner Beschwerde. Meine Güte, was heißt unverschämte Fragen? Sie wissen doch selbst aus Ihrer Ermittlerpraxis, Herr Dr. Fleischer, dass man die Leute aus der Reserve locken muss, damit sie einem erzählen, was man hören will, was einen weiterbringt, was zur Aufklärung eines Falles beiträgt."

„Klippenberger ist der Ansicht, dass Sie ihn und seinen Vater aus heiterem Himmel, grundlos und ohne die geringsten Anhaltspunkte der Verwicklung in kriminelle Machenschaften bezichtigt hätten. Er sieht darin den Tatbestand der Beleidigung."

„So, tut er das? Ich habe ihn nur gefragt, ob seine Familie damals mit irgendetwas erpresst wurde und sich deshalb zum Verkauf fast ihres gesamten Hausbesitzes an ein und denselben Interessenten, nämlich die Küppers, veranlasst sah. Und ich hab ihn gefragt, ob die Küppers damals den Verkehrswert der Häuser bezahlt haben oder ob die Klippenbergers ihnen, aus welchem Grund auch immer, preislich entgegenkommen mussten."

„Meine Güte, Herr Kuss. Das ist wirklich starker Tobak. Da kann ich den Klippenberger ja fast verstehen, dass er sich bei mir beschwert. Wie kommen Sie denn auf solche Ideen?"

„Sie sind ja nun relativ neu in der Stadt, Herr Dr. Fleischer. Deshalb können Sie auch nicht wissen, dass die Klippenbergers im Jahre 1938 zu den ganz großen Gewinnern der sogenannten Arisierung hier in der Stadt gehörten. Die sind damals aufgrund ihrer Beziehungen spottbillig an ein großes Unternehmen und zahllose Immobilien gekommen. In der Stadt kennt jeder diese Geschichte. So ganz sauber und moralisch integer ist diese Familie nicht. Und sie musste nach 1945 nicht einmal größere Entschädigungsleistungen an die Opferfamilien zahlen, weil die fast vollständig in den Vernichtungslagern umgebracht worden waren."

„Nun gut, ja, das mag alles sein. Das trifft auf viele Unternehmen in Deutschland zu. Was sollen wir da tun? Christian Eduard Klippenberger verhaften, weil sein Großvater Mist gebaut hat? Da sehe ich keine Handhabe. Davon abgesehen: das haben Sie doch Klippenberger auch gar nicht vorgehalten, sondern die Tatsache, dass er und sein Vater den Immobilienbesitz der Familie so billig verschleudert haben. Mir ist kein Gesetz bekannt, das den preisgünstigen Verkauf von Häusern und Grundstücken untersagt."

„Das ist richtig. Ich werfe dem Klippenberger das ja auch gar nicht vor, sondern ich frage ihn, ob er erpresst wurde. Wenn ja, dann hat er zur Verdunkelung einer Straftat beigetragen, auch wenn er selbst und seine Familie Leidtragende dieser Vorkommnisse waren."

„Ist ja gut, Herr Kuss. Was haben Sie also vor mit den Klippenbergers? Wollen Sie die weiterhin besuchen und mit der unrühmlichen Vergangenheit konfrontieren?"

„Ich denke, das muss ich. Denn da ist was oberfaul."

„Ach, verflucht. Dann tun Sie, was Sie nicht lassen können", schimpft Dr. Leo Fleischer, verlässt das Büro und wirft die Tür hinter sich zu. Das macht aber zum Leidwesen des Polizeipräsidenten gar keinen Krach, da das Gewicht der Tür, deren Laufruhe in den Angeln und die dicke Gummidichtung dies verhindern.

Kuss greift noch einmal zum Telefonhörer und wählt die Nummer der Kanzlei von Oppenhäuser. Dasselbe junge Mädchen von vorhin meldet sich und informiert den Hauptkommissar darüber, dass ihr Chef immer noch nicht von seinem Termin zurück sei.

Mirco Haase von der Spurensicherung taucht auf. Er war beim Bäcker gegenüber und hat ein großes Papptablett mit Teilchen auf dem Arm. Die sehen lecker aus, eine gute Auswahl. Aus dem Jungen wird noch was. Danach kommt Kirchner zur Tür herein und wirft sofort die Kaffeemaschine an. Verena Prohaska, Evita Losgonzalos und Sebastian Prieß kommen vorbei und machen Kirchners Bürotisch zur Kaffeetafel. Als alles fertig gedeckt ist und zum Verzehr bereit, tauchen Müller-Demand und Enzo Reichwein von der Sitte auf. Sie haben gewartet, bis alle Vorbereitungen abgeschlossen waren und können jetzt so tun, als kämen sie rein zufällig vorbei.

„Mann, wenn jetzt Dr. Fleischer noch einmal reinkommt, dann haben wir verschissen", sagt Kuss. „Erst erwischt er mich bei meinem wohlverdienten Büroschlaf – da war er schon ziemlich kurz angebunden – und jetzt noch das hier: autsch!"

„Wird schon schiefgehen", meint Kirchner. Da soll er recht behalten. Gerade als die Runde am gemütlichsten ist und die Gesprächsbeiträge wie Bälle hin- und herfliegen, geht die Tür auf und Dr. Fleischer steht zum dritten Mal im Türrahmen.

„Was ist denn hier los?", fragt er, nun mit mittelgroßer Empörung in der Stimme. „Verdammt, wird hier überhaupt noch gearbeitet, wird hier ermittelt?"

„Herr Polizeipräsident Dr. Fleischer", Müller-Demand erhebt sich und spricht mit einschmeichelndem Ton, „nehmen Sie doch bitte Platz und lassen Sie sich mal einen richtig guten Kaffee servieren. Wir hatten sowieso vor, Sie zu rufen, um Ihnen auch eins von den leckeren Teilchen anzubieten."

„Versuchen Sie nicht, mich einzuwickeln, Herr Müller-Demand. Ich bin doch kein Kind mehr", beschwert sich Fleischer, nimmt aber trotzdem Platz und riskiert einen Blick auf den Kuchenteller. „Mhmm, lecker, Donauwellen!", sagt er dann.

Obwohl eigentlich niemand großen Wert auf die Gesellschaft von Leo Fleischer legt, wird es dennoch ein gelungener Nachmittag. Der größte Erfolg des Tages ist nunmehr der, dass es gelang, den Polizeipräsidenten im Sinne der Belegschaft ansatzweise zu korrumpieren. Ein schönes Ergebnis des heutigen Nachmittags, denkt sich Kuss. Dann fällt ihm ein, dass er ja noch einmal bei Rechtsanwalt Oppenhäuser anrufen wollte. Das muss bis morgen warten. Jetzt hat er erst einmal seinen Termin bei der Neurologin.

Um Punkt 18 Uhr steht Kuss vor dem Empfangstresen der Praxis von Frau Dr. Angelika Mahler-Sternburg. Da momentan noch ein Patient behandelt wird, setzt sich Kuss, nach Aufforderung von Frau Erdoğan, einer blendend aussehenden Sprechstundenhilfe mit wallender schwarzer Mähne und blitzenden, noch schwärzeren Augen, ins Wartezimmer. An ihrer Stelle würde ich Model werden, denkt sich Kuss, und nicht mein Dasein in einer neurologischen Praxis fristen. Außer, man wäre selbst die Neurologin.

Frau Doktor lässt schließlich bitten. Kuss betritt das Sprechzimmer. Die Ärztin, vielleicht um die 55 Jahre alt, nur ein ganz klein wenig zur Korpulenz neigend, macht einen freundlichen, gemütlichen, aber dennoch bestimmten Eindruck. Ihre glatten, schwarzen Haare trägt sie relativ kurz. Sie verzichtet auf einen weißen Kittel oder sonstige weiße Arztkleidung, was Kuss als sehr sympathisch empfindet. Ihr dezenter Schmuck passt gut zu ihrer dunklen, erdfarbenen Kleidung. Sie meint offenbar, dass sie als Neurologin ihren Patientinnen und Patienten nicht allzu grell gegenübertreten sollte.

Thomas Kuss zeigt ihr noch einmal seinen Ausweis, bedankt sich artig, dass sie ihn empfangen hat und bringt sein Anliegen vor. Er schildert nur in ganz groben Umrissen die Gründe für seinen Besuch. Er ist unsicher. Würde sein Gegenüber, Nervenärztin und obendrein auch noch Psychotherapeutin, wie er jetzt erfährt, merken, dass er ihr nicht die gesamte Geschichte erzählt? Egal.

„Kannte Ihr Vater seinen Vorgänger Dr. Samuel Bernstein eigentlich näher?“, will Kuss wissen.

„Aber ja“, sagt Angelika Mahler-Sternburg. „Mein Vater ist ja zusammen mit Dr. Bernstein nach dem Kriegsende aus der Schweiz nach Bielefeld gezogen. Dr. Ortwin Mahler, also mein Vater, war seit 1938 Assistent bei Samuel Bernstein.“

„Assistent? In einem Schweizer Krankenhaus?“

„In einem Krankenhaus und in der Forschungs- und Entwicklungsabteilung von Erdmann-La Hague in Basel.“

„Tatsächlich? Wie kamen die beiden dazu?“

„Samuel Bernstein war vor seiner Flucht aus Deutschland im Jahre 1937 schon eine große Nummer in der Neurologie. Ich glaube, er hatte längst Angebote aus den USA und der Schweiz vorliegen, um dort zu forschen und zu behandeln. Entschieden hat er sich schließlich für Erdmann-La Hague in Bern. Wahrscheinlich hatten die das beste Angebot gemacht."

„Und Ihr Vater? Wie kam der zu dem Job als Assistent?"

„Mein Vater ist gebürtiger Bielefelder. Hat in Münster und Freiburg Medizin studiert und dann seine Weiterbildungen zum Facharzt in der Schweiz absolviert. Dort haben die beiden sich kennengelernt. Samuel Bernstein schätzte die Fachkenntnisse meines damals noch sehr jungen Vaters und hat ihn schließlich gefragt, ob er ihm assistieren wolle. Solche Gelegenheiten tun sich im Leben nicht so häufig auf. Da musste mein Vater zugreifen."

„Und nach dem Krieg sind beide wieder gemeinsam in die Bundesrepublik zurückgekehrt. Nach Bielefeld. Können Sie mir erklären, warum?", fragt Kuss.

„Wenn ich das ganz genau wüsste", sagt Angelika Mahler-Sternburg, „dann wäre ich klüger. Warum mein Vater wieder zurückgekommen ist? Vielleicht war es Heimweh nach seiner Heimatstadt? Ja, das muss es wohl gewesen sein. Obwohl er hier keine Verwandten mehr hatte. Nur in den USA gab es noch einige weit entfernte Verwandte. Sie wissen ja sicherlich, dass seine gesamte Familie, wie auch die der Bernsteins, in Konzentrationslager deportiert und wegen ihres jüdischen Glaubens dort ermordet wurde."

„Nein, das wusste ich nicht", sagt Kuss. „Ich kannte lediglich das Schicksal der Bernsteins. Dass auch Ihr Herr Vater betroffen war, davon hatte ich keine Kenntnis."

„Jetzt wissen Sie's", sagt Angelika Mahler-Sternburg. „Es war ja für viele Deutsche und Israelis nur schwer nachvollziehbar, dass verfolgte Juden in das ‚Land der Täter' zurückkehrten. Dazu sagte mein Vater immer nur: ‚Home is, where the heart is'. Tatsächlich ist ja nichts schwerwiegender als das Heimatgefühl, nichts schlimmer als Heimweh. Na, vielleicht noch Durst. Aber das war's dann auch schon."

„Spielte das Heimweh auch bei Samuel Bernstein die Hauptrolle bei seiner Entscheidung, nach Bielefeld zurückzukehren?"

„Das kann ich nicht beantworten", sagt Angelika Mahler-Sternburg. „Ich habe Samuel Bernstein nicht bewusst kennengelernt. Der ist ja 1958 plötzlich verschwunden, zwei Jahre nachdem er seine Praxis an meinen Vater übergeben hatte. Da war ich gerade ein Jahr alt."

„Und hat Ihr Vater etwas über Samuel Bernstein erzählt?", will Kuss wissen.

„Was meinen Sie?"

„Nun, wie Samuel Bernstein so war, als Mensch, als Kollege. War es ein netter Mensch?", fragt Kuss. „Sehen Sie, Frau Dr. Mahler-Sternburg, ich suche nach Motiven. Mir ist nicht klar, wieso jemand, der seine ganze Familie im Holocaust verloren hat, nach Deutschland zurückkehrt, hier im Jahre 1952 ein Haus baut und sich also richtig niederlässt. Und dann, 1956, verkauft er seinen Besitz ausgerechnet an die Klippenberger AG, die genau acht Jahre zuvor, während der sogenannten Arisierung, das große Unternehmen seiner eigenen Vorfahren, die B & M Textilfabriken, für 'n Appel und 'n Ei erworben hatte. Das bekomm ich nicht zusammen. Können Sie mir das erklären?"

„Das ist für mich ebenso schwer zu durchschauen, wie für Sie, Herr Kuss. Mein Vater, dem ich ab und zu eben diese Fragen stellte, schwieg sich immer aus. Der wollte mir dazu nichts sagen. Vielleicht konnte er auch nicht", sagt Angelika Mahler-Sternburg.

Thomas Kuss bedankt sich für das Gespräch und verlässt gegen 19 Uhr die Praxis. Er geht zu Fuß in Richtung Hammermühle. Dort haben sich die Kollegen und er für ein abendliches Beisammensein im Biergarten verabredet.

Dr. Hartmut Oppenhäuser fühlt sich hervorragend. Heute wird reiner Tisch gemacht. Kurzer Prozess, im wahrsten Sinne des Wortes. Schädlinge müssen aus dem Volkskörper entfernt werden, sind wie Unkraut zu vernichten. Rigoros. Härte, unnachgiebige Härte. Keine lächerlichen Sentimentalitäten.

Dr. Hartmut Oppenhäuser betritt den Gerichtssaal. Die Anwesenden erheben sich. Er ist heute Vorsitzender Richter. Stellt sich mit den Beisitzern in einer Reihe auf, reckt die Hand zum Gruß. Setzen.

Der erste Angeklagte wird hereingeführt. Hermann von Teuchtlingen. Altes ostelbisches Adelsgeschlecht. Major der Wehrmacht. Verdammter Adel, der sich jahrhundertelang die Offiziersposten gegenseitig zugeschustert hat. Nicht mehr lange. Das hört heute auf. Hier und jetzt.

Hermann von Teuchtlingen ist nicht mehr der Jüngste. Recht dünn. Gefängnisjacke und -hose schlottern um seinen Körper. Er ist gezeichnet von den Misshandlungen in der Haft. Mit der rechten Hand hält er sich den Hosenbund fest. Man hat ihm Gürtel und Hosenträger abgenommen. Schikane. Oder, weil man befürchtet, dass er sich damit in der Zelle erhängen könnte. Unnötige Eile. Gehängt wird er ja, in ein paar Stunden. Das Urteil steht jetzt schon felsenfest. Was hat ein Attentäter, der den Führer in die Luft jagen wollte, anderes verdient? Dazu Verlust sämtlicher Ehrenrechte, selbstverständlich. Oppenhäuser hatte den Verteidiger für von Teuchtlingen erst vor ein paar Stunden selbst bestimmt. Eine Farce. Musste so sein, damit der Anschein der Rechtmäßigkeit gewahrt blieb.

Der Saal des Ersten Senats des Volksgerichthofes ist rappelvoll. Alles wartet auf Oppenhäuser. Der beginnt mit dem Verhör, leise, fast freundlich.

„So, mein lieber Teuchtlingen, was haben Sie sich denn dabei gedacht, als Sie gemeinsam den Plan ausgetüftelt haben, unseren Führer umzubringen?"

Zögerlich, leise, stotternd, fast unhörbar für den ganzen Saal, antwortet von Teuchtlingen: „Ja, nun, ich denke, ich denke, ich denke, ..."

„Ja, ja, ja!", unterbricht ihn Dr. Oppenhäuser laut. „Sie denken also? Das scheint bei Ihnen ja nicht viel geholfen zu haben! Das Denken sollten Sie lieber den Pferden überlassen!"

Lacher im Saal. Jemand ruft laut: „Ruhe!"

„Also, noch einmal", sagt Oppenhäuser, jetzt wieder jovial, beschwichtigend, „ganz in Ruhe. Warum wollten Sie unseren geliebten Führer töten?"

Wieder kam sehr leise die Stimme von Teuchtlingens: „Nun, ich dachte, ja, äh, wegen der vielen Morde, die er befohlen ..."

„MORDE?", brüllt Hartmut Oppenhäuser laut in den Saal, ist plötzlich fuchsteufelswild, schreit den Angeklagten an. „MORDE? ... Sie ... Sie sind ja ein schäbiger Lump!"

Tumult im Saal. Rufen, Schreien. Aber Oppenhäuser hat ein Mikrofon, spricht über Lautsprecher. Er schreit alle nieder.

Den Angeklagten weiter demütigen, immer weiter ...

Nachdem wieder Ruhe eingekehrt ist, setzt Oppenhäuser sein Verhör fort. Er beobachtet, wie Hermann von Teuchtlingen ständig seine Hose hochzieht, sie krampfhaft auf der Höhe des Gürtels festhält, damit sie nicht herunterrutscht.

„Was nesteln Sie denn dort ständig an Ihrer Hose herum?", fährt er den Angeklagten lauthals an, „Sie ... Sie, Sie schmutziger, alter Mann, Sie!"

Draußen sind Sirenen zu hören, Hauptalarm. Der fünfte Bombenangriff heute. Man wird noch wahnsinnig. Alles in die Bunker, den Luftschutzkeller. Die Sitzung wird unterbrochen. Dr. Hartmut Oppenhäuser schnappt sich seine Unterlagen und läuft los. Er muss unbedingt vorher noch in sein Büro, muss über den Hof laufen, um wichtige Unterlagen zu holen. Die dürfen kein Opfer der Bomben, der Flammen werden.

Während er rennt, hört er bereits die Motoren der anfliegenden Bomberflotte. Ist heute aber eine verdammt kurze Zeitspanne zwischen Hauptalarm und Eintreffen der Terrorflieger.

Oppenhäuser hört um sich herum das Pfeifen der herabfallenden Sprengsätze und erste Detonationen. Die Bombe, die man hört, trifft einen nicht, sagt er zu sich selbst. Den Spruch hat er mal von einem erfahrenen Landser gehört.

Plötzlich hört Oppenhäuser aber gar nichts mehr. Ein weißes Rauschen in den Ohren, als seien sie verstopft, als sei Wasser beim Schwimmen oder Waschen in sie hineingelaufen. Dann detoniert in 20 Metern Entfernung etwas, und dann ... dann direkt neben ihm ...

Aus dem Biergarten hat man die Kripomitarbeiter schon kurz nach 23 Uhr hinausgeworfen. Man wolle sich an die Vorschriften des Ordnungsamtes halten, hieß es. Der Kneipier und seine Angestellten haben schnell herausbekommen, dass die Herrschaften an dem langen Tisch von der Polizei sind. Deshalb benahmen sie sich überaus korrekt und halten sich an die Buchstaben des Gesetzes.

So gehen anschließend alle noch ins Yol. Kuss gibt aus irgendeinem Grund eine Runde Efes aus. Danach sieht sich Kirchner dazu veranlasst. Müller-Demand haut sich ein Bier nach dem anderen rein, trinkt gewissermaßen in doppelter Geschwindigkeit. Alle wundern sich. So ist Müller-Demand der Erste, den die Kollegen im Taxi nach Hause schicken müssen. Erst gegen ein Uhr löst sich dann die übrige Runde auf und stolpert ins heimische Bett.

Während Kuss sich vor seinem alten Alibert die Zähne putzt, denkt er daran, wie unvernünftig er sich verhalten hat. Zu viel getrunken. Wenn er morgen aufwacht, dann wird ihm übel sein, er wird Kopfschmerzen haben und fürchterlichen Schlafmangel. Ach, was soll's. Dafür war's heute Abend derbe lustig.

Um zwei Uhr legt Thomas Kuss sich in sein Bett und schläft sofort ein. Der vom Bier gesättigte Schlummer ist schwer und traumlos und wird um fünf Uhr morgens jäh vom Rufton des Handys unterbrochen, das auf Kuss' Nachttisch liegt. Es vibriert und piept vor sich hin, während Thomas Kuss langsam erwacht und wieder einmal nicht glauben will, ausgerechnet jetzt, nach so einem Abend, gerufen zu werden. Und er weiß, ohne auf das Display zu schauen, dass Günther Sammler vom Nachtdienst dran sein wird, um ihm einen weiteren Leichenfund anzukündigen. Kuss nimmt ab, meldet sich. Am anderen Ende ist tatsächlich Günther Sammler.

„Meine Güte, Thomas! Ich hab deine Stimme kaum erkannt! Hast du gestern Abend gefeiert?", fragt er.

„Kann man wohl sagen. Ich bin vollkommen fertig und todmüde. Außerdem ist mir ein wenig schlecht, wie ich gerade feststelle. Was gibt's denn?"

„Wieder mal eine Leiche für euch, Jungs", sagt Sammler.

„Wo befindet sich der Kunde?"

„Ha, ha, sehr lustig, Thomas. Du musst zum Obersee. Da hat man die Person vor dem Stauwehr entdeckt, im Wasser."

„Gut, ich fahre hin."

Als Kuss auf der Bettkante sitzt, schreit sein Körper danach, sich sofort wieder hinlegen zu dürfen. Aber Kuss verbietet es sich, quält sich hoch und schleicht in sein kleines und nicht ganz sauberes Badezimmer. Hier hätte er sich beinahe ins Spülbecken übergeben. Er putzt sich die Zähne, wäscht sich oberflächlich. Dann trinkt er ein kleines Schlückchen Wasser. Es bleibt drin, will zum Glück nicht sofort wieder hinaus. Anschließend ruft er sich ein Taxi.

An der östlichen Schmalseite des langen Obersees, der von zwei aufgestauten Bächen gespeist wird und dessen Ufer und nähere Umgebung vom Rat der Stadt zum Naherholungsgebiet erhoben wurden, befindet sich das Stauwehr. Kuss steigt am Osteingang des den See umgebenden Parks aus und geht die dreihundert Meter zum Wehr zu Fuß. Er zieht gierig die kühle Morgenluft in seine Lungen und hat das Gefühl, dass ihm das Kraft verleiht und die Übelkeit vertreibt. Von Weitem kann er den Sprinter der Spurensicherung, den kleinen Bus der Polizeitaucher, zwei Streifenwagen und den schwarzen Dienst-VW erkennen, mit dem offenbar Kirchner eingetroffen ist. „Hätte mich eigentlich abholen können, der Sack!", grantelt Kuss.

Die Sonne bricht plötzlich durch die frühmorgendlichen Wolken und lässt das Wasser des Obersees glitzern. Der Anblick ist überaus lieblich und Kuss entscheidet, dass sich dafür das frühe Aufstehen im Grunde gelohnt hat. Ihm fällt ein Gedicht ein, das sie vor vielen Jahren in der Schule besprochen haben. Es stammt von Hölderlin und heißt „Hälfte des Lebens". Es hat damals einen mächtigen Eindruck auf ihn gemacht. Deshalb ist es auch das einzige, das Kuss fast auswendig kann. Er spricht die erste Strophe leise vor sich hin: „Mit gelben Birnen hänget / Und voll mit wilden Rosen / Das Land in den See, / Ihr holden Schwäne, / Und trunken von Küssen / Tunkt ihr das Haupt / Ins heilignüchterne Wasser ..."

Als er am Wehr eintrifft, begrüßt er die Kollegen. Andi macht wieder unzählige Fotos. Dr. Heinrich Skrzybinski steht mit seinem Letzte-Hilfe-Koffer bereit. Man schwatzt und schaut hin und wieder, ob die beiden Polizeitaucher die Leiche schon aus dem Wehr befreit haben und nun an Land bringen. Die beiden mühen sich redlich, einen Körper, der sich mit geradezu entschlossener Widerspenstigkeit kurz vor dem Wehr in ein zähes Gestrüpp verwoben, verhakt, verkantet hat, freizubekommen. Dreißig Meter über der Szenerie rumpelt ein langer Güterzug über die gewaltige Eisenbahnbrücke, den Viadukt, der das Tal, in dem der Obersee liegt, überspannt.

„Moin, Olli. Wo sind denn die anderen Mitglieder unserer kleinen Mordkommission?", fragt Kuss seinen Assistenten.

„Keine Ahnung, Thomas", sagt Kirchner. „Günther Sammler hat angeblich allen Bescheid gesagt. Vielleicht sind die einfach nicht aus dem Bett gekommen. Können nix ab, die Kids."

„Das darf nicht wahr sein", meckert Kuss. „Ich quäl mich mit dickem Kopf und einem alten Fisch im Mund aus den Federn und der Nachwuchs pennt einfach weiter."

„Dafür kriegst du den höheren Sold."

„Dafür sind die jung und haben das ganze verdammte Leben noch vor sich."

„Nur nicht neidisch werden, Thomas. Du warst auch mal in dem Alter und hast es wahrscheinlich mächtig krachen lassen."

„Hab ich, selbstverständlich. Das gehört sich auch so, wenn man jung ist", sagt Kuss. „Trotzdem war ich pflichtbewusst wie im tiefsten Preußen. Zur Arbeit bin ich immer pünktlich erschienen. Auch wenn ich nur eine einzige Stunde Schlaf bekommen hatte. Na, lassen wir das. Was ist passiert, wie lief das Ganze hier ab? Was wissen wir?"

„Anruf um 04:45 Uhr von jemandem, der hier seinen Hund ausführte. Der hat die Leiche entdeckt", sagt Kirchner.

„Wer führt denn um 04:45 Uhr seinen Hund Gassi?", fragt Kuss staunend.

„Ein junger Mann, Student. Er wollte um 05:30 Uhr mit seiner Freundin und Hund im Auto sitzen, um dann in den Urlaub aufzubrechen. Da vorn sitzt er auf der Bank."

Thomas Kuss geht zu dem Studenten hinüber. Sein Hund, ein gewaltiger schwarzer Labrador, springt auf, als er Thomas Kuss näherkommen sieht und bellt.

„Ist ja gut Süleyman! Ruhig!", sagt sein Halter zu ihm. Süleyman will sich aber nicht beruhigen. Er macht ein Riesengetöse, bellt so laut, dass das Tal ein schwaches Echo zurückwirft.

Der junge Mann hält den Hund an der Leine, sodass er nicht auf Kuss losgehen kann. Er muss dazu jedoch alle Kraft aufbringen. Kuss bleibt vor der Bank stehen und will seine Fragen loswerden. Das ist aber nicht möglich, weil Süleyman das Bellen nicht einstellt. Entnervt geht Kuss zu seinen Kollegen zurück.

„Hat keinen Zweck. Süleyman mag mich nicht. Vielleicht rieche ich nach irgendetwas, was die Töle nicht abkann. Wer weiß. Hast du die Aussage von dem Zeugen schon aufgenommen?", fragt Kuss seinen Assistenten.

„Habe ich. Er fragte schon vorhin, ob er jetzt nach Hause darf, um dann in Urlaub zu fahren. Darf er?"

„Lass ihn in drei Teufels Namen mit seinem Vieh und der Freundin aufbrechen."

Die Taucher wuchten in diesem Moment die Leiche auf die flache Böschung kurz vor dem Wehr. Die Kollegen von der Spurensicherung in weißen Overalls gehen ihnen zur Hand. Dr. Skrzybinski gesellt sich mit seinem Koffer hinzu, öffnet ihn und zieht sich seine Einweghandschuhe an. Dann untersucht er die Leiche. Sie ist überaus gut erhalten. Es handelt sich um einen großen schlanken und sportlich wirkenden Mann, vielleicht Mitte fünfzig, in schickem Anzug. Der Haarwuchs ist noch relativ dicht. „Na, der ist aber noch nicht lange tot", sagt der Gerichtsmediziner schon nach dem ersten Blick.

„Ertrunken? Mord? Suizid?", fragt Kuss lakonisch.

„Abwarten, Thomas. So schnell bin ich ja nun auch wieder nicht." Skrzybinski kniet sich neben den Toten hin, schaut in die Augen, untersucht Gesicht, Hals und Körper.

„Wie sieht's aus mit dem Todeszeitpunkt?", will Kuss wissen.

„Irgendwann gestern. Und der Körper ist noch nicht länger als acht bis zehn Stunden im Wasser", sagt Skrzybinski.

„Heinrich, du bist Klasse!"

„Ich weiß."

„Schau doch noch einmal nach, ob du so etwas wie eine Brieftasche oder ein Portemonnaie findest. Vielleicht haben wir ja Glück und der Tote hat einen Personalausweis dabei."

Der Gerichtsmediziner geht noch einmal in die Hocke, durchsucht die Hosentaschen und die Innentaschen des Jacketts.

„Hier ist was", sagt Heinrich Skrzybinski und zieht eine schwarze, offenbar lederne Brieftasche hervor. Er reicht sie Kuss. Der hat sich ebenfalls die hautfarbenen Einweghandschuhe übergezogen und untersucht jetzt das Eigentum des Toten. Er findet zwar keinen Personalausweis, dafür aber Visitenkarten. Und staunt nicht schlecht, als er eine hervorzieht und liest. Darauf steht: Dr. Hartmut Oppenhäuser. Rechtsanwalt und Notar. Mit Adressen und Rufnummern.

„Olli, komm mal rüber!", ruft er seinem Assistenten zu und reicht ihm dann die Karte. Kirchner pfeift durch die Zähne und sagt dann: „O, là là!"

„Genau", meint Kuss. „Wenn das die Visitenkarten des Toten sind, dann haben wir es hier mit dem Rechtsverdreher von Michael Küpper zu tun. Der, den ich gestern einfach nicht mehr erreichen konnte, weil er auf einem Außentermin war und sein Handy im Büro zurückgelassen hatte."

„So ein Mist", sagt Kirchner, „noch ein Zeuge weniger."

„Es ist nicht zu glauben. Wir können jetzt nur noch der Witwe die Nachricht vom Tod ihres Mannes überbringen und in den Tagen darauf versuchen, sie ein wenig auszuquetschen, auch wenn das nicht unbedingt pietätvoll ist."

„Stimmt."

„Oh, schau an, da kommen die Gehilfen von Heinrich."

Über den Fußgängerweg, der von Süden in den Park einmündet, nähert sich der graue Kleinlaster mit den Sektionsgehilfen.

„Achtung", bittet Kuss die Kolleginnen und Kollegen um Gehör. „Sjebl und Hurvinek treffen ein …"

Erstickte, unterdrückte Entsetzensschreie sind zu hören. Eine deutlich spürbare Unruhe greift um sich.

Kuss fährt fort: „Bitte verhalten Sie sich ganz normal, reißen Sie sich etwas zusammen. Ich möchte keine Ausfälle irgendwelcher Art sehen und hören. Außerdem weiß ich gar nicht, warum Sie sich alle so anstellen. Spejbl und Hurvinek sind doch umgängliche Menschen. Man muss ihnen nur Gelegenheit geben, ihre Vorteile ein wenig zur Geltung zu bringen."

„Also bitte, Herr Kuss, Sie müssten sich mal reden hören", empört sich ein Kollege von der Streife.

Der Wagen der Sektionsgehilfen kommt zum Stehen. Spejbl und Hurvi, die Ratte, steigen aus. Sie tragen wie immer ihre grauen Kittel. Durch ihr Erscheinen bekommt der friedliche, wunderschöne Morgen mit der ruhigen Wasserleiche etwas Hektisches, Unausgewogenes, geradezu Teuflisches.

Josef Spejbl blinzelt durch seine 4-Stärken-Brille in die Morgensonne, die sich mit gefährlichem Blitzen auf der Oberfläche der Gläser bricht. Antonius Hurvinek schaut mit seinen schwarzen Rattenäuglein listig und verschlagen umher.

„Ah, göh, a Wasserloichn im Stauweaahr", lässt sich Spejbl vernehmen.

„Na, hoaaffeeentliiich ist's so guaat erhoooltn, wia dia vooon där vorgaaangenen Woach", meint Hurvinek.

„Guten Morgen Herr Spejbl. Guten Morgen Herr Hurvinek", Heinrich Skrzybinski ist der Einzige, der sich traut, mit den Sektionsgehilfen unvoreingenommen zu sprechen.

„Servuuus, Hörrr Medizinalroaaaat."

„Wir haben hier jemanden, der möglicherweise erst seit zehn Stunden nicht mehr lebt. Wahrscheinlich schon tot, bevor ihn jemand ins Wasser geworfen hat. Seien Sie doch so gut und legen Sie den Körper im Sektionsraum auf dem dritten Tisch ab. Ich werde noch heute die Autopsie vornehmen."

„Iiiiis röcht, Hörrr Professooooor Skrzybinski", sagt Spejbl und wendet sich dann an Hurvinek: „Göih, pocken wiaars oan."

Hurvinek macht die Heckklappe des grauen Transporters auf und zieht einen der Zinksärge heraus. Spejbl kommt hinzu und hilft. In aller Ruhe gehen die beiden damit mitten durch die anwesenden Kollegen, die angewidert zurückweichen. An der Böschung setzen sie den Sarg ab und entfernen dessen Deckel. Kuss, der danebensteht, dreht sich erschrocken zur Seite, als ihn die Wolke aus Gestank, die dem Zinksarg entströmt, wie ein Hammerschlag trifft.

„Örschreckens niacht, Herr Kriminaloberrat", sagt Hurvinek listig. „Manches Moal bekooommen wiar den Geruuucch des vormaaaligen Benuutzers oinfach niacht heraus, ha, ha. Iast oaber troatzdem sauuubär."

Spejbl macht sich unterdessen am Oberkörper des toten Dr. Oppenhäuser zu schaffen.

„Geh, schau oamal, ob wiar unsere Guuummmischürzn daboi haom, Anton", fordert er seinen Kollegen auf. „Wiar werden sonst goanz noaass. Dear Toate trieeeft ja rögelrecht."

„Vieälloicht soollten wiar iahn a bisserl dea Sonne exponieren. Doann wiard eahna rasch trockener."

„Ah, geh! Dann föngt öhr doach an zu rieachen wiea oin Komposthaufn."

Mit fadenscheinigen Entschuldigungen versuchen die anwesenden Polizisten mittlerweile den Fundort der Leiche zu verlassen. Am leichtesten haben es die

Streifenpolizisten, die anderweitige Verpflichtungen glaubhaft machen können. Zurück bleiben die Spurensicherung, Skrzybinski, Kuss und Kirchner.

„Also, Heinrich, wann willst du die Autopsie vornehmen?", fragt Kuss.

„Wie viel Uhr haben wir jetzt? Kommt am besten gegen zehn Uhr vorbei. Dann können wir loslegen. Oliver Kirchner wird dann sicherlich auch Zeit haben, oder?"

Kirchner wird ganz bleich um die Nase. „Ja, also, ich weiß noch nicht so ganz genau. Eigentlich wollte ich es übernehmen, der armen Witwe des Toten die schlechte Nachricht zu überbringen."

„Das machen wir beide gleich zusammen", sagt Kuss. „Anschließend gehen wir etwas frühstücken. Danach gibt's die Sektion. Ist doch ein schönes Morgenprogramm, oder?"

„Na, ich weiß nicht."

Thomas Kuss und Oliver Kirchner verabschieden sich von Skrzybinski.

„Bevor wir zu der nunmehrigen Witwe von Oppenhäuser fahren, sollten wir anhand unserer Einwohnermeldedaten erst einmal abgleichen, ob wir es bei der Leiche tatsächlich mit dem Rechtsanwalt und Notar zu tun haben", meint Kuss. „Es ist zwar unwahrscheinlich, dass jemand einen Packen Visitenkarten einer anderen Person mit sich herumschleppt – Andererseits: es gibt die dollsten Sachen!"

In den Büros des Präsidiums sind um diese Morgenstunde erst wenige Kolleginnen und Kollegen unterwegs. Zumeist die Frühaufsteher, die am liebsten schon ums sechs Uhr anfangen würden. Die haben Kuss schon immer genervt. Sie laufen penetrant mit tatsächlicher oder gespielter Geschäftigkeit in der Arbeitsstelle herum, während die anderen erst nach und nach eintreffen. Und ihre Mienen sagen: „Wir sind hier schon voll am Malochen, weil wir, wie anständige Leute das nun einmal tun, früh aufstehen. Wir sind nicht so faule Säcke, wie ihr es seid!" In ihren Augen scheint man nicht wertvoller als jene zu sein, die in öffentlichen Parks mit Bierflaschen in der Hand rumhängen, in die Sandkästen pissen und von der Stütze oder vom Betteln leben.

Kirchner wirft die PCs im Büro an und wartet. Dann ruft er die Meldedaten von Hartmut Oppenhäuser auf. Sein polizeiliches Führungszeugnis und ein Passfoto von ihm tauchen auf dem Bildschirm auf. Es besteht kein Zweifel, dass es sich bei der Leiche am Wehr um ihn handelt. Kirchner notiert sich die Wohnadresse. Dann ziehen er und Kuss los.

Kirchner lenkt wie immer den Dienst-VW. Während der halsbrecherischen Fahrt mit Blaulicht sucht er ständig nach Ausflüchten, um nicht an der Sektion teilnehmen zu müssen.

„Keine Chance", sagt Kuss. „Wir haben es übrigens erst viertel vor acht. Vielleicht sollten wir zuerst Kaffee trinken und frühstücken und dann zu Frau Oppenhäuser fahren. Die steht möglicherweise gerade auf, ist noch im Bademantel und vor ihr an der Haustür stehen zwei Plattfüßler und erzählen, dass ihr Mann tot ist. Warten wir lieber, bis sie für den Tag fertig ist."

„Könntest recht haben. Sollen wir im Meiners was trinken und essen? Das Mellow Gold hat nämlich noch nicht auf."

„Machen wir."

Zehn Minuten später sitzen beide im Meiners. Nachdem die Bedienung ihnen die im großstädtischen

Leben unverzichtbaren italienischen Kaffeespezialitäten und amerikanische Bagels ausgehändigt hat, fragt Kirchner seinen Vorgesetzten nach dessen Beurteilung der Mordfälle.

„Also, das Ganze ist doch seltsam", sagt Kuss. „Da geht Oppenhäuser gestern zur Bank, um mit Vollmacht und allem Drum und Dran die Kassette mit dem Testament aus dem Schließfach zu holen. Dann heißt es plötzlich, das Fach sei leer. Dass Küpper die Kassette seit längerer Zeit zu Hause aufbewahre und, aus welchem Grund auch immer, sie nicht zur Bank zurückgebracht habe. Nun haben wir vier Leute, die, so glaube ich zumindest, für sich Großes von der Eröffnung des Testaments erwarten: Luis Enbrecht, Frankie Munstein, Jekaterina Jewtuschenko und Svenja Lemberg. Vielleicht gibt's ja auch gar kein Testament mehr. Möglicherweise hat Küpper es wieder vernichtet. Aber eventuell existieren irgendwelche Hinweise in ebendieser Kassette darauf, wer das ganze Vermögen, sämtliche Häuser, bekommen, wer davon zukünftig profitieren soll. Wo ist der Inhalt der Kassette? Wer besitzt sie? Aus Sicht der vier möglichen Nutznießer musste Rechtsanwalt Oppenhäuser ein Hauptverdächtiger sein. Denn er war der Einzige, der Zugang zu den wichtigen Unterlagen hatte. Vielleicht mutmaßten Enbrecht, Munstein, Jewtuschenko und Lemberg sogar, dass er, ohne sie davon in Kenntnis zu setzen, heimlich und von ihnen unbemerkt, sich des Inhalts des Schließfaches bemächtigt hat. Und dieser Umstand kam ans Tageslicht und hat möglicherweise mit seinem Tod zu tun."

„Du meinst, dass einer der vier ihn besucht hat, um das Geheimnis des Kassetteninhalts zu erfahren", sagt Kirchner, „oder vielleicht sogar, die volle Kassette selbst zu erhalten und die darin befindlichen Papiere."

„So in etwa", sagt Kuss. „Und dann, nachdem Oppenhäuser alles herausgerückt hatte, hat man ihn kaltgemacht. Wenn er denn überhaupt ermordet wurde."

„Oder der mutmaßliche Mord geschah, weil Hartmut Oppenhäuser nichts rausrückte und wie ein Grab schwieg."

„Auch möglich", antwortet Kuss.

„Bleibt für mich noch die Frage zu klären, welches Interesse Oppenhäuser gehabt hätte, den Inhalt der Kassette an sich zu bringen. Wollte der auch etwas von dem Kuchen?"

„Entweder das oder er sah nicht ein, dass sein Mandant Michael Küpper, dessen Eltern er und sein Vater ja schon in rechtlichen Dingen vertreten hatten, das große Vermögen an eine oder mehrere Personen vererben wollte, die Oppenhäuser als nicht geeignet betrachtete. Es wusste ja nur Oppenhäuser, welch – möglicherweise – hanebüchene Verfügungen Michael Küpper in seinen letzten Willen aufgenommen hatte. Vielleicht waren das ja schon die unvernünftigen Anweisungen eines Geistesgestörten. Denk nur mal an Küppers seltsames Haus. In Michaels Kopf stimmte doch etwas nicht. Da wollte Oppenhäuser retten, was zu retten war."

„Und diesen Rettungsversuch hat er mit dem Leben bezahlt."

„Schöner Schlusssatz, Olli." Kuss steht auf und geht zu dem kleinen Regal mit den hiesigen Tageszeitungen. Er greift nach einer aktuellen Ausgabe und blättert darin. Im Anzeigenteil wird er fündig.

„Hier, Olli, sieh dir das an. Obwohl Michael Küpper um Verbrennung, keine Trauerfeier und eine anonyme

Bestattung gebeten hat, ist dennoch eine Todesanzeige erschienen."

„Ist ja seltsam. So ganz im Sinne von Michael Küpper ist das aber nicht."

„Stimmt! Was steht hier: Die Trauerfeier findet im engsten Familienkreis statt. Darunter die Adresse von Anne-Kathrin Küpper in Andernach. Hast du die Rufnummern der beiden Cousinen?"

„Hab ich."

Thomas Kuss nimmt sein Handy und wählt die Nummer von Anne-Kathrin Küpper. Als sie abhebt, fragt er, weshalb sie, trotz des Wunsches von Michael Küpper nach vollkommener Anonymität, eine große Todesanzeige geschaltet habe.

„Ach, wissen Sie", sagt die Cousine, „auch wenn Michael und wir uns vollkommen auseinandergelebt haben, wollen wir, Carina Selig und ich, letztendlich doch, dass Michael irgendeine Spur hinterlässt. Dass er nicht sang- und klanglos fortgeht, verschwindet. Die Freunde, sofern er denn noch welche hatte, und die Bekannten oder Geschäftspartner sollen wissen, dass er nie mehr zu erreichen sein wird. Das war uns lieber so. Seinem Wunsch, verbrannt und anonym bestattet zu werden, kommen wir ja nach."

„Und mögliche Briefe und Telefonate laufen jetzt erst einmal alle an Ihrer Heimatadresse in Andernach auf?"

„So ist es geplant. Die Anzeige war eine Idee von Dr. Oppenhäuser, dem Rechtsanwalt. Er sagte uns, dass Michael bis zuletzt eine ganze Reihe Klienten und Mandanten hatte. Die werden sich jetzt sicherlich melden. Dr. Oppenhäuser will mir dabei helfen, diese ganzen Dinge abzuwickeln. Er sagte mir, ich sei dazu verpflichtet, da ich die nächste Anverwandte bin."

„Kann schon sein. Es wäre sehr nett von Ihnen, wenn Sie mir von den bei Ihnen in Andernach eintreffenden Briefen Kopien machen könnten. Und wenn Sie mir die Namen und Adressen der Anrufer geben."

„Haben Sie denn immer noch keine Spur von dem Mörder?"

„Keine heiße Spur. Dafür aber eine Anzahl lauwarmer."

„Wann können ich und meine Cousine ins Haus von Michael? Wir müssen ja den Haushalt auflösen und all diese Dinge."

„Geben Sie uns bitte noch einige Tage, um die Akten Ihres Cousins nach bestimmten Namen durchzugehen."

„Melden Sie sich, wenn Sie weitergekommen sind?"

„Mit Sicherheit melden wir uns bei Ihnen. Bei Ihnen und bei Carina Selig."

Kuss beendet das Gespräch.

„Warum hast du ihr nicht gesagt, dass Oppenhäuser auch tot ist?"

„Weiß nicht", sagt Kuss. „Hatte so das Gefühl, dass es besser ist, es ihr noch nicht zu erzählen."

Sie trinken beide noch einen Kaffee und machen sich dann auf zu Frau Oppenhäuser.

Wie es sich für die alteingesessene Rechtsanwaltsfamilie gehört, hat sie ihr Heim im schönen, ruhigen und waldigen Westen der Stadt, in der Dornberger Straße.

„Tja, mein lieber Olli, hier ist es doch sehr hübsch, nicht wahr?", fragt Kuss seinen Assistenten mit sarkastischem Ton in der Stimme. „Da fehlt uns nur noch das nötige Kleingeld, um uns hier niederzulassen. Übrigens, unser alter Kollege Günther Linke, mein Vorgänger, der wohnt in der Nähe. Der hat's geschafft."

„Du bist doch ebenfalls Hauptkommissar", meint Kirchner spöttisch. „Dann kann es doch nicht mehr lange dauern, bis auch du dir hier eine Villa leisten kannst."

„Da irrst du dich aber gewaltig", sagt Kuss. „Um sich hier niederzulassen, braucht es mehr als meinen Sold oder meine spätere Pension. Ich hab's ja schon erwähnt, dass ich Linke in Verdacht habe, sich noch eine weitere, viel reichhaltiger sprudelnde Geldquelle als die des Polizeidienstes zugelegt zu haben. So eine, die vielleicht nicht ganz rechtmäßig ist."

Oppenhäusers Haus in der Dornberger Straße kann nur über eine breite Zufahrt erreicht werden, deren Eingang von zwei großen weißen Säulen mit venezianischen Löwen obendrauf flankiert wird. Die beiden Flügel des ebenfalls weißen, riesigen schmiedeeisernen Tores stehen weit offen.

„Nicht gerade geschmackssicher", kommentiert Thomas Kuss.

Direkt hinter dem Tor gabelt sich die weitere Zufahrt in zwei breite Kieswege, die eine ausgedehnte Rasenfläche einfassen und dann, direkt vor dem Haus, wieder zusammenfinden. Das Gebäude selbst ist eine riesige weiße Stadtvilla, fast schon ein Schloss, drei Stockwerke hoch, die vielleicht Ende des 19. Jahrhunderts entstanden sein mochte. Zentrum der Vorderfront ist ein mächtiger, von vier dorischen Säulen bestimmter Portikus. Der Rasen ist gepflegt und dermaßen grün, dass es fast schon unnatürlich wirkt. Bäume und Sträucher sind kunstvoll beschnitten.

„Wusste gar nicht, dass man sich als Rechtsverdreher so einen gewaltigen Tempel leisten kann", stänkert Kuss. „Oppenhäuser muss ja überaus erfolgreich gewesen sein. Oder hat er irgendwelche Mafiabosse vor Gericht rausgehauen?"

„Weiß ich nicht so genau", sagt Kirchner. „Aber dass er zu den ganz Großen in der Region gehörte, das ist klar. Obwohl, in dieser Hütte, da hätte sich ja sogar Ludwig IVX. wohlgefühlt. Möchte wissen, wie es nach hinten hinaus, im Garten, aussieht. Ob da so ein Klein-Versailles angelegt ist."

Die Zufahrt führt direkt hinter die Säulen des Portikus in eine Art Vorhalle. Sofort eilt ein livrierter Diener oder Chauffeur herbei, öffnet die Beifahrertür und fragt nach den Wünschen der Herren und ob sie angemeldet seien.

„Ein Diener in Livree. Dass es so etwas noch gibt", murmelt Kirchner.

Thomas Kuss zückt seinen Ausweis und wird förmlich, weil der Diener Anstalten macht, die Polizisten in ihrem Mittelklassewagen und ihren langweiligen Straßenklamotten nicht besonders ernst zu nehmen: „Wir möchten Frau Oppenhäuser in einer sehr wichtigen Angelegenheit sprechen. Sofort! Richten Sie das bitte aus!"

„Ich werde es ausrichten, aber ich weiß nicht, ob Frau Oppenhäuser Zeit für Sie hat."

„Mann Gottes, wir sind die Polizei. Sie hat Zeit für uns zu haben! Schon mal was vom Gewaltmonopol gehört? Also, schwing die Hufe, Kleiner!" Kuss ist schwer genervt.

Der Chauffeur-Diener sieht Kuss vollkommen teilnahmslos an und entfernt sich.

Es dauert lange, bis jemand erscheint. Es handelt sich um eine schlanke, hochgewachsene und blendend aussehende junge Frau in schwarzem Kostüm. Sie trägt die brünetten Haare offen, schulterlang und leicht gelockt. An ihr ist alles, wie vom Designer gestylt. Nichts soll offen erotisch wirken. Vielmehr scheint sie bemüht, eine Aura der Kälte und Abweisung auszustrahlen. Der Versuch hat allerdings den umgekehrten Effekt. So wirkt sie eher, als dampfe sie geradezu vor unterdrückter Sexualität.

„Herr Hauptkommissar Kuss und Herr Oberkommissar Kirchner?", fragt die junge Dame mit einem einstudierten Lächeln und lässt dabei blendend weiße und makellose Zähne sehen. „Frau Oppenhäuser hat jetzt Zeit für Sie. Wenn Sie mir bitte folgen wollen?"

„Na, das ist ja schön, dass die gnädige Frau uns jetzt vorlässt", schimpft Kuss. „Da bekomme ich ja beim Papst noch eher eine Audienz."

In solchen und ähnlichen Situationen bricht bei Kuss das immer noch in Restbeständen vorhandene klassenkämpferische Potenzial durch, das er sich aus den 70er- und 80er-Jahren hinübergerettet hat. Obwohl er damals, als junger Polizist einer Hundertschaft, an der Startbahn-West und vor den Baustellen von Atommeilern mit Gummiknüppeln auf gleichaltrige Demonstranten eindreschen musste. Allerdings hat er für die Protestierenden immer latente Sympathie gehabt. Niemals aber für Leute von Oppenhäusers Schlag.

Die junge Dame hat die Spitze von Kuss professionell überhört und geht nun vor den beiden Kripobeamten her. Ihr Parfüm duftet leicht fruchtig, ihr Hüftschwung fällt geradezu tödlich verlockend aus. Sie provoziert in jeder Hinsicht. Vor einer doppelflügligen Tür macht sie halt, klopft und öffnet dann.

„Die Herren von der Kriminalpolizei, Frau Oppenhäuser!"

„Ich lasse bitten."

Als sie das hören, denken Kuss und Kirchner für einen kurzen Moment, man habe sie in die Kaiserzeit zurückversetzt. Kirchner zieht die Augenbrauen hoch und Thomas Kuss schüttelt den Kopf. Sie treten in eine Art Salon ein. Es handelt sich um einen gewaltigen Raum, fast schon eine Halle, mit glänzendem, dunklem Parkett, mächtigen Bücherregalen und einem großen Kamin, der sich gegenüber der Eingangstür befindet. Das Licht fällt durch rechteckige Fenstertüren, die bis zum Boden reichen. Durch sie ist ein großartiger Blick auf einen riesigen Park möglich.

Vor dem Kamin befindet sich eine Art Sitzgruppe, die um einen niedrigen und langen rechteckigen Tisch herum arrangiert ist. Aus einem der Sessel erhebt sich Frau Oppenhäuser.

„Treten Sie doch bitte näher, meine Herren."

Kuss und Kirchner folgen der Aufforderung und stehen nun vor der Dame des Hauses. Man gibt sich die Hand, nennt noch einmal seine vollständigen Namen und Funktionen.

„Gundula Oppenhäuser-Favialo", stellt sich die Dame mittleren Alters vor. Sie trägt ein rotes Schneiderkostüm. Der kurze Rock lässt einen Blick auf fast makellose Beine zu. An ihrem Körper haben Schönheitschirurgen gewütet. Wenn Brust und Po ihnen auch gut gelungen sein mochten, die Hinweise auf chirurgisches Nachhelfen springen geradezu ins Auge. Am deutlichsten ist das im Gesicht zu erkennen. Die Stirn ist verdächtig glatt, die Gesichtshaut unnatürlich straff gespannt, die Lippen wulstig aufgespritzt. Der feuerrote Lippenstift unterstreicht deren unnatürliche Größe. Die Wangenknochen stechen hervor und stehen seltsam hoch. Dadurch bekommt der Gesichtsausdruck fast etwas Indianisches.

Frau Oppenhäuser-Favialo bietet Kuss und Kirchner Plätze in den monströsen Sesseln an. Sie fragt, ob sie ihnen etwas zum Trinken ordern dürfe. Die Polizisten lehnen ab.

„Sie sagten, Sie seien von der Mordkommission, nicht wahr? Da hat mich doch in den vergangenen Tagen jemand aus Ihrer Abteilung angerufen und wollte meinen Mann sprechen. Hartmut berichtete mir später, dass man ihn über den Mord an Michael Küpper unterrichtet habe."

„Das war ich, Frau Oppenhäuser-Favialo", sagt Kuss etwas pikiert, weil sie sich nicht einmal die Mühe gemacht hat, seinen Namen zu behalten.

„Aha, Sie waren das. Ach, der arme Michael Küpper. Mit seinem Ableben ist die Familie, zumindest dieser Zweig, erloschen."

„Kannten Sie Michael Küpper persönlich?"

„Oh ja! Seit Ende der 50er-Jahre vertrat die Kanzlei Oppenhäuser die Interessen der Küppers."

„Wahrscheinlich hauptsächlich im Zusammenhang mit den Häuserkäufen von der Familie Klippenberger, oder?", fragt Oliver Kirchner.

„Na ja, sicherlich. Darf man fragen, was Sie heute von mir wollen? Ich denke, Sie möchten doch sicher meinen Mann sprechen. Aber der ist seit gestern auf einem Außentermin. Wo, das weiß ich nicht. Aber die Damen im Büro können Ihnen da sicher weiterhelfen."

„Nein, das können die Damen nicht", sagt Kuss bestimmt. „Sie wussten gestern nicht, mit wem sich Ihr Mann treffen wollte. Er hatte keinerlei Nachricht hinterlassen. Auch über sein Handy war er nicht erreichbar."

„Was wollten Sie denn von ihm?"

„Sehen Sie, da haben sich seltsame Dinge ereignet. Ihr Mann hat uns benachrichtigt, dass Küppers Bankschließfach, in dem sich das Testament und weitere Unterlagen befinden sollten, erstaunlicherweise vollkommen leer sei. Nach einem Gespräch, das ich mit Dr. Klippenberger geführt habe, ergaben sich nun für mich verschiedene Fragen, die ich mit Ihrem Mann besprechen wollte."

„Und Sie sind jetzt hier, weil Sie ihn immer noch nicht getroffen haben, oder? Tut mir leid, ich weiß auch nicht, wo er sich aufhält."

Aber Sie werden es jetzt brühwarm erfahren!, denkt sich Kuss, sagt es aber nicht. „Frau Oppenhäuser-Favialo, wir haben Ihnen eine traurige Nachricht zu überbringen. Denn wir haben Ihren Mann heute, am frühen Morgen, tot aufgefunden. In einem Stauwehr, am Obersee."

Es ist eine Zeitlang, die Kuss und Kirchner wie eine Ewigkeit vorkommt, totenstill im Raum. Als einziges Geräusch ist das laute Ticken einer Standuhr zu vernehmen, die ausgerechnet in diesem Moment einmal tief und laut schlägt. Es ist halb neun. Kuss findet das fast übertrieben theatralisch, wie in einem Hollywoodfilm. Er und Oliver Kirchner erwarten endlich eine Reaktion von Gundula Oppenhäuser-Favialo. Irgendetwas. Vielleicht echte Trauer oder Raserei. Oder ein gespieltes Drama. Die Umgebung ist so unwirklich, dass Thomas Kuss mit sich selbst die Wette eingeht, dass jetzt etwas Opernhaftes und vollkommen Unglaubwürdiges einsetzen wird. Stattdessen - nichts. Keine Reaktion. Kuss sieht Kirchner an. Der macht ein fragendes Gesicht, zieht die Schultern hoch.

„Ist - er - umgebracht worden?", fragt Gundula Oppenhäuser-Favialo schließlich sehr leise.

„Das wissen wir noch nicht", sagt Kuss. „Die Sektion ist für zehn Uhr angesetzt. Wie kommen Sie darauf, dass er getötet wurde?"

„Na, bei einem so plötzlichen Tod!", sagt Gundula Oppenhäuser-Favialo. „Oder hat er etwa Selbstmord begangen? Das kann ich mir bei Hartmut allerdings nicht vorstellen."

Nach einer weiteren Pause fährt sie fort: „Also, meine Herren, vielleicht haben Sie nach dieser Nachricht einen Zusammenbruch erwartet, bittere Tränen, einen Schreikrampf, was weiß ich. Damit kann ich aber nicht dienen. Ich will ehrlich bleiben. Hartmuts Tod geht mir nicht nahe. Er ist mir nicht unbedingt egal. Immerhin hat er dieses Anwesen gekauft und mir meine Schönheitsoperationen bezahlt. Und so einiges andere. Er wollte ja immer, dass ich als Gattin 'was hermache. Damit er sich mit mir sehen lassen konnte. Das war, zumindest in den letzten Jahren, sein Hauptanliegen. Als ich etwas älter wurde. Affären mit Jüngeren hat er in letzter Zeit viele gehabt. Es störte ihn nicht, dass mich das sehr verletzte. Na, und jetzt hat ihn möglicherweise jemand umgebracht. Vielleicht einer der jüngeren Liebhaber seiner Mädchen, der nicht so viel Geld besitzt."

„Hat es Sie und die Mitarbeiter der Kanzlei nicht beunruhigt, dass Herr Dr. Oppenhäuser gestern einen kurzen Außentermin angekündigt hatte, dann aber gar nicht zurückkam?", fragt Kuss. „Und dass man ihn nicht erreichen konnte, weil er sein Handy im Büro gelassen hatte?"

„Nein, das hat niemanden beunruhigt. Er war der Big Boss und konnte machen, was er wollte. Und das tat er auch. Schon vor Jahren hat er sich bei mir und den Mitarbeitern verbeten, dass man hinter ihm hertelefoniert, wenn er fort war. Manchmal war er sogar für ein oder zwei Wochen weg, ohne irgendwem zu sagen, wo er sich aufhielt. Na, zumindest mir hat er es nicht gesagt. Ich wusste, dass meistens seine Affären dahintersteckten und gemeinsame Aufenthalte in irgendwelchen Fünf-Sterne-Liebesgrotten im Ausland."

„Hat Ihr Mann denn einen engen Vertrauten gehabt, vielleicht einen engen Freund, dem er Informationen zukommen ließ, die andere nicht erhielten, nicht mal seine Frau?", fragt Kirchner.

„Kann sein, kann nicht sein. Wir haben uns in den letzten Jahren vollkommen auseinandergelebt. Möglicherweise hat er so eine Art besten Freund gehabt, der dann aber mindestens ein genauso großes Arschloch wie er gewesen sein muss!"

„Können Sie uns eventuell Namen nennen?"

„Nein, kann ich nicht. Will ich auch nicht. Die ganze Hemisphäre meines Mannes interessiert mich nicht die Bohne."

„Hätten Sie denn einen Verdacht, wer Ihren Mann auf dem Gewissen haben könnte, falls er tatsächlich umgebracht wurde", fragt Kuss. „Jemand, der ihn wirklich hasste? Oder dem er viel Geld oder sonst etwas schuldete?"

„Das hätte ich sein können! Aber ich war's leider nicht. Wirklich, meine Herren, ich kann Ihnen dazu nichts sagen. Gar nichts! Gehen Sie jetzt bitte."

Gundula Oppenhäuser-Favialo nimmt die Hände vor den Kopf und gibt plötzlich schluchzende Laute von sich. Oder lacht sie? Oder beides? Es ist für Kirchner und Kuss nicht ersichtlich. Kuss legt seine Visitenkarte auf den Tisch und sagt leise und rücksichtsvoll: „Rufen Sie mich bitte an, wenn Ihnen doch noch etwas einfällt."

„Hauen Sie endlich ab!", schreit Gundula Oppenhäuser-Favialo.

„Wir sind schon weg", sagt Hauptkommissar Thomas Kuss leise.

Vor der Tür steht wieder die junge Dame, die Kuss und Kirchner hergeführt hat. Sie lächelt freundlich und begleitet die Polizisten zur Eingangshalle zurück. Kuss rätselt. Hat die Frau etwa während der gesamten Unterredung vor der Tür gestanden? Oder welche Wege nehmen hier in diesem Haus die Informationen? Es ist ja geradezu gespenstisch, dieses perfekte Timing.

Der übellaunige Diener, Fahrer oder Portier steht im Portikus. Er sagt nichts, er lächelt nicht. Er guckt noch nicht einmal böse.

Auf der Fahrt zur Gerichtsmedizin schweigen beide. Kuss macht sich Gedanken über den bemerkenswerten Auftritt von Gundula Oppenhäuser-Favialo.

„Was soll man dazu sagen?", fragt irgendwann Oliver Kirchner.

„Weiß ich auch nicht", antwortet Kuss. „Aber du weißt doch, wohin wir jetzt müssen, nicht wahr?"

„Ja, ja, zur Gerichtsmedizin. Skrzybinski will schnippeln. Ich erkläre mich bereit, mit den anderen im Haus von Michael Küpper nach der Kassette zu suchen. Das würde mit Sicherheit eine Menge Zeit sparen. Es genügt doch, wenn einer von uns der Obduktion beiwohnt, oder?"

„Ich merke, was du vorhast, Olli. Meinst du, dass es dir während deines gesamten noch vor dir liegenden Berufslebens gelingen wird, dich erfolgreich um jede noch anstehende Obduktion zu drücken?"

„Nach meinem jetzigen Erkenntnisstand würde ich sagen: Ja, das ist durchaus möglich. Wenn ich auf mein bisheriges Leben zurückblicke, dann muss ich feststellen, dass ich um einige mir unangenehme Dinge einen weiten Bogen machen konnte."

„Aber irgendwann erreichen sie einen doch."

„Das habe ich auch immer gedacht. Und heute muss ich feststellen, dass diese Befürchtungen teilweise unnötig waren und sind."

„Also gut, schnapp dir Haase, Prieß und Evi und durchsucht das Haus nach der Kassette. Vorher lässt du mich bei Heinrich Skrzybinski raus."

Wenig später beginnt im Sektionsraum die Leichenschau. Dabei entdeckt man im Jackett von Dr. Hartmut Oppenhäuser ein Portemonnaie mit 250 Euro und ein paar Kreditkarten, alle im Platinstatus. Wasser befindet sich nicht in den Atmungsorganen, die Lungen sind nicht aufgebläht. Das bestätigt noch einmal, dass das Opfer bereits tot war, als es in den See gelangte. Ansonsten: nichts. Kein Hinweis auf die Todesursache.

Skrzybinski untersucht den Körper jetzt ganz genau von außen. Er zieht die große Lupe mit Beleuchtungsring heran und sondiert damit die Haut des Toten, Quadratzentimeter um Quadratzentimeter. Das dauert.

Kuss wird es langweilig. „Was treibst du da so lange?", fragt er.

„Da auch dieser Tote, wie schon Michael Küpper, keinerlei Anzeichen von äußerer Gewalteinwirkung aufweist, könnte es doch sein, dass er auf die gleiche oder ähnliche Weise wie Küpper umgebracht wurde", sagt Skrzybinski. „Deshalb suche ich nach der Einstichstelle einer Injektionsnadel. Spejbl habe ich schon losgeschickt, um ein Blutbild machen zu lassen. Vielleicht finden wir darin wieder dieses seltsame Gift."

Skrzybinski und Hurvinek drehen den Körper jetzt mit vereinten Kräften auf den Bauch. Skrzybinski sieht sich Hals und Nacken an.

„Da!", ruft er plötzlich. „Da ist sie wieder! Die Einstichstelle. Wieder im Bereich des Nackens."

„Meine Anerkennung, Heinrich", sagt Kuss. „Wenn Gift im Blut ist, wird das also unsere zweite Leiche sein, die man per Injektion getötet hat."

Eine halbe Stunde später trifft Spejbl mit dem Laborbericht ein. Tatsächlich, auch Oppenhäusers Blut weist schwache Spuren jener hochgiftigen Substanzen auf, die Michael Küpper im Körper hatte.

Es ist mittlerweile halb eins und Kuss hat Hunger bekommen. Er lädt Heinrich Skrzybinski zum Mittagessen ein. Der lässt sich nicht lange bitten. Weist Spejbl und Hurvinek an, die Leiche zusammenzunähen und im Kühlraum abzustellen, zieht die blutige Schürze aus und macht sich stadtfein.

Etwas später sitzen sich beide im El Torro gegenüber, einem Steakhaus.

„Mann, hier hat sich aber die Speisenkarte seit den 70er-Jahren nicht verändert. Nur die Preise", mault Kuss.

Die Inneneinrichtung stammt ebenfalls aus längst vergangenen Zeiten, als argentinische Steakhäuser groß in Mode waren. Die gesamte Fläche ist in kleine Separees mit ein bis zwei Tischen eingeteilt. Zum Nachbarseparee ist als Abgrenzung jeweils eine kleine, weiß getünchte Mauer aus groben Steinen bis zur Gürtellinie hochgezogen, die in einen angedeuteten und aus denselben Steinen gemauerten Torbogen übergeht. Das Ganze schließt mit braunem Gebälk unter der Decke ab. So sollen die Gäste sich wohl das Innere einer südamerikanischen Hazienda vorstellen.

Das Essen ist jedoch nach wie vor ausgesprochen schmackhaft. Beide haben sich für ein 300-Gramm-Rib-Eye-Steak entschieden. Dazu die obligatorische Ofenkartoffel mit Kräuterquark und Salat vom Büfett. Ein alkoholfreies Bier rundet die Mahlzeit ab.

Kuss erzählt Heinrich Skrzybinski von der seltsamen Begegnung mit Gundula Oppenhäuser-Favialo.

„Ich wette, dass sie selbst ihren Mann aus dem Weg geschafft hat", meint Skrzybinski. „Wäre ja geradezu verständlich unter diesen Umständen."

„Hab ich auch schon dran gedacht", sagt Kuss. „So eine Spritze lässt sich möglicherweise leicht und schnell setzen. Aber Frau Oppenhäuser-Favialo brauchte jemanden, der ihr danach beim Transport der Leiche half und sie in den Obersee warf."

„Vielleicht hat das der übellaunige Diener besorgt", sagt Skrzybinski. „Wahrscheinlich heimlich verliebt in seine Chefin. Für die tut er alles."

„Du hast 'ne Fantasie", sagt Kuss.

Auf dem Rückweg zum Präsidium nimmt Kuss dankbar zur Kenntnis, dass ein leichter Wind aufgekommen ist. Am Himmel ist die eine oder andere graue Wolke zu sehen. Und es ist fühlbar abgekühlt. Thomas Kuss atmet tief ein. Er steigt zwei Stationen vor dem Präsidium aus der Stadtbahn aus und geht den Rest des Weges zu Fuß. Mit dem Handy ruft er Oliver Kirchner an und fragt, ob der Rest der Mordkommission im Haus in der Schlesischen Straße ist und nach der Kassette sucht.

„Im Haus stinkt es immer noch ein wenig nach Leiche", sagt Kirchner.

„Keine Beschwerden bitte", sagt Kuss. „Ich habe dich immerhin mal wieder bei einer Leichenöffnung vertreten."

„Was hat sie denn ergeben?"

Kuss referiert in kurzen Worten die Ergebnisse der Obduktion und die Überlegung, dass Gundula Oppenhäuser-Favialo eigentlich in den Kreis der Verdächtigen aufgenommen gehört.

„Was gab's denn heute in der Kantine?", will Kuss noch von Kirchner wissen.

„Putengeschnetzeltes und Spätzle. Die Soße dazu war ziemlich grau und schwer. Kein echtes Highlight."

Im Büro startet Kuss den PC und sieht nach, was an E-Mails eingelaufen ist. Anschließend findet sich wieder etwas Zeit für den Büroschlaf. Danach fühlt sich Kuss viel frischer. Was eine Viertelstunde doch ausmachen kann!

Es klopft. Ilanka tritt ein, in schicker, blauer Schruppkutte. Kuss schluckt. Seit Sonntag hat er sich nicht bei ihr gemeldet. Von da an bis heute eigentlich noch eine vertretbare Zeitspanne, die ohne Meldung verstreichen darf und noch kein Desinteresse signalisiert. Am Gesichtsausdruck von Ilanka erkennt Kuss jedoch, dass sich das in diesem speziellen Fall anders verhält.

„Chaalloo, Thooomasss! Waarrrrumm haast du dich nicht gemäldet? Warrr doochh ein schönnäär Sonnnntag. Oderrr maaagst du mich nicht? Odärr warr es so schlimm, dasssss Sorica mit warrr?"

Kuss stottert sich eine Entschuldigung zurecht, die mangelnde Zeit und Gelegenheit vorgibt und die Kuss sich selbst nicht glaubt. Auch Ilanka scheint sie nicht besonders ernst zu nehmen.

„Äääässs gibt immärr eine Gelegenheit, jemanden anzuruuufen, wenn man nurrrr will."

Da hat sie vollkommen recht, Kuss weiß das. Vielleicht sollte er ehrlich sein und ihr sagen, dass ihn ihre Reklamationswut abgeschreckt hat.

Er gibt sich einen Ruck und ist ehrlich. Setzt ihr auseinander, was ihn gestört hat. Ilanka begreift gar nichts, guckt ganz traurig drein und fängt an zu weinen.

„Ach, du lieber Himmel, was hab ich denn jetzt angerichtet?", fragt sich Kuss laut, steht auf und geht zu Ilanka, setzt sich neben sie, legt den Arm um ihre Schultern und tröstet sie. Ehe er sich versieht, hat sie beide Arme um seinen Hals geschlungen, ihn an sich gezogen und ihren Mund auf den seinen gedrückt.

Es ist verdammt lang her, dass Kuss von einer Frau geküsst wurde. Jetzt macht er seinem Namen alle Ehre und lässt sich auf eine qualitativ und quantitativ umfangreiche Beantwortung der Zärtlichkeit ein. Ilanka riecht wieder ein wenig nach den scharfen Putzmitteln, die im Haus angewandt werden und nach einem Parfüm, das nach Freesien duftet. Alles in allem eine interessante Mischung.

Die Tür geht auf, weil in solchen Momenten immer die Tür aufgeht, und Evita Losgonzalos stolpert herein und bleibt im Türrahmen stehen. Nach einer Ewigkeit sagt sie: „Äh, hallo! Hallo Ilanka, hallo Herr Kuss. Tja, ich wollte eigentlich … Mann, hab ich einen Durst. Ich denke, ich geh mal kurz in die Kantine und hole mir 'ne Cola." Dabei zeigt sie mehrmals hinter sich, in Richtung Kantine, damit es keine Missverständnisse über die ungefähre Richtung gibt, in der die Kantine liegt und verschwindet dann. Endlich.

Ilanka und Kuss sind hochgeschreckt, haben ihre Umarmung gelöst.

„Ja, vielleicht sollten wir uns doch noch einmal treffen, Ilanka? Irgendwann in den nächsten Tagen, in irgendeiner Kneipe oder so?"

„Cha, sooollten wir, Thooomasss! Wirrr trrreffen uns. Iccch rrrufe dich aaaann", haucht Ilanka in sein rechtes Ohr, beißt sanft ins Ohrläppchen, erhebt sich dann und geht hinaus. Dabei dreht sie sich noch einmal um und wirft ihm ein Kusshändchen zu.

Als Evita Losgonzalos aus der Kantine zurück ist, tut Kuss so, als sei nichts vorgefallen. Evita verhält sich genauso.

„Wieso sind Sie schon hier, Frau Losgonzalos? Sie sollten doch mit den anderen die Wohnung von Küpper noch einmal umkrempeln."

„Ehrlich, Herr Kuss! Ich hab's einfach nicht mehr ausgehalten! Der Geruch nach Leiche in diesem Haus, der einfach nicht verschwinden will. Und dann müffelt's auch immer irgendwie nach Essen. Diese Mischung! Schrecklich. Mir ist so schlecht geworden, dass Herr Kirchner mich zurück ins Büro geschickt hat. Ich soll mich um die weitere Befragung von Küppers Bekannten kümmern."

„Na, dann ...", sagt Kuss.

Dieterich von Schaumburg öffnet sein Visier. Er blinzelt. Es ist früher Nachmittag. Das Turnier beginnt. Und die Sonne steht gut. Für ihn. Sein Gegner, Edzard Schenk von Trondheim, bekommt sie direkt ins Gesicht. Pech gehabt bei der Auslosung.

Der Himmel ist strahlend blau, ohne eine Wolke. Aber es ist sehr heiß. Dieterich von Schaumburg schwitzt in seinem Kettenhemd und seiner Rüstung. Er spürt die Rinnsale von Schweiß auf Rücken, Brust und im Gesicht. Der salzige Schweiß beißt in den Augen, vernebelt ihm die Sicht.

Dieterich flucht leise. Er hätte keinen Wein trinken sollen. Der setzt ihm jetzt zu, macht ihn unkonzentriert, lässt ihn stärker als sonst schwitzen. Aber was hätte er trinken sollen, um sich zu erfrischen? Es gibt kein Wasser auf der Burg. Wieder einmal waren irgendwelche Viecher in die zwei Brunnen gefallen, waren darin verendet und hatten das Wasser vergiftet. So etwas passierte ständig, überall. Und dann, nachdem die eigenen, fauligen Wasservorräte aufgezehrt waren, konnte man für Wochen nur noch Wein und Bier trinken. Kinder und Frauen bekamen in diesen Zeiten Kuh- und Ziegenmilch. So waren die Männer fast permanent betrunken und benahmen sich entsprechend. Es kam, mehr als sonst, zu Raub, Vergewaltigung, Mord und Totschlag. Das waren schlimme Zeiten, insbesondere für die Leibeigenen der Edelleute, die deren Willkür noch stärker als sonst zu spüren bekamen.

Dieterichs Schlachtross, ein gewaltiger schwarzer Friese, schwitzt ebenfalls in der prallen Sonne, hat bereits weißen Schaum um die Lefzen und auf den Flanken. Bukephalos, das ist sein Name, nach dem berühmten Pferd Alexanders des Großen. Der Friese ist unruhig. Er spürt die Anspannung seines Reiters, mit dem er in den letzten Jahren in zahllose Kämpfe geritten ist. Dort ist es auf Leben und Tod gegangen. Und nie haben beide auch nur einen Kratzer abbekommen. Sie galten schon bald als unverwundbar. Minnesänger hatten Lieder über sie gemacht. An den Höfen erzählte man sich ihre Heldentaten.

Heute aber, – heute ist Turniertag. Der Tjost steht an. Die Lanzen der Gegner sind vorne abgerundet, damit sie den anderen nicht tödlich verletzen, so er hart getroffen wird. Man ist überdies schwer gerüstet. Aber dennoch – es hat in letzter Zeit bei diesen Turnieren wieder und deutlich mehr Tote als sonst gegeben. Woran mochte das liegen? Dieterich gibt sich selbst die Antwort: Am übertriebenen Genuss von Wein und Bier natürlich.

Die Anspannung auf dem Turnierplatz ist beinahe greifbar. Der schaulustige Pöbel aus der Umgebung, der gerade wieder Frondienste für seine Herren leisten muss, will Blut trinken, will sehen, wie sich Dieterich von Schaumburg und Edzard Schenck von Trondheim gegenseitig die Lanzen in den Leib rammen, will sehen, wie sie vom Ross stürzen.

Ein Hornsignal ertönt, von dumpfen Trommeln begleitet. Danach verstummt die Menge der Zuschauer. Der Herold des Grafen tritt an die Brüstung, dort, wo der Herzog und die anderen Herrschaften sitzen. Er verkündet, dass nun der Herr Dieterich von Schaumburg gegen den Herren Edzard Schenk von Trondheim antreten wird. Werde einer getroffen, falle vom Pferd und könne danach nicht mehr aufstehen, so habe derjenige gesiegt, der noch im Sattel sitze. Könne der Gefallene aufstehen, so werde der Kampf zu Fuß und mit Schwertern fortgesetzt.

Dieterich lenkt Bukephalos an die Schranke, schaut noch einmal umher. Es ist totenstill. Die Menschen starren die Reiter an. In der Loge der Herrschaft sitzt Gunella von Über-

lingen. Er kann ihr Gesicht auf die große Entfernung nicht genau sehen, glaubt aber trotzdem erkennen zu können, dass sie aufmunternd und auch ein wenig ängstlich schaut.

Bukephalos schnaubt und lässt einige Äpfel fallen. Er ist über alle Maßen nervös, will, dass es jetzt endlich losgeht.

Das Pferd des Edzard ist noch etwas größer als der Friese von Dieterich. Er hat es von einer Reise nach England mitgebracht. Es trägt den Namen Goliath. Das passt. Dieterich hat es sich bei einem Turnier vor einigen Wochen genau angeschaut. Es ist langsamer als seines, kann also trotz seiner Masse nicht eine solche Wucht beim Lanzenstoß entwickeln wie Bukephalos.

Das Hornsignal erklingt noch einmal. Dieterich klappt sein Visier herunter. Er hört sich selbst atmen. Die Hitze ist unerträglich.

Dann das „Los" des Herolds.

Dieterich stößt mit den Hacken in Bukephalos' Flanken. Durch den schmalen Schlitz des Helms sieht er, wie Edzard ebenfalls anreitet. Beide werden schneller. Bukephalos tritt schwer auf, der Boden dröhnt, man hört es laut.

Dieterich senkt auf halber Strecke die Lanze und legt auf Schenk von Trondheim an. Der tut das Gleiche. Der Abstand wird geringer, 40 Fuß, 30 Fuß ...

Trondheims Lanze trifft Dieterich von Schaumburg mitten auf die Brustpanzerung. Er spürt, wie die Wucht des Stoßes ihn, wie von einer Riesenhand gepackt, aus dem Sattel schleudert, nach hinten reißt und dann zu Boden schlägt. Er hört noch, wie die Zuschauer aufschreien. Jetzt haben sie, was sie wollten: Blut! Er meint, auch Gunellas spitzen, entsetzten, sorgenvollen Schrei zu hören.

Dieterich spürt keinen Schmerz. Ihm wird schwarz vor Augen. Er schläft ein. Für immer.

Der Bann des unbesiegbaren Dieterichs von Schaumburg ist gebrochen.

Thomas Kuss sitzt im Büro und überlegt. Er entscheidet sich, noch einmal zu seinem Vorgänger Günther Linke zu fahren. Der muss ihm noch einiges erklären, muss ihm weiterhelfen.

Als Kuss schon an der Tür ist, klingelt sein Bürotelefon. Carsten Schmücker vom Rauschgiftdezernat ist dran.

„Hi, Thomas", sagt er. „Ich wollte dich doch auf dem Laufenden halten, was diese neue Droge namens Diamond Dog angeht."

„Schieß los", sagt Kuss.

„Also, das Zeug ist gar nicht neu. Das tauchte in der deutschen Drogenszene zum ersten Mal in den 70er-Jahren auf. Starkes Halluzinogen mit sehr hohem Amphetaminanteil. Zusätzlich einige hochtoxische Zusätze in geringer Dosierung, um die allgemeine Wirkung zu potenzieren. Nach kurzer Zeit verschwand Diamond Dog wieder. Zu gefährlich. In Westberlin und in Detmold hatte es damals Tote gegeben."

„In Detmold? Das is'n Witz, oder?", fragt Kuss.

„Kein Witz, Ehrenwort!", sagt Schmücker. „Im Lippischen hatte sich damals ein weltweit bekannter Professor der dortigen Musikhochschule damit ins Jenseits befördert. Hier steht's: Hans-Dietrich Schaumburg. Nicht verwandt mit den Schaumburg-Lippern. Professur für Komposition und fürs Dirigieren. Den fand man 1978 tot in seiner Wohnung mit 'nem Ritterhelm auf'm Kopp und 'nem Schwert in der Hand."

„Wieso war der denn in der Stunde seines Abtretens als Ritter verkleidet?"

„Der Typ hatte einen mächtigen Spleen", sagt Schmücker. „Der interessierte sich rasend fürs Mittelalter. Sammelte Rüstungen, Schwerter, Schilde. Und bemühte sich damals auch um einen Adelstitel. Allerdings erfolglos. Schaumburg hing ständig in irgendwelchen Archiven herum, um Belege für seine vermeintlich edle Abstammung zu finden. Ich denke, der hat sich Diamond Dog reingepfiffen und sich dann für einen veritablen Ritter gehalten. Hat vielleicht in seiner Vorstellung gegen 'n Drachen oder einen anderen Ritter gekämpft. Das Ende vom Lied: Kreislaufversagen, Exitus."

„Und ausgerechnet jetzt taucht Diamond Dog wieder auf. Hier, in unserer Stadt. Irgendwelche Ideen, wieso?"

„Wenn ichs weiß, ruf ich dich wieder an!", sagt Schmücker.

Kurze Zeit später sitzt Thomas Kuss im Taxi, das ihn zu Günther Linke bringen soll. Er denkt an Diamond Dog. Da fällt ihm was ein. David Bowie. Thomas Kuss' Held der Jugend. Der hatte 1974 ein Album herausgebracht, das hieß „Diamond Dogs". Den Titel fand der damals heftig pubertierende Thomas so toll, so berauschend, dass er das Album am ersten Tag des Erscheinens von seinem Taschengeld kaufte. Bowie war der Coolste von allen. Das hatten auch Christiane F. und ihre drogensüchtigen Freunde vom Bahnhof Zoo so empfunden. Zumindest konnte man das damals, einige Jahre später, im Stern und dann im Buch nachlesen.

Das Taxi hält vor dem Haus in der Werther Straße. Es ist ein milder Sommernachmittag, die Sonne taucht alles in ein goldenes Licht. Vielleicht hat diese Tageszeit positiven Einfluss auf den Wahrheitsgehalt der Einlassungen von Günther Linke. Thomas Kuss hofft es zumindest.

Als Linke die Tür öffnet, schlägt Kuss eine Alkoholfahne entgegen.

„Ach, schau an, mein Nachfolger, der eifrige Herr Thomas Kuss! Was willst du denn schon wieder hier? Wir haben uns doch letzte Woche unter nicht ganz glücklichen Vorzeichen getrennt."

Linkes Zunge ist schwer. Aber er lallt nur ganz leicht.

„Was ist los mit dir, Günther? Schon am Nachmittag nicht mehr ganz allein? Gibt's was zu feiern?", fragt Kuss.

„Nein, nichts Besonderes. Ich genehmige mir nur ab und zu einen meiner hervorragenden Weine. Da ich Privatier bin, kann ich mir aussuchen, zu welcher Tageszeit ich das tue! – Also, Thomas, was willst du hier?"

„Ich möchte dich gern noch einmal wegen des Küpper-Unfalls sprechen. Da haben sich seltsame Dinge ergeben."

„Tatsächlich? Was denn, zum Beispiel?"

„Heute Morgen haben wir die Leiche von Michael Küppers Rechtsanwalt, dem Dr. Hartmut Oppenhäuser, im Obersee gefunden."

„Oh, Mann, das ist bitter für unsere gut situierten Straftäter! Oppenhäuser war ein patenter Rechtsverdreher. Der hat's rausgehabt. Genauso wie sein Vater. Die konnten alles und jeden vor Gericht raushauen. Wenn die Kohle stimmte. Waren die teuersten Rechtsanwälte und Notare weit und breit."

„Hartmut Oppenhäuser ist ermordet worden."

„Schlimm, schlimm, mein lieber Thomas, wirklich schlimm. Und was soll ich dazu sagen?"

„Du sollst mir sagen, wer ihn umgebracht haben könnte. Und wer Michael Küpper auf dem Gewissen hat. Und du sollst mir sagen, wer die Eltern von Küpper damals umbrachte."

„Thomas, ich hab's dir schon einmal gesagt: Du nervst! Du kennst die Aktenlage: Es war ein wirklich bedauerlicher Unfall. Der alte Küpper hat die Karre nicht mehr unter Kontrolle gehabt. Und dann hat's gekracht. So was passiert leider allzu häufig."

„Was hast du mit der Sache zu tun, Günther? Hast du die Unterlagen aus der Akte entnommen, die ganz eindeutig auf Mord an den Küppers hindeuteten? Darauf, dass da am Auto manipuliert wurde? Dass es kein Unfall war? Und, wenn ja, warum? Hat dir der Täter als Dank für die Vertuschung diesen überaus luxuriösen Vorruhestand ermöglicht?"

Thomas Kuss schießt mit seinen Fragen und Anschuldigungen ins Blaue. Er will Linke aus der Reserve locken. Aber der ist auch vom Fach und weiß, was Kuss da vorhat.

„Thomas, was du da sagst, das ist schon mächtig unverschämt, das weißt du doch? Komm erst mal rein. Ist nicht gut für meinen Ruf, wenn die Nachbarn solche Diskussionen mitbekommen."

Auf diese Reaktion hat Kuss gewartet. Er wertet sie als ein erstes Schuldeingeständnis von Günther Linke. Der geht leicht schwankend vor Thomas Kuss her.

„Setz dich, Tommy. Auch eins von meinen leckeren Weinchen?"

„Nein, danke, lieber ein Mineralwasser."

„Ich muss selbst servieren. Habe meinem guten Geist, der Frau Seligmann, heute freigegeben. Die muss meine kleinen Orgien auch nicht unbedingt mitbekommen."

„Wofür schämst du dich denn?"

„Ich schäme mich nicht! Warum sollte ich mich schämen?"

„Ich denke, dass du ganz schön einsam bist. Die ganze Kohle hat dir nicht viel gebracht. Und jetzt geht's dir wie vielen der älter werdenden Kollegen. Was bleibt, das ist das Saufen."

„Was ist denn mit dir los? Bist du unter die Polizeipsychologen gegangen? Davon abgesehen – kann dir doch scheißegal sein, wie ich mich fühle. Wir beide haben uns doch nie gemocht. Freu dich doch einfach, dass es mir schlecht geht."

„Ich freue mich nicht darüber, wenn es anderen Leuten schlecht geht. Auch wenn es sich um solche handelt, die ich nicht besonders mag. Ich komme heute vorbei, um dir die Möglichkeit zum Beichten zu geben! Dann geht's dir hinterher besser, und du kannst den Rest deiner Tage hier auf Erden ruhig schlafen."

„Mann, Thomas. Du hältst dich wohl für den lieben Gott, oder was? Kommst hierher und spielst den Beichtvater. Und weißt von nichts."

Linke lehnt sich in seinem teuren Designersofa zurück. Er trägt ein hellblaues Poloshirt der richtigen, bei reichen Leuten angesagten Marke, eine dreiviertellange Cargo-Hose und an den nackten Füßen Sandalen mit dem richtigen Branding drauf.

„Weißt du was, Günther? Ich wette, deine wirklich reichen Freunde hier in der Gegend haben dich nie richtig anerkannt. Du durftest zwar mit zum Golf, zum Tennis. Aber du warst nur ein verdammter Bulle, der auf dubiose Weise zu etwas Geld gekommen ist. Die nehmen dich bis auf den heutigen Tag nicht ernst."

Linke hört sich das wortlos an. „Erzähl weiter", sagt er dann.

„Und du hast alles getan, um zu ihnen zu gehören. Hast dich angebiedert, bist ihnen in den Hintern gekrochen, hast dich verschuldet. Und dann, als du finanziell fast völlig am Arsch warst, da tat sich ein kleines, unmoralisches Türchen für dich auf."

„Was soll das denn sein: ein unmoralisches Türchen?"

„Ich erklär's dir: Irgendjemand von deinen reichen Freunden hatte seine schmutzigen Finger im Spiel bei dem Unfall der Küppers. Hat vielleicht die Hydraulikleitungen der Bremsen angebohrt oder anbohren lassen oder was weiß ich. Dann ist der Wagen vor einen Baum gekracht, weil der alte Erwin Küpper die Karre nicht zum Stehen kriegte. Anschließend die polizeilichen Ermittlungen, unter deiner Leitung. Du merktest, dass es sich nicht etwa um einen bedauernswerten Unfall handelte, sondern um Mord. Wahrscheinlich bist du dem Verantwortlichen relativ schnell auf die Schliche gekommen, weil du gut in so etwas warst. Und dann ging ein Türchen zum Geld für dich auf. Irgendjemand hat dich im Auftrag des Mörders geschmiert. Hat dir so viel Geld dafür geboten, den Mund zu halten und die Akte entsprechend zu frisieren, dass du nicht nein sagen konntest. Alle deine Probleme waren mit einem Mal gelöst, weg, erledigt. Jetzt hattest du sogar ein schönes Haus in einer privilegierten Wohngegend und wurdest zu allen gesellschaftlichen Anlässen der Hautevolee wie selbstverständlich eingeladen. Endlich warst du richtig dabei. Zumindest schien es so."

„Hast ja eine tolle Fantasie, Tommy. Solltest mal ein Buch schreiben. Einen Krimi oder so."

„Werd's mir überlegen, Günther. Und obwohl du nun in der High Society angekommen warst, spürtest du dennoch die Abwehrhaltung, das abfällige Lächeln deiner neuen Freunde und Bekannten. Die wunderten sich, weshalb sich plötzlich ein Hauptkommissar der Kripo unter ihnen befand. Sie schüttelten dir zwar die Hand, aber letztendlich bliebst du ein Zugezogener für sie. Einer, der einfach nicht aufgenommen werden durfte."

„Woher willst du das eigentlich alles so genau wissen? Was macht dich so sicher?"

„So sicher bin ich mir da gar nicht. Ich vermute lediglich, dass es so ist. Es liegt nahe. Verhält es sich so?"

Es entsteht eine sehr lange Pause. Eine, die im Grunde alles sagt.

Dann fragt Linke sein Gegenüber plötzlich: „Sag mal, Thomas, warst du eigentlich schnell mit der Pistole? Ich meine, konntest du schnell ziehen und hast dann auch sicher getroffen?"

„Ja, da war ich ganz gut, Günther. Bin es immer noch. Aber ich weiß nicht, was diese Fragen jetzt bezwecken sollen."

Plötzlich hat Günther Linke eine der alten Polizeipistolen in der Hand. Wiegt sie, lässt sie wie ein Revolverheld um den Finger rotieren. Kuss ist nicht besonders wohl, als er das sieht.

„Weißt du, ich war auch immer ziemlich gut im Ziehen und Schießen. Combat-Schießen. Ich kam mir vor wie im Western. Alles mit der guten alten Walther PPK: Polizeipistole Kriminal. Das Schießen mit den neuen Polizeiwaffen hat mir nicht viel Spaß gemacht. Keine Durchschlagskraft. Ich glaube, da gab es vor Kurzem einen Vorfall in Bayern. Da haben die Kollegen mit der neuen P 7 acht Mal auf einen bewaffneten Täter geballert und auch getroffen. Und der konnte trotzdem immer noch wegrennen! Warum schießen die nicht gleich mit Farbkügelchen, mit Paintballs, auf die Flüchtenden?"

Schnell und geschickt lädt Linke die Waffe durch.

„Was hast du vor?", fragt Kuss vorsichtig und zwingt sich zur Ruhe.

Kuss ist hochkonzentriert und fragt sich, welche Chancen er hat, falls Linke auf ihn anlegen würde. Käme er an seine eigene Waffe, die unter der Schulter im Holster steckt? Linke muss noch entsichern. Eigentlich muss er auch noch den Hahn spannen, wenn er das nicht beim ersten Schuss mit Hilfe der Mechanik machen will, die auch über den Abzug funktioniert. Kuss müsste dagegen einige Handgriffe mehr ausführen. Die Waffe mit rechts ziehen, entsichern und schießen. Durchgeladen ist die Pistole. Das macht er seit Jahren so. Sicherheitsdenken. Einer seiner Kollegen ist damals abgeknallt worden, weil er noch durchladen musste. Der Täter, ein Bankräuber, ist schneller gewesen.

Der Vorsprung von Linke wird jedoch immer größer, denn jetzt hat er den Hahn gespannt. Linke hält danach die Waffe mit der rechten Hand fest, während sie auf seinen Knien ruht. Ihr Lauf zeigt nicht auf Thomas Kuss. Noch nicht.

„Jedenfalls ist diese PPK noch mit der alten Munition bestückt. Müsste für den heutigen Zweck reichen."

„Was – hast – du – vor?", fragt Kuss noch einmal, so ruhig und langsam, wie er kann. Er hat schon mehr als einmal in seinem bisherigen Polizistenleben in die Mündung einer Waffe geblickt, die auf ihn angelegt war. Trotzdem tobt es in seinem Inneren. Kuss hat Todesangst, schwitzt und ist sauer auf sich selbst. Weil er den blöden Linke, den er sowieso nie abkonnte, unbedingt noch einmal befragen wollte, ist er jetzt in dieser Situation. Wird möglicherweise an diesem schönen Sommernachmittag mit einer Polizeipistole vom Leben zum Tode befördert. Was für ein elender Mist.

Jetzt richtet Linke die PPK auf Thomas Kuss. Er kann die feinen Aussparungen im Laufquerschnitt erkennen, die zeigen, dass er spiralförmig gezogen ist. Das Metall der Waffe ist schwarz, mit einem leichten Stich ins Blaue, sieht kalt und vollkommen emotionsfrei aus. Ohne jegliche Moral. Weniger Moral als ein Tier.

„Mann, Günther, nun lass mir doch mein kleines Leben!", sagt Kuss. „Was hast du denn davon, wenn du mich hier in deiner Wohnung wegpustest? Meine Kollegen wissen, wo ich bin. Du wärst in kürzester Frist in Untersuchungshaft."

„Da bin ich mir ganz sicher, dass ich dort nicht landen werde."

Kuss ist bis zum Äußersten angespannt. Sucht nach Rettung aus dieser Situation. Soll er sich plötzlich auf Linke stürzen? Dann würde dieser abdrücken. Aber er hat noch nicht entsichert. Wäre also eine Möglichkeit. Kuss bereitet sich zum Sprung vor. Er muss über den Tisch hechten. Immer die Waffe im Auge behalten und sie Günther Linke zuerst aus der Hand reißen, schlagen. Auf jeden Fall den Lauf wegdrücken, irgendwie.

„So, dann wollen wir mal zum Ende kommen", sagt Linke plötzlich entschlossen. Seine Hände zittern, das sieht Kuss. Und er sieht, wie Linkes Daumen die Waffe entsichert.

„Ich bin ja ein großer Filmfan, Thomas! Darum mache ich's jetzt für mich und für dich wie im Film. Nach meiner Aktion kannst du raten, welche Filmszene ich nachgestellt habe."

Dann geht alles blitzschnell. Günther Linke nimmt die PPK hoch und hält sie sich vor das eigene Gesicht, die Mündung zeigt auf seinen Mund. Mit lauter Stimme spricht er dann folgende Worte: „Kaliber 7,65 mal 17 Millimeter, konische Hülse mit Ausziehrille, maximaler Gasdruck 1600 Bar, Geschossenergie 220

Joule." Nimmt die Mündung zwischen die Zähne und drückt ab. Es kracht kurz und trocken, die Waffe fällt zu Boden, während hinter Linke die gesamte, in einem zwischen ocker und orange changierenden Farbton gestrichene Wand voller Blut- und Gehirnspritzer ist, vermengt mit kleineren festen Teilen, wahrscheinlich Schädelknochen.

Kuss sitzt einige Zeit vollkommen still, muss erst begreifen, was hier in Bruchteilen von Sekunden geschah. Dann murmelt er leise vor sich hin: „Full Metal Jacket von Stanley Kubrick. Weiß ich doch, ich kenn mich doch aus."

Er schaut an sich hinunter. Die Wucht, mit der Linkes Bestandteile auf die gegenüberliegende Wand aufschlugen, war so groß, dass einige Ingredienzien seines Kopfes von der Mauer gewissermaßen reflektiert wurden und somit auf Kuss' Hemd und in seinem Gesicht gelandet sind. Er steht auf und geht in Linkes schickes, modernes Badezimmer. Schaut in den Spiegel. Er sieht aus, als habe er die Masern. Rote Sprenggsel verteilen sich über sein Gesicht.

„Für heute reicht's!", sagt er zu seinem Spiegelbild.

Dann greift er zum Handy und ruft die Kollegen von der Spurensicherung und Oliver Kirchner an.

Kuss hat Todesangst gehabt, sah seine letzte Stunde gekommen. Und nachdem sich Günther Linke das Hirn rausgeblasen hatte – da durchströmte Kuss ein Gefühl, als habe er irgendeine euphorisierende Droge genommen. Vielleicht Diamond Dog. Später, beim Verhör durch Kirchner, trinkt er mehrere Tassen Kaffee, die ihn noch enthusiastischer machen. Dr. Heinrich Skrzybinski runzelt nur die Stirn, als er seinen alten Freund Thomas Kuss sieht und erkennt, wie aufgedreht der ist. Skrzybinski gibt ihm ein paar Tabletten. Die würden beruhigen und ihn schlafen lassen, meint er. Kuss nimmt alle auf einmal, spült sie mit Kaffee herunter und wird noch aufgekratzter. Er lacht irre, als Kirchner ihn ganz leise und heimlich fragt, ob er, Thomas Kuss, auf Linke gefeuert habe. Immerhin seien sich beide doch spinnefeind gewesen.

Um das Maß des Irrsinns vollzumachen, kommen nach einiger Zeit wieder Josef Spejbl und Antonius Hurvinek, um die Leiche mitzunehmen.

„Servuuuus, Hörr Kriminalrat!", sagt Spejbl zur Begrüßung und schaut dabei fröhlich durch seine blitzende Brille, während Hurvinek seinen schwarzen Rattenblick hin und her schweifen lässt.

„Wir söhennns uuuuns joa ööööfters in dear lötzten Zoit, göi?", fügt Spejbl noch an. „Na, dös schauuuut hiear ja gaaanz besooonders schliamm aaus! Wos haben's g'macht, Hörr Kriminalrat? Sind's mit Hörrn Linke böse worden?"

In den frühen Morgenstunden des Mittwoch kann Thomas Kuss dann doch noch ein wenig schlafen, bleischwer, bis sich der Wecker um acht Uhr meldet. Kuss quält sich aus dem Bett und beginnt mit der Morgentoilette. Er fühlt sich, als habe ihm jemand mit einem riesigen schweren Hammer die gesamte Nacht auf den Schädel geschlagen.

Das geht nicht. Das hält er nicht aus. Kuss ruft im Präsidium an. Kirchner nimmt ab.

„Oh, hallo Thomas. Ich komme gerade zur Tür rein. Im Büro ist sonst noch niemand …"

Kuss unterbricht ihn: „Hör zu, Olli. Ich bin total fertig. Komme wahrscheinlich erst gegen Mittag ins Büro. Muss unbedingt noch zwei, drei Stunden schlafen."

„Kein Problem, Thomas. Ruh dich aus. War ja gestern auch ein besonders heftiger Tag für dich. Bis nachher."

Kuss kracht in sein Bett wie ein Betonklotz und schläft sofort ein.

Gegen elf Uhr erwacht er und fühlt sich etwas besser. Das Aufstehen bereitet zwar immer noch Probleme, aber seine Matschbirne vom frühen Morgen ist schon fast vergessen. Anständigerweise schweigt sein Telefon. Die Kollegen nehmen Rücksicht. Vielleicht sollte er heute ganz freinehmen und sich abends mit Ilanka treffen. Ein zweiter Versuch, sozusagen.

Es herrscht, wie immer in der letzten Zeit, sonniges Wetter, ist aber nicht mehr ganz so heiß. Kuss marschiert los, will in der City irgendwo etwas essen und trinken. Die Anfahrt mit der Stadtbahn gestaltet sich nicht ganz einfach und hätte ihm fast seine ohnehin nicht besonders gute Stimmung gänzlich verdorben. Es ist voll und auf dem Platz direkt vor ihm sitzt ein Mann, der es mit der Körperhygiene offenbar nicht sehr genau nimmt. Er stinkt still und intensiv vor sich hin. Es riecht fast so, wie bei der Obduktion einer Leiche, die schon lange irgendwo gelegen hat. Möglicherweise ist der Fahrgast ja auch schon tot. Keiner merkt es. Und die Leiche fährt einen ganzen Tag lang durch die Gegend. Wer weiß. Exzesse der Großstadt.

Eine junge Mutter mit Kinderwagen steigt zu. Das Kleinkind beginnt sofort mit einem wütenden Kreischen, das dermaßen laut ist, dass Kuss glaubt, ihm schneide jemand mit einer Kreissäge quer durch den Schädel.

Zwei Haltestellen weiter steigt ein vollkommen betrunkener junger Mann zu. Er gehört zur Fraktion der Skateboardfahrer und trägt als Ausweis eine Strickmütze, trotz der Hitze. Er taumelt mit Skateboard und Rucksack in die Stadtbahn. Neben Kuss ist ein Platz frei. Kuss betet leise vor sich hin: „Bitte, bitte, setz dich woanders hin, bitte, bitte!"

Aber heute ist der Tag der Höchststrafe. Kuss muss alle Höllenkreise durchschreiten, denn der Betrunkene setzt sich genau neben ihn, taumelt, sabbert, macht sich breit, weiß offenbar gar nicht, wo er ist. Jetzt hält es Kuss nicht mehr aus. Er muss raus, nur raus hier. Am liebsten würde er den Skateboardfahrer und den stinkenden Mitmenschen vor ihm mit seiner Dienstwaffe erschießen. Aber er reißt sich zusammen und sagt sich immer wieder, dass es doch wahrhaftig noch viel Schlimmeres auf der Welt gibt. Zum Beispiel ein Besuch in einem sogenannten T-Punkt der Telekom. Wenn etwas grausam ist, dann doch wohl eher das.

Der längere Fußweg, den Kuss nun vor sich hat, erweist sich als recht angenehm und erfrischend. In der City angekommen, sucht er das Mellow Gold auf und setzt sich nach draußen, in den Schatten unter der Markise.

Nach dem Essen fühlt er sich etwas besser und ruft Kirchner an: „Na, wie sieht's aus? Seid ihr in Küppers Haus und sucht fleißig? Noch was Bedeutendes entdeckt?“

„Negativ, Thomas“, sagt Kirchner. „Und, ehrlich gesagt, wir haben auch nicht mehr allzu viel Hoffnung, etwas zu finden. Übrigens: Gundula Oppenhäuser-Favialo hat zwei Mal im Büro angerufen und wollte dich sprechen. Ich hab ihr deine Handynummer nicht gegeben, weil du ja noch ein bisschen schlafen wolltest. Aber du kannst dich ja bei ihr zurückmelden. Sollst einfach im Büro Oppenhäuser anrufen.“

„Na, da bin ich aber mal gespannt, was die mir erzählen will.“

„Und, Thomas?“, fragt Kirchner.

„Ja?“

„Alles wieder im Lot? Keine bleibenden Schäden, nachdem sich dein Vorgänger vor deinen Augen entleibt hat?“

„Es war gar nicht so dramatisch, dass sich Linke vor mir in die Birne geschossen hat“, sagt Kuss. „Aber er hat mich die ganze Zeit über in dem Glauben gelassen, dass er als Erstes mich erschießen wolle. Das hat mir die schlaflose Nacht bereitet.“

„Verstehe, Thomas. Okay, also, dann meldest du dich bei Frau Oppenhäuser-Favialo, während wir in diesem stinkenden Dreckloch weiter nach irgendeiner imaginären Kassette suchen. Dabei bleibt's?“

„Teilweise. Du schnappst dir Evita und gehst zu den Bekannten und ehemaligen Freundinnen von Küpper. Die werden jetzt ganz brutal gelöchert. Die sollen alles noch einmal erzählen. Wie sie Michael Küpper kennengelernt haben und so. Ob sie Klippenberger und

Oppenhäuser kennen, beziehungsweise kannten. Was sie über die verschwundene Kassette wissen oder nicht wissen. Wer, nach ihrer Meinung, den Mord an Oppenhäuser begangen haben könnte. Und so weiter und so fort. Findet heraus, ob sie vielleicht sogar Günther Linke kannten und mit ihm eventuell Kontakt pflegten. Das ganze Programm eben. Und wenn ihr mit denen durch seid, dann fangt ihr von vorn an. Immer schön auf Trab halten. Prieß und Haase suchen weiter in Küppers Haus."

Anschließend ruft Kuss im Büro der Kanzlei Oppenhäuser an. Eine freundliche Dame mit Piepsstimme meldet sich. Diese ganz hohen Stimmchen haben die jungen Frauen immer, wenn sie freundlich sein wollen oder müssen. Die Freundlichkeit ist meist nicht echt, sondern den Anweisungen des dienstleistenden Unternehmens geschuldet. Vielleicht hat ihr Freund sie am Morgen, kurz bevor sie zur Arbeit ging, zum Abschied noch verprügelt. Das blaue Auge ist mit Schminke abgedeckt. Und jetzt hat sie Thomas Kuss am Apparat und verbindet ihn mit ihrer strengen, unnahbaren Chefin.

„Äußerst nett, dass Sie zurückrufen, Herr Hauptkommissar Kuss", sagt Gundula Oppenhäuser-Favialo. „Ich habe Sie und Ihren Kollegen gestern sehr unfreundlich abgefertigt und bitte dafür um Entschuldigung. Mein Verhalten, nun, es lag daran, dass ich mit der Situation nicht so ohne Weiteres umgehen konnte. Ich hoffe, Sie nehmen meine Entschuldigung an?"

„Selbstverständlich akzeptiere ich sie. Ihr Verhalten war für uns durchaus verständlich. Wir haben ja öfters die Pflicht, solche und ähnlich unangenehme Nachrichten zu überbringen. Da kennen wir auch mittlerweile alle nur denkbaren Reaktionen."

„Ich wollte Sie fragen, ob Sie vielleicht noch einmal vorbeikommen möchten? Ich denke, ich habe noch ein paar Aussagen zu machen, die für Sie von großem Interesse sein dürften."

„Sie machen mich neugierig, Frau Oppenhäuser-Favialo. Ich könnte in fünfzehn Minuten bei Ihnen sein. Wäre Ihnen das recht?"

Gundula Oppenhäuser-Favialo hat keine Einwände. Kuss ruft sich ein Taxi, das kurze Zeit später in das hochherrschaftliche Anwesen an der Dornberger Straße einbiegt. Der Fahrer pfeift leise und anerkennend durch die Zähne.

„Donnerwetter!", sagt er. „Wohnen Sie etwa hier?"

„Leider nicht. Und das bedauere ich wirklich", sagt Kuss.

Unter dem Portikus spielt sich die gleiche Prozedur wie am gestrigen Dienstag ab. Der Chauffeur oder Diener öffnet Kuss ohne jegliches Mienenspiel den Wagenschlag.

„Wen darf ich melden?", fragt er äußerst reserviert.

„Immer noch Hauptkommissar Kuss von der Kripo, Sie Witzbold. Hat sich seit gestern nichts dran geändert. Frau Oppenhäuser-Favialo erwartet mich."

„Moment, ich schaue nach", sagt der Diener, verschwindet durch die Eingangstür und lässt Kuss draußen warten.

„Dem Arsch haue ich noch einmal eins auf die Fresse", murmelt Kuss vor sich hin.

Es erscheint die junge, schick gekleidete Dame von gestern und fordert den Hauptkommissar auf, ihr zu folgen. Wieder geht es in den gewaltigen Salon mit Blick auf den fulminanten Garten.

Frau Oppenhäuser-Favialo ist extrem schick angezogen. Ein neues Kostüm, dieses Mal ganz in schwarz mit weißen Applikationen. Wenn man in diesem Haus trauert, dann mit Stil.

„Das ist wirklich sehr nett, dass Sie noch einmal vorbeischauen, Herr Kuss", begrüßt sie ihn. „Was darf ich Ihnen anbieten? Tee, Kaffee, Espresso, Mineralwasser, Saft?"

Thomas Kuss entscheidet sich für einen Kaffee. Er nimmt Platz. Das Getränk wird von einer anderen jungen Dame serviert.

„Ja, wo soll ich beginnen?", fragt Gundula Oppenhäuser-Favialo. „Bevor Sie mir gestern die Todesnachricht überbrachten, fragten Sie mich nach den Beziehungen meines Mannes zu Michael Küpper. Warum genau taten Sie das?"

„Nun, weil wir vermuten, dass der Mord an Michael Küpper mit dem Tod Ihres Mannes in Verbindung steht."

„Wie kommen Sie darauf?"

„Die Anhaltspunkte sind vage und der Tatsache geschuldet, dass die Morde zeitlich so nah beieinanderliegen und Ihr Mann gerade die Eröffnung von Küppers Testament vornehmen wollte. Und dass die Kassette mit eben diesem Schriftstück verschwunden ist."

„Möglicherweise kann ich Ihnen etwas weiterhelfen", sagt Gundula Oppenhäuser-Favialo. „Wie Sie vielleicht schon längst wissen, hat zu Beginn der 50er-Jahre mein Schwiegervater, Hans-Joachim Oppenhäuser, für seine damalige Kanzlei Elvira und Erwin Küpper als Mandanten gewonnen. Er hat sie bis weit in die 80er-Jahre hinein betreut. Dann übernahm mein Mann, Dr. Hartmut Oppenhäuser, die stetig gewachsene Sozietät. Michael Küpper und er kannten sich gut. Die Aufgaben meines Schwiegervaters und meines

Mannes bestanden, unter anderem, darin, die seit Ende der 50er-Jahre langsam einsetzenden und immer größer werdenden Immobiliengeschäfte der Küppers zu betreuen. Insbesondere in den 80er-Jahren begannen sie, in großem Stil Häuser zu kaufen. Und zwar in erster Linie von der Familie Klippenberger. Sie wissen, die Hauptaktionäre der bekannten Klippenberger AG."

„Ja, ich weiß", sagt Kuss. „Ich weiß auch, wie die Klippenbergers an ihr großes Vermögen gekommen sind. Vor allem an die riesige Textilfirma. Haben sie im Laufe der Arisierung im Jahre 1938 von den jüdischen Vorbesitzern für billiges Geld übernommen. Und der Vater Ihres Schwiegervaters, Friedrich Oppenhäuser, der hat diesen unrechtmäßigen Vermögenserwerb rechtlich begleitet und dafür auch einiges Geld kassiert."

„Ich höre, Sie sind informiert. Letztlich dreht sich auch meine Geschichte um diesen Sachverhalt. Die Küppers kauften im Laufe der Jahre fast den gesamten privaten Immobilienbesitz der Klippenberger-Familie auf. Und das war nicht wenig. Da wechselte ein ungeheures Vermögen den Besitzer."

„Bei der Kripo haben wir uns schon den Kopf darüber zerbrochen, woher die Küppers das viele Geld nahmen, um diese Transaktionen durchführen zu können. Die mögen zwar 'ne Menge Entschädigungen vom deutschen Staat für ihr angebliches Rittergut in Schlesien bekommen haben, aber für solch umfangreiche Immobiliengeschäfte dürfte das bei Weitem nicht ausgereicht haben."

„Tatsächlich ist in Wirklichkeit nicht besonders viel Geld von den Küppers an die Familie Klippenberger geflossen. Mein Mann erzählte mir einmal unter dem

Siegel der Verschwiegenheit, dass oft nur der Bilanz-Erinnerungswert in Höhe von einer D-Mark gezahlt wurde. Im Prinzip verschenkten die Klippenbergers ihren Besitz an die Küppers. Und die wurden immer reicher und reicher. Und unsere Kanzlei profitierte davon nicht schlecht."

„Das begreife ich nicht", sagt Kuss. „Wieso sollten denn die Klippenbergers ihren Hausbesitz verschenken? Und warum ausgerechnet an Elvira und Erwin Küpper?"

„Die Gründe liegen in den Sachverhalten der Vergangenheit, die Sie eben schon ansprachen. Niemand hat die Klippenbergers nach 1945 dazu verdonnert, ihr 1938 unrechtmäßig erworbenes Vermögen zurückzugeben oder den jüdischen Vorbesitzerfamilien den Verlust zu ersetzen. Denn es schien, dass alle jüdischen Familienmitglieder in den Gaskammern der Vernichtungslager ermordet worden waren. Und nur wenige und ganz entfernte Verwandte lebten noch. Irgendwo auf der Welt. Keiner wusste, wo."

„Wie ich schon bemerkte, mir ist diese Geschichte nicht ganz unbekannt."

„Warten Sie ab, was ich zu erzählen habe, Herr Kuss. In den 80er-Jahren war mein Schwiegervater in den Vereinigten Staaten und hat sich dort mit den sogenannten Sammelklagen befasst. Damals taten sich Tausende jüdischer Überlebender des Holocaust zusammen, um in Sammelklagen gegen zahlreiche deutsche Firmen vorzugehen, die zu den Arisierungsgewinnlern des Jahres 1938 gehört hatten. Durch die vielen Kläger war der Streitwert jeweils unglaublich hoch. Wer so einen Prozess verlor, der war schlagartig arm, ruiniert, konnte sein Unternehmen verkaufen und sein Privatvermögen verpfänden und hatte damit noch längst nicht alle Gläubiger befriedigt. Mein Schwiegervater stellte fest, dass auch die Klippenberger AG zu den Beklagten gehören würde. Er überredete damals einen amerikanischen Freund, der ebenfalls Rechtsanwalt war und die zugehörige Sammelklage mit seiner Sozietät betreute, die Klippenberger AG bis auf Weiteres aus dem Kreis der Beklagten zu streichen. Ich weiß nicht, was er dem erzählt hat und wie viel Schmiergeld geflossen ist, aber es klappte. Wieder in Deutschland, stellte er den Klippenbergers selbstverständlich das Bestechungsgeld in Rechnung und ein sehr hohes Honorar für sich selbst dazu. Dann traten die Küppers mit einer Idee auf den Plan. Die Oppenhäusers hatten ja für Elvira und Erwin in den Fünfzigerjahren schon das Einklagen einer enormen Entschädigung von der Bundesrepublik Deutschland geregelt. Wir hatten es schon angesprochen, dass die Küppers bei Kriegsende vor der Roten Armee aus Schlesien flohen und in Westdeutschland angaben, dass sie deswegen dort ein riesiges Rittergut hätten aufgeben müssen. Die Küppers erwiesen sich als gleichermaßen geldgierig wie gewitzt. Die Oppenhäusers und die Küppers: da hatten sich welche gesucht und gefunden! Irgendwann haben sie auch über den Deal gesprochen, den mein Schwiegervater mit den Klippenbergers und den US-Anwälten laufen hatte. Da hakten Erwin und Elvira Küpper sofort ein und machten deutlich, dass bei Klippenbergers mehr zu holen sei als ein gutes Honorar. Ja, und dann ging's los. Über Jahre haben mein Schwiegervater und später mein Mann zusammen mit den Küppers die Familie Klippenberger wie eine Zitrone ausgequetscht. Die hat fast die gesamten Immobilien, die sie von den jüdischen Vorbesitzern 1938 für lächerlich wenig Geld übernommen hatte, an die Küppers für noch weniger Geld verkauft. Die Küppers waren gewissermaßen Strohmänner und gleichzeitig Teilhaber bei diesen Geschäften. Die Klippenbergers konnten sich zwischen Teufel und Beelzebub entscheiden: entweder sie würden durch die Sammelklagen aus den USA ruiniert und die gesamte Firma ginge den Bach runter oder sie akzeptierten die bizarre „Hilfe" der Kanzlei Oppenhäuser. Die wiederum kostete sie nach und nach fast den gesamten privaten Besitz. Als mein Schwiegervater sich 1986 aus der Kanzlei zurückzog, führte mein Mann Hartmut diese Geschäfte im Sinne seines Vaters fort."

„Ich kann das einfach nicht begreifen", sagt Kuss. „Die Klippenbergers haben doch nicht einfach so stillgehalten, während Ihr Mann und die Küppers sie ausbeuteten. Die müssen sich doch gewehrt haben."

„Das haben sie ja auch", sagt Frau Oppenhäuser-Favialo. „Denken Sie nur an das Jahr 1999. Damals fuhren Erwin und Elvira Küpper mit ihrem Sportwagen vor einen Baum. Beide tot! Spätestens jetzt war es Hartmut und Michael Küpper ganz klar geworden: Würden sie die Klippenbergers weiter erpressen, dann ginge es ihnen genauso. Mein Mann und Küpper haben erst da glasklar erkannt, mit welchem Gegner sie sich angelegt hatten. Einer, der nicht vor Morden zurückschreckte und dazu die Bremsleitungen von Autos manipulieren ließ. Wer außer der Familie Klippenberger konnte als Verantwortlicher dafür in Frage kommen? Damals wurde ich von meinem Mann endgültig in die Dinge eingeweiht, die ich Ihnen gerade schildere. Ab dem Zeitpunkt hielten wir still, waren voller Angst. Auch Michael Küpper verhielt sich ruhig. Und niemand war interessiert an der

Aufklärung der Morde. Denn dann wären auch die Immobiliengeschäfte, die Erpressungen und die Bestechungen der US-Anwälte aufgeflogen. Alle Seiten hätten nur Nachteile gehabt. Die Klippenbergers demonstrierten uns damals ihre Macht und ihren Einfluss. So verschwanden mit Hilfe eines mit viel Geld ausgestatteten Hauptkommissars zahlreiche Untersuchungsergebnisse aus den Akten, mit deren Hilfe man einen Mord hätte nachweisen können."

„Hieß der zuständige Polizist zufällig Günther Linke?"

„Ja, genau, der war das!", rief Gundula Oppenhäuser-Favialo. „Günther Linke. Ein Emporkömmling. Wollte partout zu den Reichen und Schönen gehören. Koste es, was es wolle."

„Er ist tot. Hat gestern vor meinen Augen Selbstmord begangen."

„Oh je, wie entsetzlich! Weshalb denn? War er krank?"

„Nein, ich denke, er ist mit seiner Situation nicht mehr fertig geworden. Lebte auf Pump, zehrte von den Zuwendungen der Klippenbergers, war überall mit dabei und gehörte dennoch nicht zu den Schönen und Reichen. Das hat ihn offenbar fertiggemacht."

„Ja, er erschien mir damals sehr zielstrebig, aber auch labil und großmäulig. Nicht ungefährlich, solche Menschen."

„Irgendwann hätte er geredet und alles gestanden. Dann hätten zwei noble Familien, die Klippenbergers und die Oppenhäusers, großen Schaden erlitten."

„Aber jetzt rede ja ich. Seit gestern, seit der Ermordung meines Mannes."

„Sein Tod muss ja nicht unbedingt etwas mit dem von Elvira und Erwin Küpper und den Immobiliengeschäften zu tun haben", meint Kuss.

„Das glauben Sie doch selbst nicht", sagt Gundula Oppenhäuser-Favialo. „Nach dem, was ich Ihnen bis jetzt erzählt habe, ahnen Sie doch sicherlich schon, wer meinen Mann getötet und dann in den Obersee geworfen hat. Und weswegen sie oder er das tat."

„Nicht unbedingt", sagt Kuss. „Die Klippenbergers müssen das nicht unbedingt gewesen sein. Sie sagten doch eben, dass seit dem Tod der Eltern von Michael Küpper in gegenseitigem, unausgesprochenem Einvernehmen Funkstille herrschte. Warum sollte denn ausgerechnet jetzt jemand einen Mord begehen?"

„Wollen Sie meine Vermutung hören?", fragt Gundula Oppenhäuser-Favialo.

„Ich bin ganz Ohr", sagt Thomas Kuss.

„Nachdem Sie meinem Mann die Nachricht vom Mord an Michael Küpper überbracht hatten, war er sehr unruhig. Ist hin und her gelaufen. Er vermutete, dass das Ganze eine weitere, verspätete Rache war. Dass die Klippenbergers aus irgendeinem Grund beschlossen hätten, nun vollkommen reinen Tisch zu machen und die Familie Küpper endgültig und – fast – vollkommen auszuradieren. Er vermutete, dass Michael Küpper die Erpressung der Familie Klippenberger auf eigene Faust wieder aufgenommen hatte. Vielleicht damit drohte, sie wegen Mordes an seinen Eltern anzuzeigen. Wer weiß? Hartmut war Mitwisser. In allen diesen Dingen. Und er bekam immer größere Angst um sein eigenes Leben."

„Erzählte er Ihnen davon?", will Kuss wissen.

„Nein, tat er nicht. Aber ich konnte es sehen. Und spüren. Nach so langen Jahren kann man im Verhalten des Partners wie in einem offenen Buch lesen. Ich denke, am Montag hat er einen Termin bei Dr. Klippenberger gehabt. Wahrscheinlich wollte er die Sache richtigstellen. Wollte sagen, dass er mit möglichen neuen Erpressungsversuchen von Michael Küpper nichts zu tun hätte. Was genau vorfiel, weiß ich natürlich nicht. Also, wie der Mord an Hartmut ablief. Jedenfalls landete mein Mann als Leiche im Obersee. Seitdem habe ich Angst, als Nächste an der Reihe zu sein! Vielleicht haben die Klippenbergers einen Killer angeworben und den nun auch auf mich angesetzt."

„Sind Sie sich im Klaren darüber, dass Sie zu den Mitwissern zweier Morde, nämlich denen an Elvira und Erwin Küpper, gehören?", fragt Kuss. „Und dass Sie sich durch Ihr verspätetes Geständnis möglicherweise schuldig gemacht haben? Ich werde Sie anzeigen müssen."

„Ja, das weiß ich. Ich werde alle Konsequenzen tragen, die daraus erwachsen."

„Was sollte ich, was sollte die Polizei, die Kripo, nun Ihrer Meinung nach tun? Eduard Klippenberger verhaften?"

„Nein, das würde nicht genügen. Denn es ist ja nicht einmal klar, welches Familienmitglied die Morde begangen oder in Auftrag gegeben hat. Und es ist genauso unklar, wer meinen Mann auf dem Gewissen hat. Ich glaube, es wäre besser, wenn Sie mir Polizeischutz gewähren würden."

„Ich will sehen, was sich machen lässt. Sind Sie denn bereit, Ihre eben gemachten Aussagen schriftlich niederlegen zu lassen und zu unterschreiben? Also auch mit den deutlich an die Adresse der Klippenbergers gerichteten Verdächtigungen?"

„Ich bin bereit dazu."

Thomas Kuss ruft einen Streifenwagen. Dann fährt man gemeinsam zum Präsidium. Die Aussage von

Gundula Oppenhäuser-Favialo wird aufgenommen, bevor Kuss sie, zusammen mit zwei Streifenbeamten, wieder nach Hause bringt. Die Kollegen sollen für ihre Sicherheit sorgen und sich um eine Ablösung für die Nacht kümmern.

Im Büro ruft sich Kuss die verfügbaren Unterlagen über die Rechtsanwälte Oppenhäuser auf den Bildschirm. Friedrich Oppenhäuser, der im Jahre 1938 die „Arisierung" der Textilfabriken von Hugo Bernstein und Jäckel Meyer juristisch abgewickelt und die Übereignung an Eduard Klippenberger notariell begleitet hatte, war 1956 im Alter von 67 Jahren verstorben. Herzversagen. Sein Sohn, Hans-Joachim Oppenhäuser, übernahm daraufhin die Kanzlei und führte sie bis 1986. Dessen Sohn, Dr. Harmut Oppenhäuser, trat sodann in die Fußstapfen seines Vaters, der, im Jahr 2007, als 88-Jähriger verstarb. Herzversagen.

Die Führungszeugnisse der drei Anwälte und Notare sind makellos. Sie haben sich scheinbar zeitlebens genau an die Buchstaben der jeweils geltenden Gesetze gehalten. In Bielefeld geboren, in Bielefeld gestorben. Vollkommen unbescholtene Bürger.

Mittlerweile ist es Nachmittag. Kuss lehnt sich zurück, ist mit der Entwicklung zufrieden. Die Aussage von Frau Oppenhäuser-Favialo hat viel Licht ins Dunkel gebracht und geholfen, zwei alte und einen aktuellen Mordfall ansatzweise zu klären. Zumindest die Motive der möglichen Täter. Wie spät ist es? Fast 16 Uhr. Er sollte nicht lockerlassen und Christian Eduard Klippenberger auf die Bude rücken, ihn ausquetschen, in die Ecke drängen. Wenn er ihn mit der Aussage von Gundula Oppenhäuser-Favialo konfrontiert, würde er möglicherweise reden. Oder er ist eine ganz harte Sau und schweigt einfach. Sollte Kuss vielleicht mit einem richterlichen Durchsuchungsbeschluss anrücken? Das könnte Klippenberger bockig machen, eine Abwehrhaltung provozieren. Sollte er sich lieber ganz offiziell anmelden? Ohne irgendwelche Dringlichkeit zu signalisieren? Gute Idee. Dann würde Klippenberger denken, dass er Kuss im Sack hat, dass er am längeren Hebel sitzt. Das sähe dann so aus, als hätte seine Beschwerde beim Polizeipräsidenten Erfolg gehabt und Kuss käme zu ihm, um sich zu entschuldigen.

Die Dame in der Zentrale der E. Klippenberger AG verbindet ihn mit dem Vorzimmer von Dr. Christian Eduard Klippenberger. Die Chefsekretärin macht Kuss darauf aufmerksam, dass ein Termin am heutigen Mittwochnachmittag leider unmöglich sei, da wichtige Besprechungen anstünden. Aber morgen ginge es, um halb elf.

Dann ruft Thomas Kuss seinen Assistenten Kirchner an und erzählt ihm in kurzen Worten von Gundula Oppenhäuser-Favialo und ihrer Version der Geschichte. Der ist daraufhin voller Ehrfurcht: „Anerkennung, Thomas! Du wirst deinem Ruf als Ermittlergenie mal wieder gerecht."

„Ich hab doch kaum was dazu getan. Hab mich lediglich anrufen lassen. Das hätte jeder gekonnt."

„Dann liegt's wahrscheinlich daran, dass du die magische Aura hast, die Leute bei dir anrufen lässt und bei uns armen Würstchen nicht."

„Gut, meine Aura ist es also."

„Im Prinzip hat sich der Fall doch fast erledigt. Wir müssen nur noch diesen Dr. Klippenberger zum Sprechen bringen, oder? Der ist doch nach Aussage von

Frau Oppenhäuser dringend tatverdächtig. Und hat eventuell auch Michael Küpper umgebracht oder umbringen lassen."

„Nicht so voreilig, Olli. Ich hab da ein ganz seltsames Gefühl, dass es so einfach nicht ist. Wie sieht's mit euren Verhören aus?"

„Wir waren zuerst bei Frau Jewtuschenko. Eigentlich wollten wir Svenja Lemberg besuchen, aber da war niemand zu Haus."

„Schade, was? Aber Jekaterina Jewtuschenko sieht ja auch ziemlich gut aus. Gibt's was Neues zu berichten?"

„Nein, nichts Neues. Frau Jewtuschenko hat das wiederholt, was sie schon einmal ausgesagt hat. Bevor ich's vergesse: Anne-Kathrin Küpper rief bei mir an und fragte, ob und wann denn nun die Testamentseröffnung anstehe."

„Und, was hast du ihr gesagt?"

„Na, im Großen und Ganzen die Wahrheit. Dass der zuständige Rechtsanwalt und Notar gerade ermordet wurde und niemand weiß, wo die Kassette mit den Unterlagen und dem Testament abgeblieben ist. Und dass wir danach suchen. Sie bot sich auch sofort an, im Haus von ihrem Cousin dabei zu helfen. Das habe ich allerdings abgelehnt."

„Gut gemacht, mein Sohn."

Thomas Kuss berichtet davon, dass er am nächsten Tag einen Termin bei Klippenberger habe. Er möchte dort allerdings allein hingehen. Es soll aussehen wie der Gang nach Canossa.

Nach dem Gespräch macht sich Thomas Kuss auf den Weg zur Schlesischen Straße. Kurz zuvor kündigt er per Handy seine Ankunft bei Haase und Prieß an, damit die nicht erschrecken, wenn plötzlich jemand im

Haus auftaucht. An der Haustür empfängt ihn Sebastian Prieß.

„Oh, Mann, Herr Kuss, das ist wirklich krass, was wir hier so gefunden haben. Der Typ, also das Opfer, war wirklich vollkommen durchgeknallt."

„Wem sagen Sie das? Das ist nichts Neues."

Die Tür fällt hinter ihnen ins Schloss und sie stehen im nun völlig ruhigen Hausflur.

„Geht dieser verdammte Geruch denn niemals raus?", fragt Kuss.

„Kommen Sie, ich zeige Ihnen mal etwas Interessantes", fordert ihn Prieß auf. Er geht vor, durch die zweite Tür zur Linken, hält sich dann sofort rechts. Öffnet eine Schranktür, schiebt die Rückfront zur Seite und steigt über eine niedrige Mauer in einen Raum, den Kuss noch nicht kennt. In der Mitte stehen zwei große Elektromotoren, die mit Maschinenschrauben auf dem Fußboden fixiert sind. Sie brummen leise vor sich hin und drehen jeweils ganz langsam eine Welle, die durch Öffnungen in der Wand ihre Kraft ins Nachbarzimmer überträgt.

„Was hat das denn zu bedeuten?", fragt Kuss.

„Halten Sie sich fest: diese Motoren bewegen die Räume! Man hat doch hier im Haus öfters den Eindruck, als sei ein Zimmer nicht mehr im selben Zustand, in dem man es verlassen hat. Diese seltsamen Eindrücke, die einen dazu bringen, am eigenen Verstand zu zweifeln, werden durch Einrichtungen hervorgerufen, die wie Drehbühnen im Theater funktionieren. Tatsächlich werden hier mindestens zwei Zimmer im 48-Stunden-Rhythmus um jeweils 180 Grad gedreht. Irre, was?"

„Na, das erklärt zumindest einige merkwürdige Eindrücke, die ich bei meinem zweiten Besuch hier im Haus hatte. Wo ist Mirco Haase?"

„Der rennt hier irgendwo in der Hütte herum und sucht. Der ist schon ganz irre in der Birne. Glauben Sie mir, Herr Kuss, in diesem Haus wird man über kurz oder lang verrückt, bekloppt. Das hat eine ganz besondere Aura."

Kuss schaut in die Augen von Prieß. Ein irres Blitzen sieht er darin noch nicht. Aber das muss nicht viel heißen. Allein der Geruch könnte einen schon um den Verstand bringen.

„Ich wollte mir noch einmal das Zimmer anschauen, in dem Küppers Leiche gefunden wurde", sagt Kuss.

„Okay, wenn Sie hinfinden. Sie erreichen uns am besten über Handy, auch wenn wir nur ein Zimmer weiter sind."

Thomas Kuss geht zurück in den Eingangsflur des Hauses. Von dort findet er das entsprechende Zimmer einfacher. Als er es erreicht, kann er sich plötzlich gar nicht mehr genau daran erinnern, weshalb er überhaupt in der Schlesischen Straße vorbeigekommen ist. Er schaut sich um. Uninspiriert, fast desinteressiert.

Kuss verabschiedet sich von den Kollegen und fährt nach Hause. Unterwegs holt er sich vom Bäcker noch eine Nussecke. Mandelhörnchen, die er am liebsten mag, sind aus. Sehr ärgerlich. Aber Nussecken tun's auch. Wenn sie frisch sind und nicht schon ein paar Tage liegen. Denn dann werden sie zäh und trocken und hart.

Zu Hause macht sich Kuss einen milden Kaffee, setzt sich auf seinen Balkon, trinkt und isst das Teilchen dazu. Punkt 18 Uhr schließt er alle Türen und Fenster, nimmt seine Trompete zur Hand und ärgert die Nachbarn. Heute sind die alterierten Skalen dran. Die klingen manchmal etwas dissonant und sind deshalb den Nachbarn noch schwerer zuzumuten als andere Tonleitern.

Nach einer Stunde angestrengten Übens ist Thomas Kuss in Schweiß gebadet und die Nachbarn sind mit ihren Nerven am Ende. Kuss reinigt sein Instrument und setzt sich noch einmal auf seinen Balkon, in die laue Abendluft. Und denkt über seinen morgigen Gang zu Christian Eduard Klippenberger nach und über die übrig gebliebenen Freunde von Michael Küpper. Es ist durchaus möglich, dass Klippenberger für den Tod von Rechtsanwalt Oppenhäuser und Michael Küpper verantwortlich ist. Und sein Vater und er für die mutmaßlichen Morde an Elvira und Erwin Küpper. Die aktuellen und zwei alte Fälle wären damit im Handumdrehen gelöst. Zu schön, um wahr zu sein. Kuss ruft noch einmal Sebastian Prieß an, fragt, ob sie noch irgendetwas Nennenswertes entdeckt hätten. Haben sie aber nicht.

Kuss grübelt und grübelt. Er isst zu Abend und schaut sich irgendeinen Spielfilm im Fernsehen an. Er verfolgt die simple Handlung nur am Rande. Wo ist nur die Kassette mit dem Testament geblieben? Wenn ein solches überhaupt existiert, dann geht es darin höchstwahrscheinlich um den großen Immobilienbesitz und um noch größere Finanzmittel. Sollte Klippenberger irgendwie in den Besitz der Kassette gelangt sein? Was wollte er aber dann mit dem Testament? Die Würfel waren doch gefallen. Die Immobilien gehörten seiner Familie schon längst nicht mehr.

Küppers Cousinen wiederum machen sich wahrscheinlich keine großen Hoffnungen mehr auf einen Teil des Nachlasses. Da sie aber Verwandte sind, würde ein Gericht, für den Fall, dass kein Testament mehr auftaucht, ihnen mit Sicherheit einen Teil der Immobilien zusprechen. So dürften die beiden wahrscheinlich eher daran interessiert sein, dass die Kassette möglichst nicht mehr auftaucht, beziehungsweise ihr Inhalt sich in Luft auflöst.

Jekaterina Jewtuschenko erhofft sich aus dem Nachlass natürlich auch einen großen Teil, nicht zuletzt die versprochene Förderung ihrer Tochter. Was ist mit Svenja Lemberg? Möglicherweise macht auch sie sich Hoffnungen, bedacht zu werden. Und wie verhält es sich mit Luis Enbrecht und Frankie Munstein? Vielleicht werden beide von Hoffnungen umgetrieben, doch noch, für ihre tatsächliche oder vorgespielte Freundschaft, mehr als fürstlich entschädigt zu werden. Diese vier Menschen dürften an der Testamentsverkündung ein vitales Interesse haben.

Befindet sich die Kassette nun aber noch im Haus in der Schlesischen Straße oder ist sie schon längst in den Händen eines der Betroffenen? Ist sie vielleicht im Haus des ermordeten Oppenhäuser? Hat er seine Verwunderung beim Öffnen des leeren Schließfachs in Küppers Bank möglicherweise nur vorgespielt? Fragen über Fragen. Und wenn tatsächlich niemand die Kassette besitzt, müssten dann nicht alle Beteiligten sämtliche Anstrengungen daransetzen sie zu finden, um ihres Inhaltes habhaft zu werden? Diese Gedanken lassen Kuss nicht los. Wer alles besitzt einen Schlüssel zum Haus in der Schlesischen Straße? Was tut sich da, wenn die Polizei es gerade nicht durchsucht? Wer geht dort ein und aus? Die Polizeisiegel hat er, Kuss, ja selbst zerstört und keine neuen angebracht. Ganz schön dämlich von mir, denkt er jetzt.

Um 22:30 Uhr hält es Hauptkommissar Thomas Kuss nicht länger in seiner Wohnung. Er macht sich noch einmal auf den Weg zum Haus der Küppers.

Auch jetzt weiß er nicht genau, was er dort will. Aber dennoch wird er wie magisch dorthin gezogen.

Die Schlesische Straße liegt an diesem lauwarmen Sommerabend wie ausgestorben da. Hier und dort ist in den Fenstern der Nachbarschaft Licht zu sehen. Kuss geht den schmalen Weg zum Eingang hoch und stolpert über irgendetwas. Er nimmt seine Taschenlampe aus dem Rucksack und leuchtet. Auf dem Weg liegt eine tote Ratte. Er schreckt zurück. Ekelhaft, vor allem in diesem Licht. Das Tier blutet aus einer großen Wunde am Bauch. Vielleicht hatte sich eine Katze das Vieh geschnappt. Kuss atmet tief durch. Noch einmal frische Luft schnappen, bevor es wieder in dieses Haus geht.

Auch Prieß oder Haase haben keine neuen Polizeisiegel aufgeklebt. Egal. Thomas Kuss steht im Hausflur und sucht mit der Taschenlampe nach dem Lichtschalter. Das Licht kommt von einer Glühbirne in einem blau-roten Lampenschirm, der 1972 der letzte Schrei gewesen sein dürfte. Kuss arbeitet sich mit Hilfe der Taschenlampe und dem fest installierten Licht noch einmal in das Todeszimmer von Michael Küpper vor. Der seltsame Geruch nach Leiche und Erbsensuppe mit Speckeinlage ist nach wie vor präsent. Kuss hat das Gefühl, dass er ihm in dem nachtkalten Haus geradewegs unter die Kleidung kriecht.

Er findet fast schon blind den Weg. Im Todeszimmer ist das Licht eingeschaltet. Haben Prieß und Haase vergessen, es zu löschen?

„Na, Herr Hauptkommissar, auf der Suche nach Hinweisen?“

Kuss erschrickt, ein heißer Schauer von Adrenalin schießt durch seinen Körper. Er greift zum Schulterholster.

„Lassen Sie die Waffe ruhig stecken, Herr Kuss. Ich bin nicht bewaffnet und werde Sie auch nicht angreifen."

Die Stimme gehört Svenja Lemberg. Sie sitzt ganz links hinten in der Ecke und konnte deshalb von Kuss beim Hereinkommen nicht sofort entdeckt werden.

„Ach, du meine Güte, Frau Lemberg. Darf man fragen, was Sie hier tun? Um diese Zeit? Dieses Haus darf nur mit Genehmigung der Polizei betreten werden!"

„Genau wie Sie und Ihre Kollegen, die tagsüber hier waren, suche ich nach der Kassette, Herr Hauptkommissar."

„Welche Kassette?"

„Ach, kommen Sie, Herr Kuss! Die Kassette aus dem Schließfach von Michaels Bank. Die mit dem Testament."

„Woher wissen Sie davon?"

„Michael hat mir davon erzählt. Hat mir berichtet, dass er ein Testament zu meinen Gunsten abgefasst hätte. Dass ich seinen gesamten Besitz erben würde. Nach und nach habe ich erfahren, dass er allen seinen Freundinnen dasselbe erzählt hat. Auch seine männlichen Freunde hörten ähnliche Versionen. Und alle wussten auch, dass er krank war. Darüber hat er immer wieder gesprochen. Die unbehandelte Nierenschwäche, die Wassereinlagerungen, die Herzbeschwerden. Er gab sich selbst nicht mehr sehr lange. Da bestand letztendlich für mich, für uns, die reale Chance, noch in relativ jungen Lebensjahren Erbe eines großen Vermögens zu werden und dann vollkommen sorgenfrei leben zu können."

„Dann sind ja wohl alle im Moment hinter der Kassette her. Wie der Teufel hinter der Seele."

„Darauf können Sie Gift nehmen. Und bei einigen handelt es sich um wirkliche Teufel, glauben Sie mir."

„Gehören Sie auch zu den Teufeln?"

Svenja Lemberg zieht die Augenbrauen hoch, sagt aber nichts.

Kuss fühlt sich plötzlich sehr unbehaglich. Was für eine seltsame Szenerie! Er befindet sich des Nachts in Michael Küppers schrecklichem Haus, zusammen mit einer von dessen ehemaligen Freundinnen. Und es riecht nach der Leiche des gemeinsamen Freundes und nach billigem Essen. Bizarr.

„Wissen Sie eigentlich, Frau Lemberg, dass ich Michael Küpper schon seit Langem kannte? Ich bin mit ihm zur Schule gegangen. Bis zur zehnten Klasse."

„Ist ja interessant, Herr Hauptkommissar. Was soll mir das denn jetzt sagen? Wollen Sie mich nicht lieber verhaften, weil ich unbefugt Küppers Haus betreten und durchsucht habe?"

„Dazu komme ich noch. Ich finde Ihr Vergehen übrigens nicht allzu schwerwiegend. Da hätte ein Teufel doch noch anderes parat, oder? – Ich sammle übrigens Meinungen, aus welchem Grund Michael Küpper sein Haus so seltsam verbaut hat. Haben Sie eine Erklärung dafür? Würde mich wirklich interessieren."

„Ich weiß nicht, was das mit unserer Suche nach dem Testament zu tun hat. Aber wenn es Sie glücklich macht, erzähle ich Ihnen, wieso", sagt Svenja Lemberg. „Also, Michael hatte einen Schuldkomplex. Das habe ich sehr schnell gemerkt. Ach, was rede ich, das merkte jeder, der ihn neu kennenlernte, schon nach kurzer Zeit. Irgendwas war da mit den Eltern. Die waren Schuld daran, dass er ebenfalls ‚Dreck am Stecken' hatte, wie er es nannte."

„Worin bestanden denn die Vergehen?"

„Wenn ich das richtig verstanden habe, dann hatten die Eltern jahrelang Immobilien gekauft. In Massen. Alles aus dem Besitz der Klippenberger AG. Das Unternehmen selbst hatte sich den größten Teil davon in den Jahren seit 1938 mit Hilfe der Nazis für wenig Geld aus jüdischem Besitz angeeignet. Und für noch weniger Geld schlugen dann Küppers Eltern in den 80er-Jahren zu und luchsten den Klippenbergers alles wieder ab. Ich glaube, Erwin und Elvira Küpper erpressten die Klippenbergers sogar mit Hilfe des Anwalts Oppenhäuser, damit die so billig verkauften. Genaueres weiß ich aber nicht."

„Michaels Anwalt, Hartmut Oppenhäuser, ist gestern ermordet worden. Wir haben ihn heute Morgen aus dem Obersee gefischt."

„Ermordet? Da wusste sich aber jemand zu wehren!"

„Wer hat sich denn da, Ihrer Meinung nach, so erfolgreich gewehrt?"

„Na, ich denke doch, dass es einer aus der Klippenberger-Familie war. Wenn die tatsächlich ihren Privatbesitz über die Jahre an die Küppers fast verschenken mussten, dann hat das bestimmt einigen Unfrieden ausgelöst. Und wenn Oppenhäuser der große Strippenzieher war, dann lebte er gefährlich! Das musste dem doch klar sein! Immerhin haben die Klippenbergers schon 1999 gezeigt, wozu sie fähig sind."

„Was meinen Sie?"

„Na, wer hat wohl die Bremsleitungen an dem alten Morgan manipuliert? Bestimmt nicht die Küppers selbst."

„Wer dann?"

„Nun fragen Sie doch nicht so scheinheilig, Herr Kuss. Das weiß die Polizei doch ganz genau. Euer korrupter Superbulle von damals, Günther Linke, der hat doch alles vertuscht. Und dafür ordentlich Kohle kassiert."

„Da wissen Sie mehr als ich. Wer hat Ihnen denn das erzählt?"

„Michael selbst. Der wusste über alles ziemlich genau Bescheid. Und den Rest konnte er sich denken."

„Und warum ist er nicht zur Polizei gegangen?"

„Mein Gott, Sie sind aber schwer von Begriff. Zum einen, weil er selbst Nutznießer des großen Vermögens war, dass sich die Eltern zusammengerafft hatten. Das wollte er nicht wieder abgeben müssen, wenn die Umstände des Erwerbs ans Licht gekommen wären. Und das wären sie ja mit Sicherheit. Zum anderen wusste er, dass die Klippenbergers am längeren Hebel saßen. Die hatten ja sogar die Polizei bestochen und auf ihrer Seite."

„Günther Linke hat sich gestern selbst umgebracht. Hat sich in den Kopf geschossen. Vor meinen Augen!"

„Na, wer sagt's denn? Dann sind bald alle Schuldigen in den ewigen Jagdgründen!"

„Wer fehlt denn noch?"

„Eigentlich nur noch Christian Eduard Klippenberger. Sein Vater und Großvater sind ja schon tot."

„Sonst noch jemand?"

„Ja. Da fehlt noch jemand."

„Wer denn?"

„Soll ich Ihnen eine Geschichte erzählen?"

„Wenn's eine gute, spannende Geschichte ist, dann gern. Ich liebe gute Geschichten."

„Geht in Ordnung. Vor einigen Jahren lernte ich Michael Küpper kennen. Eine Schönheit war der Typ nicht. Und er hatte, wie viele Männer, diese Macke, Frauen aus dem ‚Milieu' befreien zu wollen. Das wissen

Sie längst, das habe ich Ihnen bei Ihrem Besuch bei mir schon geschildert. Auch, dass er mich zuweilen an seine Geschäftsfreunde als kleines ‚Gastgeschenk' vermittelt hat. Was ich Ihnen bei Ihrem Besuch allerdings nicht gesagt habe, ist, dass er auch mir, genauso wie Jekaterina, eine Menge Geld versprochen hat, als wir noch zusammen waren. Er sagte zu mir, dass ich auf die Kohle ein Anrecht hätte, komme, was immer da wolle. Als er mich abservierte, habe ich ihn auf diese Versicherung angesprochen. Da druckste er herum, wollte plötzlich nichts mehr davon wissen. Mein Haus in der Glatzer Straße sollte gewissermaßen als Abschiedsgeschenk fungieren. Das wollte ich mir aber nicht gefallen lassen. Ich bin mehrfach zu ihm hin, habe angerufen, Mails geschickt, ihn fast ein wenig terrorisiert. Er ließ sich aber nicht beeindrucken. Ich war abgeschrieben. Und ich habe ihn von da an noch mehr gehasst!"

„Frau Lemberg. Ehrlich gesagt: Sie machen nicht den Eindruck, dass Ihnen noch irgendetwas im Verhalten der Männer fremd wäre", sagt Kuss. „Sie deuteten ja schon an, dass Sie da Ihre Erfahrungen gemacht haben. Deshalb wundere ich mich, dass Sie sich von Michael so arg betrogen fühlten. Hätten Sie nicht, nach Lage der Dinge, so ein Verhalten von ihm erwarten müssen?"

„Es ist richtig, dass ich schon so einiges im zwischenmenschlichen Bereich erlebt habe. Aber diese Sache, das war doch schon sehr heftig, so ernüchternd. Als wenn Ihnen einer den Lottoschein mit den sechs Richtigen wieder wegnimmt. Aber, wie ich schon sagte, ich gab keine Ruhe. Als er im Krankenhaus war, vor etwa einem halben Jahr, da habe ich ihn besucht und auch dort noch einmal auf seine Zusagen angesprochen. Da hat er mich dann achtkantig rausgeworfen. Jekaterina ist es ähnlich ergangen. Auch mit ihr hatte er Schluss gemacht und von ihren Ansprüchen nichts mehr wissen wollen. Ja, und dann ...!"

„Was, ... dann?" fragt Kuss.

„Als ich vorhin an dem großen Schrank mit den Akten war, stellte ich fest, dass das Tagebuch fehlt", sagt Svenja Lemberg.

„Das ist richtig. Ich habe es."

„Haben Sie es auch gelesen?"

„Gelesen habe ich es auch. Von der ersten bis zur letzten Seite."

„Kennen Sie die Geschichte ‚Der Horla' von Guy de Maupassant?"

„Nein, kenne ich nicht. Was wollen Sie mir sagen?"

Kuss ist hellwach und nimmt den Geruch im Zimmer gar nicht mehr richtig wahr. Er lauscht überaus gespannt der Erzählung von Svenja Lemberg. Und er hat ein ungutes Gefühl, eine üble Vorahnung.

„In dieser Novelle aus dem 19. Jahrhundert geht es um einen Menschen, der allein wohnt, ein Bonvivant, der genug Geld besitzt und unbeschwert vor sich hin lebt. Irgendwann stellt er fest, dass offenbar jemand, ein Mensch, ein Geist, jedenfalls ein Unsichtbarer, Einlass in sein Haus begehrt. Dieses Phantom macht ihm zunehmend das Leben zur Hölle. Er wird krank, körperlich wie geistig, hat seltsame und immer erschreckendere Erscheinungen. Er fühlt sich belagert, traut sich nicht mehr aus dem Haus, weil er glaubt, dass draußen dieser Teufel, der Horla, insbesondere des Nachts um das Gebäude streicht. Er hört sogar die Schritte des Horlas."

Svenja Lemberg macht eine kurze Pause. Kuss ist erstaunt und wundert sich darüber, dass eine Dame vom Kiez solche literarischen Kenntnisse besitzt.

„Maupassants Novelle ist in der Form eines Tagebuchs und in der ersten Person geschrieben. Man kann als Leser miterleben, wie der Erzähler von Tag zu Tag verrückter wird. Ist eine sehr, sehr eindrucksvolle Geschichte", ergänzt Svenja Lemberg.

„Ich denke, ich weiß, worauf Sie hinauswollen", meint Kuss. „Ich sehe die Parallelen in Küppers Tagebuch zur Geschichte von Maupassant. Wollen Sie mir etwa zu verstehen geben, dass da etwas inszeniert wurde? Denn ich hatte nach Lektüre des Tagebuches eher den Eindruck, dass Michael in seinen letzten Lebensmonaten tatsächlich geisteskrank geworden ist. Kann natürlich sein, dass die Anlage dazu immer schon vorhanden war."

„Das ist richtig, die Anlage dazu hatte er. Mit Sicherheit! Und ich habe das ausgenutzt. Habe ihn getreu der Maupassant-Novelle langsam in den Irrsinn getrieben. Die Stufen dieser Eskalation sind in seinem Tagebuch nachzulesen."

„Donnerwetter, Frau Lemberg, da haben Sie sich aber eine gewaltige Mühe gemacht. Allein das fände ich, wäre ich Psychoanalytiker oder so, im Hinblick auf Ihren Gemütszustand schon sehr bedenklich." Kuss ahnt, dass Svenja Lemberg mindestens genauso dringend einen Arzt benötigt, wie Michael Küpper einen gebraucht hätte.

Die Szenerie ist gespenstisch. Thomas Kuss hat das Gefühl, als führe ihm ein zweites Ich, das neben ihm steht, die momentane Situation in ihrer großen Absurdität und in aller Schärfe vor Augen – befindet er sich doch in einem komisch verbauten Haus im Todeszimmer des ehemaligen Besitzers, nach dessen Überresten es immer noch riecht. Mit im Zimmer ist eine offenbar geistig nicht vollkommen gesunde Frau, die Thomas

Kuss gerade ihre kruden Aktivitäten schildert, mit denen sie Michael Küpper angeblich beinahe oder tatsächlich in den Wahnsinn getrieben hat.

„Erinnern Sie sich noch an die brennende Kerze in dem Schlafzimmer, Herr Kuss?", fragt Svenja Lemberg. „Als Sie das erste Mal dieses Haus betraten?"

Kuss erinnert sich sogar sehr gut daran. Und an seine Verwunderung darüber.

„Die habe ich angezündet. Ich war zu der Zeit hier im Haus", sagt Svenja Lemberg.

„Das machte auf mich den Eindruck, als habe jemand die Kerze zum Gedenken an das Mordopfer angezündet. Oder war das etwa reiner Zynismus?"

„Ich weiß nicht, was mich dazu bewog. Vielleicht so ein Rest Menschlichkeit und der Gedanke, dass ein jeder seine Würde hat."

„Sie reden von einem ‚Rest Menschlichkeit' bei Ihnen, nachdem Sie einen Menschen umgebracht haben?"

„Moment, Herr Kuss! Nicht, dass hier Missverständnisse entstehen. Umgebracht habe ich Michael nicht."

„Was wollten Sie denn dann? Warum der ganze lächerliche Terror, treu nach literarischen Vorbildern des 19. Jahrhunderts?"

„Sagen wir mal so: Die letzte Konsequenz, das Umbringen von Michael Küpper, hat jemand anders besorgt."

„Wer soll das denn gewesen sein?"

„In den letzten Tagen vor Michaels Tod, da habe ich ihn besucht. Habe mich telefonisch angemeldet und dann an der Haustür geklingelt. Er wollte mich zwar eigentlich nicht reinlassen, aber ich habe so lange darauf gedrungen, dass er schließlich nachgegeben hat.

Ich sagte ihm, dass etwas Wichtiges zu besprechen sei. Dem war auch tatsächlich so. Ich dachte mir, dass er jetzt seelisch so weichgeklopft wäre, dass wir über meinen Fall neu verhandeln könnten. Als ich ihn hier im Zimmer traf, war ich bis ins Mark erschüttert. Michael trug kurze Hosen, weil ihm keine anderen mehr passten, wie er sagte, denn sein rechtes Bein war auf fast den doppelten Umfang seines linken angeschwollen!"

„Wassereinlagerungen wegen seiner Niereninsuffizienz. Das hat unser Gerichtspathologe schon festgestellt."

„Das ist richtig. Wegen dieser Sache war Michael ja vor einiger Zeit behandelt worden. Eigentlich hätte er nun sofort ins Krankenhaus gemusst. Er war so schwach, dass er hier, vor mir, lang hinschlug. Und als ich mich zu ihm hinunterbeugte, sagte er mit aller Kraft, die er zu dieser Zeit noch hatte: ‚Ich muss ins Krankenhaus! Ruf einen Notarzt!' Dann ist er für einen kurzen Moment ohnmächtig geworden. Ich dachte zunächst, er sei tot. Da habe ich mich hier in den Stuhl gesetzt und war für einen Moment ratlos. Was sollte ich tun? Michaels Wunsch respektieren? Oder einfach darüber hinweggehen und seinen Tod abwarten?"

„Und, was haben Sie getan? Offenbar nichts. Sie sind dran wegen unterlassener Hilfeleistung und vielleicht sogar wegen Mordes, zumindest aber wegen Totschlags, so viel ist klar!"

„Bevor wir über die moralischen Aspekte der Sterbehilfe, unterlassener Hilfeleistung oder gar Mord sprechen, hören Sie sich erst einmal die Geschichte bis zum Ende an!"

„Okay, erzählen Sie."

„Als ich noch überlegte, hörte ich, dass jemand im Haus war und sich näherte. Das hört man überall im Gebäude sehr gut, auch wenn alle Geräusche durch die Verbauung gedämpft werden. Ich versteckte mich. Möglicherweise hatte ich Angst vor der Reaktion eines Besuchers, der mich bei meiner unterlassenen Hilfeleistung auf frischer Tat ertappte. Über einen Weg, den ich kannte, gelangte ich zu einer Leiter, die auf den Dachboden führt. Dort befindet sich eines der wenigen Fenster, durch das man in diesem Haus einen Blick auf die reale Welt draußen werfen kann. Ich sah, dass am Straßenrand ein Wagen stand. Ich vermutete, dass es der von Luis Enbrecht war. Das war ja Michaels bester Freund, der sich auch, wie ich einmal von ihm erfuhr, große Hoffnungen auf das viele Geld und den großen Besitz von Michael machte. Beide hatten eine ähnlich schwere Krankheit, was sie, insbesondere nach Meinung von Küpper, eng verband. Nachdem sich Michael mit allen seinen Verwandten zerstritten hatte, spielte er tatsächlich mit dem Gedanken, Luis Enbrecht einen großen Teil seines Vermögens zu vermachen. Enbrecht hat ihm ziemlich zugesetzt, weil er mit hundertprozentiger Sicherheit wissen wollte, ob Michael sein Testament entsprechend geändert habe."

„Dieses ganze Sterbe- und Erbschaftsgelaber ist ja schrecklich. Haben die sich auch mal über etwas anderes unterhalten?", will Kuss wissen.

„Sie müssen bedenken, dass beide, Michael Küpper und Luis Enbrecht, davon ausgingen, wegen der Schwere ihrer Krankheit nicht mehr allzu lange zu leben. Deshalb beschäftigten die sich permanent mit dem Tod."

„Gut, verstanden", sagt Kuss. „Also, Sie dachten, dass Enbrecht nun im Haus war. Was passierte dann?"

„Er hat Michael Küpper ermordet."

„Ach, tatsächlich? Haben Sie das mit eigenen Augen gesehen?"

„Nein, das war mir nicht möglich. Aber es konnte gar nicht anders sein. Enbrecht hielt sich etwa eine Dreiviertelstunde im Haus auf. Ich konnte ihn leise und gedämpft sprechen hören, verstand aber nicht, was er sagte. Auch Michaels Stimme hörte ich. Einen Rettungswagen hat er nicht gerufen. Nichts passierte. Nach vielleicht zehn Minuten war alles still. Weitere fünfzehn Minuten später sah ich Enbrecht vom Bodenfester aus, wie er das Haus ohne Eile verließ, den Wagen bestieg und davonfuhr."

„Sind Sie sich denn ganz sicher, dass es sich um Luis Enbrecht handelte?", will Kuss wissen.

„Für mich bestand daran kein Zweifel", sagt Svenja Lemberg. „Auch wenn er einen Hut trug und ich ihn nur von oben sehen konnte."

„Na gut", sagt Kuss. „Und was passierte dann?"

„Ich ging wieder hinunter, in dieses Zimmer, wo Michael immer noch am Boden lag. Ich beugte mich über ihn – er war definitiv tot. Kein Lebenszeichen mehr. Ich fasste ihn nicht an. Fingerabdrücke oder Ähnliches wollte ich nicht hinterlassen. Für mich war es eindeutig: Enbrecht hatte ihn getötet, hatte irgendetwas unternommen, um Michael das Lebenslicht auszublasen."

„Moment", wirft Kuss ein. „Bedenken Sie, dass Michael Küpper just in dem Moment gestorben sein könnte, in dem Luis Enbrecht anwesend war. Und dass Enbrecht aus denselben Gründen wie Sie so handelte, wie er es tat. Das heißt, niemandem Bescheid geben, nichts anfassen und möglichst unauffällig wieder verschwinden. Oder Sie waren es selbst, Frau Lemberg, und tischen mir hier eine Geschichte auf, mit der Sie Ihren Teil der Schuld, den Sie zweifellos haben, mindern wollen."

„Ich kann nur beteuern, dass ich es nicht war. Was weiß ich, vielleicht sind irgendwo auf der Leiche DNA-Spuren von Enbrecht oder Textilfasern oder so. Sie verfügen doch heutzutage über Mittel und Wege, um festzustellen, wer als Letzter mit Michael Küpper Kontakt hatte."

„Wenn es so einfach wäre", sagt Kuss. „Frau Lemberg, Sie haben doch sicherlich nichts dagegen, mich nun zum Polizeipräsidium zu begleiten, wo Sie Ihre Aussage unterschreiben und wo Sie dann höchstwahrscheinlich in Untersuchungshaft bleiben müssen?"

„Und wenn ich etwas dagegen hätte?"

„Falls Sie sich meiner Verhaftung zu entziehen versuchen oder fliehen, wird alles noch schlimmer. Ich würde natürlich nach Ihnen fahnden lassen."

Svenja Lemberg leistet keinen Widerstand. Im Präsidium wiederholt sie fast wortgetreu das Gesagte. Thomas Kuss glaubt ihr. Anschließend landet sie in einer Zelle.

Gegen 23 Uhr sitzt Kuss allein in seinem Büro. Die Hitze ebbt ab. Er macht das Fenster auf. Kühle und erfrischende Nachtluft strömt in den Raum. Kuss ist gleichzeitig hellwach und hundemüde.

Was liegt jetzt an? Luis Enbrecht des Mordes an Michael Küpper überführen? Und Klippenberger die Morde an Erwin und Elvira Küpper und an Hartmut

Oppenhäuser nachweisen? Ist das alles? Wo aber ist das verfluchte Testament?

Thomas Kuss fährt nach Hause, isst eine Fünf-Minuten-Terrine von Nissin, Geschmacksrichtung Huhn, scharf, und legt sich dann ins Bett.

Natürlich sitzt so jemand wie Thomas Kuss, alleinstehend und mit der Arbeit verheiratet, am nächsten Morgen wieder pünktlich im Büro. Und sei es auch nur, um mit Menschen Kontakt zu haben.

Um halb zwölf kommt der ewig missgelaunte, stumme Mann aus der Poststelle und knallt den Leuten Briefe und Pakete auf die Tische. Er betritt die Büros ohne anzuklopfen und strahlt dabei eine solche Autorität aus, dass sich bisher niemand getraut hat, ihn auf das Rüpelhafte seines Verhaltens aufmerksam zu machen. Kuss fragt sich oft, ob der Postmensch wohl Freunde hat. Denn er sieht aus, als habe er keine und wolle auch nie welche haben. Er wird verdammt einsam sterben, wenn er sich nicht das Anklopfen angewöhnt.

Kuss sieht die Post durch. Verdienstbescheinigung vom Landesamt für Besoldung. Das hat man doch gern. Ist ja immer 'ne ganze Menge Kohle. Allerdings weiß Kuss nie genau, was er damit anfangen soll. Er fährt nicht in Urlaub, steht nicht auf teure Autos, ist am Haus- oder Wohnungskauf nicht interessiert. Na, vielleicht kauft er sich irgendwann mal eine ganz scharfe neue Trompete, Custom-made aus den USA. Von Vincent Bach. Oder diese ganz neue, ‚C-Raptor' heißt die, oder so.

In der Post liegt auch ein Einschreiben, gepolsterter Umschlag. Seltsam, denkt er sich. Der Brief ist direkt an mich gerichtet, als Einschreiben, und irgendeiner im Haus quittiert den Empfang für mich. Ist ja auch nicht gerade im Sinne des Erfinders.

Weder auf der Front- noch auf der Rückseite ist ein Absender zu finden.

„Hoffentlich keine Briefbombe“, sagt Kuss leise zu sich selbst. Vielleicht sollte er den Umschlag lieber von der Kriminaltechnik öffnen lassen? Unter Wahrung aller Vorsichtsmaßnahmen. Doch Thomas Kuss’ Neugierde und die Faulheit sind zu groß. Er reißt vorsichtig den Umschlag auf und schaut herein, zieht einen dicken Packen beschriebenes, bedrucktes Papier heraus. Dann kullert noch ein USB-Stick auf den Tisch, der sich ebenfalls im Umschlag befand.

Kuss blättert in den Unterlagen. Es handelt sich um Briefe. Auf ihnen prangen die Logos von Versicherungen. Der Briefkopf des Landgerichts ist auch darunter. Briefe an Günther Linke, an Michael Küpper, an verschiedene Sachverständige. Es ist ganz klar, hier geht es um den Unfall von Elvira und Erwin Küpper. Das ist der Schriftwechsel zum Unfallgeschehen, der in der Akte aus dem Archiv fehlt. Jetzt kommt Licht ins Dunkel. Kuss ist elektrisiert. So etwas bekommt man nicht alle Tage in die Hände.

„Ist ja phänomenal“, sagt Kuss, schiebt den Bürostuhl nach hinten, geht auf die Knie und steckt den Stick in das Motherboard, das auf dem Fußboden steht. Dann wartet er ab, was auf dem Bildschirm passiert. Der PC zeigt nach kurzer Zeit an, dass sich auf dem Stick nur eine einzige Datei befindet. Es handelt sich um ein Video. Kuss klickt es an.

Günther Linke erscheint auf dem Bildschirm. Er sitzt in seinem Wohnzimmer und lächelt freundlich in die Kamera.

„Hallo Thomas“, sagt er, „wenn du das hier siehst, bin ich womöglich schon nicht mehr unter den Lebenden. Ich habe vor, mir mit meiner guten alten Dienstpistole das Hirn rauszublasen. Vorher nehme ich aber noch dieses Video auf und schicke es per Einschreiben an dich ins Präsidium."

„Wie komme ich zu der Ehre?", fragt Kuss laut und sarkastisch.

„Das werde ich dir jetzt erklären", sagt Linke. „Wir beide wissen, dass es zwischen uns nie so recht funktioniert hat. Ich war dir gegenüber nie besonders kooperativ."

„Das kann man wohl sagen", murmelt Kuss.

„Stimmt", sagt Linke, als habe er auch diese Bemerkung vorausgeahnt. Kuss zieht anerkennend die Augenbrauen hoch.

„Und deshalb will ich jetzt bei dir etwas wiedergutmachen", fährt Linke fort, „indem ich dir dabei helfe, den Fall um das Ehepaar Elvira und Erwin Küpper aufzuklären. Du ahnst ja wahrscheinlich schon längst, dass der Tod der Küppers nicht wirklich ein Unfall war, sondern vorsätzlicher Mord. Als ich 1999 vom Tatort zurückkehrte, gingen die Kollegen und ich jedoch zunächst von einem sehr tragischen Unfall aus. Aber dann begannen die Lebens- und Unfallversicherungen mit aller Kraft nach Hinweisen zu suchen, die bei dem Unfall auf ein Fremdverschulden hindeuten könnten. Du kennst das ja: Versicherungen versuchen immer, sich ihrer Zahlungsverpflichtung zu entziehen. Deren Detektive und ihre Unfallforschung machten mir damals das Leben verflucht schwer und mischten sich permanent in meine Arbeit ein. Und schließlich fanden sie tatsächlich Hinweise darauf, dass an den Bremsleitungen des Wagens manipuliert worden war. Meine Güte, waren die findig. Die präsentierten mir sogar die möglichen Täter! Sie meinten herausgefunden zu haben, dass die Küppers und dieser Rechtsanwalt, Oppenhäuser, die Familie Klippenberger erpresst hätten. Es ging angeblich um die Abwehr einer Sammelklage aus den USA. Deren Streitwert war so hoch, dass sie die Firma Klippenberger in die Knie gezwungen hätte. Oppenhäuser habe im Auftrag der Klippenbergers den Anwalt der amerikanischen Gegenseite geschmiert. So wurde schließlich keine Anklageschrift eingereicht. Diese rechtlich nicht ganz sauberen Aktivitäten habe sich Oppenhäuser fürstlich entlohnen lassen. Das Ehepaar Küpper habe allerdings seinen guten Freund Oppenhäuser überzeugt, noch mehr aus der Sache herauszuholen. Man sei scharf auf Klippenbergers umfangreichen Haus- und Grundbesitz gewesen, den die Familie während der Arisierung im Jahr 1938 für billiges Geld von den jüdischen Vorbesitzern, nebst der großen Firma, erworben hatte. Also hieß es jetzt an die Adresse Klippenberger: Her mit den Immobilien! Und zwar zu Schleuderpreisen. Andernfalls kommt es zur Sammelklage und damit zum Bankrott! Da hätten die Klippenbergers die Zähne zusammengebissen und mitgemacht. Hätten ihren Privatbesitz an Oppenhäusers Strohmänner, an das Ehepaar Küpper, geradewegs verschleudert. Die haben dann einen Teil der Häuser weiterverkauft und den Erlös mit dem Rechtsanwalt geteilt. Da kam eine Unmenge Geld zusammen. Das sei einige Jahre so gegangen, bis die Klippenbergers schließlich den Sack zugemacht und sich gewehrt hätten. So führte also die Spur zur Firma Klippenberger. Und dann meldete sich einer meiner Informanten aus der Szene. Er berichtete mir, dass einer seiner ‚Kollegen' im Auftrag Klippenbergers an dem Wagen der Küppers die Bremsschläuche punktiert hätte. Die Bremsflüssigkeit lief also langsam aus. Na, und dann war irgendwann nicht mehr genügend Druck vorhanden und der Wagen landete vorm Baum. Also vorsätzlicher Mord. Bevor ich die Ermittlungen in dieser Richtung aufnehmen konnte, bekam ich eines Abends Besuch von einem seriösen Herren, der mir einen Koffer mit Geld präsentierte. Er sagte mir, da sei eine Million D-Mark drin. Und die wäre mein Eigentum, wenn ich es hinbekäme, dass die Berichte der Versicherungen irgendwie verschwinden würden. Dass sich mit den verbleibenden Akten lediglich ein mehr oder weniger normaler Unfall rekonstruieren ließe. Und dass damit natürlich auch die Verdächtigungen in Richtung Klippenberger gegenstandslos würden. Sollte ich das alles hinbekommen, gäbe es noch einmal eine glatte Million zusätzlich. Du weißt, mein lieber Thomas, dass ich in jenen Jahren mächtige Probleme hatte. Meine zweite Frau hatte sich von mir scheiden lassen, es gab großen Ärger um die Kinder und deren Ausbildung. Obendrein hatte ich fast mein gesamtes Eigentum versoffen, verhurt und beim Pokern durchgebracht. Da griff ich zu, ließ mich korrumpieren, fälschte, veränderte die Akten, unterschlug zahlreiche Schriftstücke, die belastend hätten wirken können, machte Falschaussagen. Mit dem Zeug, was ich dir geschickt habe, kannst du die Küpperakte übrigens wieder vervollständigen ... Die Versicherungen mussten schließlich an Michael Küpper mordsmäßige Summen überweisen, weil sie ihre Vorwürfe nicht mehr aufrechterhalten konnten und damit die Policen fällig wurden. Es gab also keinerlei Verdachtsmomente mehr, was die Klippenbergers anging."

Günther Linke macht eine Pause, atmet schwer.

„Tja, so sieht's aus, Thomas", sagt er dann Richtung Kamera. „Wer für den Tod von Michael Küpper verantwortlich zeichnet, das weiß ich allerdings nicht. Aber ich vermute, dass hier die Klippenbergers wieder aktiv geworden sind. Vielleicht hat ja Michael Küpper seine Erpressungsaktionen wieder aufgenommen? Das alles soll mich aber nicht mehr interessieren. Ich werde reinen Tisch machen und meine ganz persönlichen Konsequenzen ziehen. Mach's gut, Thomas!"

Günther Linke steht auf, geht auf die Kamera zu. Man sieht, wie er seine rechte Hand ausstreckt, dann ist der Bildschirm schwarz. Ende der Nachricht.

Thomas Kuss lehnt sich zurück. Sieh an, der Linke. Wandelt sich kurz vor seinem Selbstmord zum guten Menschen. Will nicht als Arschloch in die ewigen Jagdgründe eingehen. Kuss blättert noch einmal die Unterlagen durch. Wird ein schönes Stück Arbeit werden, das ganze Zeug zu sichten, auszuwerten, als Beweismittel einzusetzen. Könnte er ja vielleicht irgendeinen Youngster dransetzen. Auch die Niederungen polizeilicher Ermittlungsarbeit müssen schließlich während der Ausbildung durchschritten werden.

Wer hat nun aber Michael Küpper und Dr. Hartmut Oppenhäuser umgebracht? Waren dafür auch die Klippenbergers verantwortlich? Aber warum das Ganze?

Oliver Kirchner kommt ins Büro, ist ganz aufgedreht.

„Schau mal, Thomas, was Mirco Haase im Haus von Küpper gefunden hat! Ein Rezept! Ausgestellt für Michael Küpper von Frau Dr. Mahler-Sternburg."

„Gib her!", sagt Kuss und reißt seinem Kollegen den Zettel fast aus der Hand. Es ist eine private Verschreibung, drei Monate alt, Haloperidol. Kuss kennt das Zeug. Ist ein Neuroleptikum, wahndämpfend.

„Na, da wird mir einiges klarer", sagt Kuss zu Kirchner. „Mein ehemaliger Schulkamerad war ganz klar auf dem Weg, den Verstand zu verlieren. Damit erklärt sich dann auch noch einmal sein seltsames Tagebuch und das tote Haus. Seltsam, dass mir Frau Dr. Mahler-Sternburg bei meinem Besuch nichts davon erzählt hat."

Thomas Kuss greift zum Telefon, wählt die Praxisnummer der Ärztin.

Um 19 Uhr sitzt Kuss erneut im Wartezimmer von Frau Dr. Mahler-Sternburg. Sie hatte ihn am Telefon gebeten, so lange mit seinem Besuch zu warten. Dann, wenn alle Patienten versorgt seien, könne man sich in aller Ruhe unterhalten.

Die wunderschöne Sprechstundenhilfe ruft Thomas Kuss in das gemütliche Sprechzimmer und verabschiedet sich dann. Die Ärztin und Kuss sitzen sich gegenüber. Sie schaut ihn freundlich an.

„Darf ich Ihnen etwas zu trinken anbieten", fragt sie, „Tee, Kaffee, Mineralwasser?"

Kuss entscheidet sich dieses Mal für Tee. Frau Mahler-Sternburg steht auf, geht hinaus und kommt kurz darauf mit einem kleinen Tablett zurück, auf dem zwei Tassen, ein kleines Kännchen auf einem Stövchen und eine kleine Schale mit Gebäck stehen. Sie fordert Kuss auf zuzugreifen.

„Vielen Dank", sagt Kuss, trinkt einen Schluck und isst dazu einen Keks mit Schokoüberzug. Lecker. Er fühlt sich gut hier, aufgehoben. Muss unbedingt auch mal 'ne Therapie machen, denkt er.

„Zugegeben", beginnt die Neurologin das Gespräch, „ich habe Ihnen letztes Mal nicht die Wahrheit gesagt, habe Ihnen verschwiegen, dass Michael Küpper schon seit längerer Zeit mein Patient war."

„Warum haben Sie mir nichts davon erzählt?", fragt Kuss.

„Wenn ich das wüsste! Vielleicht war es eine allzu enge Auslegung meiner ärztlichen Schweigepflicht, die mich dazu verleitet hat. Allerdings ist mir nach wie vor auch nicht klar, was dieser Sachverhalt zur Klärung des Todesfalles beitragen könnte."

„Na, eine ganze Menge", sagt Kuss, fast ein wenig empört. „Jede auch noch so unbedeutend erscheinende Spur ist wichtig, um den oder die möglichen Mörder zu finden."

„Gut, in Ordnung", sagt Frau Dr. Mahler-Sternburg. „Michael Küpper war also mein Patient, wurde von mir betreut, bekam von mir Medikamente verschrieben."

„Weshalb war er bei Ihnen in Behandlung?

„Darf ich Ihnen das erzählen?", fragt die Ärztin.

„Sie dürfen, Frau Dr. Mahler-Sternburg, Sie dürfen", sagt Kuss genervt. „Es liegt hier ein sogenannter rechtfertigender Notstand nach Paragraf 34, Strafgesetzbuch vor. Ich bin Hauptkommissar, ermittle in einem Mordfall, der dringend der Aufklärung bedarf. Also, schießen Sie los."

„Na gut", sagt die Ärztin, „wenn das so ist. Küpper kam schon bald nach dem Unfalltod seiner Eltern zu mir. Das Ganze hatte ihn offenbar stark mitgenommen. Er entwickelte eine schizophrene Psychose, die sich immer stärker ausprägte. Wahnvorstellungen traten auf, zeitweise sehr häufig. Ich habe das medikamentös einigermaßen in den Griff bekommen. Dennoch waren häufig starke Gaben verschiedener Neuroleptika nötig, um Michael Küpper in ruhigen Bahnen zu halten."

„Sind sein seltsames Haus und diese merkwürdigen Baumaßnahmen Resultate seiner Krankheit gewesen?"

„Oh ja, das kann man wohl sagen. Da hatte sich ein heftiger Verfolgungswahn eingestellt. Michael Küpper fühlte sich offenbar für den Tod seiner Eltern mit verantwortlich. Er sagte mir bei seinen Besuchen, dass der Teufel nachts um sein Haus schleiche. Er würde das ganz deutlich hören, wie er an den Türen und Fenstern rüttele, um hineinzugelangen und ihn zu holen. Aus diesem Grund startete Küpper schließlich den Umbau des Hauses, mauerte die Fenster zu und baute Räume in bereits vorhandene Räume hinein, machte daraus ein regelrechtes Labyrinth, damit sich der Teufel verlaufen würde, sei er einmal eingedrungen. Ich habe ihn in den Jahren der Behandlung mehrfach besucht und mich über dieses schreckliche Haus sehr gewundert. Einerseits ist es ja ein echtes Kunstwerk. Andererseits machte es auch mir immer Angst. Ich habe Michael Küpper mehr als einmal dazu geraten, sich in eine Landesklinik zu begeben oder in ein Haus der v. Bodelschwinghschen Stiftungen. Aber er hat das immer abgelehnt."

„Und dann hat ihn der Teufel eines Tages geholt", sagt Kuss. „Erstaunlicherweise hatte der eine Spritze mit einer seltsamen Designerdroge dabei, die schon in den 70er-Jahren in der Szene modern gewesen war. Wegen ihrer Unberechenbarkeit war sie aber wieder aus dem Drogenmarkt verschwunden. Es hatte Todesfälle gegeben. Das Zeug nennt sich Diamond Dog."

„Aha", sagt Frau Dr. Mahler-Sternburg.

„Ist eine stark halluzinogen wirkende Droge", sagt Kuss. „Ist Ihnen die denn in Ihrer Praxis nie untergekommen?"

„Nicht, dass ich wüsste", sagt die Ärztin. Es klingt nicht sehr überzeugend.

„Na, wie dem auch sei", fährt Thomas Kuss fort. „Jedenfalls feiert dieses hochgefährliche Rauschgift momentan ein großes Comeback. Es ist im Körper übrigens sehr schwer nachzuweisen, da es überaus rasch abgebaut wird. Trotzdem hat unser fähiger Pathologe es in Küppers Leichnam entdeckt. Und wir haben sogar die Einstichstelle der Injektionsnadel gefunden. Am Hals, fast im Nacken. Das Gift hat sich Küpper also nicht selbst gespritzt. Jemand hat es ihm verabreicht und ihn auf diese Weise getötet."

Dr. Mahler-Sternburg schaut interessiert.

„Also, Sie kennen Diamond Dog wirklich nicht?", fragt Kuss noch einmal.

Die Neurologin schüttelt leicht den Kopf. Sagt nichts.

„Das ist sehr verwunderlich", sagt Kuss. „Wissen Sie, ich habe mich ein wenig schlau gemacht. Das Internet bietet ja vielfältige Möglichkeiten dazu. Und da fand ich doch irgendwo einen Bericht, der besagt, dass Ihr Vater, also Dr. Ortwin Mahler, und sein damaliger Chef, also Dr. Samuel Bernstein, während des Krieges bei Erdmann-La Hague durch Zufall genau diese Droge entwickelt haben. Also das, was in den 70er-Jahren dann als Diamond Dog auf dem Schwarzmarkt verkauft wurde und mit dem Michael Küpper und Dr. Hartmut Oppenhäuser ermordet wurden."

„Nicht nur diese beiden", sagt Angelika Mahler-Sternburg plötzlich ruhig und leise.

„Wie bitte?"

„Auch Eduard Klippenberger und der Rechtsanwalt Friedrich Oppenhäuser sind 1955 und 1956 jeweils an einer Überdosis von Diamond Dog gestorben."

„Eben haben Sie noch so getan, als sage Ihnen das alles nichts." Kuss ist empört.

„Tja, ich hab gelogen", sagt Frau Dr. Mahler-Sternburg und grinst Kuss an.

„Woher wollen Sie wissen, dass der alte Klippenberger und Oppenhäuser senior durch das Rauschgift umgekommen sind?"

„Machen Sie es sich gemütlich, Herr Hauptkommissar Kuss. Ich erzähle Ihnen jetzt, wie das abgelaufen ist."

„Da bin ich gespannt", sagt Kuss.

„Ich habe Ihnen das Schicksal meiner Familie und der Familie Bernstein ja bereits geschildert. Und dass mein Vater als ganz junger Mann Assistent von Samuel Bernstein bei Erdmann-La Hague war. Während des Krieges. Und Sie haben sich gewundert, weshalb beide in das Land der Täter zurückkehrten. In das Land, das für den Tod ihrer gesamten Angehörigen verantwortlich war. Und das die Verfolgung der Täter nach 1945 so sträflich vernachlässigte. Bernstein hat hier sogar ein Haus gebaut, zog dann aber 1958 wieder fort. Auch mein Vater ließ sich als Arzt nieder. Ende der 80er-Jahre bin ich dann in seine Fußstapfen getreten und habe 1990 seine Praxis übernommen. In diesem Jahr ist er gestorben."

„Das sind Dinge, die mir nicht ganz unbekannt sind", sagt Kuss. „Sie sind sehr schlimm und es tut mir für Ihre und alle anderen betroffenen Familien unendlich leid. Aber ..."

Angelika Mahler-Sternburg unterbricht ihn.

„Hören Sie zu!", sagt sie laut. „Ich nenne Ihnen jetzt die wahren Gründe der Rückkehr von Bernstein und meinem Vater. Beide hatten während ihrer Arbeit in den Forschungslabors von Erdmann-La Hague diese erwähnte neue Droge synthetisiert. Zufällig, gewissermaßen. Eigentlich waren sie auf der Suche nach neuen, wahndämpfenden Medikamenten gewesen. Sie machten mit der Droge Selbstversuche und wären, trotz vorsichtigster Dosierung, beinahe daran gestorben. Das Rezept für das spätere sogenannte Diamond Dog wanderte zunächst in den Safe des Unternehmens. Am Ende des Krieges, als Samuel Bernstein und mein Vater erkannten und begriffen, was mit ihren Familien in den Konzentrationslagern geschehen war, fassten sie einen Plan. Sie wollten Rache für die Untaten. Deshalb kehrten sie zurück, ließen sich hier als Ärzte nieder, begannen ein neues Leben. Im Gepäck hatten sie eine Kopie des Rauschgiftrezepts. In den ersten Jahren der jungen Bundesrepublik verloren sie ihr Ziel zunächst aus den Augen. Tatsächlich liefen ihre Praxen gut an, es gab viele Patienten, die versorgt werden mussten."

„Was genau war denn das Ziel der beiden?", fragt Kuss.

„Samuel Bernstein und Ortwin Mahler wollten sich an jenen rächen, die die Entrechtung ihrer Familien und den Ausverkauf ihres Besitzes seit 1938 rigoros betrieben hatten", sagt Angelika Mahler-Sternburg, „namentlich also an Eduard Klippenberger und an dessen Anwalt Friedrich Oppenhäuser. Das hat aber noch bis 1955 gedauert. Erst dann konnte Samuel Bernstein aktiv werden. Er hat das Ganze relativ geschickt eingefädelt. Nachdem er sein Haus gebaut hatte, nahm er über einen Anwalt Kontakt zu Eduard Klippenberger und Friedrich Oppenhäuser auf. Bernstein und sein Anwalt listeten ihnen auf, weshalb sie gegen beide Anklage erheben wollten. Es ging in erster Linie um die Rückforderung der Immobilien und Finanzen des 1938 von Klippenberger übernommenen Vermögens der Bernstein & Meier Textilfabriken. Auch sollte Oppenhäuser verklagt werden, da er diese Geschäfte mit unlauteren Mitteln abgewickelt hatte. Klippenberger und Oppenhäuser bekamen damals sehr kalte Füße. 1955 sollte es dann eine Art außergerichtliche Einigung geben. Klippenberger kaufte Samuel Bernstein für einen gewaltigen Preis dessen gerade erbautes Privathaus ab. Das war als eine Art Wiedergutmachung gedacht. Kaum war der Kaufvertrag unterzeichnet, verstarb Eduard Klippenberger. Samuel Bernstein hatte nämlich beim letzten Treffen Klippenberger eine große Dosis Diamond Dog injiziert. Fragen Sie mich nicht, wie er das hingekriegt hat. Die Folge war jedenfalls Herzversagen. Eine Sektion der Leiche erfolgte nicht. Zu typisch war diese Todesursache bei einem Menschen wie Eduard Klippenberger, der sowieso an Herzschwäche litt."

„Woher wissen Sie das alles?", fragt Kuss.

„Von meinem Vater", sagt Angelika Mahler-Sternburg. „Er und Bernstein waren beste Freunde, teilten ein ähnliches, fast das gleiche Schicksal. Mein Vater hat die Taten von Bernstein mit geplant und vorbereitet. Und er hat mir später davon erzählt. Auch von dem Mord an Oppenhäuser, ein Jahr später. Der lief ganz ähnlich ab. Bernstein traf sich mit ihm unter irgendeinem Vorwand und ergriff eine sich bietende Gelegenheit zur Injektion der Droge. Übrigens beschert Diamond Dog einen wahrhaft schönen Tod. Sofern es so etwas überhaupt gibt."

„Was soll das denn heißen?", will Kuss wissen.

„Es handelt sich ja um ein starkes Halluzinogen. Gleichzeitig ist es ein Aufputschmittel und hat obendrein die ausgleichende Wirkung eines Benzodiazepinderivates, also eines Tranquilizers. Diamond Dog besitzt tatsächlich die Fähigkeit, aus dem Gehirn des Benutzers dessen tiefste und sehnlichste Wünsche und Ängste gleichsam auszugraben, sie in vollkommen real anmutende Szenen umzusetzen und ihn diese, wie in einem Traum, durchleben zu lassen. Eine ganz phänomenale Wirkung, unvergleichlich unter allen bekannten Drogen. Nur eben sehr, sehr gefährlich. Der Kreislauf versagt irgendwann. Jedenfalls dürften Eduard Klippenberger und Friedrich Oppenhäuser tolle letzte Lebensminuten verbracht haben."

„Sind Sie bereit, diese Aussagen noch einmal zu Protokoll zu geben und dann zu unterschreiben", fragt Kuss, „damit alles noch einmal vor Gericht neu aufgerollt werden kann?"

„Nein, bin ich nicht, Herr Kuss", sagt Angelika Mahler-Sternburg kalt und bestimmt. „Ich bin nämlich parteiisch in dieser Sache. Sogar sehr entschieden parteiisch. Das, was Samuel Bernstein und mein Vater getan haben, verurteile ich nämlich keineswegs."

„Müssen Sie ja auch nicht", sagt Kuss. „Aber ein Verfahren bietet die Möglichkeit, zu guter Letzt die Dinge noch einmal öffentlich klarzustellen und reinen Tisch zu machen."

„Das würde bedeuten, dass auch ich vor Gericht lande und zu lebenslänglich verurteilt werde!"

„Wieso? Ich verstehe nicht."

„Sehen Sie, Herr Hauptkommissar. Ich habe mir in jüngster Zeit auch die Hände schmutzig gemacht."

„Tatsächlich?"

„Die Tode von Michael Küpper und Dr. Hartmut Oppenhäuser gehen auf mein Konto. Ich habe die beiden auf dem Gewissen."

„Oh, là, là", macht Kuss und versucht, sein Erschrecken darüber nicht allzu sehr nach außen dringen zu lassen. „Das sind ja ganz neue Bekenntnisse. Wie soll denn das abgelaufen sein?"

„Ich habe Zeit meines Lebens die Klippenbergers, Oppenhäusers und Küppers genauestens beobachtet", beginnt die Ärztin. „Das hat mich mein Vater gelehrt. Der hat mir immer wieder vor Augen geführt, auf welch perfide Weise diese Leute ihr Geld gemacht haben: indem sie den Juden ihr Vermögen raubten und damit zu Helfershelfern bei der Judenvernichtung wurden. Wie ich schon erwähnte: Meine gesamte Familie, bis auf meinen Vater, ist in den Jahren bis 1945 in den Vernichtungslagern umgekommen. Ich wollte unbedingt Rache dafür üben. Und diese Leute waren, aus meiner Sicht, Schuldige. Ich hatte meine Rache verdient, sie hatten den Tod verdient. Irgendwann erschien Michael Küpper in meiner Praxis. Als Patient! Das Leben geht wirklich seltsame Wege. Im Grunde schien er das zu sein, was man ein armes Schwein nennt, obwohl er doch so reich war. Manchmal tat er mir fast leid. Aber nur fast. Denn bevor das eintrat, sorgte er selbst durch seine harte und scharfe Haltung dafür, dass jegliche positive Gefühlregung für ihn vollends erkaltete. Vor einiger Zeit berichtete Michael Küpper davon, dass er ein Testament aufsetzen wolle, da er Angst habe, dass ihn der Teufel, der nachts um sein Haus schleiche, über kurz oder lang töten würde. Ich sollte ihn beraten, wer wohl den größten Anspruch auf den Nachlass hätte. Immerhin war ich mittlerweile für ihn eine Vertrauensperson geworden. Er rollte die ganze Geschichte vor mir wieder auf. Alles, was sich seit den 50er-Jahren zugetragen hatte. Er nahm mir gegenüber überhaupt kein Blatt vor den Mund. Und er begann, Vermutungen anzustellen. Verdächtigte alles und jeden. Und kam dabei der Wahrheit schon gefährlich nahe, indem er plötzlich nach der Rolle von Bernstein und meinem Vater fragte. Da habe ich meinen Entschluss gefasst. Ich merkte, wie der ganze verdrängte Hass in mir aufstieg und sich auf Michael

Küpper und seinen Freund Hartmut Oppenhäuser zu konzentrieren begann. Unter Vorwänden habe ich mich nacheinander mit beiden getroffen und ihnen, nachdem ich ihnen ein starkes Schlafmittel in ihre Getränke gerührt hatte, während des Schlafes Diamond Dog in den Hals injiziert. Dann brauchte ich nur noch etwas zu warten, bis der Tod eintrat. Sicherlich haben sie in ihren letzten Minuten noch diverse Heldentaten vollbracht. Von Hartmut Oppenhäuser wusste man, dass er ein Bewunderer der NS-Rechtsprechung war. Genau wie sein Vater und sein Großvater. Der hatte sich während des Krieges sogar darum beworben, am Volksgerichtshof arbeiten zu dürfen. Ich würde mich nicht wundern, wenn Hartmut Oppenhäuser in seinen letzten Momenten in die Rolle von Freisler geschlüpft wäre und noch einmal die Verurteilung der Attentäter vom 20. Juli 1944 vorgenommen hätte."

„Und Michael Küpper hat gegen den Teufel gekämpft und verloren, was?", fragt Kuss.

„Könnte sein", sagt Frau Dr. Angelika Mahler-Sternburg.

„Ich denke, ich werde Sie jetzt verhaften und mitnehmen", sagt Kuss.

„Nein, werden Sie nicht", sagt Frau Dr. Angelika Mahler-Sternburg.

„So, so", meint Kuss. Mehr nicht. Er fühlt sich plötzlich seltsam. Unglaublich müde. Eine gigantische Müdigkeit. Er kann nicht dagegen ankämpfen. Er sinkt zur Seite, möchte nur noch schlafen, schlafen, schlafen ...

Er steht mit den Phoenix-Horns und seiner Lieblingsband Earth, Wind & Fire auf der Bühne des riesigen Budokan in Tokio. 14.000 Besucher, die einen Höllenlärm machen. Der

Drummer zählt ‚Magic Mind' an. Laut, Bombensound. Kuss ist erster Trompeter. Das Stück läuft, funky ohne Ende. Die ersten Bläsershots sind so scharf, das merken die Zuschauer in den ersten Reihen in den Augen. Mega-präzise. Ach was, hyper-präzise. So muss es sein. Die Phoenix-Horns sind, wie immer, großartig. Kuss spielt, fühlt sich plötzlich durch den Groove hochgehoben, wird von riesigen Armen gegriffen und auf den Rhythmus gesetzt, surft auf der Musik durch die Halle, hierhin, dorthin, bis hoch unter das Dach des Budokan. Ist glücklich, überglücklich. Was will er mehr vom Leben? Jetzt hat er alles bekommen. Und er will, dass es so bleibt, will Nachschlag, warmen Sake, der in der Nase kribbelt. Im Bereich der Nieren hat er ein seltsames Gefühl. Hat fast etwas von den Gliederschmerzen bei Fieber, bei Grippe. Aber viel angenehmer. Das Gefühl treibt ihn an. Große Wärme durchströmt ihn. Herrlich, unvergleichlich. Aber er weiß auch, urplötzlich, dass hier etwas nicht stimmt. Er merkt, dass er auf einem Drogentrip ist. Ist das Diamond Dog?

„Sie haben mir irgendetwas in meinen Tee gerührt", sagt Kuss zu Angelika Mahler-Sternburg. Er hört seine eigene Stimme wie durch Watte, gedämpft. Es kommt ihm vor, als sei es gar nicht seine eigene. „Ich merke, ich kann Sie nicht täuschen", sagt die Ärztin zu ihm. „Tatsächlich habe ich Ihnen eine gehörige Menge Schlafmittel in Ihr Getränk gerührt. Und Ihnen dann, nachdem Sie eingeschlummert waren, Diamond Dog injiziert. In den Nacken. Die Wirkung ist phänomenal, das werden Sie gemerkt haben. Viel besser als LSD. Aber, aber, so schön es ist: Sie werden gleich sterben. Das ist unausweichlich. Außer, irgendjemand verabreicht Ihnen Naloxon. In etwa einer halben Stunde ist es soweit. Genießen Sie die Zeit bis dahin."

Angelika Mahler-Sternburg verschwindet aus seinem Gesichtsfeld.

Kuss ist nicht alarmiert, sondern vollkommen ruhig. Er würde sein Ableben mit größter Ausgeglichenheit akzeptieren. Nun wird er die Ärztin nicht mehr verhaften und anzeigen können. Auch egal, nicht so schlimm, nicht so wichtig. Nichts ist wichtig. Scheiß auf den Beruf, aufs Geld. Musik ist wichtig. Noch mal zurück ins Budokan. Phillip Bailey und Maurice White singen:

„Hey, we heard the news that someone's crying the blues
'cause words still go unsaid as hungry minds are never fed

Take a chance as you dance in romance
In a trance to advance and expand
Got a dime and a rhyme brilliant mind
Still inclined in your prime to design"

Kuss ist nicht tot. Er wacht auf, jemand beugt sich über ihn. Eine junge Frau mit brünettem Haar, zum Pferdeschwanz gebunden.

„Herr Kuss? Können Sie mich hören und verstehen? Ich bin Dr. Eisenheim, Notärztin. Wir haben Sie eben gefunden. Sie hatten eine Überdosis von Diamond Dog genommen. Wir haben Ihnen Naloxon gegeben. Wie fühlen Sie sich?"

Kuss fühlt sich schlapp, völlig nüchtern, sein Hals ist irgendwie verklebt oder ausgetrocknet oder beides, er kriegt nur ganz leise wenige Worte heraus: „Mir geht's gut!" Dann schläft er ein. Wacht kurz auf, ist in einem Rettungswagen, die junge Ärztin beugt sich wieder über ihn, prüft den Blutdruck, horcht ihn ab.

„Jetzt einfach wegdämmern", denkt sich Kuss. „Dann hat der ganze Schweinsgalopp ein Ende. Nie mehr irgendwelchen Mördern hinterherjagen."

Als er zum dritten Mal aufwacht, liegt er in einem Krankenbett. Alles stürzt in brutaler Nüchternheit auf ihn ein. Es ist grausam.

Am Fußende sitzt Oliver Kirchner, sein Assistent. Der Kopf ist auf die Brust gesunken, Kuss hört ihn leise schnarchen. Auf den Knien liegt ein aufgeschlagenes Buch, in dem er offenbar gelesen hat: Ken Folletts „Die Säulen der Erde".

„Na, bei der Lektüre wäre ich auch eingeschlafen", sagt Kuss.

Kirchner schreckt hoch, ist aufgewacht. Muss sich erst orientieren, dann schaut er Kuss an.

„Na, Thomas? Endlich aufgewacht? Wurd' auch Zeit", sagt er. „Hast uns 'ne Menge Angst gemacht. Die Ärzte befürchteten schon, dass du auf dem Weg ins Erdmöbel bist. Konnten nichts mehr machen. Dann hat sich aber alles wieder stabilisiert."

„Wie lange liege ich schon hier?"

„Gestern Abend haben wir dich in der Praxis von Angelika Mahler-Sternburg gefunden. Jetzt haben wir 16 Uhr."

„Habt ihr Dr. Mahler-Sternburg verhaftet?"

„Haben wir", sagt Kirchner.

„Wer hat mich gefunden? Wer hat mich gerettet?"

„Tja, mein Lieber, da darfst du dich ganz offiziell bei mir bedanken", sagt Oliver Kirchner stolz.

„Danke, Olli", sagt Kuss ohne rechte Begeisterung in der Stimme. „Dann berichte mal."

Kirchner ist nur leicht darüber verstimmt, dass der Dank seines Kollegen nicht etwas enthusiastischer ausfällt. Dann schiebt er den Gedanken beiseite und erzählt.

„Ich habe gestern Abend immer wieder versucht, dich auf dem Handy zu erreichen. Aber du hast nicht abgenommen. Nicht, dass das nicht schon häufiger mal passiert wäre. Trotzdem, ich musste dich unbedingt sprechen. Gestern Abend tauchte nämlich Mirco Haase auf. War ganz aufgeregt. Hatte der doch tatsächlich das Testament von Michael Küpper gefunden! Das befand sich in einer Kassette, die Küpper in den Raum zwischen zwei Wände gesteckt hatte."

„Ich werd verrückt", sagt Kuss. „Und, was steht drin? Wer erbt die Millionen? Eine von Küppers Freundinnen? Oder Enbrecht? Munstein?"

„Von wegen! Keiner von denen. Halt dich fest: die Hälfte des Vermögens geht an die hiesige jüdische Kultusgemeinde, die andere Hälfte an die Kinderkrankenhäuser in der Umgebung."

„Ich glaub's nicht", sagt Kuss. „Ist Michael Küpper auf seine letzten Meter doch noch zum guten Menschen geworden."

„Ich wollte dir das gestern Abend natürlich unbedingt noch mitteilen", sagt Kirchner. „Und da ich wusste, dass du bei Frau Mahler-Sternburg warst, bin ich dorthin. Habe an der Tür geklingelt, habe dich und auch die Praxis von meinem Handy aus angerufen. Es tat sich nichts. Ich bin dann um das Haus herum, in den Garten. Da gibt es einige Garagen. Und da sah ich, wie Frau Dr. Mahler-Sternburg gerade einen Koffer in einen Wagen wuchtete und offenbar verreisen wollte. Ich hab sie natürlich zur Rede gestellt, gefragt, wo du seist. Die Antworten waren so ausweichend und seltsam, dass ich Frau Mahler-Sternburg bat, mich zurück in ihre Praxis zu begleiten. Sie gab mir die Schlüssel und sagte, ich möge bitte vorgehen, sie selbst müsse noch etwas erledigen und komme dann nach. Na, ungeschickter geht's ja kaum noch, um sich unverdächtig zu machen. Da hab ich sie mir natürlich geschnappt und brav vorgehen lassen. Und da liegst du, auf dem Fußboden, mitten in ihrem Zimmer und röchelst vor dich hin. Hab sofort den Notarzt und die Kollegen kommen lassen. Dr. Mahler-Sternburg sitzt jetzt in U-Haft."

„Lass sie bloß nicht laufen", sagt Kuss. „Sie hat mir gesagt, dass sie Küpper und Oppenhäuser ermordet hat. Mit einer Überdosis Diamond Dog. Genau so, wie sie es mit mir vorhatte. Und Samuel Bernstein hat 1955 und 1956 Klippenberger und den alten Oppenhäuser auf dieselbe Art kaltgemacht."

„Tatsache? Das hat sie alles gebeichtet?"

„Hat sie. Hat mir aber gesagt, dass sie niemals ihre Aussagen wiederholen und unterschreiben würde."

„Wollen mal sehen", sagt Kirchner. „Da lassen wir doch am besten unsere Verhörspezialisten aufmarschieren."

„Wird 'ne schwierige Sache", sagt Kuss. „Mahler-Sternburg ist schließlich selbst vom Fach. Die dürfte alle Tricks der psychologischen Beeinflussung kennen. Ist darin wahrscheinlich besser als unsere eigenen Leute."

„Abwarten", sagt Kirchner.

Obwohl die Ärzte Kuss ausdrücklich empfohlen haben, sich auf jeden Fall noch ein paar Tage Ruhe zu gönnen, sitzt er schon zwei Tage später wieder in seinem Büro.

Frau Dr. Angelika Mahler-Sternburg hat bisher alle Verhörprofis locker ausgetrickst. Hochaggressive Anwälte stehen ihr zur Seite und drängen auf Freilassung.

Dr. Christian Eduard Klippenberger ist von der Reiselust gepackt worden. Als man ihn verhaften will, findet man seine Wohnung verwaist vor. Die sofort ausgeschriebene Fahndung zeigt allerdings prompten Erfolg. Am Flughafen Düsseldorf schnappt ihn die Bundespolizei und schickt ihn unter Bewachung zurück. Natürlich beteuert er seine Unschuld. Ein bundesweit bekannter Promianwalt, so unsympathisch wie geschickt, steht kurz davor, ihn gegen Kaution freizubekommen.

Die Bürotür wird plötzlich aufgestoßen, springt regelrecht auf und Ilanka kommt herein, stürzt auf Thomas zu, umarmt ihn.

„Thooommaaas, main Cheld!", ruft sie. „Warum haast du nichtss gesaagt? Ich chätte dich im Kraaankenhaus bäsucht und dich gäpflegt!"

Thomas steht auf, will Ilanka offiziell begrüßen, doch sie lässt das nicht gelten. Er spürt ihre Lippen auf den seinen, ihren warmen, weichen Körper, der sich an ihn drängt, ihren Geruch von einem nach Blumen duftenden Parfüm, vermischt mit dem Odeur scharfer Putzmittel.

Plötzlich merkt Kuss, dass es doch ganz gut ist, dass Kirchner ihn gerettet hat. Und sei es nur für diesen Augenblick.

Blutiger Oktober. In der Innenstadt von Hannover werden menschliche Blutlachen entdeckt. Es fehlen jedoch die Opfer, niemand wird vermisst. Tarek Neumann, ein ehemaliger Zielfahnder des LKA, wird auf den Fall angesetzt. Der durch private Krisen und dienstliche Entgleisungen gebrandmarkte Mittvierziger wurde aus disziplinarischen Gründen zum Zentralen Verkehrsdienst versetzt. Jetzt scheint er der einzige Hoffnungsträger zur Lösung dieses Falles zu sein.

Björn Brocks. Abnorm
400 Seiten. Paperback. ISBN 978-3-8271-9452-7
E-Book 978-3-8271-9610-1 (Pdf)
978-3-8271-9810-5 (Epub)

Die Beweggründe für die Versetzung aus der Hauptstadt nach Minden möchte Kommissar Rosenbaum nicht jedem erklären. Er will nur gute Arbeit leisten und auf andere Gedanken kommen. In Berlin hatte er die schlimmsten Verbrechen zu klären, doch Sexualverbrechen an Minderjährigen gehörten bislang nicht zu seinem Arbeitsfeld. Und nun ausgerechnet ein solcher erster Fall. Rasch scheint der Täter gefasst, doch es waren nur Indizien und der „Mörderische Feldzug" geht weiter ...

Andrea Gerecke. Mörderischer Feldzug
328 Seiten. Paperback. ISBN 978-3-8271-9410-7
E-Book 978-3-8271-9609-5 (Pdf)
978-3-8271-9809-9 (Epub)

Das Ende einer Geburtstagsfeier: Ein Schock, denn eine Teilnehmerin der Party lrbt nicht mehr. Die Tote liegt in der Wohnung ihrer Freundin Laura Feldmann. Laura aber ist verschwunden. Falls sie noch lebt, verfügt sie über Wissen, das ihre tote Freundin nicht mehr preisgeben kann. Bestürzende Nachrichten scheinen Chefermittler Morlock zu bestätigen, dass Laura lebt. Damit verbunden ist eine furchtbare Gewissheit: Ihr bleiben nur drei Tage, bevor auch sie sterben muss ...

Horst Friedrichs. Opferwissen
344 Seiten. Paperback. ISBN 978-3-8271-9541-8
E-Book 978-3-8271-9617-0 (Pdf)
978-3-8271-9817-4 (Epub)